W0355854

Monica McCarty

EL HIGHLANDER INDOMABLE

Traducción de
Isabel Merino

DEBOLSILLO

Título original: *Highlander Untamed*

Primera edición con esta portada: julio, 2009

© 2007, Monica McCarty
Publicado mediante acuerdo con Ballantine Books, un sello de Random House Publishing Group, una división de Random House, Inc.
© 2008, Random House Mondadori, S. A.
Travessera de Gràcia, 47-49. 08021 Barcelona
© 2008, Isabel Merino Sánchez, por la traducción

Quedan prohibidos, dentro de los límites establecidos en la ley y bajo los apercibimientos legalmente previstos, la reproducción total o parcial de esta obra por cualquier medio o procedimiento, ya sea electrónico o mecánico, el tratamiento informático, el alquiler o cualquier otra forma de cesión de la obra sin la autorización previa y por escrito de los titulares del *copyright*. Diríjase a CEDRO (Centro Español de Derechos Reprográficos, http://www.cedro.org) si necesita fotocopiar o escanear algún fragmento de esta obra.

Printed in Spain – Impreso en España

ISBN: 978-84-9908-069-7
Depósito legal: B-27625-2009

Fotocomposición: Zero pre impresión, S. L.

Impreso en Liberdúplex, S. L. U.
Sant Llorenç d'Hortons (Barcelona)

P 8 8 0 6 9 7

Para Jami y Nyree,
que han ido más allá del cumplimiento del deber.
Lo prometo; es la última vez que tendréis que leerlo
(parece que cien veces es más que suficiente).
*¡Larga vida al SSRW!**

Y para mis dos primeros lectores,
mi esposo, Dave, y mi hermana, Nora:
Vuestro entusiasmo desde el primer momento
hizo que todo pareciera posible.
Dave, lo siento, pero la propuesta de modelo
para la cubierta no salió bien; de todos modos, te quiero.

* Sustained Silent Reading and Writing (grupo de lectura y escritura silenciosa).

Agradecimientos

El camino para llegar a publicar suele ser largo y arduo, con muchas vueltas y giros a lo largo del recorrido. El mío no fue una excepción. No obstante, muchas personas han hecho más fáciles mis viajes.

Primero, quiero dar las gracias a todo el equipo de Ballantine, que ha convertido este sueño en realidad, en especial a mi editora, Charlotte Herscher, cuyos comentarios son siempre absolutamente acertados. Gracias por tu fe, entusiasmo y trabajo para hacer que este proyecto fructificara.

Gracias también a las Fog City Divas, en especial Barbara Freethy, Candice Hern y Carol Culver, por tomarme bajo vuestra protección y compartir conmigo vuestra sabiduría sobre el «negocio» de escribir; sois fantásticas.

Mi reconocimiento especial para Kathleen Givens; nunca olvidaré tu amabilidad y estímulo a una autora novata (que también era una gran admiradora).

Gracias a Annelise Robey y Maggie Kelly, que lo pusieron todo en marcha.

Finalmente, gracias también a mis fabulosas agentes, Kelly Harms y Andrea Cirillo, que hicieron que todo fuera posible.

Dos familias, iguales en nobleza,
de la hermosa Verona, donde ponemos nuestra escena,
por antiguos odios llevadas se entregan a nuevos conflictos
en los que sangre patricia cubre impuras manos patricias.
De la raza fatal de estos dos adversarios
vino a la vida una pareja infausta de amantes
cuya desventurada y lastimosa destrucción
se llevó también a la tumba las luchas de sus mayores.
El tremendo espisodio de su letal amor
y la persistencia del odio de sus padres,
al que solo pondrá término el fin de sus hijos,
es durante dos horas el argumento de nuestra función;
en la cual, si prestáis oídos pacientes,
lo que falte será enmendado con nuestro esfuerzo.

William Shakespeare,
Romeo y Julieta, Prólogo

Prólogo

Castillo de Dunscaith, isla de Skye, 1599

El suelo retemblaba con el fuerte golpeteo de los cascos de los caballos cuando la veintena de guerreros se acercaba al castillo. Su cabecilla, Roderick MacLeod, jefe de los MacLeod, espoleaba a su montura, lanzándola a través del terreno rocoso como alma que lleva el diablo. Tenía que llegar hasta ella antes de que...

Justo en ese momento, un enorme clamor se elevó por encima del atronar de los caballos, y con él, sus esperanzas se hicieron pedazos. Rory soltó una maldición, sabiendo que los gritos jubilosos de la multitud solo podían significar una cosa: el aviso había llegado demasiado tarde.

Negándose a aceptar lo que ya sabía, Rory obligó al poderoso caballo de guerra a avanzar más rápido, a ascender más veloz por el empinado sendero. Finalmente, caballo y jinete llegaron a la cresta de la montaña, desde la que se veía, por fin, el cruel espectáculo orquestado por el enemigo más despreciado de Rory.

Apenas a doscientos metros por debajo de ellos, la hermana de Rory, montada en un caballo, recorría lentamente el camino entre una multitud de lugareños que se mofaban de ella. Parecía diminuta, dolorosamente sola entre la enloquecedora muchedumbre. Su cabello, un espléndido halo espeso de rizos, brillaba como oro blanco bajo el sol del verano. Pero ni la magnificencia de su cabellera ni los restos de su feérica belleza hacían olvidar a los lugareños el visible parche negro que le tapaba un ojo.

Incluso desde lejos, Rory veía el dolor de Margaret. La rígida línea de su columna, el casi imperceptible temblor de sus manos al aferrar las riendas de su caballo lisiado, el ligero estremecimiento cuando las burlas acribillaban su pétreo orgullo.

A Rory solo le llegaban retazos de sus odiosas palabras. «Cara... horrenda... tuerta... marca del diablo...»

Rory siguió adelante, deprisa, aunque el daño ya estaba hecho.

Nadie salvo el MacDonald de Sleat era capaz de repudiarla con una procesión tan monstruosa. Sleat no había escatimado esfuerzos para avergonzar a su hermana, burlándose de su desgracia con una crueldad abominable. Porque Margaret, que solo pocos meses después de llegar a Dunscaith y mientras montaba a caballo había sufrido un terrible accidente que le había causado una grave herida en un ojo, cabalgaba un caballo tuerto. Un caballo conducido por un hombre tuerto y seguido por un perro tuerto.

No era suficiente que Sleat hubiera decidido disolver el matrimonio concertado y enviar a Margaret de vuelta con su familia. Lo hacía de una manera ideada con un único propósito: herir el orgullo de los MacLeod directamente en el corazón, de tal manera que exigieran represalias.

Maldito sea Sleat, engendro del diablo, por meter a una mujer inocente en una disputa familiar entre hombres.

El corazón de Rory se encogió al ver cómo una pequeña lágrima rodaba por la pálida mejilla de Margaret desde detrás del negro parche. La joven se tambaleó, como para reunir fuerzas. Al no encontrarlas, hundió la barbilla todavía más en el pecho.

La sangre se agolpaba en los oídos de Rory, y su cólera acalló finalmente las crueles voces de los hombres del clan MacDonald. Un penetrante grito de batalla le desgarró los pulmones mientras levantaba su espada de doble filo para reunir a los hombres de su clan.

—¡Manteneos firmes! —rugió, pronunciando el lema del clan—. ¡Por los MacLeod!

Sleat lamentaría lo que había hecho. Los MacLeod serían vengados.

1

> Ese poderoso bastión del oeste
> en solitaria grandeza, supremo reina;
> monumento del poder feudal,
> y refugio digno de un rey.
>
> M. C. MacLeod

Loch Dunvegan, isla de Skye, julio de 1601

Isabel MacDonald nunca había pensado que le faltara valor, pero los últimos días estaban haciendo que empezara a cambiar de opinión. Las largas horas de viaje, con poco que hacer si no era pensar, habían puesto a prueba su temple. Lo que en Edimburgo parecía un plan bien concebido para ayudar a su clan, ahora, cuando se acercaban a su destino, en las más remotas tierras de Escocia, parecía como si condujeran a una virgen al sacrificio. Una analogía que, se temía, estaba angustiosamente cerca de la verdad.

Rodeada por los hombres del clan MacDonald en el pequeño *birlinn*, Isabel se sentía extrañamente sola. Igual que ella, los otros ocupantes del bote permanecían alerta y silenciosos, mientras se acercaban al feudo de su enemigo. Solo el monótono sonido de los remos, al hundirse en las oscuras profundidades bajo ellos, rasgaba la estremecedora quietud.

En algún lugar, delante de ella, en el *loch* que había más allá, estaba el castillo de Dunvegan, el inexpugnable bastión del clan MacLeod.

Un viento helado barría el *loch*, haciéndola estremecer de frío hasta los huesos. *Eilean a Cheo*, recordó, el nombre gaélico de Skye: La isla de la Niebla; el nombre se quedaba prodigiosamente corto. Maldiciendo su inapropiada ropa de viaje, Isabel se envolvió más apretadamente con su capa con rebordes de piel —la única prenda de abrigo que llevaba— en un inútil esfuerzo por calentarse. Su atuendo ofrecía una protección tan escasa ante los elementos que igual podría haber estado sentada allí en camisa.

Dada la peligrosa tarea que la esperaba, aquel tiempo de perros parecía muy adecuado.

Isabel había sido prometida en un matrimonio a prueba* al poderoso jefe de los MacLeod. En apariencia, era una unión patrocinada por el rey para poner fin a dos largos y amargos años de luchas entre los MacLeod y los MacDonald. En realidad, era una añagaza para ganar acceso al castillo de su enemigo y, si todo salía según los planes, a su corazón.

Ninguna boda seguiría a aquellos esponsales. Cuando Isabel descubriera lo que quería, disolvería el compromiso y volvería a su vida en la corte, como dama de la reina Ana, como si nada hubiera sucedido, con la certeza de haber ayudado a su clan.

Suponiendo, claro, que no la descubrieran.

Pensándolo bien, haberse pasado los días pensando en las diferentes maneras en que podían castigar a una espía no había sido, seguramente, la manera más eficaz de utilizar el tiempo.

Al percibir la inquietud de Isabel, su querida nodriza Bessie se inclinó y le apretó cariñosamente los tensos dedos.

* El término inglés *Handfast* define unos esponsales celebrados uniendo las manos de los contrayentes, que iniciaban un «matrimonio» de un año y un día, con derechos maritales. Al cabo de ese tiempo, se podía disolver el acuerdo o celebrar una boda para convertirlo en un matrimonio de pleno derecho.

—No te preocupes, princesa, no será tan horrible. Parece que vayas de camino al verdugo, en lugar de a tus esponsales. Ni que tu prometido fuera el viejo rey Enrique de Inglaterra...

Como si lo fuera. Si se descubría la traición de Isabel, el resultado quizá fuese el mismo. No esperaba ninguna piedad de un fiero jefe de las Highlands.* Su única confianza era que el rey Jacobo, un hombre que la había acogido en su hogar como si fuera su hija, no la dejaría atada a una bestia sanguinaria.

En parte, la culpa de la aprensión que la había ido dominando en los últimos días la tenía pensar en el hombre a quien debía engañar. Sus intentos por averiguar más cosas del carácter del jefe de los MacLeod no habían tenido casi ningún éxito. El rey afirmaba que era un hombre bastante amable... para ser un bárbaro. Dado que el rey pensaba que todos los habitantes de las Highlands eran bárbaros, la descripción no la inquietaba demasiado.

Su padre se mostró igualmente circunspecto, diciendo que el jefe MacLeod era un «enemigo formidable», con un «buen brazo para la espada». No resultaba muy tranquilizador. Sus hermanos habían sido un poco más comunicativos. Le describieron al jefe MacLeod como un hombre astuto, muy respetado en su clan, y un guerrero temible, sin igual en el campo de batalla. Pero no había averiguado nada del hombre.

Demasiado tarde se dio cuenta de que Bessie seguía observándola.

—¿Estás segura de que no te pasa nada, Isabel?

—Estoy bien —la tranquilizó Isabel, forzándose a sonreír alegremente—. Es solo que me estoy quedando helada y me muero de ganas de bajar de este bote.

Isabel vio con inquietud que las cejas grisáceas de Bessie se fruncían sobre la nariz de duende que hacía que su cara envejecida pareciera extrañamente joven para sus cuarenta y dos años. Que Dios me ayude, Bessie veía demasiado. La mi-

* Tierras Altas. *(N. del E.)*

rada penetrante de aquellos omniscientes ojos verdes llegó directamente hasta su alma. Isabel supo que su nodriza sospechaba que se tramaba algo. Desde la apresurada decisión de Isabel de comprometerse con un hombre al que nunca había visto, hasta el inadecuado atuendo de viaje que su tío había insistido en que llevara, Bessie no se había dejado engañar por las vagas explicaciones de Isabel.

Isabel respondió a la interrogadora mirada de su niñera, implorándole en silencio que no le preguntara qué era lo que la preocupaba realmente. La tentación de confiarse a la mujer que la había cuidado como una madre era casi irresistible, pero no se atrevía a arriesgarse. Solo su padre, sus hermanos y su tío conocían el auténtico propósito de aceptar aquel compromiso. Era más seguro de esta manera.

Por una vez, Bessie cedió, y fingió no saber que allí había algo más que el nerviosismo de una novia. Apretó de nuevo la mano de Isabel.

—Pediré que te preparen un baño en cuanto lleguemos, y te sentirás mucho mejor.

Isabel consiguió sonreír. La querida Bessie pensaba que todos los problemas se podían solucionar sumergiéndose durante un largo rato en un agua perfumada con lavanda.

—Suena divino —murmuró. Pero por bueno que un baño caliente fuera para sus doloridos huesos, cansados del viaje, Isabel sabía que sus problemas no se solucionarían tan fácilmente.

Todo le había parecido muy sencillo unas semanas atrás, cuando su padre, el jefe MacDonald de Glengarry, se había presentado de repente en la corte. No obstante, su sorpresa inicial y su alegría por aquella inesperada visita se habían convertido rápidamente en desconfianza. Su padre nunca había mostrado mucho interés por ella, así que tenía que haber gato encerrado. Si estaba en Edimburgo, tenía que ser por algo importante. Y ella nunca había sido importante.

Hasta entonces.

Se había quedado estupefacta pero enormemente halagada por su petición. ¡Su padre solicitaba su ayuda! Se había sentido tan entusiasmada por la perspectiva de que él acudiera a ella para una misión tan importante, que había aceptado la oportunidad de ayudar, sin sopesar a fondo los detalles de su tarea.

No era la primera vez que el enorme deseo de Isabel por impresionar a su familia la había puesto en situaciones difíciles; Bessie podría atestiguarlo. Pero, incluso en aquel momento, no podía lamentar su decisión. Sus hermanos estaban más relajados con ella, llegando incluso a tomarle el pelo por un tonto sobrenombre que le habían puesto en la corte. También su padre parecía diferente. En realidad, en muchas ocasiones la miraba fijamente.

Por desgracia, no era el único.

Se le pusieron los pelos de punta en la nuca al darse cuenta. Su tío la observaba. Otra vez. Desde que habían salido del castillo de Dunscaith, hacía unos días, Isabel había sentido con frecuencia la penetrante mirada de su tío en la espalda. La ponía nerviosa. Siempre que se volvía, allí estaba él, observándola con aquellos ojos duros, sin pestañear.

Se había esforzado por fingir que no se daba cuenta, pero su opresiva presencia hacía que fuera imposible. Ya no podía aguantar más aquella mirada fija. Obligándose a no sentirse intimidada, Isabel se volvió para enfrentarse a él.

—¿Cuánto tiempo falta, tío? —preguntó, oyendo el ligero temblor de su voz. A su tío, el jefe MacDonald de Sleat, tampoco se le había pasado por alto.

El hombre frunció el ceño y cruzó los brazos sobre el pecho con aire adusto. Una complexión rubicunda y pecosa, y un pelo rojizo que empezaba a encanecer y que se batía en retirada desde una frente despejada, le hacían parecer mayor de sus treinta y seis años. Isabel no podía evitar fijarse en el centro de su cara, donde demasiados whiskies habían convertido su tremenda nariz en una bulbosidad de un rojo encendido. En conjunto, presentaba una figura imponente. Sleat era un hombre con aspecto de oso; su esqueleto estaba bien revestido de fuertes músculos y tapizado con una generosa capa de pelo rojo oscuro. Isabel frunció la nariz con desagrado cuando su fuerte olor llegó flotando hasta ella. Incluso apestaba como un oso.

Recorrió con la mirada las pesadas facciones de su tío, buscando algún parecido. Era muy difícil creer que era familia de su madre. Le habían dicho que, salvo por el color, su fallecida madre, Janet, era la antítesis de su hermano, mucho más joven que ella. Mientras que Janet había sido una belleza esbelta y delicada, aquel animal de Donald Gorm Mor estaba lejos de ser un hombre apuesto.

No obstante, sí que era un hombre poderoso. Y el clan de Isabel necesitaba desesperadamente aquel poder si quería tener alguna oportunidad de sobrevivir.

Incómoda bajo la fija mirada de su tío, Isabel esperó su respuesta, procurando no moverse. Miró a su padre, pero él parecía casi tan irritado por su exhibición de nerviosismo como su tío. No conseguiría ningún alivio por esa parte. Su padre necesitaba a su tío y su tío necesitaba a Isabel.

—No me decepciones, hija.

Notó un dolor en el pecho. Aquel había sido siempre el problema.

—Pensaba que estabas hecha de una madera más resistente, sobrinita —añadió Sleat—. Sin embargo, aquí estamos, cuando todavía ni se ve el castillo, y ya tiemblas como una niñita a la que han regañado.

Isabel sabía lo que estaba tratando de hacer: avergonzarla para que fuera valiente; pero no daba resultado. Sabía a qué se enfrentaba. Únicamente alguien estúpido no estaría nervioso, aunque solo fuera un poquitín.

—Mirad, señora, allí está —susurró uno de los hombres, dejando el remo por un momento para señalar al otro lado del *loch*, delante de ellos.

Isabel se obligó a seguir la dirección del dedo. Lentamente, levantó la mirada hasta el castillo que iba a ser su nuevo hogar... o, si la descubrían, su mazmorra.

Trató de convencerse de que no estaba tan mal. No había nada visiblemente siniestro en el castillo de Dunvegan, a menos que te fijaras en los imponentes muros de piedra que parecían elevarse amenazadores hasta el cielo. Situado en lo alto de los verticales acantilados rocosos que caían sobre la costa, unos muros largos y lisos abrazaban el borde del risco, uniendo una torre alta y cuadrada a la izquierda con otra con torretas a la derecha. Y por si la propia estructura no era lo bastante amenazadora, la torre más pequeña parecía estar adornada con gárgolas.

Era una fortificación sombría, construida únicamente como defensa, que no daba la bienvenida a nadie. El castillo parecía invulnerable a cualquier ataque o, lo más importante, a cualquier rescate. Una vez entrara allí, no habría vuelta atrás.

Por un momento, a Isabel le pareció que oía reír a las hadas entre el viento, mientas el *birlinn* se deslizaba hacia las rocas al pie de la escalera que llevaba a la puerta del mar. Le habían contado historias de las míticas criaturas que vivían en los bosques que rodeaban el castillo; incluso se rumoreaba que los MacLeod tenían sangre de hadas. Por lo general, desechaba esos cuentos, tildándolos de divagaciones supersticiosas de los viejos, que seguían creyendo en las antiguas costumbres. Pero en una noche fantasmagórica como aquella, la idea no parecía tan improbable.

Acalló aquella imaginación caprichosa suya y se dijo que probablemente solo era el inquietante sonido de las gaitas que saludaban ante su llegada a Dunvegan.

Pero, a pesar de todo, cerró los ojos y pronunció una rápida plegaria pidiendo fuerzas.

Nunca se perdía nada por asegurarse.

Se ajustó la capa alrededor de los hombros. El fino vello de sus brazos estaba de punta. Todos sus instintos clamaban en contra de lo que iba a hacer, pero no tenía elección. La supervivencia de su clan descansaba sobre sus hombros. O quizá fuera más exacto decir sobre su cara.

Isabel frunció el ceño. Quizá su tío la había elegido por su belleza, pero triunfaría por su ingenio y por su firme determinación. Siempre había pensado que su cara era un engorro. No la había ayudado a ganar el respeto de su padre y de sus hermanos en el pasado, pero quizá ahora demostrara ser valiosa. Si podía utilizar sus encantos para desarmar, atraer, seducir y cegar a su esposo, impidiéndole ver sus auténticos propósitos, entonces todo valdría la pena.

Isabel se sentó un poco más erguida en el duro banco de madera. Aquella era su oportunidad para demostrar quién era. Tenía que aprovecharla. Levantó la barbilla y respiró hondo.

Era una MacDonald; nada podía detenerla.

Por supuesto no el enemigo más vilipendiado de su clan, Rory MacLeod. El que pronto sería su marido a prueba. Su marido temporal.

Decidida, Isabel se volvió y se enfrentó a la fiera mirada de su tío.

—Estoy dispuesta, tío.

Solo bajo la luz de la luna envuelta en nieblas, Rory MacLeod recorría con vigorosas zancadas el desierto *barmkin*, con los músculos tensos de expectación. Su prometida MacDonald se estaba acercando, allá abajo, en algún lugar en medio de la oscuridad. Se detuvo el tiempo suficiente para mirar por encima de las almenas, buscando un vislumbre del *birlinn* entre la neblina, oscura y opaca. Pero todavía no había señales de los malditos MacDonald y de su no deseada prometida.

Todavía le parecía imposible. Durante cada día de los dos últimos años, Rory había mantenido su juramento de vengarse y destruir a Sleat por el deshonor que había hecho caer sobre su hermana, Margaret, y sobre los MacLeod. Pero ese día aquella lucha sin tregua tocaría a su fin.

Por lo menos temporalmente.

Un año. Era todo lo que le debía al rey. Y cuando se cumpliera el año, Rory reanudaría sus planes. No descansaría hasta que Sleat fuera destruido y los MacLeod tuvieran de nuevo en su poder la península de Trotternish, una tierra que les habían arrebatado los MacDonald y que, en justicia, les pertenecía.

Con brusquedad, Rory se pasó los dedos ásperos, llenos

de cicatrices ganadas en cien batallas, por el pelo, que le llegaba a los hombros. Había estado muy cerca de abatir a su enemigo... hasta que Sleat acudió al rey, y Jacobo decidió inmiscuirse.

Pero si el rey pensaba que iba a poner fin a su enemistad con un matrimonio, estaba muy equivocado. No después de lo que Sleat le había hecho a su hermana. El odio entre los clanes era demasiado profundo. La mirada de Rory fue hasta la torre donde dormía Margaret. ¿Podían haber pasado solo tres años desde que su hermana menor, hermosa, de ojos brillantes, joven y feliz se alejó de Dunvegan para ir al castillo de Dunscaith como prometida a prueba del jefe MacDonald de Sleat? Parecía imposible que tantas cosas pudieran cambiar en tan poco tiempo. Margaret había regresado a Dunvegan convertida en el triste esqueleto de la hermanita dulce e ingenua pero llena de vida que recordaba.

Poco después del regreso de Margaret, los MacLeod habían atacado a los MacDonald en Trotternish, a sangre y fuego. Y así empezó todo, dos largos y sangrientos años de lucha. Los MacDonald los llamaban *Cogadh na Cailliche Caime*, la «Guerra de la mujer tuerta». Hasta aquel ridículo epíteto alimentaba su cólera.

Rory reanudó su marcha. Aunque todas las fibras de su cuerpo se rebelaban contra aquella alianza, no tenía más remedio que aceptarla. La primera vez que el rey abordó el tema del matrimonio, Rory se negó a considerar la propuesta. Los años de luchas constantes se habían cobrado un alto precio en su clan, pero se resistía a verse atado a una MacDonald, aunque fuera para poner fin al derramamiento de sangre. Pero Jacobo no había aceptado la negativa. Así que Rory le había propuesto una solución que no lo dejaría atado para siempre a sus enemigos; rechazó casarse con la joven, pero negoció unos esponsales a prueba. A diferencia del matrimonio, era fácil deshacer los vínculos temporales de ese tipo.

Rory se frotó la barbilla sin afeitar. Que los MacDonald no hubieran exigido el matrimonio era extraño, especialmente después de la devastación causada por el rechazo de su hermana. Tal vez, Sleat no estaba tan interesado como pretendía en poner fin a la enemistad. ¿Buscaba, también él, una manera de romper la alianza? Si Sleat tramaba algo, seguramente su nueva prometida tenía algo que ver.

Rory estaría precavido contra aquel caballo de Troya.

Una voz sonó desde la oscuridad, interrumpiendo su tumulto privado.

—Pareces un león enjaulado, jefe. Supongo que tu prometida todavía no ha llegado.

Rory se detuvo y se volvió para ver a su hermano menor, Alex, que se acercaba cruzando el *barmkin* desde el viejo torreón. Rory maldijo una vez más a los MacDonald, esta vez por lo que le habían hecho a Alex. Rory observó la misma sonrisa pícara, pero el fino barniz de buen humor no podía ocultar las oscuras sombras bajo los ojos de Alex ni las duras líneas alrededor de la boca, talladas en una mazmorra de los MacDonald.

—No —respondió—. Todavía no hay señales de ellos, pero estoy seguro de que no tardarán.

Alex gruñó.

—Los MacDonald en Dunvegan. Cuesta creerlo.

—Sí, pero no por mucho tiempo —prometió Rory.

Alex se volvió para mirarlo.

—¿Crees que Sleat se atreverá a asomar la cara?

Los labios de Rory dibujaron una línea adusta.

—Cuenta con ello. No dejará pasar la oportunidad de insultarnos con su presencia, refugiándose en la protección de la hospitalidad de las Highlands. Sabe que estamos obligados por el honor a no causarle ningún daño mientras esté en Dunvegan.

Alex suspiró, haciendo un gesto negativo con la cabeza.

—Pobre Margaret.

—No te preocupes. Me he ocupado de ella. La mantendremos lejos de Sleat.

—Maldito sea al rey Jacobo por su intromisión —juró Alex.

Rory sonrió secamente, porque había pensado lo mismo

hacía solo unos momentos. Incluso en la oscuridad, veía la irritación grabada en el rostro de su hermano. Igual que él, Alex detestaba la posición insostenible en que les había puesto Jacobo.

—Será solo un año —afirmó Rory—, y luego podremos reanudar las negociaciones con Argyll para conseguir una alianza más fuerte.

—Proponerles un enlace a prueba fue un golpe brillante —reconoció Alex—. Pero al rey no le gustará que repudies a la joven. He oído decir que es una de las favoritas tanto de Jacobo como de Ana.

Rory comprendía la preocupación de Alex, pero no había manera de evitarlo.

—Es un riesgo, pero estoy dispuesto a correrlo. Jacobo exige que pongamos fin a la enemistad, pero el clan sigue sediento de venganza contra Sleat. Y aunque pueda estar fuera de la ley y mis tierras estén confiscadas, el rey no ha intentado imponer su poder en mi contra. Cuando llegue el momento, ya pensaré en una manera de aplacarlo.

—Siempre lo haces —reconoció Alex a regañadientes—. Por alguna extraña razón, pareces contar con el favor del rey, pese a que te haya puesto entre la espada y la pared.

Rory se encogió de hombros.

—La chica no sufrirá ningún daño. En el peor de los casos, tendré que ir a Edimburgo a explicarlo.

—¿Y si te encierran en prisión?

—No llegará a eso. —Vio la mirada escéptica de Alex—. No esta vez. Jacobo solo está probando su fuerza. Yo cumplo con mi deber. Solo he aceptado un enlace a prueba.

Alex lo pensó un momento.

—Me pregunto por qué el rey lo ha aceptado.

Al principio, a Rory le había intrigado lo mismo.

—Parecía confiar en que finalmente tendría lugar el matrimonio. No le disuadí de su error.

—No envidio tu posición —dijo Alex. Pero su grave expresión se borró con la sonrisa que se extendió por toda su cara. Por un momento, a Rory le pareció que veía a su hermano tal como era en otros tiempos—. Aunque quizá debería —prosiguió Alex—. Me han dicho que es una gran belleza, encantadora y llena de ingenio. Cuando nuestro primo Douglas volvió de la corte, dijo que no había visto a nadie como ella. Los cortesanos le habían puesto incluso un nombre, la Sirena Virgen, que atraía a los hombres a la muerte con su inocencia y hermosura. Una mejora escocesa sobre la anciana Reina Virgen de Inglaterra. Por mi parte, tengo muchas ganas de ver tal dechado de virtuosa inocencia e irresistible belleza. ¿Qué harás si te sientes atraído por ella?

Rory enarcó una ceja. Su hermano tendría que saberlo.

—Una cara hermosa no me hará olvidar mi deber.

—A mí me haría olvidar el mío.

Rory se echó a reír. Alex tenía una famosa debilidad por las chicas bonitas, pero conocía demasiado bien a su hermano para creerse lo que acababa de decir. El honor y el deber eran tan importantes para Alex como lo eran para él.

—No es necesario que pase tiempo con ella. Estoy seguro de que apenas me daré cuenta de su presencia —afirmó desdeñoso—. Además, nadie puede ser tan bello como dicen los rumores. Ni tan inocente. Después de todo, ha pasado el último año en la corte. Pero para mí no cambia nada el aspecto que tenga ni lo ingeniosa o encantadora que sea. Cuando me case, será por el clan.

Como si estuviera esperando aquellas palabras, un vigía gritó:

—Se acerca un *birlinn*, jefe.

Mientras caminaba decidido, con sus piernas largas y musculosas, hacia la entrada de la puerta del mar, Rory miró atrás, hacia Alex, y puso fin a la conversación.

—Ahora veremos por nosotros mismos si los rumores son ciertos. Mi esposa temporal ha llegado.

2

> Llegarás primero a las sirenas, que encantan a cuantos van a su encuentro...
>
> *La Odisea* XII, 42

El suave fulgor anaranjado de las antorchas formaba una larga y brillante serpiente que iluminaba la oscura noche mientras los hombres del clan MacDonald avanzaban por la pendiente escalera de piedra de la puerta del mar. Dolorida por el incómodo viaje en bote, Isabel estaba más que agotada mientras subía, vacilante, por el sendero, detrás de un joven miembro del clan.

—Por aquí, señora. Cuidado donde pisáis. Seguro que estas rocas están resbaladizas, con este tiempo. —Willie de Dunscaith le sonreía, con sus azules ojos muy abiertos y llenos de admiración.

Isabel cabeceó apenada por la expresión de absoluto enamoramiento de Willie. Ojalá MacLeod fuera tan fácil de impresionar.

Nunca entendería el absurdo efecto que parecía cuasar en los hombres. Siempre ha sido así, pensó con una considerable irritación. Sonrisas tontas, boquiabiertas, tímidas torpezas, miradas lujuriosas. Sus hermanos eran los únicos hombres que conocía que no daban vueltas a su alrededor como unos estúpidos. Estaba harta de que no vieran más que su exterior. Aunque solo fuera por una vez, le gustaría conocer a alguien dispuesto a mirar debajo del bonito caparazón y ver en su interior tanto las virtudes como los defectos.

Sin embargo, era muy consciente de que la única razón de que la hubieran elegido para ayudar a su familia era precisamente la que a ella le molestaba. Había luchado tanto tiempo por conseguir que su familia le prestara atención, que le dolía que, al final, la apreciaran por lo que ella menos valoraba.

Acalló la punzada de decepción y se volvió hacia Willie sonriendo:

—Gracias, Willie, me aseguraré de pisar con cuidado.

Continuó la ascensión por la empinada escalera que llevaba desde el *loch* hasta la puerta del mar. Desde un punto de vista puramente defensivo, tenía sentido que la única entrada al castillo fuera desde el mar, donde los MacLeod podían observar fácilmente tanto a amigos como a enemigos, pero la verdad era que no facilitaba los viajes. La cara del castillo que daba a tierra firme era completamente inaccesible, situada en lo alto de un acantilado vertical. Por ello, se habían visto obligados a hacer en barco la última parte del camino desde Dunscaith.

Los días de viaje se habían cobrado su precio. A Isabel le dolía el cuerpo en sitios de cuya existencia nunca antes había sido consciente. Tenía los pies casi congelados; aquellos zapatos absurdamente delgados que su tío le había obligado a ponerse no ofrecían protección contra la humedad ni sujeción en los resbaladizos peldaños. Sleat se había ocupado de cada detalle de su aspecto y elegido cada artículo, no para ilustrar la moda de la corte ni porque fuera práctico, sino para seducir.

Por fin llegó al final de la escalera. Levantó la vista y frunció el ceño. Nunca podría escapar sin ser vista. Debía de haber otra salida. Y si quería salir de allí de una pieza, mejor sería que averiguara dónde estaba.

Sus malos presentimientos se acrecentaron al ver a los MacLeod armados y alineados a lo largo del muro, inmóviles como las piezas de madera tallada de un juego de ajedrez, vigilando pacientemente mientras su grupo se acercaba. Isabel los miró con desconfianza. Incluso a distancia veía que sus cuerpos estaban tensos, como leones listos para saltar, casi como si tuvieran la esperanza de atacar.

Tenía los nervios a punto de estallar, y lo que dijo Willie a continuación la sacudió hasta lo más profundo:

—Venid, señora, vuestro prometido os espera.

Una sombra enorme se movió y bloqueó la entrada. Se le heló la sangre en las venas.

Dios Santo, es enorme.

No le veía la cara, pero su cuerpo hercúleo y su postura orgullosa no dejaban lugar a dudas de que era un guerrero poderoso al que había que temer.

Con recelo, Isabel siguió a su padre y a su tío a través del arco de la entrada, y subió todavía más escaleras hasta donde la esperaba MacLeod. Deseaba desesperadamente dar media vuelta y huir, pero obligó a sus pies a seguir moviéndose hacia delante. A cada paso que daba, él parecía más alto y más ancho de hombros. Incluso superaba en altura a su tío, que era uno de los hombres más altos que ella conocía. Nunca antes había contemplado tal fuerza en estado puro. Nadie de la corte se le podía comparar. Su físico musculoso era más que intimidante. No le sorprendía que a su tío le resultara tan difícil vencer al jefe de los MacLeod.

El miedo la atenazaba. ¿Cómo podría defenderse de aquello? Sus habilidades serían prácticamente inútiles contra un hombre como aquel.

Pero solo es un hombre, se recordó. Igual que cualquier otro. Con las mismas necesidades, los mismos deseos y las mismas debilidades. Isabel tragó con fuerza, pensando en lo que quizá tendría que hacer para manejar aquellas debilidades.

Una vez cruzada la puerta del mar, siguieron a MacLeod a través del oscuro patio y por el interior del torreón cuadrado. Aliviada por haber salido de aquella niebla helada que todo lo penetraba, Isabel se tomó un momento para calentarse, frotándose las manos, una con otra, hasta que sintió un hormigueo en los dedos cuando recobraron la sensibilidad.

Se quedó medio escondida detrás de su tío, su padre, sus hermanos, Bessie y el resto de los hombres del clan MacDonald. Su posición le ofrecía una situación estratégica desde la cual observar a MacLeod, aunque la cara de este seguía oculta por las sombras oscilantes de la luz de las velas. Cuando él se volvió hacia su tío, solo pudo distinguir el fuerte ángulo de sus pómulos y su cuadrada mandíbula.

Como si se encontraran para librar batalla, los dos clanes habían formado, sin darse cuenta, dos bandos enfrentados desde lados opuestos. MacLeod estaba en el pináculo de sus hombres, con un grupo de guerreros de aspecto fiero a su flanco. Un aura de absoluta autoridad emanaba de él cuando se enfrentó a su tío, de jefe a jefe.

Isabel oyó las protestas que surgieron a sus espaldas cuando los MacLeod reconocieron a su tío. Comprendía bien su ira. En privado, la creía justificada. Después de la manera abominable en que su tío había disuelto el matrimonio a prueba con Margaret MacLeod, se preguntaba por qué el jefe de los MacLeod no se había lanzado contra él, puñal en mano, en el momento mismo en que entró en el castillo. Volvió a mirar a aquel hombre. No, parecía tener un control demasiado fuerte de sí mismo. Pero no sucedía lo mismo con algunos de sus hombres. Unos cuantos de los guerreros MacLeod tenían el aspecto de morirse de ganas de apuñalar a su tío en el corazón. Observó cómo miraban a su jefe esperando sus órdenes. Con alguna forma silenciosa de comunicación, con un pequeño gesto de la mano, los tranquilizó.

Estaba claro que sus hombres lo obedecían sin vacilar, pero no sabía si era por miedo, como sucedía con los que seguían a su tío, o por lealtad y respeto.

Sin prestar ninguna atención a su tío, Rory MacLeod inclinó la cabeza como breve saludo al dirigirse a su padre.

—Bienvenido a Dunvegan, Glengarry. Ha pasado ya algún tiempo desde que nos vimos la última vez. —Hizo una pausa; sin duda los dos recordaban su último encuentro en el campo de batalla—. Confío en que hayáis tenido un viaje sin incidentes.

MacLeod habló en gaélico, la lengua de los hombres de las Highlands y de las Islas, una lengua caída en desuso en la corte y en las Lowlands en favor del escocés, un dialecto del inglés. Su voz, orgullosa y fuerte, reverberó poderosamente en el pequeño vestíbulo de piedra. Hablaba con el aplomo de un hombre que está acostumbrado a dar órdenes... y a ser obedecido.

Su tío no demostró tener el mismo control. Evidentemente irritado porque no le prestaban atención, interrumpió a su padre antes de que este pudiera responder.

—MacLeod. Gracias por vuestra cortés bienvenida. Nuestro viaje se desarrolló sin incidentes, aunque hacía un frío extremo.

MacLeod clavó los ojos en el tío de Isabel.

—Sleat. No recuerdo haberos enviado una invitación. —No era una bienvenida—. Pero os esperábamos.

MacLeod permanecía de pie, con las piernas abiertas y las manos enlazadas a la espalda, en apariencia completamente relajado. Pero al mirarlo más atentamente, Isabel vio la ligera hinchazón de los músculos de los brazos y la tensión de las piernas. Estaba preparado, listo para saltar sobre su tío a la menor provocación, pero manteniendo un control absoluto.

Sleat frunció el ceño. Estaba claro que esperaba coger por sorpresa a MacLeod. Isabel sabía lo bastante de su tío para comprender que no le gustaba que pensaran que era previsible. Sus labios se curvaron en una mueca de rabia, furioso porque lo habían privado de su diversión.

—Sencillamente no podía perderme la oportunidad de compartir esta gozosa ocasión. Sin duda, esta unión significa que nuestras diferencias pertenecen al pasado. Miraremos hacia un futuro más alegre. El rey exigió mi presencia para sellar nuestra nueva alianza. ¿No lo mencionaba en su misiva?

Mientras observaba desde detrás de sus familiares la silenciosa lucha de voluntades entre aquellos dos jefes, Isabel no pudo menos de ser consciente de que MacLeod no se había molestado en mirar en su dirección. Experimentó una punzada de decepción. Al parecer, él no estaba tan deseoso de esa unión como le habían hecho creer a ella.

No cabía duda de que un novio reticente haría que su trabajo fuera más difícil. Las circunstancias distaban de ser ideales, pero él debería mostrar un ligero interés en ella. Después de todo, iban a ser parte de un matrimonio a prueba... esposo y esposa en todo, salvo en el nombre. Isabel sentía una necesidad perversa de verle la cara, de mirar al hombre con el que iba a unirse.

Al hombre al que debía seducir.

En aquel momento, MacLeod avanzó, entrando en la zona iluminada, y su cara salió de las sombras. El corazón de Isabel le dio un salto en el pecho y luego pareció dejar de latir. Se quedó mirándolo, incrédula, con los ojos muy abiertos. Aunque lo hubiera soñado durante toda su vida, nunca habría podido conjurar la perfección de su cara.

La ascendencia nórdica de su clan era evidente en la estatura y el color de la piel. Las Highlands estaban llenas de hombres grandes, pero él superaba a la mayoría; medía medio palmo por encima de los seis pies.*

Su cabello, castaño y liso, tenía mechones de un rubio dorado que brillaban a la luz de las velas. La espesa melena dorada estaba cortada siguiendo la línea de la mandíbula y caía por encima de una frente fuerte, tapándole a medias el ojo izquierdo, desde un remolino alto. Unas pestañas largas y espesas enmarcaban unos ojos del color de oscuros zafiros. La piel bronceada hacía destacar sus rasgos cincelados —pómulos altos y una nariz aquilina clásica sobre una boca grande— a la perfección. La sombra de una barba incipiente le oscurecía la cuadrada mandíbula en una cara, por lo demás, bien afeitada. Cuando abría la boca para hablar, unos dientes muy blancos brillaban contra la piel bronceada. Era espléndido. Incomprensiblemente, Isabel se sintió atraída por aquel hombre. Y por una vez, era ella la que se había quedado boquiabierta.

* Seis pies son 1,83 metros; es decir MacLeod medía más de 1,93 metros.

—Dios, es apuesto de verdad, princesa —le susurró Bessie al oído—. Si yo fuera joven...

Isabel no se atrevió a decir nada; se limitó a asentir con la cabeza, ya que dudaba de su capacidad para hablar con coherencia, pero decir apuesto era quedarse deliciosamente corta.

Apartó los ojos de su cara y se deleitó inocentemente con el resto de él. Iba vestido con el atuendo tradicional: el gran *plaid* doblado sobre el hombro, el *breacan feile*, de suaves tonos azules y verdes sobre el *leine croich*, una camisa de longitud media, de lino de color azafrán. El *plaid* estaba sujeto en la cintura con un cinturón de cuero y caía en suaves pliegues hasta sus rodillas. Iba asegurado en el pecho con el broche de plata de jefe de los MacLeod. Las piernas, de poderosos músculos, estaban desnudas salvo por unas botas de piel blanda.

Era un guerrero en cada pulgada de su cuerpo. Un jefe en cada centímetro. Era imposible imaginarlo vestido de otra manera, y menos aún con el complicado traje de la corte al que ella estaba acostumbrada, con la gorguera rizada, pantalones abombachados, calzones holgados y el elegante jubón guateado y bordado. El traje tradicional de las Highlands le sentaba a la perfección. Isabel se dio cuenta de que tenía la boca abierta, y la cerró de golpe.

Sentirse atraída por él era algo con lo que no había contado.

MacLeod parecía totalmente ajeno al interés que despertaba en ella; seguía clavando su intensa mirada en su tío. Dio un paso adelante, amedrentador.

—Jacobo no mencionó que se requiriera vuestra presencia —dijo con una voz dura, cortante, carente de emoción—. Pero eso no cambia nada. Disfrutaréis de nuestra hospitalidad hasta que se complete la ceremonia de los esponsales.

Su tío comprendía muy bien las costumbres y obligaciones de la hospitalidad entre los clanes de las Highlands y las Islas; de lo contrario, no estaría allí. Por respeto a la tradición, estaría a salvo mientras permaneciera bajo el techo de los MacLeod. El honor de estos lo exigía, y un jefe de clan se regía siempre por su honor.

Isabel vio cómo aumentaba la rabia de su tío ante el desdén de MacLeod.

—Por supuesto, nos iremos en cuanto concluya la celebración. —Sleat dirigió a MacLeod una mirada cómplice, lasciva—. Sin duda, querréis pasar un poco de tiempo a solas con vuestra nueva esposa. Por cierto, ¿dónde está vuestra hermana Margaret? Me sorprende no verla aquí para darnos la bienvenida.

Isabel contuvo la respiración mientras un silencio sepulcral se extendía por la estancia. Miró a su tío, sin poder creer lo que acababa de oír. ¿Cómo podía ser tan cruel para mencionar a la hermana de MacLeod? Pero si tenía la intención de provocar a MacLeod, iba a quedar decepcionado. El jefe de los MacLeod no movió ni un músculo. Sin embargo, el hombre que estaba a su lado no tenía el mismo dominio de sí mismo.

—Bastardo. —Se lanzó hacia delante, pero no pudo avanzar porque se lo impidió la presa de acero del brazo de MacLeod.

No había visto al segundo hombre antes, pero podía ser el gemelo del jefe MacLeod. Entrecerró los ojos para verlo mejor. Quizá el color de la piel era un poco más claro. Además, no era tan grande, pero seguía siendo impresionante. Aunque apuesto, a su cara le faltaba la imponente autoridad del jefe del clan. Debe de ser su hermano, se dijo Isabel.

La confirmación llegó de inmediato.

—Yo me ocuparé de nuestro invitado, hermano. —Rory MacLeod sonrió, aunque la sonrisa no llegó a sus ojos. La helada intensidad de su mirada era suficiente para congelar el *loch* Carron en pleno verano.

A esas alturas, la corriente subterránea de odio que fluía entre los dos hombres era palpable; MacLeod, frío y controlado; Sleat, petulante y cruel. Gracias a Dios, el padre de Isabel intervino, impidiendo más ofensas por parte de su tío. Los hermanos de Isabel se adelantaron para ser presentados. Isabel esperó, impaciente y nerviosa. Su primera impresión de MacLeod había hecho poco por calmar sus temores. Aunque lo atractivo de sus rasgos hiciera que su tarea fuera decididamente aceptable, la atracción que sentía hacia él era una complicación inesperada. No podía engañarse. No estaba ante un hombre que se dejara dominar por el deseo. Con todo, estaba ansiosa por calibrar su reacción ante ella. ¿Podría encontrar un punto débil en aquella armadura de acero?

Respiró hondo. Había llegado el momento de averiguarlo.

Rory apretó con fuerza los puños, con una furia nacida del puro odio. Sleat era previsible, pero eso no hacía que le resultara más fácil acoger a su enemigo en su propio castillo. De no ser por la sagrada obligación de la hospitalidad de las Highlands, Sleat ya estaría muerto. Se ocuparía de aquel hijo de mala madre de negro corazón más tarde, cuando consiguiera sosegar el fuego que ardía en sus venas.

—Estos son mis hijos, Angus, Alisdair e Ian —dijo Glengarry.

Avanzaron por orden de edad, estrechando la mano de Rory uno tras otro. Rory observó a los hijos de Glengarry con un interés calculado. Dentro de unos cuantos años, aquellos jóvenes serían unos guerreros vigorosos, una fuerza a la que habría que tener en cuenta. Los tres eran altos, fornidos y, suponía, de piel singularmente clara.

En otras circunstancias, bien podría haberse sentido orgulloso de tenerlos por hermanos. Pero dado lo que planeaba hacerle a su hermana, Rory sabía que iba a crearse unos enemigos poderosos. Por desgracia, no había manera de evitar su cólera. Tenía una responsabilidad como jefe. Su camino estaba trazado y en él no se incluía el matrimonio con una MacDonald.

Había llegado el momento. No podía seguir ignorándola. Glengarry la cogió de la mano y la hizo salir de detrás de sus hermanos.

—Y mi hija, Isabel MacDonald. Vuestra prometida.

Por un momento asombroso, el tiempo se detuvo. Sintió como si lo hubieran golpeado en el pecho con el pesado acero de una espada. Lo único que pudo hacer fue quedarse mirando fijamente a la mujer más bella que había visto nunca. Los griegos no le habían regalado un caballo, le habían regalado a la propia Helena.

Unos rasgos diminutos y preciosos, dispuestos a la perfección en una piel suave y blanca. La nariz era pequeña y delicada, los ojos grandes y rasgados seductoramente. Nunca había visto unos ojos de aquel color; eran del azul más inusual. Un momento; entrecerró más los ojos en la tenue luz. No eran azules, eran de color violeta. Como los brezos de Skye. Unas pestañas espesas y aterciopeladas se curvaban hacia arriba y rozaban las finas cejas arqueadas. Notando su mirada, la joven sacó ligeramente la lengua para humedecerse unos labios rojos, carnosos y sensuales que rodeaban unos dientes blancos, muy pequeños y perfectos. Aquellos labios sensuales podían volver loco a un hombre, llenándolo de ideas lascivas.

Unas trenzas del color del cobre dorado, que parecían increíblemente suaves y exuberantes, le enmarcaban la cara. Antes de poder evitarlo, imaginó aquella cabellera extendida por encima de una almohada, por detrás de su cabeza.

Una oleada inesperada de deseo lo alcanzó en la entrepierna.

La violenta fuerza de la reacción lo hizo salir de su estupor. Rory apartó los ojos de la cara de la joven.

Le tendió la mano y sintió que una descarga le recorría todo el cuerpo al tocarla. Sus dedos eran como hielo, y sintió una enorme tentación de calentárselos entre los suyos.

—Milord, es un gran placer conoceros —dijo Isabel con voz sensual, atrayendo de nuevo su mirada. Fue un error. Isabel retiró hacia atrás la capa e hizo una reverencia, inclinándose ligeramente hacia delante.

Rory pensó que se ahogaba. Alex empezó a toser incontroladamente a su lado. Al inclinarse, Isabel les ofrecía la visión más deliciosa de unos senos que nunca había tenido la fortuna de contemplar. Sus pechos, firmes y redondos, estaban a punto de salirse del apretado y escotado corpiño de su traje. La piel, de un blanco cremoso, ligeramente sonrosada por el frío, pedía ser acariciada... o besada. La oleada de deseo que lo había inundado antes no era nada en comparación con el rayo que lo alcanzó entonces.

El vestido estaba al borde de lo indecente; no era en modo alguno tan modesto como el tradicional y holgado *arisaidh* escocés, pero se alegró de que ella no fuera partidaria de los rígidos trajes, absurdamente complicados, con aquellas faldas anchas y aquellas gorgueras en el cuello, favoritos en la corte de Isabel y en la de su vecina del norte, Edimburgo. Aquel vestido exhibía su precioso cuerpo a la perfección; la fina tela de satén se pegaba a sus curvas, insinuando peligrosamente el esplendor que había por descubrir debajo de ella.

Sin ninguna duda, Dios se había superado a sí mismo cuando creó a Isabel. Aunque seguro que se rió con ganas a expensas de nosotros, pensó Rory. Era una ironía deliciosa. Tenía delante la cara de un ángel al que solo salvaba, apenas, de la santidad un cuerpo que no evocaba ninguna idea religiosa. Más bien era la misma tentación hecha carne.

Su cuerpo reaccionaba ante aquella belleza de la manera en que su mente se negaba a hacer. El traicionero fuego del deseo le ardía en las entrañas, pero Rory comprendía que no encontraría alivio en ese campo. Sin embargo, aunque la atracción que sentía lo irritó, no le preocupó. El deseo era una molestia que podía controlar. Su deber estaba en otro sitio.

Acostarse con Isabel MacDonald, por tentador que fuera, no era una opción. Aunque era algo que se daba por sentado en los términos del matrimonio a prueba, Rory no se la llevaría a la cama sabiendo que, al final, tenía la intención de abandonarla. No se arriesgaría a dejarla embarazada de un hijo suyo. Un hijo que pronto se quedaría sin padre era una complicación que no podía permitir.

Al observar las miradas fijas, atónitas, de los hombres a su lado, Rory sintió el fiero impulso de tomarla entre sus brazos y cubrirla. Confiaba en todos sus hombres, sin excepción, hasta la muerte, y sabía que ninguno se atrevería a causar ofensa.

Pero apenas podía culparlos por apreciar lo que tan libremente se ofrecía.

El incómodo silencio se prolongó. Se dio cuenta de que ella esperaba que le hablara. Rory bajó la mirada y vio que seguía cogiéndole la mano. Era tan suave como los pétalos de las rosas, y parecía muy pequeña y blanca junto a sus dedos grandes, bronceados y llenos de cicatrices.

La dejó caer como si quemara.

Irritado por su reacción, Rory obligó a su voz a recuperar el timbre frío y carente de emoción.

—Señora MacDonald, debéis de estar cansada de vuestro viaje y desearéis retiraros a vuestras habitaciones. Mañana habrá un banquete después de que se firme el contrato y se complete la ceremonia.

—Gracias, milord, sí que estoy cansada, y el descanso sería muy bienvenido.

—¿Es esta vuestra doncella? —preguntó Rory bruscamente, indicando a la mujer que había junto a ella.

—Es mi niñera, Bessie MacDonald. Me ayudará a instalarme. Espero que no sea un problema.

—No. En vuestra habitación hay un camastro. Puede dormir allí, si lo prefiere.

Antes de que ella pudiera responder, le volvió la espalda, sin prestarle más atención. Pero no antes de observar que sus manos retorcían la falda ante lo cortante de su respuesta.

Alex le lanzó una mirada intrigada mientras se adelantaba con una sonrisa conciliadora.

—Soy Alex MacLeod, el hermano de Rory. Bienvenida, y si puedo hacer cualquier cosa para ayudaros a que os instaléis... —Sus ojos brillaron traviesos.

—Gracias, Alex, agradezco vuestra bienvenida —dijo Isabel, insistiendo en «vuestra» y ofreciéndole la mano.

Consciente de su recriminación no demasiado sutil, Rory no pudo menos que admirar su fortaleza. En la corte, su imponente tamaño y su adusta expresión parecían aterrorizar a las jóvenes, pero ella no parecía intimidada en lo más mínimo. Aquella muchacha tenía temple.

—Por supuesto, desearéis un refrigerio, y pueden prepararos un baño, si lo deseáis. Deidre —Alex señaló con un gesto a su vieja niñera, que acababa de unirse a ellos— puede traeros todo lo que necesitéis; solo tenéis que pedirlo —dijo, con una inclinación digna de la corte y una amplia sonrisa.

—Suena divino —dijo Isabel con voz cálida.

Rory entrecerró los ojos, observando la facilidad con que se desarrollaba la conversación entre aquellos dos. No se le pasó por alto la mirada agradecida que Isabel dirigió a Alex. Una mirada que tendría que haber ido dirigida a él. La verdad es que no era propio de Rory ser tan brusco, pero aquella muchacha lo ponía nervioso. Estaba seguro de que solo era algo temporal. La mayoría de los hombres habrían perdido el juicio ante una belleza así, razonó.

Pero siguió con el ceño fruncido. Él no era la mayoría de los hombres. Era inmune a esas tonterías, a diferencia de su hermano. Alex se olvidaba de todo ante una cara bonita, pero Rory no. Sin embargo, sintió lo que solo se podía describir como un ramalazo de celos al verla dedicar una sonrisa de agradecimiento a su amable hermano. Aquel absurdo sentimiento era a la vez irritante e inoportuno.

Con una mirada que mostraba su desagrado, Rory tomó las riendas de la situación. Tendría que recordar a Alex que la muchacha era una MacDonald. Y para bien o para mal, su esposa a prueba durante un año.

—Deidre os acompañará a vuestras habitaciones ahora. Hasta mañana, señora MacDonald.

Volviéndose hacia sus hombres, ordenó a Colin y a Douglas que acompañaran al resto del grupo a sus dormitorios, donde estarían bien vigilados. Pero luego descubrió que su atención volvía a Isabel y su mirada la seguía mientras abandonaba la estancia. Isabel MacDonald había sido una sorpresa. Se negaba a pensar en la inesperada oleada de deseo que había sentido al conocer a su «prometida». Nunca había pensado en encontrarse en la situación de sentirse atraído por ella. Con todo, no le preocupaba demasiado. Rory había sobrevivido a los feroces ataques de Sleat durante dos años, además de a las maquinaciones de un rey hostil. Podía manejar fácilmente las artimañas de una chiquilla.

Pero algo más lo atormentaba. Estaba incómodamente sorprendido por la primera impresión de su prometida; parecía tan joven e inocente... casi vulnerable. No era precisamente el tipo de mujer adecuado para llevar a la práctica los intentos de Sleat. Si era inocente de la intriga de Sleat, Rory haría todo lo posible para que no sufriera daño alguno y fuera bien tratada. Hermosa o no, él mantendría las distancias. Y al cabo de un año, cuando el período de prueba hubiera acabado, la devolvería a los suyos sin que hubiera pasado nada.

Cuando sus «invitados» hubieron abandonado la sala, Rory volvió a salir afuera para dirigirse a la torre del Hada, seguido de cerca por su hermano.

—Vaya, que me condene si no eres un bastardo con suerte, Rory. Espero que esas nobles intenciones tuyas de no acostarte con la muchacha estén preparadas para ser puestas a prueba —dijo Alex con una voz ronca de envidia—. Los «exagerados rumores» no le hacían justicia.

Rory trató de no hacerle caso, pero la evidente admiración de Alex lo azuzaba incómodamente. En realidad, lo irritaba soberanamente. No dudaba de la lealtad de su hermano, pero le sorprendía hasta qué punto no quería hablar de los atributos de aquella mujer en particular con nadie... incluyendo a su hermano.

—Supongo que es bastante atractiva —respondió, consciente de que sonaba ridídulo.

Alex soltó un bufido de incredulidad.

—Bueno, por lo menos sabemos por qué el rey estuvo de acuerdo con el matrimonio a prueba —afirmó como sin darle importancia.

Rory enarcó una ceja, intrigado.

—Nadie en su sano juicio repudiaría a una belleza así.

—Un hombre en pleno uso de sus facultades debe hacer lo que le dicta el deber —le recordó Rory.

Alex cabeceó con pesar. Un sentimiento que Rory entendía muy bien.

—¿Cómo de importante es esta alianza con la chica de los Campbell? —preguntó.

Rory suspiró.

—Mucho.

Solo una alianza con Argyll le proporcionaría la influencia que necesitaba con el rey. Pero Alex tenía razón. Mantener las distancias iba a ser un poquito más difícil de lo que había previsto. Pero podía hacerlo. No había nada que Rory MacLeod no pudiera hacer.

3

> Aquí bajo la mirada de los cielos,
> y todos los sagrados poderes del amor...
> uno estas manos y con ellas
> los corazones que son dueños de ellas,
> enlazando para siempre...
> corazón y mano en amor, fe y lealtad.
>
> FRANCIS BEAUMONT y JOHN FLETCHER,
> *Wit at Several Weapons*, V: i

Isabel sabía que se estaba tomando mucho tiempo para prepararse. Pero estaba nerviosa. Como necesitaba tiempo para serenarse, había enviado a Bessie a hacer otro recado sin importancia, mientras acababa de arreglarse para la ceremonia que la uniría al jefe MacLeod... durante un año.

Un año para romper sus defensas y descubrir sus secretos. Una tarea que se había vuelto más difícil después de conocerlo.

MacLeod era un hombre duro, forjado en músculos de acero. Estaba claro que no sería fácil engañarlo. Además, su temperamento autoritario y adusto no auguraba ninguna indulgencia en caso de que la descubrieran. Aquel hombre poseía una capacidad desalentadora para ocultar sus reacciones. Aunque la noche anterior notó que se sentía atraído por ella, lo había disimulado con tal rapidez que se preguntaba si se lo había imaginado. Por lo demás, su expresión era inescrutable.

Nunca había conocido a ningún hombre que pareciera menos inclinado a hacer algo «ciegamente», en especial enamorarse. Encontrarle un punto débil iba a ser todo un desafío.

Se mordió el labio. Aunque no percibió ninguna animosidad en él, la conversación había sido decepcionante por sus modales bruscos y fríos. Estaba claro que su tío la había engañado. Rory MacLeod no sentía ningún deseo por celebrar ese enlace.

Por lo menos, sus temores de enfrentarse a un bárbaro brutal no parecían tener fundamento. Notaba una cortesía intrínseca en él. Aunque no era tan refinado como la gente de las Lowlands,* no destacaría en la corte por sus modales toscos, sino por su impresionante tamaño y la auténtica dignidad de su porte.

Aunque MacLeod demostraba tener muchas cualidades que ella admiraba, esas mismas cualidades eran obstáculos para alcanzar su meta. Ganarse su confianza iba a resultar mucho más difícil.

Mirándose en el espejo, se sujetó cuidadosamente el pelo en lo alto de la cabeza y se colocó la diadema incrustada de diamantes. No podía librarse de la incómoda sensación de estar haciendo algo malo. Pero ¿qué elección tenía? Sin su ayuda, su clan estaba condenado.

Sin embargo, Isabel sabía que no era solo el destino de su clan lo que la había llevado hasta allí.

Desde que podía recordar, siempre había estado a la sombra de sus hermanos mayores, yendo tras ellos cuando cazaban, jugaban y practicaban su destreza con la espada. Aprovechaba cualquier oportunidad para participar siempre que la toleraban; se escondía y los espiaba siempre que la excluían.

Lo más frecuente era que no le hicieran ningún caso.

Desesperada por conseguir que la incluyeran, lo había probado todo intentando que le prestaran atención. Pero por

* Tierras Bajas. *(N. del E.)*

muchos logros que acumulara, ni sus retos ni sus proezas de valor la acercaron lo más mínimo a su padre y sus hermanos. Por el contrario, la trataban como si fuera una idea de último momento. Una extraña. Sin trascendencia ni importancia. Notó un nudo en el pecho cuando el conocido vacío se asentó en su estómago.

Lo había comprendido, tristemente, unos años atrás, pero todavía le dolía. Sus lágrimas infantiles se habían secado hacía tiempo. Raramente se permitía refocilarse en la autocompasión. Pero de alguna manera, comprendía que aquellos recuerdos dolorosos no eran, en realidad, recuerdos, sino los restos rotos de sus sueños de infancia. Todavía ansiaba ganarse su amor y su respeto. Era aquel anhelo lo que la había llevado a Dunvegan.

Por vez primera en su vida, ellos la necesitaban.

Sin ese matrimonio a prueba, su tío se negaba a respaldar a su padre en la encarnizada lucha que libraba contra los MacKenzie por el castillo de Strome, el hogar de su infancia. Su clan necesitaba la fuerza de su tío para sobrevivir. Y Sleat necesitaba una mujer hermosa. Una mujer hermosa para tentar a MacLeod a compartir los secretos de su clan. Secretos que permitirían que su tío los destruyera para siempre, favoreciendo su empeño de reclamar para sí el antiguo feudo del señorío de las Islas.

Sleat le había encargado dos misiones: encontrar una entrada secreta al inexpugnable castillo y robar su precioso talismán mágico: la bandera del Hada. Si había que creer las leyendas, la bandera era la fuente mítica de la fuerza de los MacLeod y ya los había salvado dos veces de la destrucción.

Incluso ahora se le hacía un nudo en el estómago al pensar en lo que no le habían dicho pero sí insinuado claramente. Debía usar todos sus encantos para conseguir lo que querían, incluida la seducción. ¿Cómo podía ella, que nunca había dejado que ningún hombre se le acercara lo suficiente para robarle un simple beso, seducir a un fiero e implacable jefe de las Highlands?

En aquel momento, después de conocer al hombre, Isabel estaba todavía más segura de que nunca resultaría. Rory Mac-

Leod era duro como un muro de piedra y parecía inmune ante una debilidad como la emoción.

Bessie entró apresuradamente en la habitación.

—Te están esperando, princesa. —Se detuvo bruscamente, llevándose la mano al corazón y exclamando teatralmente—: Isabel, eres una visión celestial. Nunca te había visto tan bella. —Se secó los ojos con un pañuelo de lino—. Oh, cuánto le habría gustado a tu madre verte en el día de tus esponsales.

Una oleada de emoción inundó a Isabel. Unas lágrimas ardientes se le agolparon en la garganta. La alegría de Bessie solo la hacía sentir peor por engañarla... y la mención de su madre la deshizo por completo. Respiró hondo.

—Entonces será mejor que no les hagamos esperar más. —Isabel salió al pasillo y dio su primer paso por un camino que solo podía llevar a la traición.

Rory se enfrentó al día con una cabeza mucho más clara, dominando de nuevo sus pensamientos errantes... y lujuriosos. Sus sueños habían estado llenos de visiones de su prometida... fantasías eróticas de una noche de bodas que no iba a tener lugar. Unas imágenes vívidas de luces de velas y seda. Se la imaginaba de pie, delante de él, mirándolo con aquellos ojos seductores, invitadores. Se tomaba su tiempo para desnudarla, recorriendo con sus manos el suave terciopelo de su piel, bajándole lentamente el ligero camisón, desvelando su tentadora y voluptuosa desnudez, de pulgada en pulgada. El sueño había sido tan vívido, tan real, que se había despertado con una erección dura y palpitante, con la necesidad de aliviarse. Atribuyó esa reacción inusual ante la joven MacDonald a la inquietud que le provocaba la presencia de Sleat en su castillo y a la innegable y rara belleza de la muchacha.

Ese día, Rory estaba mejor preparado para la turbación que le producía aquella belleza. La admiraría como se admira una bella obra de arte... un objeto expuesto. Pero nada más. La admiración no tenía por qué engendrar intimidad. Bastaba que ella fuera una MacDonald y no una alianza adecuada para su clan. No le hacía falta saber nada más.

Como era costumbre, la ceremonia de los esponsales tendría lugar en el exterior. Dadas las circunstancias, Rory se había decidido por una ceremonia reducida y privada, que sería seguida por un gran festín de celebración. Pese a la enemistad existente entre los dos clanes y a que la alianza no era deseada, el clan se sentiría decepcionado con menos. Los festejos eran una parte integral de la vida en las Highlands y los escoceses se alegraban de tener cualquier excusa para celebrar algo.

Así que cuando el sol de la mañana ganó intensidad en el horizonte del este, Rory, Alex, Sleat, Glengarry y los hermanos de Isabel se reunieron alrededor del *barmkin* esperando a la novia.

Una novia que se retrasaba; las diez habían sonado hacía mucho tiempo ya. ¿Se lo estaría pensando mejor? Era extraño, pero esta idea no le produjo tanto alivio como debería.

Glengarry había mirado hacia su habitación suficientes veces como para que Rory supiera que se estaba impacientando. Por fin, el padre de Isabel sonrió aliviado.

—Ah, aquí llega.

Rory se volvió, y toda su recién encontrada claridad de ideas se desvaneció.

Sintió el mismo golpe violento en el pecho, la misma intensidad física de la atracción. Quedó tan trastornado como cuando, la noche anterior, la vio por primera vez; puede que incluso más. A la clara luz del día, Isabel MacDonald quitaba el aliento.

Sus espesas trenzas cobrizas resplandecían con un encendido fulgor rojo bajo la brillante luz del sol. Los largos mechones ondulados, retirados de la cara, estaban sujetos con una diadema de malla de plata adornada con diamantes y diminutas perlas. Sus rasgos eran a la vez delicados y llenos de vida. La blancura de nieve de su piel contrastaba con las oscuras cejas y pestañas que enmarcaban sus adorables ojos de color violeta y con el rojo sangre de sus sensuales labios.

La mirada de Rory bajó por la cara de la joven y se detuvo en sus pechos. Tragó saliva y se esforzó por no quedarse mirándolos fijamente, admirándolos, mientras notaba cómo la sangre ardiente afluía a su entrepierna y su verga crecía. De nuevo, el vestido bordeaba lo indecente; era algo más adecuado para uno de los espectáculos de máscaras del rey Jacobo que para una boda. La mayoría de las mujeres escocesas elegirían un vestido de colores brillantes o *arisaidh* para sus esponsales. Isabel no. Había escogido un traje de damasco de color marfil sin adornos que, en su sencillez, no tenía nada de sencillo. La brillante tela envolvía provocativamente su bien formada figura, tentando los sentidos con la gloria de aquel voluptuoso cuerpo. Había prescindido del guardainfante y la pieza del estómago y el vestido se ajustaba a sus estrechas caderas y a sus nalgas suavemente redondeadas. El corpiño era atrevidamente bajo, con un profundo escote cuadrado. Sus firmes y redondos senos quedaban apenas cubiertos, amenazando con desbordarse del traje a la menor provocación. Rory pensó, o quizá solo lo imaginó, que se adivinaban unos pezones de color rosa pálido debajo del borde de encaje del corpiño. Incluso mientras todo su cuerpo se endurecía de deseo a la vista de toda aquella piel desnuda, tuvo que reconocer que había algo inocente y virginal en el vestido. El poco convencional color nupcial le sentaba perfectamente.

Comprendió que, sin ninguna duda, el próximo año iba a ser el más largo de los veintisiete que había vivido.

Consciente, de repente, de que la familia de Isabel estaba observando su reacción con un interés no disimulado, adoptó una expresión vacía y dijo:

—Señora MacDonald, espero que hayáis encontrado la habitación a vuestro gusto.

—Sí, gracias. Era muy agradable. Hemos estado muy cómodas.

Prescindiendo de cumplidos, Rory miró alrededor para asegurarse de que todos estuvieran preparados. Con el rabillo del ojo vio que Deidre estaba junto a la pesada niñera de Isabel.

Isabel percibió la mirada.

—Espero que no os importe... —vaciló—, pero la he invitado.

—Ya lo veo.

Su tono debió de alarmarla, porque empezó a rebullir inquieta.

—Es que, cuando la mandé llamar esta mañana para agradecerle que me preparara el baño a una hora tan tardía, mencionó que había servido a la familia desde que vuestro hermano mayor era niño. Pensé que a lo mejor deseaba estar aquí.

Desconcertado por su consideración, Rory no dijo nada. La miró a los ojos y no vio más que sinceridad.

—¿Estáis enfadado? —preguntó ella en voz muy baja.

—No. Solo lamento que no se me ocurriera a mí.

Una amplia sonrisa le iluminó el rostro, y Rory se quedó paralizado. Los ojos de Isabel centelleaban con una gozosa efervescencia que transformaba su cara majestuosamente bella en juguetona y encantadora. Un diminuto hoyuelo en la comisura de los labios le hizo pensar en hacer travesuras en otros lugares. Por ejemplo, el dormitorio.

Apartó la mirada.

—Empecemos —informó a Glengarry.

Este miró a su hija.

—¿Isabel?

Rory entrecerró los ojos. Parecía como si Glengarry estuviera ofreciendo la elección a su hija. Con aspecto sorprendido, pero enormemente halagada por la consideración, Isabel se limitó a asentir.

Con Glengarry oficiando, Rory se volvió para quedar frente a su prometida, lo bastante cerca de ella como para oler la suave lavanda de sus cabellos y distinguir las pecas que le salpicaban la nariz. Las pecas le encantaron; aquella ligera imperfección señalaba una sorprendente falta de vanidad en una mujer tan bella. Estaba claro que era alguien que disfrutaba estando al aire libre, que valoraba que el sol le diera en la cara, en lugar de venerar una tez impecable. Se recriminó por la dirección que tomaban sus pensamientos, comprendiendo que estaba haciendo exactamente lo que se había prometido no hacer.

Un objeto hermoso, se recordó.

Sin embargo, mientras permanecían de pie en el patio, ante los testigos de su compromiso, se sentía incómodamente consciente de lo pequeña y delicada que era. Y además estaba nerviosa. Su mano se desplazó hacia ella unas cinco pulgadas antes de que la hiciera volver atrás.

¿Qué demonios estaba haciendo?

Carraspeó, ordenándose dejar de actuar como un idiota.

Glengarry unió la mano derecha con la derecha y la izquierda con la izquierda, cogió un trozo de tela y lo anudó alrededor de las manos, juntándolas. Rory fijó la mirada en la diminuta mano que tenía en la suya, tan suave y delicada entre sus manos ásperas, castigadas por las luchas. Los dedos de Isabel estaban fríos como el hielo, y comprendió que estaba nerviosa... quizá incluso asustada. Sintió un intenso deseo de protegerla y no pudo evitar que le afectara la simbólica alusión al vínculo que estaban a punto de asumir. Aunque no hubiera matrimonio, aquel compromiso sería real.

Pronunció los votos que los unirían durante un año.

—Yo, Roderick MacLeod, jefe de los MacLeod, doy mi palabra a Isabel MacDonald, y con esta unión de manos me comprometo a tomarla por esposa por un período no menor de un año.

Isabel repitió las palabras, y la unión quedó sellada. Excepto por una parte.

—¿A qué estáis esperando MacLeod? —dijo Sleat, burlón—. ¿Es que no vais a besar a la novia?

Rory se tensó, pues sabía que era necesario, pero se resistía. No porque no quisiera besarla, sino por lo mucho que deseaba hacerlo. Probar su sabor. Catar el fruto prohibido de aquella boca exquisita.

Con las mejillas encendidas de rubor, Isabel se miraba fijamente los pies, las puntas de los zapatos que asomaban apenas por debajo del borde bordado del traje.

—Claro —dijo, poniéndole un dedo bajo la barbilla—. Un beso para sellar nuestros votos.

Lentamente bajó la cara, deteniéndose un momento para

inhalar su perfume floral antes de que sus labios tocaran los de ella. Estuvo a punto de gemir al tiempo que una oleada de deseo le recorría, ardiente, el cuerpo. Dios santo, qué sabor tan dulce.

Y era casi insoportablemente suave. Su piel era puro terciopelo bajo sus dedos.

Se demoró, con un impulso primario de ahondar en el beso. Quería cogerla entre sus brazos y aplastar sus senos contra su duro pecho. Sentir la forma de sus caderas cuando ella se apretara contra su tensa entrepierna. Introducir la lengua en la dulce cueva de su boca y beber de ella.

Pero, de alguna manera, consiguió contenerse.

Lentamente apartó los labios. Al mirar la cara levantada hacia él, con el rosado rubor de la pasión en las mejillas y los labios ligeramente separados, Rory conoció un oscuro momento de casi incontrolable deseo. Un deseo que le roía cada pulgada del cuerpo con una intensidad aplastante y abrumadora.

Por primera vez en su vida, Rory MacLeod —un hombre que se enfrentaba a docenas de aterradores guerreros en el campo de batalla y hacía caer de rodillas, aterrorizados, a sus enemigos— se sintió alarmado.

Dejó caer la mano de la barbilla de Isabel y dio un paso atrás. Aquello no volvería a pasar.

A Isabel no la habían besado antes y no estaba nada preparada para la intensidad devoradora de la experiencia. Los ásperos dedos de Rory habían acunado su cara con tanta ternura que sintió una aguda punzada de anhelo en lo más hondo del pecho. Y cuando los labios de él rozaron los suyos, conoció un momento de puro paraíso. Fue un momento de unión tan poderoso que la asustó, haciendo que su cuerpo le pareciera ajeno. Nunca había imaginado que un beso pudiera apoderarse de alguien de ese modo.

Con un suave contacto la había marcado como suya.

Sus labios eran mucho más suaves de lo que había imaginado, totalmente incongruentes con el caudillo duro e implacable. Tenía un sabor... delicioso. Su aliento, cálido y especioso, absorbió sus sentidos cuando le apretó la boca con más fuerza contra la suya.

El corazón le latía, agitado, en el pecho, y cuando aquella sensación la inundó, le pareció que todo su cuerpo se ablandaba. Se sintió débil. Como si no tuviera huesos. Y maravillosamente cálida, alimentada por un deseo creciente. Por un momento, olvidó la mentira que los había unido. Olvidó la presencia de su familia y se rindió ante la fuerza de una llamada más poderosa.

Quería más.

Se sumergió en él, acercándose más a su cuerpo. Lo bastante cerca para sentir el calor que irradiaba de él y notar la fuerza, apenas contenida, que había bajo la poderosa fachada. Era grande y fuerte, y la hizo sentir profundamente consciente de su propia feminidad.

Durante un precioso instante, pareció como si él fuera a envolverla con sus musculosos brazos y a besarla más profundamente. Su boca se movió contra la de ella y la áspera barba de su mandíbula le rozó la piel, enviando ondas de anticipación por todo su cuerpo. Sus dedos se tensaron sobre su barbilla y la atrajo más hacia él. Inconscientemente, sus labios se separaron, sabiendo que había algo más.

Tal vez él notó su reacción, porque se tensó bruscamente y apartó su boca de la de ella. Justo antes de soltarla, sus deslumbradores ojos de color zafiro estudiaron brevemente su cara, levantada hacia él. No era una mujer baja, pero su barbilla apenas le llegaba a la mitad del pecho. Isabel creyó vislumbrar un fuego lento e intenso en su mirada, pero aquella expresión vacía y reservada volvió a ocupar su lugar, ocultando cualquier emoción.

Él dejó caer la mano, y el embrujo se rompió.

Desde entonces, apenas la había mirado. De hecho, parecía absorto en la conversación con su padre, sentado a su derecha, y con la preciosa mujer morena sentada junto a Glengarry.

Por desgracia, Isabel estaba lejos de sentirse tan indiferente.

Mirando, por detrás de sus espesas pestañas, al hombre sentado a su lado, se sentía extrañamente consciente del que ahora era su marido por un año. La verdad era que había sido consciente de él desde el momento en que, al salir del castillo por la mañana, había visto sus cabellos leonados brillando bajo el sol. Atraía las miradas como un flameante faro en una noche sin luna; su magnificencia no era solo el resultado de su estatura hercúlea, sino que surgía del aura de autoridad que lo rodeaba. Su postura era la de un rey. Un hombre nacido para gobernar.

De todos los hombres reunidos en el *barmkin* para la ceremonia, era el único que no parecía preocupado por su tardanza. Al parecer, su seguridad la incluía a ella.

Sin embargo, la de ella había quedado hecha trizas. Después de aquel beso que hizo que el corazón se le parara, Isabel se pasó el resto del día en una nube, desconcertada. Recordaba vagamente haber compartido la copa de vino ceremonial y volver al castillo para la firma del contrato entre su padre y MacLeod, que convertiría el compromiso en oficial. Era suya por un año.

Pero solo un año. Sería mejor que no lo olvidara, por muy excitantes que fueran sus besos.

Aunque sabía que aquellos esponsales solo eran un vínculo temporal, mientras permanecía sentada en el estrado del gran vestíbulo, observando la jubilosa fiesta que se desarrollaba a su alrededor, se sentía extrañamente agitada. Casi se podía creer que era un matrimonio de verdad, bendecido para toda la eternidad. Isabel se obligó a recordar que todo era una ficción, por muy oficial que pareciera. El contrato, la ceremonia, incluso el vestido, todo era parte del plan de su tío. El matrimonio a prueba solo era una vía de escape para cuando acabara su tarea.

Aquel día era una farsa. Desde que era niña había soñado con la felicidad del día de su boda. Sin embargo, pese a todos los pretendientes que le habían presentado en la corte, desesperaba de encontrar alguna vez al hombre adecuado. En muchos sentidos, Rory MacLeod era la personificación del hombre orgulloso y apuesto del que había imaginado que se enamoraría y con el que se casaría. Mala suerte. El primer hombre que había conseguido interesarla era el único que, de ningún modo, podía tener. Se recordó que, por supuesto, no era el hombre de sus sueños.

En sus sueños, su esposo no la ignoraba.

Era una experiencia inusual para ella. Isabel no estaba acostumbrada a la total indiferencia de los hombres. Él era impecablemente cortés, pero distante. Además, se mostraba irritantemente inescrutable. Era difícil creer que fuera el mismo hombre que la había besado con tanta ternura.

Si lograra penetrar aquel escudo de hielo con el que se revestía cuando estaba cerca de ella y obligarlo a hacerle caso... No de la manera revoltosa con que actuaba para atraer la atención de su familia. No, por vez primera en toda su vida, Isabel quería que un hombre la viera como mujer.

Si ese día podía servir como indicación, aquello iba a ser un reto.

Entre el continuo discurrir de personas que le deseaban felicidad y de la ocasional pregunta de MacLeod —«¿Un poco más de buey, Isabel?» o «¿Queréis un poco más de vino, Isabel?»— había conseguido contar todas las ventanas de la enorme estancia. Doce. Aunque era exagerado calificar de ventanas las estrechas aberturas en las paredes de tres metros de grosor. Se necesitaba ser un rayo de sol muy decidido para abrirse camino a través de un impedimento tan formidable. La sala estaba iluminada con velas y el humeante brillo de la turba en la chimenea.

Las paredes estaban austeramente decoradas con algún que otro tapiz raído, tejido sin demasiada maestría, pero colgada de la pared, detrás del estrado, había una *claidheamhmór* de tres pies de largo y aspecto amenazador. La enorme espada, con empuñadura en cruz, para usar con las dos manos, parecía demasiado pesada para ser útil, pero le dio que pensar.

¿Le pertenecía a él?

Si alguien podía levantar aquella cosa, era él. Isabel miró a hurtadillas al hombre sentado junto a ella. Observó la manera en que sus hombros y brazos se tensaban bajo el fino lino de la camisa. Aquel hecho despertaba la consciencia en sus entrañas. Rory MacLeod era físicamente el hombre más imponente que había conocido en su vida. Nunca se había sentido tan consciente del tamaño y la fuerza de un hombre. Aunque era imposible no estarlo. Dominaba el espacio a su lado.

Sus hombros, muy musculosos, eran tan anchos que rozaban los suyos cada vez que alargaba el brazo para coger un trozo de buey o un poco de pan untado con mantequilla de la tabla que compartían, haciendo que un escalofrío la recorriera de arriba abajo. Hasta el aire parecía lleno de su olor, claramente masculino, a mar y sándalo, una mezcla seductora que parecía penetrar en su piel y hundirse en lo más profundo de su consciencia. Descubrió que reaccionaba a su cruda masculinidad no con miedo, sino con algo parecido a una curiosidad excitada. Pensó en tocarlo para ver si era tan duro y fuerte como parecía. Se quitó de encima aquel extraño anhelo. ¿Qué le estaba pasando?

Mientras comían, también tuvo la oportunidad de observarlo con su clan. Estaba claro, por los innumerables hombres que se les habían acercado para darles la enhorabuena, con una admiración y un orgullo sinceros, que era amado y reverenciado. Con sus hombres, bromeaba de una manera cordial y relajada.

La absoluta antítesis de como se comportaba con ella.

Frustada por sus respuestas monosilábicas, finalmente se había rendido y se había vuelto hacia Alex buscando aliviar el aburrimiento. Por lo menos, este se mostraba cordial. Pero, por alguna razón, su atractiva cara no despertaba sus sentidos como la de su hermano. Con todo, Isabel se relajó un poco y empezó a responder a sus encantadores cumplidos con una sonrisa.

Al cabo de unos minutos, se volvió hacia Rory, dando por sentado que seguiría sin hacerle caso. Pero se sorprendió al descubrir que, por el contrario, la estaba mirando.

—¿Lo estáis pasando bien, Isabel?

Se quedó desconcertada ante la frialdad de su voz. Si no supiera la verdad, casi podría pensar que parecía celoso.

Los azules ojos se habían vuelto casi negros. Aquel hombre podía fundir las rocas, pensó Isabel, incómoda bajo aquella mirada amedrentadora. Habría dado cualquier cosa por saber qué pensaba. Decidida a no dejarse acobardar por su actitud intimidante, no hizo caso del súbito nerviosismo que le retorcía el estómago. No he hecho nada malo, se recordó.

Por lo menos, todavía no.

Levantó la barbilla y lo miró intrépidamente a los ojos. Habló despreocupadamente, como si no hubiera notado que algo fuera mal.

—Sí, vuestro hermano es muy amable. Hemos estado hablando del gran talento de vuestros gaiteros. Son maravillosos.

Él se tomó mucho tiempo para responder. Cuando lo hizo, Isabel se preguntó si solo habría imaginado su enfado.

—Los MacCrimmon han tocado para los MacLeod durante muchos años —dijo. Su expresión era absolutamente imperturbable mientras jugaba con el borde incrustado con piedras preciosas de su copa de plata, y las yemas de sus dedos acariciaban ligeramente el suave relieve decorativo. Había algo profundamente sensual en sus movimientos, y ella no podía apartar la mirada, imaginando sus dedos en ella. ¿La tocaría con el mismo cuidado? Un estremecimiento le recorrió la columna. El sonido de su voz la arrancó de sus cavilaciones—. Son los mejores gaiteros de Escocia —terminó.

Isabel percibió el tono de orgullo de su voz. Las Islas eran el último bastión de la cultura gaélica que había florecido bajo los señores de las Islas. Gaiteros y bardos eran muy importantes para preservar aquella tradición.

Rory empezó a volverse de nuevo hacia su padre, que estaba a su derecha. No queriendo que la conversación se acabara tan pronto, Isabel preguntó:

—¿Quién es aquella niña tan encantadora de allí?

Rory se volvió en la dirección que le indicaba, y una amplia sonrisa se extendió por toda su cara. A Isabel dejó de latirle el corazón. Si lo había encontrado apuesto en su severidad... la transformación era deslumbradora. Las pequeñas arrugas alrededor de los ojos se ahondaron y unos seductores hoyuelos aparecieron a cada lado de la boca.

Pero fue la ternura de su mirada cuando la dirigió a la niña lo que la sorprendió. Sentía un afecto genuino por ella. Isabel se dio cuenta de que era la primera vez que veía una emoción sincera detrás de aquella estoica reserva.

Inconsciente del efecto que tenía en ella, Rory dijo:

—Ah, la pequeña Mary MacLeod es ya toda una leyenda por estos lugares. Tiene un talento muy poco común en alguien tan joven. Disfrutaréis con sus historias.

—¿La niña es un bardo? —preguntó Isabel, genuinamente sorprendida.

—Solo tiene cinco años, pero promete mucho. El clan está encantado por lo joven que es, y con frecuencia nos entretiene con sus poemas.

—Ya veo que no solo el clan está encantado... —bromeó Isabel, y se vio recompensada con una sonrisa juvenil que hizo que el corazón se le disparara—. ¿Os gustan los niños?

Él pareció desconcertado por la pregunta.

—Claro —respondió, como si no pudiera haber otra respuesta.

Pero Isabel sabía que sí que la había. No todos los hombres se sentían cómodos con niños alrededor y eran pocos los que mostraban un deleite tan obvio. Ella lo sabía muy bien.

Nunca levantaba la mirada cuando ella entraba.

—Padre.

—Ahora no, niña. Estoy ocupado.

—Pues ¿cuándo?

—Luego.

Pero claro, «luego» nunca llegaba. El recuerdo se apagó y otra idea muy diferente apareció en su mente. Se mordió el labio, esforzándose por no traicionar su repentina incomodidad.

—Entonces ¿querréis tener hijos?

La suavidad alrededor de sus ojos se endureció y la seductora sonrisa desapareció.

—No por el momento.

Furiosa por haberlo irritado, Isabel volvió a su conversación original.

—Pensaba que los irlandeses O'Muireaghsain eran los *seannachie* de los MacLeod.

Rory enarcó una ceja.

—Habéis aprendido algo de nuestra familia. Sí, los bardos hereditarios son los O'Muireaghsain, pero hace tanto tiempo que están lejos de Erin que dudo que se consideren otra cosa que auténticos habitantes de las Islas.

—Mis conocimientos de vuestra familia son muy limitados. No obstante, no se puede ser una MacDonald y no saber algo de los MacLeod. —Lo miró a los ojos y añadió con osadía—: Nuestros clanes comparten toda una historia. —No había necesidad de esconderse de lo evidente.

Él dobló las piernas debajo de la mesa y bebió un largo trago de *cuirm*, mirándola por encima de la copa.

—Sé que no tenéis nada que ver con la enemistad que hay entre nuestros clanes. No albergo ningún rencor hacia vos por lo que vuestro tío le hizo a Margaret hace dos años. Pero es posible que otros no os acepten fácilmente, Isabel.

Isabel asintió. Superar el prejuicio de ser una MacDonald no iba a ser fácil, pero era algo de esperar.

—Bueno, por lo menos parece que todos lo están pasando bien en este momento —dijo, señalando la mezcla de los hombres de los dos clanes reunidos para el banquete. Los MacLeod, MacCrimmon y MacAskill ocupaban un lado de la estancia, y su grupo de los MacDonald, el otro. Los antiguos enemigos se mantenían separados, con la excepción de sus tres hermanos. Movió la cabeza, animada, al ver cómo flirteaban descaradamente con las chicas MacLeod que servían la mesa. Aquellos tres nunca perdían una oportunidad para divertirse, aunque estuvieran rodeados de una manada de lobos. Suspiró.

Rory la estaba observando.

—Debéis de estar agotada.

Ella sonrió y admitió:

—Quizá un poco.

—Podéis retiraros a vuestras habitaciones cuando queráis.

Isabel se esforzó por controlar el furioso martilleo de su corazón. La noche se le venía encima.

—¿Llevarán mis cosas a otra habitación esta noche, milord? —preguntó en voz baja.

Se arrepintió en cuanto las palabras salieron de su boca. El momentáneo buen humor de MacLeod desapareció.

—He pensado que nos tomáramos un tiempo para conocernos mejor. Por el momento, seguiréis donde estáis. —Las últimas palabras las dijo con fría decisión.

Isabel abrió los ojos asombrada y, avergonzada, se le encendieron las mejillas. Su resistencia a consumar el matrimonio era inesperada e inusual. Había contado con los ratos privados pasados en la habitación común para conseguir que él se enamorara de ella. Incluso se había preparado mentalmente para que él se la llevara a la cama aquella noche.

Debería sentirse aliviada. Después de aquel beso, era un manojo de nervios. Si reaccionaba de aquel modo a un simple beso, ¿qué pasaría cuando él se acostara con ella?

Isabel había esperado que él le diera un cierto tiempo para acostumbrarse a la idea, pero ahora que lo hacía, no sabía qué pensar. O bien era muy considerado o bien ella no le atraía en absoluto. Esperaba que fuera lo primero, por el bien del plan, claro. A pesar de todo, se sentía incomprensiblemente decepcionada.

El agudo tintineo de una risa, mezclada con la ronca voz de Rory, atrajo su atención. Cuando vio a la hermosa mujer de pelo oscuro sentada junto a su padre, se le ocurrió otra explicación. El corazón se le encogió en el pecho. Isabel esperaba que él no buscara su placer en otro sitio.

A Rory no se le había pasado por alto la mirada dolida de sus ojos cuando le informó de que no compartirían la misma habitación. Pero no estaba preparado para la oleada de calor que le recorrió todo el cuerpo cuando ella habló de trasladar sus cosas a su cámara. Extendió las piernas por debajo de la mesa y bebió otro trago de *cuirm*, esforzándose por reprimir el deseo que traicionaba su cuerpo. Podía imaginar cómo sería llevársela a la cama cuando un casto beso le encendía de aquella manera. Nunca un casto beso le había afectado tanto, disparando unas urgencias primarias que solo habían empeorado durante la larga cena. La sensual curva de su boca le provocaba. Quería saborearla de nuevo. Notar cómo sus suaves labios reaccionaban bajo los de él. Tenía un sabor tan dulce que el deseo le había golpeado con todas sus fuerzas. Su cuerpo se endurecía solo con mirarla. Soltó una maldición y cambió de postura en el asiento con renovada incomodidad.

Era consciente de la dirección de los pensamientos de Isabel. Había hecho todo lo posible por no prestarle atención durante el banquete y había flirteado descaradamente con la tonta pero guapa Catriona MacGrimmon. Sabía que hacía mal en alentar a Catriona, una relación del pasado que había terminado tras la pasión inicial, pero necesitaba encontrar algún medio de distraerse.

Había tenido que luchar contra el impulso de quedarse mirando a su reciente esposa todo el día. Se dijo que solo era porque tenía deberes que cumplir con los que le rodeaban, en especial aquellos cuya mera presencia exigía un cierto nivel de desconfianza. Sin embargo, no se sentía, ni de lejos, tan indiferente como pretendía. Deseaba que fuera solo por su belleza, pero maldita fuera si no le intrigaba por otras razones.

Rory se apercibió de que observaba pequeñas cosas, como la manera en que se retorcía el cabello cuando estaba nerviosa o se mordía el labio cuando estaba pensativa. Pero no eran solo estas cosas las que le intrigaban. También era testigo de su amabilidad y consideración en el trato con extraños, como cuando había invitado a Deidre a la ceremonia de los esponsales.

Y después de la ceremonia, había visto cómo buscaba, de inmediato, la aprobación de su padre. Había un anhelo tal en su expresión que casi resultaba doloroso mirarla. Pero lo hizo. Así que no se le pasó por alto la aguda desilusión de Isabel cuando su padre no le demostró ningún reconocimiento. Su relación con su padre y sus hermanos parecía muy incómoda, casi rígida. Como si ella fuera una frágil pieza de porcelana y ellos no supieran qué hacer con ella. Rory pensó que podía compadecerlos.

Sin embargo, sentía lástima por ella; él tenía unas relaciones muy estrechas con sus hermanos y hermanas. Se detuvo un momento y frunció el ceño. Excepto con la más joven. Flora se había ido con su madre cuando era una niña, después de morir su padre, y había vuelto raras veces. Era una situación que tenía intención de rectificar para asegurarse de que la joven no crecía sin conocer a los suyos.

Isabel era tiernamente vulnerable, pero no apocada. La fuerza con la que soportaba su poco característica exhibición de mal humor lo había demostrado. Al principio, se había sentido aliviado cuando ella se rindió, volviéndose hacia Alex. Que lo incordiara a él durante un rato. Alex parecía disfrutar realmente de su compañía y tenía un aspecto más relajado que en mucho tiempo. Esto tendría que haberle hecho feliz, pero en cambio le había hablado con irritación. Se preguntaba por qué.

Detestaba admitirlo, pero el coraje de la muchacha le había impresionado. La negra mirada que le lanzó había hundido a muchos hombres, mucho más fuertes y experimentados. Debajo de aquel exterior refinado se ocultaba una fortaleza innegable. A esas alturas, la mayoría de las chicas habría huido, pero, de alguna manera, ella conseguía hacer que se sintiera culpable por intimidarla.

Tanta vulnerabilidad unida a tanto temple y coraje era una combinación inusual. Cabeceó irritado. Maldita fuera si no le recordaba a su hermana Margaret... antes.

La verdad era que no sabía qué pensar de ella. Tenía más sustancia de lo que esperaba y nada de la arrogante seguridad de una mujer hermosa. Lo sorprendía, y a Rory no le gustaban las sorpresas. Isabel MacDonald era casi demasiado buena para ser verdad, en especial viniendo de Sleat. Hasta entonces la joven no había hecho nada para merecer su desconfianza, pero era pronto. Exigía un mayor estudio; tendría que seguir observándola. A distancia.

Permanecer sentado tan cerca de ella toda la tarde, esforzándose por no prestarle atención, había sido una lección de perseverancia.

Allí, junto a él, tenía un aspecto encantador y refinado y condenadamente adorable. Estaban muy apretados en el banco y, cada vez que ella se movía, lo rozaba, haciéndole sentirse consciente de su cuerpo, como si lo recorriera un rayo.

Isabel MacDonald era una mujer que seducía con su mera proximidad. La sutil fragancia de lavanda que emanaba de sus cabellos, la delicada manera en que sus dedos cogían la comida de la tabla, la expresión de placer, con los párpados entrecerrados, que había en sus ojos mientras saboreaba un bocado delicioso, la tentadora manera en que sacaba la lengua para recoger un grano de azúcar que se le había quedado pegado en los labios. No podía observarla sin imaginar aquella misma mirada en su cara mientras él le daba placer o su lengua asomando para saborear otras cosas con el mismo deleite. La ostensible sensualidad de sus movimientos se volvía mucho más poderosa por la pasión a punto de estallar que había detectado en su beso.

Todo en ella anunciaba a gritos una suave y dulce feminidad, una sexualidad apasionada que solo esperaba liberarse. Y Rory, o por lo menos su cuerpo, la estaba escuchando.

No podía mirarla sin ponerse duro. Tenía unos pechos increíbles, opulentos y redondos, exhibidos por el vestido con una perfección que hacía perder el sentido. Ansiaba tenerlos entre sus manos, en su boca y apretados contra su pecho desnudo. La tentación de tomar lo que era legítimamente suyo estaba demostrando ser más difícil de resistir de lo que había imaginado. Deseaba con todas sus fuerzas que la comida llegara a su fin.

Un fuerte alboroto al otro lado de la estancia acalló sus pensamientos lujuriosos, rompiendo la paz de la celebración.

Oyó cómo se volcaba una mesa, el inconfundible ruido de puños y el barullo de una pelea. Una rápida mirada le dijo todo lo que necesitaba saber; dos hombres: un MacDonald contra un MacLeod.

Rory se puso en pie, rígido de cólera:

—¡Basta! —El retumbar de su voz restalló como un látigo a través de la sala. La habitación cayó en un silencio sepulcral. Los hombres dejaron de pelear y todos los ojos se volvieron hacia él.

Rory oyó cómo Isabel contenía el aliento a su lado.

—Ian —exclamó en voz muy baja.

Rory reconoció al hermano más joven de Isabel, todavía resoplando por el esfuerzo de la reyerta, con la mejilla bañada por un hilo de sangre que le caía desde un corte en la sien. Frente a él estaba Fergus MacLeod, uno de sus propios hombres. Un guerrero temible, pero dotado también con un genio muy vivo. Rory se hizo cargo de la situación, observando a la horrorizada joven que servía las mesas, de pie, justo al lado de los dos hombres. Era la esposa de Fergus.

—Aquí —ordenó Rory señalando el pie del estrado—. Los dos. —Cuando estuvieron ante él, ordenó—. Explicaos.

Los dos hombres empezaron a la vez.

—De uno en uno. —Cuando acabaron, era tal como Rory pensaba. Ian había flirteado con la bonita joven con demasiada vehemencia para el gusto de su esposo. Fergus había reaccionado lanzando un puñetazo a la cara de Ian, rompiendo así la paz.

Rory tensó la mandíbula y fijó la mirada en su hombre, sin molestarse en ocultar su desagrado.

—Espero que tengas intención de hacer algo al respecto, MacLeod —dijo Sleat, disfrutando claramente de la situación.

Rory no le hizo ningún caso. No necesitaba que nadie le recordara lo que debía hacer.

El ardor de la pelea se había apagado y Fergus era consciente de lo que había hecho.

—¿Qué tienes que decir en tu defensa? —exigió Rory—.

Has infringido la sagrada obligación de la hospitalidad de las Highlands y perturbado la paz de esta estancia. —Señaló con un gesto a Ian—. Este hombre es nuestro huésped.

Fergus inclinó la cabeza, sabiendo que su acto era una vergüenza para el clan.

—Actué sin pensarlo —dijo.

Antes de que Rory pudiera dictar el castigo, Isabel le puso una diminuta mano en el brazo.

—Por favor...

Rory se puso rígido. Sabía qué le iba a pedir. También era consciente de que todas las miradas estaban fijas en ellos.

—No os inmiscuyáis, Isabel.

—Por favor —susurró ella en voz baja—. No ha sido culpa suya.

Rory bajó los ojos hasta la mano posada en su brazo y sintió algo extraño en el pecho. Debería estar furioso con ella por atreverse a desafiar su autoridad ante su clan, pero, en cambio, admiró su sentido de la justicia. Aunque estuviera equivocado.

—¿Es necesario que os instruya en el deber de la hospitalidad de las Highlands?

—No, es solo que...

—Basta —dijo, esta vez en un tono lo bastante áspero para hacerla callar. Volvió a mirar a Fergus y dictó su sentencia—. Por lo que has hecho, pagarás una pena de tres terneras jóvenes; dos para los MacDonald y una para mí.

Una exclamación general siguió a la sentencia, pero las miradas coléricas iban dirigidas a los MacDonald y no a Rory. Oyó cómo la esposa de Fergus rompía a llorar. Era un castigo duro, pero justo. Rory se sentó para continuar con la comida, pero la verdad era que había perdido el apetito.

Permaneció en silencio largo rato, furioso porque Isabel hubiera cuestionado su decisión, pero impresionado por su compasión. En especial, dado que el hombre involucrado era su hermano.

—Mi decisión os ha desagradado —le dijo—. ¿La encontráis demasiado severa?

Ella picoteó la comida de la tabla antes de responder.

—Su familia sufrirá una importante pérdida de ingresos.

—Sí. Será una dura prueba para ellos, pero no se morirán de hambre. Fergus ha violado una obligación sagrada; ha menospreciado la dignidad del clan y debe ser castigado en consecuencia. —Se maldijo por seguir dando explicaciones—. ¿Qué clase de jefe sería si no respetara nuestras leyes?

—La compasión no es una vergüenza.

—La compasión es para los que no tienen responsabilidades —dijo tajante. No esperaba que ella comprendiera el deber que tenía un jefe de actuar con decisión y energía. Las mujeres eran criaturas de corazón blando. Habría estado en su derecho si hubiera hecho azotar a Fergus o hubiera ordenado que le pusieran grilletes. La miró directamente a los ojos—. El deber de la hospitalidad de nuestras tierras es absoluto. Si infringes la ley, sufres las consecuencias. —La advertencia era inequívoca—. No hay piedad para los culpables.

A Rory no le pasó desapercibida su palidez.

4

Al día siguiente, ya avanzada la mañana, Isabel estaba con el corazón encogido, sola en las almenas que estaban sobre el mar, viendo partir a su familia. Grandes nubes grises tapizaban el cielo y lanzaban torrentes de lluvia desde lo alto, provocando un frenesí torrencial en el mar. Mientras el *birlinn* se agitaba entre las olas, era difícil saber dónde empezaba la lluvia y dónde acababa el *loch*.

Un largo día de verano en la isla de Skye.

Maravilloso.

Sacó rápidamente la mano de debajo de los cálidos pliegues de la capa para tratar de recoger los mechones rojizos que le golpeaban la cara y se le pegaban a la boca. Sus esfuerzos eran en vano. El viento soplaba sin piedad, soltándole el pelo de los pasadores tan pronto como acababa de sujetarlo.

Unas gotitas heladas le herían las mejillas, mezclándose con las lágrimas que le resbalaban de los ojos. Se arrebujó en la capa, protegiéndose lo mejor que pudo tanto del tiempo como de los ojos vigilantes de los MacLeod. Isabel se negaba a permitir que fueran testigos de su desesperación.

La partida de su familia se había producido sin previo aviso. Pensaba que tendría más tiempo para acostumbrarse a Dunvegan y a Rory. Pero se habían ido. Y ella estaba sola en una guarida de lobos.

En el embarcadero, por debajo de ella, unos gritos silenciosos de celebración seguían la estela del *birlinn* de los Mac-

Donald, mientras desaparecían de la vista. Los MacLeod se alegraban de librarse de sus enemigos... con tormenta o sin ella. No podía decirse que sus sentimientos fueran una sorpresa. Entre los escoceses, la enemistad no se olvida ni se perdona fácilmente.

Se preguntó cuántos desearían que ella también fuera en aquella barca. ¿Sería Rory uno de ellos? Probablemente. Estaba claro que no le entusiasmaba aquel enlace a prueba y que conocerla no le había hecho cambiar de opinión. Por muy impresionada que ella estuviera por él, él parecía no estarlo por ella, en absoluto. Precisamente, lo contrario de lo que ella esperaba.

Ya sabía que su trabajo no iba a ser fácil, y no lo era. Él sospechaba algo, de eso estaba segura. Sus palabras de advertencia de la última noche habían sido inequívocas. No creía poder olvidar nunca su cara cuando le dijo que no había piedad para los culpables. Había tenido la extraña sensación de que veía hasta lo más profundo de su ser.

Se estremeció, pero no debido a la lluvia helada y al viento. Tendría que encontrar la manera de hacer que bajara la guardia. El incidente entre Ian y Fergus MacLeod la había conmocionado. Si MacLeod descubría su artimaña, se ocuparía de ella con frialdad y decisión. Y justicia, reconoció. Era un hombre acostumbrado a tomar decisiones duras; no vacilaría en cumplir con su deber. Lo sucedido se lo había demostrado. Tendría que asegurarse de que no la descubrieran.

No era nada fácil, con un hombre que parecía verlo todo, como la conversación que había tenido antes con su tío. Aunque no podía oírlos desde el otro lado del patio, Isabel había notado el peso de la mirada del jefe MacLeod cuando su tío la llevó a un rincón para despedirse de ella con su habitual aplomo. Con un brazo rodeándole, protector, los hombros, Sleat la apartó a un lado del patio para darle sus últimas instrucciones, antes de marcharse por las empinadas escaleras de la puerta del mar.

No hubo nada sutil en la advertencia de su tío. Sus palabras todavía le resonaban en los oídos:

—Haz lo que tengas que hacer, pero encuentra la entrada y tráeme la bandera del Hada antes de que pase un año. Los MacDonald ya han sido derrotados una vez por esa bandera; la quiero en mis manos. Si tienes éxito, respaldaré a tu padre contra los Mackenzie. —Intentó no ponerse rígida bajo su pesado brazo. Con una voz gruesa, llena de amenazas, se inclinó hacia ella, muy cerca, hasta que su pútrido aliento le quemaba la oreja—. ¿Entiendes lo que te digo, Isabel? Haz lo que tengas que hacer. Porque, cuando llegue el momento, no quiero que nadie se oponga a mi derecho al señorío. Gobernar esas tierras es el derecho hereditario de los MacDonald. Con los MacLeod destruidos, no habrá nada que lo impida. No olvides que aceptaste ayudar voluntariamente. Es demasiado tarde para cambiar de opinión. La vida de la gente de tu clan está en juego; en tus manos está hacer lo necesario para salvarlos. Si me fallas a mí, le fallas a tu clan.

Sus palabras le helaron la sangre.

—No os preocupéis, tío. No pensaba cambiar de opinión. Sé muy bien lo que tengo que hacer. Nadie sospechará de mí.

Al darse cuenta de que Rory seguía vigilándolos, dio unas palmaditas en la mano del jefe MacDonald, como haría una sobrina querida para tranquilizar a un tío que la adoraba. Su expresión no dejaba entrever en absoluto la trascendencia de sus palabras.

Sleat pareció aplacarse. Relajó el brazo con que le rodeaba los hombros.

—Sé cauta en extremo. Y hagas lo que hagas, no te dejes seducir por el jefe MacLeod. Debes desconfiar de él en todo momento; sabe muy bien cómo hacer caer a una muchacha en las redes de su dudoso encanto. —MacDonald le cogió la barbilla, pensativo.

Continuó, como si hablara consigo mismo en voz alta:

—Eres muy bella, pero joven e inocente. Tal vez habría sido mejor... Bueno, ya no importa. Es demasiado tarde. Te enviaré un mensaje pronto, Isabel. Como precaución, utilizaré una impresión en cera de este anillo en mis misivas. Míralo bien, memoriza el dibujo para que lo reconozcas.

Isabel le cogió la mano y observó atentamente el enorme anillo, grabado con la insignia de Sleat. Para beneficio de Rory, incluso se inclinó para besar la mano de su tío, como si rindiera homenaje al jefe de la familia. Si Rory seguía mirando, su estudio del anillo no parecería demasiado peculiar. En el anillo había un puño con guantelete que sujetaba una cruz con el lema de Sleat escrito encima: PER MARE PER TERRAS, «por tierra o por mar».

—Lo sé, tío. Será mejor que os marchéis antes de que tenga que explicar de qué hablábamos. No querría despertar las sospechas de Rory.

—Muy bien; entonces, buena caza, muchacha. —El jefe MacDonald sonrió con una mueca lasciva y recelosa.

Con un profundo suspiro de alivio, Isabel observó cómo se iba. Algo en aquel hombre le ponía la carne de gallina. No había duda de que su tío era un jefe poderoso, pero lo que inspiraba era miedo, no devoción.

No era posible negar el lado cruel de Sleat. Su brutal repudio de la hermana de Rory lo demostraba. Lo había hecho con fines políticos. El jefe MacDonald había ido acumulando apoyos, cuidadosamente, para su intento de reclamar el antiguo feudo del señorío de las Islas, perdido por el Clan MacDonald hacía más de cien años. Todo era muy sencillo: los MacLeod habían perdido el favor del rey, y los Mackenzie, no. Su tío necesitaba el apoyo real para reclamar el poder político que iba con el título de señor de las Islas. Por lo tanto, Margaret MacLeod era prescindible. Isabel quizá habría podido comprender los motivos, pero rechazarla ridiculizando su desgracia le parecía indebidamente cruel. Por supuesto, también eso debía de ser premeditado. Los MacLeod se verían obligados a vengarse, y su tío esperaba aniquilarlos con una lucha sin tregua. Pero Rory MacLeod seguía siendo una espina clavada en la carne de los MacDonald. Una espina que ella tenía que arrancar.

Sleat no deseaba simplemente aumentar el poder del clan, quería dominar la Escocia occidental y las Islas sin la interferencia del rey... ni de los MacLeod. Conociendo al rey, a Isabel le parecía una idea peregrina. Sin embargo, no era asunto suyo preguntarse por la legitimidad de los planes de su tío; su tarea era tener éxito. Y para tener éxito necesitaba a Rory. Más precisamente, necesitaba que Rory la quisiera y confiara en ella.

Quizá la rápida partida de los MacDonald no fuera mala cosa después de todo. Estaba claro que Rory odiaba a su tío. No había duda de que la presencia de Sleat le recordaba la tragedia de su hermana. Y eso, ciertamente, no la ayudaría a conseguir su causa.

Echó los hombros hacia atrás y se sacudió de encima el desaliento. No le haría ningún bien darles vueltas a las cosas. Tenía un trabajo que hacer. Haría que su familia estuviera orgullosa de ella, y entonces podría abandonar aquel sitio tan deprimente. Un año se le haría muy largo. Por lo menos, no la habían abandonado por completo. Bessie había aceptado quedarse unos cuantos meses para ayudarla a instalarse.

—No deberíais estar aquí fuera, bajo la lluvia.

Sobresaltada, Isabel dio un salto y los pies le resbalaron en la piedra del adarve. Notó el calor de su cuerpo y el fuerte escudo de su pecho en su espalda cuando él la sujetó, para luego soltarla rápidamente.

Sabía quién era antes de volverse.

Cuando sus palabras la hicieron pensar que quizá estuviera preocupado, el corazón le dio un salto en el pecho. Pero al ver su mirada inexpresiva, supo que no era así. Aquel hombre tenía un rostro tan complaciente como una roca.

—Quería asegurarme de que mi familia partía sin contratiempos. Esperaba que quizá lo reconsideraran y se quedaran en Dunvegan hasta que pasara la tormenta.

Se encogió, consciente de que sonaba a la defensiva.

—Bien, pues ya veis que se han ido. Volved a la torre y secaos antes de que cojáis un resfriado.

Su brusco tono, unido a la aguda soledad que sentía en aquellos momentos, le hizo daño. Asintió, incapaz de borrar la expresión dolida de su cara.

Él debió de darse cuenta, porque soltó un suspiro exasperado y pareció querer tranquilizarla.

—Es mejor así, muchacha. Vuestro tío nunca será bienvenido en Dunvegan. Y después del incidente de ayer, la tensión entre los clanes era alta. Los MacLeod y los MacDonald nunca serán amigos.

A Isabel le pareció detectar otra advertencia en su voz.

—Amigos quizá no. Pero ya no enemigos. Nuestros esponsales han puesto fin a la enemistad.

Vio cómo se le tensaban los labios.

—Al menos, durante un año —precisó. Isabel experimentó un momento de pánico, pensando que tal vez hubiera oído algo. Pero entonces él continuó—: Será necesario más de un año para reparar los daños de toda una vida de enemistad.

—Pero es un buen comienzo —dijo ella. Algo más la preocupaba—. Sobre lo que pasó ayer... hice mal en inmiscuirme. No tenía intención de cuestionar vuestra decisión. —Había sido un error por su parte. Había recibido una lección al ver que, pese al duro castigo, no había quejas entre los MacLeod. Sus decisiones eran respetadas.

Rory asintió, aceptando la disculpa.

—¿Por qué lo hicisteis?

—No quería que nada estropeara la celebración. Y cuando vi a mi hermano, adiviné lo que había sucedido. Conozco a mis hermanos. No tienen mala intención, pero me di cuenta de que vuestros hombres no los conocen como yo. Ian lamenta mucho los problemas que ha causado.

—Me lo ha dicho él mismo. —Rory debió de darse cuenta de la mirada de sorpresa de Isabel—. Se disculpó por perturbar la celebración y admitió que no sabía que la muchacha estaba casada. Todavía es joven, pero admiro su integridad.

Isabel sonrió, satisfecha de que MacLeod reconociera lo difícil que a Ian debía de haberle resultado disculparse, sobre todo después de que aquel asunto ya se hubiera decidido en su favor.

—¿Sentís afecto por vuestros hermanos? —preguntó.

Isabel asintió:

—Mucho.

Él la miró atentamente.

—¿Y ellos también lo sienten por vos?

Ella vaciló.

—Claro.

Rory debió de notar la incertidumbre de su voz.

—Estoy seguro de que a ellos también les ha resultado difícil dejaros. Pero es mejor así. Una vez que vuestra familia se ha marchado, vuestra adaptación a Dunvegan será más fácil. A menos que hayáis cambiado de opinión.

—No, claro que no —respondió ella, demasiado rápidamente.

Él enarcó una ceja, que indicaba que no la creía.

—Vi la conversación privada que teníais con vuestro tío. Pensé que quizá estuvierais reconsiderándolo.

Isabel notó cómo se le aceleraba el pulso.

Él la estaba mirando fijamente, esperando que se explicara, algo que, claro, no podía hacer.

—Si nos mirabais, debéis de saber que simplemente me estaba despidiendo de él.

—Parecía algo más que una simple despedida. Parecía que os estaba dando instrucciones de algún tipo.

Isabel tragó saliva; el pulso ahora se le había desbocado. ¿Cómo podía haberlo adivinado? Rory MacLeod era demasiado observador.

Piensa, Isabel.

Bueno, se dijo, a los hombres les gustan las mujeres obedientes, ¿no?

Sonrió con recato, mirándolo con ojos sugerentes.

—De acuerdo, tenéis razón, Rory.

Rory enarcó las cejas sorprendido.

Isabel forzó lo que esperaba fuera un rubor favorecedor.

—Mi tío me daba instrucciones —hizo una pausa—. Instrucciones sobre cómo ser una esposa obediente, una esposa como es debido. Instrucciones para complaceros.

Él pareció tensarse, como si sus palabras le hubieran dejado sin respiración. Su mirada se encontró con la de ella. Esta vez, no había manera de confundir el relámpago de deseo.

—Me gustaría oír esas instrucciones. —Su mirada se deslizó hasta su boca y le recorrió el cuerpo, deteniéndose en los pechos—. Saber cómo, exactamente, tenéis intención de complacerme.

Isabel notó un temblor en su interior al percibir la insinuación sexual de sus palabras. Se le encendieron las mejillas.

—No me refería a eso.

—Entonces ¿a qué os referíais, Isabel? —La ronquera de su voz hizo que un estremecimiento le recorriera la columna.

Dios santo, estaba muy cerca de ella. Tan cerca que podía notar el calor de su cuerpo y sentir aquel olor de mar y especias que era tan suyo. Deseaba apretarse contra él, disolverse en aquel calor y sentir la fuerza de sus brazos rodeándola. Lo deseaba con una intensidad que era casi abrumadora.

El pelo húmedo le caía en gruesos mechones por encima de aquella cara de facciones tan duras y tan atractivas. Sentía un impulso descarado de alargar la mano para ponérselo detrás de la oreja. Lo que fuera por tocarlo.

Isabel no podía responder. El aire entre los dos soltaba chispas. Inconscientemente, se inclinó hacia él, atrapada en una atracción magnética que parecía absorberla.

Él continuaba con los ojos fijos en ella, mirándola profundamente a los ojos. Sus labios estaban dolorosamente cerca. Isabel vio la incipiente barba de su mentón y recordó cómo le había arañado la piel cuando él la besó. Recordó la suavidad de sus labios. Su especiado sabor. Entreabrió los labios, esperando.

¿Es que no veía lo mucho que deseaba que la besara? ¿No veía que lo único en que podía pensar era en el sabor de su boca en la suya? Durante un largo momento, permanecieron así, mirándose fijamente bajo la lluvia. Isabel trató de descubrir algo, lo que fuera, que indicara que él sentía lo mismo que ella. Iba a quedar decepcionada. Deliberadamente, él rompió el contacto, apartando la mirada.

—Ahora los dos estamos empapados —afirmó con voz severa—. Volved a la torre. Tengo trabajo que hacer. Y, en el futuro, permaneced en el interior cuando haya tormentas peligrosas. No quiero tener que salir a buscaros otra vez.

Se dio media vuelta y la dejó, con una sensación de soledad mayor que antes.

El MacDonald de Sleat vio cómo Dunvegan desaparecía entre las grises nieblas de la tormenta, pero no antes de darse cuenta de que había dos personas de pie en las almenas. Una visión que hizo aparecer una mueca de satisfacción en sus labios. No era posible confundir la identidad de la mujer ni tampoco la del hombre. Su plan progresaba sin tropiezos. MacLeod lucharía contra la atracción que sentía, pero Sleat no tenía ninguna duda de que, al final, Rory MacLeod sucumbiría.

Sleat seguía sin poder creerse la buena suerte que le había hecho fijarse en su sobrina. Isabel MacDonald era de una rara belleza. Una Helena de Troya pelirroja. Los hombres la veían y la deseaban. Se podrían librar batallas por ella. Encarnaba la combinación perfecta de inocencia y sexualidad. Sí, su sobrina serviría bien a sus necesidades. Muy bien, se dijo felicitándose.

Rory MacLeod era una espina que llevaba clavada desde hacía demasiado tiempo. Le divertiría ver a su enemigo, el gran Rory Mor, derribado por una simple muchacha. El jefe MacLeod había hecho toda una exhibición, fingiendo no darse cuenta de ella, pero Sleat sabía que no era así. Su indiferencia lo había desenmascarado. MacLeod la deseaba. Mucho. ¿Quién no lo haría? ¿Qué hombre podría rechazar tanta riqueza? Sleat soltó una risita, satisfecho de sí mismo.

Sí, utilizar a una mujer para penetrar en el bastión de los MacLeod había sido digno de un genio.

El jefe MacDonald se rascó la esmirriada barba, tirando, distraído, al alborotado mar las migas del pan de la mañana. Frunció el ceño. En su plan había un punto débil. Su sobrinita. El éxito final dependía de ella. Detestaba confiar en una mujer para cualquier cosa; eran unas criaturas que no servían para nada, pero en ese caso era necesario. No había otro medio.

¿La niña era lo bastante fuerte para llevar a cabo su cometido? Era muy joven e inexperta. Eso era parte de su encanto. Pero también era una desventaja. No se le había pasado por alto su fascinación por el jefe MacLeod. Sleat vigilaría muy de cerca sus progresos y se aseguraría de que comprendiera las consecuencias que tendría para sus planes si fracasaba.

Porque aquella Helena no desataría una guerra; le pondría fin.

Y al hacerlo, le entregaría un reino.

5

Desde la tarde en que partieron los MacDonald, tres semanas atrás, Rory había hecho lo imposible por guardar las distancias con su esposa. Cuanto más tiempo pasaban juntos, más cosas averiguaba de ella. Y cuantas más cosas sabía, más deseaba saber. Era un círculo vicioso que no lo llevaría a ninguna parte, solo a la perdición.

Incluso el día en que se marchó su familia, no había tenido intención de ir a buscarla. ¿Es que aquella mujer no tenía ninguna sensatez para quedarse allí, de pie, en las resbaladizas almenas, bajo una tormenta torrencial? La habría dejado a merced de los elementos, pero aquella condenada vulnerabilidad había destruido su reserva. Había observado la triste despedida de su familia y se había esforzado por que no lo conmoviera. Sin embargo, había una intensidad en el momento que no admitía ser pasada por alto. Su padre le dio una incómoda palmadita en la cabeza, y parecía que Isabel deseara abrazarlo. Sus hermanos le dieron, cada uno, un rápido abrazo, pero Isabel se aferró a ellos un poco más del tiempo debido. Quería alargar cada minuto, mientras que los MacDonald parecían querer marcharse lo antes posible. Ella había luchado por contener las lágrimas mientras ellos bajaban por la escalera de la puerta del mar, sin volverse para mirar atrás ni una sola vez.

Malditos estúpidos. ¿Es que no veían lo difícil que era para ella? Parecía tan sola y desolada cuando las barcas se alejaron, que no pudo mantenerse lejos y ver cómo le pasaba algo malo. Sabía que debía de sentirse abandonada y un poco asustada porque la habían dejado sola con un grupo de extraños. Unos extraños que solo pocos días antes eran sus enemigos. Cuando ella se volvió para mirarlo, con sus luminosos ojos violeta nublados y bordeados de rojo por el llanto, Rory no pudo evitar sentirse afectado. Sentía lástima por la joven.

Pero la lástima se transformó rápidamente en algo más cuando ella dijo aquello de complacerlo. Su mente se había quedado momentáneamente en blanco, invadida por imágenes eróticas. De ella debajo de él, encima de él, abrazada a él. Imágenes que eran demasiado fáciles de imaginar con aquella boca sensual a solo unas tentadoras pulgadas de la suya. La fuerza de su deseo por la mujer hacía que se lo llevaran los demonios.

Solo después se preguntó si aquel sugerente comentario tenía como objeto distraerlo y evitar que siguiera inquiriendo sobre la extraña conversación que le había visto sostener con su tío. Había algo en aquel enlace a prueba y en Isabel que no estaba claro.

No confiaba en ella. Y como ella se alojaba en la vieja torre y él en la torre del Hada, más nueva, no era fácil vigilarla. Por Deidre se había enterado de que pasaba una cantidad de tiempo exagerada en las cocinas. La información le había picado la curiosidad, igual que la postura en la que estaba en esos momentos, acuclillada, mirando debajo de los estantes de la despensa.

Rory esperó hasta estar justo detrás de ella.

—¿Qué buscáis?

Sobresaltada, Isabel se puso en pie de un salto. Abrió unos ojos como platos y sus labios se separaron formando un gran círculo.

Rory cruzó los brazos y se quedó mirándola. Con dureza.

—¿Y bien?

—Se... se... me...me ha caído una cosa.

Mentía.

—¿Qué?

Recuperando el control, ella frunció los labios, puso las manos en jarras y levantó una barbilla decididamente obstinada hacia él.

—¿Por qué me interrogáis así?

—¿Os encuentro a gatas en la cocina, mirando debajo de los estantes y me lo preguntáis?

Ella pareció encontrar divertida su descripción y sonrió.

—Oh, está bien. —Hizo una pausa, fingiendo sacudir el polvo de la falda—. Me habéis descubierto. Colum me ha prometido enseñarme cómo hacer sus deliciosos pasteles de mazapán y me ha enviado a la despensa a requisar las almendras y el azúcar.

Rory sabía por Deidre que Isabel había convertido rápidamente a su taciturna y cascarrabias cocinera en una admiradora sin reservas.

—Buena excusa para que estéis en la despensa, quizá, pero no explica qué buscabais debajo de los estantes.

—A eso iba —dijo altiva—. Mientras cogía los ingredientes, oí que se caía algo y rodaba debajo de las estanterías. Me preocupó que fuera una de las perlas de mis pendientes.

—Hummm —murmuró Rory—. Veamos.

Lentamente, alargó la mano y la deslizó entre sus cabellos para apartárselos de la oreja. Los suaves y sedosos rizos le acariciaron la piel, y sintió que lo recorría un escalofrío. Suavemente, le puso la mano en la aterciopelada piel de la nuca, absorbiendo el dulce perfume de lavanda mientras se inclinaba para examinar sus pendientes. La tentación de desatar la cinta que le sujetaba el cabello y enterrar las manos en aquella calidez de seda era casi irresistible.

Su voz sonaba extrañamente profunda.

—No parece que hayáis perdido nada.

—Sé que oí caer algo. —Sonaba alterada, pero no sabría decir si era debido al contacto con él o a su mentira—. Tal vez era del broche —propuso rápidamente.

Rory desplazó la mirada a la joya prendida entre sus pechos. Con los ojos muy abiertos, ella siguió el movimiento de su mano, mientras descendía desde la oreja hasta el corpiño.

Cuando le rozó la amplia curva del pecho con el dorso del dedo, Rory la oyó tragar aire bruscamente. El erótico sonido lo llenó de deseo, igual que la inmediata tensión del pezón. La mirada de ella se encontró con la suya, y los dos fueron muy conscientes de lo que estaba pasando. Rory oía la irregular respiración de Isabel saliendo de entre sus labios, ligeramente entreabiertos, mientras inspeccionaba el broche con los dedos. Sería tan fácil deslizar la mano por debajo del corpiño, notar el terciopelo de su piel, acariciar la dura punta con el pulgar. Sentir cómo la recorría un estremecimiento de pasión.

Se inclinó, acercándose, inhalando el dulce perfume de su piel, notando cómo lo envolvía el ardor del deseo. Sintió cómo se le hinchaba la verga y los riñones le pesaban, llenos de necesidad. Solo una caricia, una sola...

Pero sabía que no sería suficiente. Querría más. Mucho más.

Por las llagas de Cristo. Ninguna mujer lo había afectado tanto, y sin esforzarse en lo más mínimo.

Dio un paso atrás, apartó la mano y dejó que el pulso recobrara la normalidad, esperando a que la apretura del deseo se disipara antes de hablar.

—Tampoco; no parece que falte nada.

—Sé que oí algo —insistió ella, con el rubor todavía tiñéndole las mejillas. Pero en lugar de ofrecerle otra torpe excusa, le preguntó—: ¿Por qué estáis aquí?

Su mirada se afiló. Buena táctica, pensó, pero no lo engañaba. La estudió, deseando poder ver dentro de aquella bella cabeza. ¿Por qué pasaba tanto tiempo en las cocinas del sótano y qué era lo que buscaba realmente? No creía que fuera una perla perdida. Dejar que siguiera en la vieja torre, ella sola, era un riesgo innecesario. Había una solución sencilla que no debería ser muy difícil de aplicar. Rory sabía qué tenía que hacer, tanto si sentía un deseo irracional hacia ella como si no.

—Os estaba buscando —dijo.

—¿De verdad?

Él asintió.

—Es el momento. —Lo era desde hacía ya bastante. Los sirvientes, lo sabía, habían empezado a murmurar. Quizá no tuviera intención de hacer de ella su mujer, pero no la avergonzaría. En todos los sentidos, menos uno, sería su esposa.

—¿El momento de qué? —preguntó ella con cautela.

—Ya ha pasado bastante tiempo. Trasladaréis vuestras cosas a mi cámara en la torre del Hada. —Allí sería más fácil no quitarle ojo de encima. Lo difícil iba a ser no ponerle las manos ni nada más encima.

Había ido de muy poco. Isabel soltó el aire lentamente, observando la rigidez de sus anchos hombros mientras desapareció por la escalera que llevaba a las cocinas. Estaba asustada por lo cerca que había estado de que la descubrieran. Como había hecho cada día desde la partida de su familia, Isabel se había dedicado a explorar la vieja torre, de arriba abajo, prestando una especial atención a las catacumbas de túneles situadas junto a las cocinas y las mazmorras, buscando una entrada secreta. Rory, apareciendo desde no sabía dónde, la había sobresaltado y la había descompuesto por completo. El corazón casi había dejado de latirle cuando él empezó a interrogarla... Y luego por otras razones.

Su objetivo no era seducirlo con sus explicaciones, solo distraerlo. En cambio, era ella la que había acabado alterada. Todavía sentía la calidez de la atracción que chisporroteaba entre los dos. Él irradiaba calor. Un calor que la absorbía. Cuando le puso la mano en la nuca y le rozó el pecho con los dedos, había sentido un tirón extraño en lo más profundo de su cuerpo. La piel le cosquilleaba, llena de vida. Cada movimiento, cada contacto, cada vacilación parecían grabados a fuego en su piel.

Cuando se apartó, la dejó queriendo más. Quería que él la abrazara y la besara. Que la tocara. Que aliviara la tensión que serpenteaba en su interior.

Pero había visto el relámpago de deseo en sus ojos y sabía que él tampoco había permanecido impasible. Y ahora la quería en su habitación. Solo podía significar una cosa. Tenía intención de convertirla en su esposa de verdad.

Durante el resto del día, Isabel fue un manojo de nervios. Lo único en que podía pensar era qué pasaría aquella noche. Quizá fuera inocente, pero no carecía de información sobre lo que pasaba entre los hombres y las mujeres. Había aprendido muchas cosas, sin pretenderlo, cuando iba detrás de sus disolutos hermanos.

Su virginidad era una víctima natural de sus planes. Pero siempre había imaginado que sería un sacrificio. Que tendría que apretar los dientes y aguantar. Nunca se había imaginado el nudo de expectación que tenía en el vientre. Esa expectación no tenía nada que ver con el plan y sí que tenía todo que ver con aquel hombre que, con solo tocarla, la hacía temblar con una pasión recién despertada. No podía negar que le afectaba. Tendría que asegurarse de que no se dejaba atrapar por aquellas sensaciones desconocidas y seguía centrada en su objetivo.

Con ayuda de Bessie y Deidre, Isabel trasladó sus pertenencias a las habitaciones de Rory. Después de dar instrucciones a Deidre sobre dónde quería que colocara sus baúles, Isabel se puso a dar vueltas por la habitación, colocando el cepillo del pelo y el espejo en la mesa que había junto a la chimenea y el libro de sonetos que estaba leyendo en la mesita junto a la cama. Iba esparciendo sus cosas entre las de él, como si fuera una joven recién casada compartiendo, feliz, la estancia con el hombre con quien acababa de unirse en matrimonio.

Sus nuevos aposentos la impresionaron. La cámara de Rory, en el tercer piso de la moderna torre del Hada, era una bonita estancia, aunque decididamente masculina, amueblada austeramente con pesados muebles de madera. Las grandes ventanas ofrecían una vista panorámica del *loch*. Una pequeña chimenea proporcionaba calor. Las paredes de madera estaban pintadas de un suave color amarillo, pero no tenían ningún adorno. Unas vistosas alfombras del color de las piedras preciosas cubrían el suelo.

Pero lo que dominaba la habitación era la enorme cama con dosel. Era parecida a la que había en su dormitorio anterior, con un colchón y unas almohadas de pluma mullidos y exhuberantes, salvo que no tenía alegres colgaduras de seda alrededor. Había una sencilla colcha de seda y una piel para abrigarse en las noches frías. Una pila alta de libros y unos pergaminos colocados de cualquier manera llenaban la mesa que debía de servirle de escritorio. En otra pequeña mesa junto a la ventana había una jofaina para lavarse, y un cofre grande bastaba para guardar su ropa.

Aunque desnuda, la habitación era caliente y cómoda, y un grato cambio respecto a la rústica torre vieja. Pero durante todo el día, los ojos se le fueron a la cama. Y se le secaba la boca al pensar en qué pasaría por la noche.

El ligero temblor que sentía en el pecho empezó en cuanto se sentó junto a él a la mesa para cenar. Él saludó su llegada con un ligero movimiento de cabeza y, acto seguido, volvió a prestar atención a Alex. Isabel se esforzó por ocultar su desilusión. Una parte de ella esperaba que aquel día fuera un momento crucial. Que se acabaran las comidas, prácticamente en silencio, que había soportado durante las tres últimas semanas.

Salvo una ocasional banalidad sobre su comida o cualquier otra cortesía sin importancia, Rory no le prestaba atención y se dedicaba, sobre todo, a hablar con sus hombres. De vez en cuando, Isabel descubría a Alex, sentado con los otros guerreros, mirándola. Como si comprendiera su soledad, le enviaba una media sonrisa de ánimo. Pero incluso Alex evitaba las conversaciones largas. Ese día no era diferente.

La cortés indiferencia de Rory la irritaba. En especial esa noche, cuando todas las terminaciones nerviosas de su cuerpo parecían estar alerta. Sentada tan cerca de él, con el cuerpo lleno de un hormigueo consciente, Isabel no dejaba de pensar en la noche que se avecinaba. De vez en cuando, lo miraba a hurtadillas. ¿Cómo sería? ¿Se mostraría atento con su inocencia? Sus pensamientos derivaron en su impresionante físico. Su tamaño la intimidaba; esperaba que no la aplastara con toda aquella musculatura. Sin embargo, mientras sus dudas se multiplicaban, Rory no parecía sentirse afectado en lo más mínimo. No había señal alguna de que esperara esa noche más que cualquier otra.

Debió de sentir su mirada fija en él, porque finalmente se volvió y se dirigió a ella:

—¿Encontráis todo a vuestro gusto, Isabel? —preguntó, e hizo una significativa pausa. Isabel se sonrojó porque la había pillado mirándolo tan descaradamente—. ¿En la torre nueva? —aclaró sonriendo, claramente divertido por su incomodidad.

—Sí, la cama es... —Se detuvo avergonzada. Le ardían las mejillas—. Quiero decir, la habitación es muy agradable.

Algo chispeó en la mirada de Rory.

—Me alegro de que os guste —dijo, y antes de que ella pudiera responder, volvió a conversar con Alex.

No sabía cómo, pero consiguió llegar al final de la cena. Por una vez, estaba agradecida de que él la ignorara. Sus pensamientos corrían alborotados de un lado para otro, y temía repetir su torpeza anterior.

Con ayuda de Bessie, Isabel se puso un *night trail* precioso de seda marfil, elegido por su tío para aquella precisa ocasión. No se sorprendió al ver que no era gran cosa. La fina tela se pegaba a todas sus partes femeninas de una manera que dejaba poco a la imaginación. Isabel se sentía un poco como un ganso embridado, listo para el horno, pero dejó de lado sus escrúpulos y permitió que Bessie la mimara.

Después de una incómoda explicación de último momento por parte de Bessie que hizo que tuviera ganas de echarse a reír y a llorar al mismo tiempo, Isabel se quedó sola. Se metió debajo de las ropas de la cama y esperó.

Y esperó.

Durante horas, Isabel permaneció en la cama, con el cobertor subido hasta la barbilla y los nervios tan en punta como el filo de una daga. El corazón le latía violentamente. Aguzaba los oídos para captar el sonido de unas botas en el corredor. Pero ese sonido no llegó nunca.

Al final, fue dolorosamente consciente de que él no tenía intención de unirse a ella.

Más decepcionada de lo que quería reconocer, Isabel apagó la única vela que había junto a la enorme cama y se durmió. Tuvo un sueño inquieto.

Siete largas noches después, Rory contemplaba a la mujer que dormía a cinco pies de distancia, y se decía que estaba actuando de una manera absurda. Una muchachita como aquella no debería expulsarlo de su propia cama.

No había dormido más que unas pocas horas desde que le ordenó que se trasladara a sus aposentos. Isabel había invadido su habitación, su cama y sus pensamientos. La estancia incluso olía a ella, tentándolo con el dulce y seductor perfume de lavanda. Noche tras noche, pasaba las horas sentado junto al fuego, bebiendo whisky directamente de la botella para calmar la fuerza del deseo, mirando la cómoda cama e inventándose razones para no dormir allí.

La noche anterior casi había sido demasiado. Isabel, dormida, había apartado de una patada los cobertores y yacía de medio lado con el brazo estirado por encima de la cabeza y los turgentes pechos erguidos y tentadores. Rory podía ver cada curva del sensual cuerpo, cubierto solo por un tenue *night trail*. Anhelaba palpar la suave redondez del pecho, recorrer con sus manos la curva de las caderas y las nalgas y hacer que le rodeara la cintura con aquellas largas piernas, mientras él se sumergía en su interior. Las imágenes lo acosaron toda la noche... que demostró ser una noche muy larga.

Pero esa noche no. Esa noche dormiría en su propia cama.

Rory se quitó la camisa y el *plaid*, los puso encima de una silla y, con cuidado de no despertarla, se metió bajo el cobertor. Se mantuvo totalmente inmóvil. Como no pasó nada, se relajó. Sonriendo, se dijo que era un estúpido. ¿Qué había pensado? ¿Que echarse a su lado sería una tentación demasiado difícil de resistir? Ridículo. Cerró los ojos y se durmió.

La suave luz de la mañana le cosquilleaba en los párpados, pero Rory no quería despertarse; estaba demasiado cómodo. Se arrimó más al fino cobertor de seda, enterró la nariz en el ramillete de lavanda que había en su almohada e inhaló profundamente.

Sus ojos se abrieron de golpe. Él no tenía lavanda en las almohadas. Ni tampoco un cobertor de seda. El blando bulto que tenía entre los brazos no era un cobertor, sino Isabel, apenas vestida. Y la lavanda emanaba de sus cabellos y no de la almohada. Tardó unos momentos en darse cuenta de que su brazo descansaba debajo de sus rotundos senos, que ella tenía las nalgas incrustadas con fuerza contra su ingle y que él tenía una erección del tamaño del monte Olimpo.

El peso de sus pechos en el brazo era demasiado. Su mano se deslizó para acunarlos. Ahogó un gemido cuando aquella carne suave y deliciosamente pesada le llenó la mano. La sensación era demasiado buena. El pezón se endureció en su palma y Rory anhelaba frotarlo entre sus dedos, acariciarlo hasta que ella se arqueara contra él. Era tan cálida, suave y tan dulcemente femenina... Y él llevaba demasiado tiempo esperando. Acercó más las caderas, aumentando la presión de sus apretadas nalgas contra su miembro erecto, que ahora latía con fuerza.

El pequeño bulto suspiró y se retorció sin piedad contra él. El cuerpo de Rory se agarrotó de dolor al pensar en lo fácil que sería cogerla por las caderas y aliviarse dentro de ella desde atrás. La estrechó un poco más fuerte, levantándole los pechos con la palma de las manos. La necesidad de aliviarse rugía en todo su cuerpo.

Por todos los diablos.

Se desligó rápidamente de aquella red sedosa para no hacer algo que luego lamentaría.

6

Con los labios tensos de frustración, Isabel daba vueltas, furiosa, por la habitación.

Se suponía que al trasladarse a la habitación de Rory en la torre del Hada se acabarían todos sus problemas. Pero ¿de qué servía compartir su dormitorio, si él no estaba allí casi nunca? Pasaba tan poco tiempo con ella como antes. Empezaba a sospechar que solo la había hecho mudarse para no perderla de vista.

Más de una semana en su cama, casi un mes en Dunvegan y no estaba más cerca de su objetivo que cuando llegó. Los secretos de los MacLeod estaban bien escondidos. Desde su traslado, había buscado en unos cuantos sitios básicos de la habitación para ver si encontraba la bandera del Hada, pero no se había atrevido a más. MacLeod ya sospechaba bastante de ella.

Pero su fracaso en llevar adelante sus planes no era la única causa de su frustración. Su nerviosismo ante lo que pudiera suceder cuando sus cosas estuvieran en su cámara no se había visto justificado en absoluto. Parecía que él no tenía ninguna intención de llevársela a la cama.

Las primeras noches había intentado esperar despierta, pero el sueño llegaba antes que él. Cuando él acudía, era ya muy entrada la noche, y para cuando ella se despertaba, ya se había ido. Hasta la noche anterior, ni siquiera había estado segura de que durmiera allí. Pero aquella mañana se había despertado sobresaltada. Helada. Y con una extraña sensación de vacío, como si echara en falta la reconfortante protección de su presencia. De alguna manera, supo que él había dormido a su lado. La profunda huella que había junto a ella, en el colchón de pluma, se lo confirmó.

Isabel no sabía si sentirse furiosa o decepcionada por la falta de atención que él le prestaba. Probablemente, un poco de las dos cosas. Lo peor era que, verdaderamente, no tenía ningún motivo para estar furiosa. Él la trataba con una perfecta cortesía. Dada la historia de los dos clanes y su parentesco con Sleat, podría haber sido mucho peor. Entonces ¿por qué estaba tan decepcionada? ¿Porque después de mirarla una sola vez no había caído de rodillas suplicando, como su tío esperaba? Después de conocerlo, tenía que reírse ante aquella imagen; era absurda. Aunque la razón debería ser el fracaso en llevar adelante sus planes, no lo era.

Lo que de verdad la frustraba era su propia falta de indiferencia. Cuanto más sabía de él y más lo observaba, más cuenta se daba de que Rory MacLeod era distinto de cualquier hombre que hubiera conocido. La atraía, lo admiraba y le dolía comprender que no le causaba ningún efecto.

No solo la evitaba por la noche, también lo hacía el resto del tiempo. Si por casualidad se lo encontraba durante el día, le dedicaba unas cuantas frases de cortesía y se marchaba rápidamente.

Estar sola la mayor parte del día no la ayudaba en su búsqueda en absoluto. Lo que estaba dolorosamente claro era que, de ese modo, no iba a tener éxito. Necesitaba que él se confiara a ella. Debía concentrarse en ganar su confianza, en disipar sus sospechas. Pero ¿cómo podía hacerlo cuando él parecía absolutamente decidido a mantener la distancia entre ellos?

La verdad es que Isabel se sentía menos como una esposa y más como un huésped temporal. Si quería tener alguna esperanza de éxito, era preciso que aquello cambiara. Debía tomar las riendas de la casa, obteniendo las llaves que él había olvidado darle después de los esponsales. Se sentó en el borde de la cama para pensar, mientras retorcía un largo mechón de sedosos cabellos entre los dedos. Tenía que meterse en su vida, tanto si él quería como si no.

Miró alrededor, a la desnuda y masculina cámara.

¿Qué mejor sitio para empezar que con su habitación?

Le pediría permiso a Rory para añadir algunos toques femeninos al dormitorio y luego, quizá, sacaría a colación el asunto de las llaves que pertenecían a la señora del castillo.

Isabel se levantó resuelta y se dirigió a la puerta. Tenía todo el derecho a hacer su petición. Después de todo, era la nueva señora, aunque nadie la tratara como tal.

No había dado dos pasos por el pasillo cuando oyó una voz detrás de ella.

—Buenos días, señora. ¿Puedo ayudaros en algo?

Desde que se había trasladado a la torre del Hada, en cuanto ponía los pies fuera de la habitación, siempre parecía haber alguien vigilándola. Isabel se volvió para encontrarse con Deidre, casi pegada a sus talones. Deidre era baja y redonda, con el pelo tan blanco que parecía como si siempre lo hubiera tenido así. Desde la primera mañana, Deidre era una de las pocas caras amistosas de aquel sitio tan deprimente. Las otras eran Calum, la cocinera, Alex y Bessie.

Al principio, se había hecho amiga de la vieja y malhumorada cocinera porque pensaba que eso ayudaría a explicar por qué pasaba tanto tiempo en las cocinas. Pero no era esa la razón de que volviera allí. Era reconfortante estar con Bessie, Calum y Deidre porque estaba acostumbrada a pasar sus días con sirvientas. Antes de su tiempo en la corte, era lo único que conocía.

—No, no, solo estaba buscando a Rory. Tengo que hablar con él para un asunto de cierta importancia. ¿Sabes dónde puedo encontrarlo?

—A estas horas ya está fuera, entrenando con los hombres.

—Gracias, Deidre, iré a buscarlo al patio.

—Muy bien, si no deseáis nada más...

Deidre dio media vuelta y continuó con sus tareas... suponiendo que una de ellas fuera ser la sombra de Isabel hasta que saliera del edificio.

Mientras bajaba la escalera, Isabel consideró el trato que había recibido de los MacLeod durante el mes anterior. En general, el clan había seguido el ejemplo de Rory. Eran corteses, pero distantes. Considerando la historia de la enemistad y las sangrientas luchas entre los MacDonald y los MacLeod, era más de lo que esperaba. Puede que esa enemistad se hubiera terminado, nominalmente, con los esponsales, pero solo el tiempo curaría el daño causado por años de derramamientos de sangre, e Isabel no disponía de ese lujo particular.

Al principio, que la dejaran vagar a sus anchas estaba bien, porque le proporcionaba una ocasión fácil de explorar la vieja torre y buscar la bandera. Pero también era solitario y le recordaba claramente su hogar. Sin nada que hacer, se aburría, y los días pasaban lentamente.

A esas alturas, esperaba estar a punto de conseguir que Rory se enamorara de ella. Las damas de la corte le habían asegurado que los hombres eran criaturas simples. Isabel tenía que felicitarlo por sus proezas como guerrero, admirar su intelecto superior y mencionar lo apuesto que era. Por añadidura, le mostraría su lado más encantador, agradable y complaciente... para que no tuviera nada que objetar. Sencillo. Pero todos los planes del mundo eran inútiles si no pasaban ningún tiempo juntos.

Eso estaba a punto de cambiar.

Isabel salió al patio desde la oscuridad del gran vestíbulo, entrecerrando los ojos ante el brusco contraste con la brillante luz del sol. El tiempo, inusualmente horrible, que había azotado Dunvegan desde su llegada, quedaba rápidamente olvidado con la promesa de un hermoso día de verano. Por todas partes se hacía visible la rica floración de agosto, el verde exuberante de la hierba y el color, vívido y saturado, de las flores silvestres que moteaban las crestas de las colinas costeras. Unas cuantas nubes esponjosas destacaban la perfección acristalada del cielo, azul y despejado.

Suspiró, dejando que el aire fresco le recorriera el cuerpo. Al inhalar con fuerza, la sal transportada por el rocío de las olas del mar le hizo cosquillas en la nariz.

Ya sentía el corazón más alegre.

Sorprendentemente, había poca gente por allí. Dos mujeres sacaban agua del pozo principal, cerca de la puerta del mar, y la acarreaban al interior, pero aparte de ellas, el patio parecía desierto.

Miró alrededor buscando a Rory. Una enorme nube de polvo que se levantaba cerca del lado sur del patio parecía prometedora. Según se acercaba, empezó a oír el ruido de unas carcajadas estridentes mezcladas con el chocar del acero contra el acero.

Como sucedía en todos los clanes de las Highlands, los MacLeod estaban divididos en dos grupos: los que luchaban y los que cultivaban la tierra o cuidaban del ganado. Las luchas y el pillaje eran un modo de vida para los guerreros del clan. Cuando estaban ociosos, practicaban sus técnicas de lucha o ideaban pruebas organizadas de fuerza y habilidad. De niña, a Isabel le había encantado observar a los guerreros MacDonald practicando sus ejercicios. No había nada comparable a ver a los hombres de las Highlands demostrando su impresionante fuerza y valor con una espada escocesa de dos filos.

Isabel dobló la esquina y vaciló cuando estaba a punto de dar un paso. El cálido aire marino saturado con el esfuerzo y el penetrante olor de unos cuerpos muy ejercitados envolvió sus sentidos, pero fueron sus ojos los que se fijaron en la exhibición que tenía delante. Un grupo de hombres medio desnudos formaban un círculo, animando a un par de fieros combatientes. No era la falta de ropa lo que la había sobresaltado. Los MacDonald también practicaban sin sus camisas de color azafrán en los días cálidos. Más bien era un único pecho, en particular, amplio, bronceado y muy musculoso.

En el centro —literal y figuradamente— estaba Rory MacLeod.

No podía apartar los ojos de él, hipnotizada por la pura masculinidad de aquel pecho desnudo. Podría estar tallado en piedra; no había ni una onza de carne sobrante en él. El sol destacaba los duros y cincelados músculos. Un ligero brillo de sudor hacía que su cuerpo refulgiera como si fuera una estatua de bronce. Sus hombros y sus brazos eran tan fuertes y duros como el granito, rematados por un vientre liso envuelto con apretadas bandas de tela. Apenas un poco de pelo estropeaba las limpias líneas de bronce de su ancho torso. La parte alta de los hombros estaba enrojecida por el sol y las venas de sus fuertes antebrazos sobresalían debido al esfuerzo de la práctica con espada.

Pero no era solo su poderosa forma lo que despertó su admiración. Era absolutamente magnífico ver su fuerza y su valor mientras se encargaba de los guerreros que lo rodeaban. Uno por uno, sus hombres entraban en el círculo para enfrentarse a su campeón. Rory lanzaba y paraba, levantando la enorme espada como si no pesara más que una pluma. Reconoció de inmediato que el acero que blandía era el mismo que había observado colgado en la pared de la gran sala, lo cual demostraba que no era simplemente un adorno ni una excusa para alardear de la gran fuerza de algún ilustre antepasado. Los brazos de Rory se tensaban mientras rechazaba los golpes, aunque parecía que lo hiciera con facilidad y sin esfuerzo.

Era un baluarte de fuerza, inamovible e inconmovible. Isabel no creía que llegara a acostumbrarse nunca a su tamaño. Sin embargo, había sensualidad en los movimientos de Rory, una gracia que contrastaba con su musculatura.

Tanto si era un adversario experimentado como inexperto, el jefe MacLeod trataba a todos los contendientes con respeto, dándoles instrucciones mientras ponía hábilmente a su rival a la defensiva. Ni una sola vez se impacientó. Ni tampoco se limitó a jugar con su adversario, utilizándolo para exhibir su propia destreza. Adaptaba su ataque a cada hombre, descubriendo una debilidad particular e instruyéndolo primero para identificarla y segundo para vencerla. Según continuaba el juego, la relativa destreza de su oponente aumentaba. Pero en lugar de cansarse, parecía que el jefe MacLeod se hacía más fuerte. Finalmente, le tocó el turno a Alex.

Los dos hombres giraron uno en torno al otro, como si fueran gladiadores en la arena de la antigua Roma. Absortos en su mortal danza, se movían con la arrogancia de los leones.

Alex atacó el primero, y el choque del acero contra el acero resonó en los oídos de Isabel. Al principio, pensó que tenían el mismo nivel, pero según avanzaba el juego, parecía que Alex llevaba ventaja. Había puesto a Rory en una posición defensiva, haciéndolo retroceder hasta la pared de las almenas.

Cuando Rory sonrió, ella no entendió por qué lo hacía.

—Muy impresionante, hermanito —dijo jadeando—. Me obligarás a usar la derecha.

Isabel soltó una exclamación cuando lo vio cambiar de mano. No se había dado cuenta, pero Rory había estado utilizando la mano izquierda todo el rato... y era diestro.

Rory debió de oírla porque se volvió para mirarla, y recibió un golpe de la espada de Alex en el hombro por distraerse.

—Maldita sea —juró, frotándose el hombro. No parecía muy contento de verla—. ¿Qué estáis haciendo aquí?

—Yo... deseaba hablar de algo con vos, milord —respondió tartamudeando tímidamente—. En privado, por favor.

Mientras hablaba, Isabel dio un paso hacia él, vacilante. Apartó los ojos de él y miró por encima de su hombro a los hombres que se habían reunido para seguir la conversación. Aunque tal vez hubiera solo presentes unos cuarenta, sabía que MacLeod contaba con unos cuatrocientos guerreros, una fuerza considerable, mayor que la de su padre y no mucho menor que la de Sleat. No la había presentado a ninguno de los suyos, pero ella había averiguado algunos nombres. Rory estaba casi siempre con Alex y dos de los miembros de su guardia personal *luchd-taighe*, Colin y Douglas.

Eran un cuarteto impresionante. Con los cabellos rubios muy claros y la barba puntiaguda y enmarañada , Colin tenía todo el aspecto de un vikingo. Y con las cejas siempre fruncidas que exhibía, de un vikingo muy furioso. Recordaba a Douglas de su breve visita a la corte. Había provocado todo un revuelo con su atractivo aspecto, oscuro e indomable, y sus bruscos modales de las Highlands. Era silencioso, pero no tímido. Un hombre de pocas palabras. Las damas de la corte estaban intrigadas, tanto por su indómito atractivo como por el excitante aire de fiereza que parecía rodearlo. Recordó haber oído que era primo de Rory y Alex.

—Como podéis ver, ahora estoy ocupado —respondió Rory en tono brusco.

—Por favor, es importante.

—Tendrá que esperar...

Parecía decidido a rechazar su petición, cuando Alex interrumpió.

—Seguramente, puedes atender a tu esposa unos minutos, Rory. Aquí casi habíamos acabado, ¿verdad?

Rory lanzó una mirada furiosa a su sonriente hermano. Con evidente desgana, enarcó una oscura ceja mirando a Isabel y aceptó su solicitud a regañadientes.

—Parece que me sobran unos minutos —dijo sarcástico, lanzándo la espada a Alex.

Rory señaló hacia las almenas.

—¿Os importaría pasear por el patio mientras habláis?

Antes casi de que las palabras salieran de su boca, empezó a alejarse. Sorprendida por su falta de galantería, Isabel lo siguió, prácticamente corriendo para intentar mantenerse al nivel de sus zancadas, mucho más largas. La llevó hacia las almenas, a lo largo de la línea costera. Bueno, pensó jadeando, por lo menos la vista que ofrecía desde atrás era igual de impresionante que el pecho desnudo que había admirado antes. También su espalda estaba bronceada y era musculosa, estrechándose en la cintura, por encima de unas nalgas apretadas. Él avanzaba con la seguridad de alguien nacido para mandar, con la autoridad absoluta de sus antepasados respaldándolo. Aun en el caso de no saber que era jefe, el orgullo de su porte no dejaba lugar a dudas.

Finalmente, Rory se detuvo en un punto que daba sobre el *loch*, permitiendo que ella lo alcanzara. Se quedó contemplando, pensativo, el *loch*, más allá de los muros de la fortaleza. Al entrecerrar los ojos para protegerse del sol, se destacaban, blancas contra la piel bronceada, unas pequeñas y ligeras arrugas rodeándolos. Parecía tan complacido que Isabel casi vaciló en molestarlo. Al colocarse a su lado, queriendo saber qué había capturado su atención, rozó con el hombro el costado desnudo de Rory.

Sin hacer caso de la agitación que sintió en el estómago al contacto con su piel ni del hipnótico olor del sol, el sudor y una huella de sándalo que le llenó la nariz, volvió los ojos para seguir su mirada, y dejó escapar, asombrada, una exclamación ante el esplendor que se desplegaba delante de ellos. La costa, recortada y rocosa, refulgía como una piedra pulida contra las olas de un azul verdoso, coronadas por una delicada espuma blanca que avanzaba con una simetría perfecta hacia la orilla. La yuxtaposición del intenso verde azul del mar y el transparente azul claro del cielo quitaba el aliento. Parecía irreal, como si estuviera mirando un cuadro donde los colores fueran demasiado vívidos, demasiado intensos, demasiado perfectos. Era sencillamente hermoso.

Pese al asombroso despliegue de belleza natural que tenían delante, el prolongado silencio resultaba incómodo. Era evidente que él estaba esperando a que ella hablara.

—Siento haber interrumpido el entrenamiento. Espero no haber estropeado los ejercicios. —Isabel se detuvo, aguardando una respuesta cortés.

Él la miraba como si no la entendiera.

Como él no respondió para tranquilizarla, empezó a arrastrar contra el suelo, nerviosa, los pies calzados con zapatillas, bajo su mirada penetrante y dura.

Prueba con los cumplidos, se recordó.

—Vuestra habilidad con la espada es extraordinaria. Disfruté viéndoos practicar con vuestros hombres.

Él se encogió de hombros.

—Cuando cambiasteis de mano, no podía creerlo. Nunca había visto nada parecido. Debe de haberos costado años de práctica dominar el uso de ambas manos.

—Sí.

Eso era lo que se conseguía con cumplidos. Era como hablar con un muro de piedra.

—Yo misma tengo algo de experiencia con el acero —añadió como sin darle importancia—, aunque soy mejor con el arco. —Sus intentos por conseguir la atención de sus tres hermanos tenían ciertos beneficios.

Él se quedó mirándola con evidente asombro.

—¿Habláis en serio?

Ella lo miró a los ojos, levantando orgullosamente la barbilla.

—Absolutamente.

Él la miró rápidamente de arriba abajo.

—Por vuestro aspecto se diría que apenas podríais levantar una espada.

—Soy más fuerte de lo que parezco —dijo ella, irguiéndose un poco más.

Ahora parecía divertido.

—¿Y qué utilidad podría tener el manejo de la espada para una chiquilla?

—Os sorprenderíais.

Rory cabeceó, y parecía estar a punto de echarse a reír. Isabel se esforzó por no perder la calma, pero estaba acostumbrada a sufrir la condescendencia masculina por parte de sus hermanos. Una condescendencia que solo la había hecho esforzarse más.

—¿Y vuestro padre aprobaba este pasatiempo tan inusual?

—Deja de molestar, niña. Tus hermanos tienen que practicar.

Isabel odiaba aquella palabra, «molestar»; la oía con demasiada frecuencia.

—Pero solo quería...

—Tu madre era toda una dama. Y tú también debes serlo.

Pero Isabel tenía diez años y no quería ser una dama. Quería jugar con sus hermanos.

—Al principio no —reconoció en voz alta. Nunca, dijo para sí—. Pero creo que vio que era sensato que una mujer aprendiera a defenderse por sí misma. —Eso era lo que ella esperaba.

—Bueno, no tenéis ninguna necesidad de hacerlo mientras estéis aquí —dijo—. Yo os protegeré. Y mis guerreros no tienen tiempo para perderlo en niñerías.

Isabel se tragó la viva réplica que estaba a punto de darle, pero su actitud la irritó.

—En realidad, quería preguntaros si podía organizar alguna excursión de caza, corta...

Él cruzó los brazos. Intentó no mirarlo, pero la exhibición de sus músculos hizo que sintiera calor y confusión por todas partes.

—No.

Su tajante negativa la sorprendió. Lo miró directamente a los ojos.

—¿Por qué no? Creo que la caza es una actividad adecuada para una «chiquilla». Y haría mucho para aliviar el aburrimiento.

—Sería demasiado peligroso.

—Llevaría escolta...

—He dicho que no.

Estaba siendo poco razonable, pero no era el momento de discutir, así que se enfureció en silencio.

—¿Queríais hablar conmigo por alguna razón? —preguntó él impaciente, con aire de querer estar en cualquier sitio que no fuera allí, con ella.

Isabel pensó rápidamente.

—Sí. Me gustaría hacer unos pequeños cambios en nuestra cámara para que fuera más confortable, y pensaba que sería mejor pediros vuestro permiso antes de hacerlo. —No pudo resistirse a añadir—: Aunque pasáis muy poco tiempo allí. —Una inequívoca traza de reproche coloreó su voz al mirar su severa cara desde detrás de sus largas pestañas, ofreciéndole implícitamente la ocasión de explicar aquellos extraños planes para dormir. Pero él no mordió el anzuelo—. Supongo que queréis que me haga cargo de mis deberes como señora del castillo. Si pudierais dirigirme a la persona apropiada, porque no sé quién administra actualmente el castillo...

—No debéis preocuparos por eso —la interrumpió él—. Mi hermana Margaret ha desempeñado esos deberes durante los dos últimos años —La miró sombrío—. Desde su regreso a Dunvegan.

Isabel palideció, comprendiendo al instante su error. Debió de haber imaginado que su hermana actuaría como señora, y en aquel momento, su inocente recordatorio de la relación de su propia familia con la desgracia de su hermana había encendido su cólera. Pero era fácil olvidar la presencia de Margaret en el castillo, ya que ni siquiera se la habían presentado. Era una omisión que tendría que remediar.

—Por supuesto, vuestra hermana debe seguir siendo la señora del castillo. Lo siento, como todavía no conozco a Margaret, no lo había comprendido. ¿Debo dirigirme a ella con mis peticiones para hacer algunos cambios en la cámara? —Aunque lo preguntó cortésmente, Isabel sabía que tenía todo el derecho a sentirse insultada; su negativa a concederle la posición que le era debida como esposa era una grave afrenta. Era la nueva señora del castillo y, como tal, le correspondía desempeñar los deberes que conllevaba serlo. Sus suaves rasgos no traicionaban nada de lo que sentía, pero reprimir su natural propensión a discutir resultaba más difícil de lo que esperaba.

Estaba claro que a Rory le disgustaba su petición.

—Esta noche, Eoin Og O'Muireaghsain nos entretendrá con su poema sobre la historia del clan. Le pediré a Margaret que nos acompañe durante la cena.

—Estupendo. —No pudo ocultar el entusiasmo de su voz.

—¿Deseabais algo más?

Ella se retorció las manos. Ciertamente, él no se lo ponía fácil.

—Esperaba que pudiéramos pasar algún tiempo juntos, para ir conociéndonos —aventuró.

—¿Por qué?

¿Hablaba en serio? Se mordió la lengua para no darle una réplica sarcástica, sofocando la chispa de ira. Después de todo, estaba intentando conseguir que él se enamorara de ella. Tenía que hacer todo lo posible por ser encantadora y complaciente, aunque eso le causara la muerte.

—Me parecía natural que fuéramos conociéndonos, dado que nuestro matrimonio es tan reciente.

—Estoy muy ocupado, Isabel. Debéis saber que como jefe tengo responsabilidades y deberes que exigen mi atención. Tomamos las comidas juntos, ¿qué más podéis necesitar? Daba por sentado que, como hija de jefe que sois, comprenderíais el poco tiempo que tengo para meras frivolidades.

¡Meras frivolidades! La arrogancia de aquel hombre no tenía igual. De eso le habían servido los cumplidos y las trivialidades. Aquella conversación no discurría tal como ella había esperado. Su mente trabajaba a toda velocidad, tratando de encontrar qué había ido mal. Tal vez, él había malinterpretado sus intenciones.

Alargó la mano y le tocó el brazo, suplicante, y sintió momentáneamente una fuerte sensación en los dedos ante el calor de su piel desnuda. Era tan fuerte y duro como había pensado. Sintió el poder que irradiaba bajo las yemas de sus dedos. Notó que el vello de sus brazos se ponía de punta al tocarlo, casi como si ella le diera escalofríos.

—Lo siento, no quería insinuar que no conozco las exigencias que recaen sobre vuestro tiempo. En realidad, mi padre es un hombre muy ocupado y no pasaba mucho tiempo conmigo... quiero decir, con nosotros —corrigió apresuradamente—, por lo mucho que le exigían sus deberes en el castillo de Strome. Es solo que, este último mes, no he tenido mucha compañía aparte de Bessie, y confiaba que pudierais dedicar unos minutos a enseñármelo todo.

Rory enarcó una ceja.

—No soy una niñera y no me había dado cuenta de que necesitarais una.

Isabel notó cómo se le encendían las mejillas de indignación.

—Por supuesto, tal vez si pudierais dedicar un momento a mirarme de vez en cuando, veríais que ya he pasado con mucho la edad para tener una niñera. —Resistió el impulso femenino de sacar pecho y obligarlo a ver cuán lejos estaba realmente de ser una niña.

Ah, pensó Rory, ahí estaba la llama. Estaba empezando a pensar que había imaginado el temple vislumbrado anteriormente. Ella se había portado con una dulzura extraordinaria frente a su creciente rudeza. Parecía esforzarse mucho para agradarle. Sus lisonjas quizá le hubieran divertido si no estuviera tan exasperado. No se había propuesto provocarla, pero encontrarse cara a cara con el origen reciente de sus tribulaciones no ayudaba nada a mejorar su malhumor.

El recuerdo de sus suaves nalgas apretadas cómodamente contra su entrepierna no era fácil de eliminar. Tampoco lo era el constante recordatorio que palpitaba bajo su *plaid*.

Estar tan cerca de ella por la noche y no poder hacer nada al respecto le estaba afectando. Rory se maldijo por su inusual impulsividad. Trasladar a Isabel a su cámara había sido una decisión precipitada, provocada por el interés por las cocinas mostrado por la joven, y por su propia y violenta reacción al tocarla en la despensa. Su error de juicio, la irrazonable fascinación que sentía por cada movimiento suyo y su deseo insaciado se habían sumado para ponerlo de un humor de perros.

Un humor de perros que había intentado eliminar en la liza, solo para encontrarse con que su bella esposa invadía de nuevo su paz.

Al principio, al verla, se había quedado paralizado, cautivado por aquellos brillantes cabellos reluciendo bajo el sol con tonos cobrizos, de un encendido dorado rojizo y bronce profundo... y lo había pagado recibiendo el golpe de la espada por su estupidez al permitirse distraerse. Pero es que ella tenía un aspecto tan fresco como el primer rocío de la primavera, vestida con su sencillo traje verde de lana. Sus ojos parecían más claros a la luz del día, más cercanos a la lavanda que a la violeta.

Sintió un incómodo nudo en el pecho. Querría que fuera solo su belleza lo que lo atrajera, pero cuanto más la observaba, más fascinado se sentía. Hasta la suave cadencia de su voz lo seducía.

Con el rabillo del ojo la vio, soltando chispas, a su lado. Por la manera en que apretaba los puños, sabía que estaba furiosa. Furiosa y adorable con sus labios fruncidos y su barbilla terca. Una Isabel dulce era interesante, pero en llamas era irresistible. Ya se había dado cuenta de que había dejado muy atrás la edad de necesitar una niñera, pero tenía que seguir manteniendo las distancias.

—¿Y? —preguntó ella.

—No me había dado cuenta de que vuestra afirmación exigiera una respuesta. Pero, si queréis saberlo, he observado que, por lo menos físicamente, parecéis tener una edad que no necesita de niñera.

La irritación de Isabel ante su torpe respuesta se había convertido claramente en cólera.

—Solo os pedía que pasáramos algún tiempo juntos porque creía...

—¿Qué creíais, Isabel? —le espetó, negándose a mirar aquella bella cara vuelta hacia él. Rory no se sentía ni de lejos tan indiferente como aparentaba. Se obligó a hablar con una frialdad que contradecía la ardiente consciencia que el contacto con ella despertaba en su cuerpo. Sabía que se sentía sola, pero no podía permitirse la compasión.

Ella tenía que saber cómo iban a ser las cosas.

Sabía que si la miraba vería el dolor en aquellos embrujadores ojos lavanda. El deber, se recordó en silencio. Cuanto antes comprendiera que aquella no era una unión ordinaria, tanto mejor.

Con todo, cada vez le resultaba más difícil actuar como un frío extraño ante su inocente afectuosidad. ¿Por qué se sentía como si estuviera tirando del rabo a un cachorrillo indefenso?

Sentía una extraña necesidad de protegerla, de envolverla con sus brazos y descubrir qué provocaba aquella sombra que le cruzaba el rostro cuando creía que nadie la miraba. Más incluso, quería asegurarse de que nunca nada la perturbara de nuevo.

Suspiró, acusando lo frustrante de la situación.

—Este es un arreglo político. El rey Jacobo ordenó nuestro enlace para solucionar la enemistad entre nuestros dos clanes. No intentéis convertirlo en nada más. Si esperáis amor y romanticismo, solo quedaréis decepcionada.

Isabel se puso rígida por la brutal conmoción que le causaban sus palabras.

—¿Qué queréis decir?

Finalmente él se volvió, dejando de mirar al mar para mirarla a ella.

—Es un enlace político. El amor no forma parte del trato. —Deliberadamente, apartó el brazo para no tocarla y se esforzó por ignorar la brusca inhalación de la joven ante el insulto de sus palabras y su súbito movimiento.

—Pero no tiene por qué ser así —argumentó ella—. Mi padre estaba profundamente enamorado de mi madre.

Sus palabras lo desconcertaron. Era difícil imaginar al sobrio MacDonald de Glengarry, curtido en cien batallas, como un esposo enamorado.

—¿Cuándo murió vuestra madre? —preguntó, casi sin darse cuenta.

—Mi nacimiento fue difícil —respondió ella en voz baja—. Nunca se recuperó. Yo apenas la conocí, aunque mi padre dice que me parezco mucho a ella.

Rory se endureció contra la tristeza que oía en su voz. No sabía que hubiera perdido a su madre tan joven. Y con lo que había presenciado de su relación con su padre y sus hermanos, podía imaginar lo difícil —y solitaria— que debía de haber sido su vida. También era obvio que se culpaba por la muerte de su madre. ¿La culparía también Glengarry? ¿Era eso lo que explicaba su reserva hacia su hija? Rory no lo creía. Había algo en los ojos de aquel hombre cuando miraba a su hija... como si le resultara doloroso hacerlo. Es posible que Isabel tuviera razón y Glengarry amara a su esposa. Si Isabel se le parecía, eso explicaba muchas cosas. Maldición, se dijo, irritado. Esa era precisamente la clase de información que no quería conocer. Aquello era lo que sucedía por pasar tiempo con ella.

—¿Y vuestros padres? —persistió Isabel—. ¿No estaban enamorados?

—Mis padres se llevaban bastante bien —respondió—, pero no estaban enamorados. Se respetaban, pero llevaban vidas relativamente independientes. Con el tiempo, estoy seguro de que llegaron a sentir cierto afecto mutuo.

—Pero ¿vos no queréis alguien a quien amar? ¿Tener alguien que os ame? ¿Alguien que os confíe sus secretos más íntimos, alguien en quien confiar, alguien absoluta y totalmente leal?

—Soy jefe. Tengo el amor, la confianza y la lealtad de mi clan y mi familia. Los MacLeod son de una lealtad inquebrantable. No necesito ni pido nada más. Y un jefe no confía sus secretos a nadie. Un jefe guarda silencio. ¿Qué utilidad tiene el amor para un guerrero? ¿Es que el amor gana batallas? ¿Soluciona los agravios? No, el amor es un ideal descabellado, inventado por los trovadores para contar bonitas historias. El amor no tiene cabida en el matrimonio; hasta los trovadores os lo dirían. Los nobles se casan por tierras y riqueza o, como nosotros, para poner fin a una enemistad. Cumplimos nuestro deber con el clan con nuestro matrimonio a prueba, Isabel, nada más y nada menos.

Toda aquella conversación sobre el amor le hacía sentir incómodo. Rory era un guerrero, no un cortesano. Tenía un deber para con su clan que prevalecía sobre todo lo demás, incluidos los deseos personales. No, el amor no tenía cabida en su vida. Deseaba a Isabel igual que desearía a cualquier mujer hermosa. La razón de que pareciera incapaz de centrarse en nada más era que esa mujer tan bella no era para él. Un sencillo caso de querer lo que no podía tener, razonó.

Ella parecía visiblemente alterada por sus palabras, como si hubiera esperado algo más. Por vez primera, consideró la posibilidad de haberse equivocado al sospechar de ella. Últimamente no había hecho nada para darle motivos de preocupación. La había observado y había notado su bondad y sus cariñosos esfuerzos por conseguir la amistad de su clan. No se le había pasado por alto que la esposa de Fergus se marchaba del castillo, cada día, con comida extra en su fardo. Tal vez Isabel era exactamente lo que parecía: una joven inocente y dulce a la que habían obligado a aceptar una situación que no había buscado.

De repente, se le ocurrió que su propia conducta indiferente y su sinceridad sin tapujos podían herirla, cuando lo único que él intentaba era protegerla de todo daño. No se la llevaría a la cama, no porque no lo deseara, sino porque no quería herirla cuando la enviara de vuelta a casa, como debía hacer.

—Pero seguramente deberíamos intentar...

La interrumpió.

—No soy el responsable de esta alianza. —Bajó la voz y dijo, más amablemente—: Solo acepté un matrimonio a prueba, Isabel. Comprendéis los términos de este compromiso. Es solo por un año.

—Claro. —Pero luego entendió lo que él quería decir y el color le desapareció de la cara—. Así que tenéis intención de repudiarme —susurró incrédula.

No fue necesario que le respondiera. Lo había entendido.

—Pero ¿qué hay de...? —tartamudeó, ruborizándose intensamente.

Sabía en qué estaba pensando.

—En todos los demás aspectos, viviremos juntos como marido y mujer.

Ella bajó la mirada, claramente turbada.

—Pero ¿qué hay de la pasión... qué hay de vuestras necesidades? —preguntó con un susurro avergonzado.

Si supiera lo mucho que la deseaba... Incluso entonces, de pie tan cerca de ella, percibiendo su olor, notaba que el ardor del deseo le recorría la sangre. El recuerdo de despertarse con ella entre sus brazos, con sus suaves nalgas apretadas fuertemente contra él, estaba todavía demasiado fresco. Una mirada a sus sensuales pechos era suficiente para recordarle aquella tierna carne llenándole la mano. El rato pasado en la liza no lo había liberado de su tormento. Lo que necesitaba era llevársela a su habitación, tirarla encima de la cama y tomarla con una tormenta de pasión al rojo vivo.

Pero en cambio dijo:

—No tenéis que preocuparos por eso. Os aseguro que mis necesidades están satisfechas. Completamente satisfechas —mintió. No había estado con una mujer desde una semana antes de que ella llegara. Cada vez que pensaba en saciar su deseo entre un par de muslos serviciales, algo lo detenía. Eliminaba la tensión con la mano, porque sabía que solo había una persona que pudiera aliviar su dolor. Comprenderlo lo sorprendió. Nunca antes se había obsesionado tan intensamente por una mujer.

Se aventuró a lanzarle una mirada rápida y vio que estaba boquiabierta, mirándolo fijamente, dolida y sin dar crédito a lo que oía. Sintió una punzada en el pecho. Maldición, pensó. Sabía que no tenía que mirarla.

—Pero yo pensaba... —Isabel vaciló—. Pensaba que... —Se le quebró la voz y no acabó la frase.

Sus miradas se encontraron. Una tensión tan misteriosa y potente como el rayo crepitaba en el tranquilo aire de la mañana. Rory luchaba contra todos y cada uno de los instintos de su cuerpo. La había herido. Y darse cuenta de lo mucho que detestaba hacerlo lo desconcertaba. Ansiaba cogerla entre sus brazos y limpiar la herida de su mentira, mientras sentía aquellos ojos rasgados mirándolo, atrayéndolo a las profundidades de su alma.

El deseo de limpiar la herida era demasiado poderoso. Con un movimiento que le pareció muy lento, alargó la mano para cogerle la cara, acariciando la curva de la mejilla con el pulgar. Su piel no era real; suave como la de un bebé y tersa al tacto. Ella se inclinó hacia él y el contacto de sus pechos contra su brazo desnudo le provocó un anhelo tan agudo que le dolió físicamente no cogerla entre sus brazos. Todos sus instintos clamaban por que la abrazara. Vaciló un instante antes de dejar caer la mano a un lado.

Su deber estaba claro. Sabía qué tenía que hacer. Isabel MacDonald volvería con su familia al final del año, Rory formaría una alianza mucho más ventajosa con los Campbell y continuaría con sus planes para destruir a Sleat. Por mucho que la deseara, no era para él.

No quería arriesgarse a verse envuelto en un enredo emocional, así que era mejor asegurarse de que no hubiera ninguna confusión en sus intenciones.

—Sois una mujer excepcionalmente hermosa, Isabel. Pero esto no cambia nada. Cuando el año acabe, mi deber habrá concluido.

7

Si, como creía su tío, la belleza era el camino para llegar al corazón de un hombre, entonces usaría todo lo que tenía a su disposición para seducir a Rory MacLeod.

Aunque la hipocresía la matara.

Isabel se vistió cuidando al máximo su aspecto mientras se preparaba para la cena. Dado que él declinaba pasar otros momentos con ella, las comidas eran la única ocasión que tenía de hacer que cambiara de opinión sobre su relación. La encontraba hermosa, pero no lo suficiente para tentarlo a dejar la cama de su amante. Confiaba en que ese vestido lo haría cambiar de opinión.

Isabel todavía no podía creerse lo que él le había dicho. Ni lo mucho que le dolía. No podía sacarse de la cabeza aquella imagen ni librarse de la sensación de vacío que la había inundado cuando él le confesó que encontraba su placer en otro sitio. Sabía que debía de referirse a aquella belleza morena con la que lo había visto antes. Que sus sospechas se confirmaran era como si alguien le aferrara el corazón con un puño de hielo y se lo estrujara.

Por añadidura, prácticamente se había ofrecido a él y él la había rechazado. No la quería. Comprenderlo le escocía más de lo que quería reconocer.

Isabel irguió los hombros para protegerse y eliminar el dolor. Era irónico. El único hombre al que se había propuesto deliberadamente conquistar era impermeable a sus encantos. ¿No deseaba conocer a un hombre que no la quisiera simplemente por su bonita presencia? Ten cuidado con lo que deseas, Isabel, se dijo sarcástica.

Debería interesarse más por las otras cosas que él había desvelado.

Tenía intención de devolverla al cabo de un año, intacta. Se reiría si no le doliera tanto. Su propio esposo no la quería. Era toda una ironía: los dos habían aceptado el compromiso con la intención de disolverlo al final. Rory pensaba que era su deber para con el rey, mientras que sus propios propósitos eran la traición y la delación. La honradez de aquel hombre la avergonzaba, aunque con lo que había averiguado de él durante el mes anterior, no la sorprendía.

Solo podía hacer una cosa: tenía que convencerlo para que cambiara de opinión. Por lo menos, ahora sabía a qué se enfrentaba. Él había reconocido que la encontraba hermosa, así que empezaría por ahí. Descubriría una manera de hacer que se enamorara de ella, pese a los sentimientos que le había confesado al respecto.

Durante toda la tarde, Isabel se había dedicado a reunir los jirones en que había acabado su determinación, después de que él la dejara allí, sola, con la mano en la mejilla y esforzándose por no estallar en llanto. Le ardía la piel donde los mismos dedos fuertes y callosos que blandían la espada con una destreza tan mortal le habían acariciado suavemente la mejilla. Había visto, apenas, el matiz de pesar que había cruzado sus rasgos, casi en el mismo momento en que aquella fachada austera y carente de emoción volvía a ocupar su lugar.

Pero lo había visto y le daba un motivo para la esperanza.

Mientras Bessie terminaba de atar las cintas del vestido, Isabel cogió su espejo de mano de plata. Alargó el brazo y dio un paso atrás para tener una visión más amplia.

—No es nada decente, princesa.

Isabel se miró en el espejo.

—No digas tonterías, Bessie. No hay nada malo en este vestido; es precioso. —Pero el rubor que le encendía las mejillas contradecía sus palabras.

Bessie chasqueó la lengua y cabeceó reprobadora.

—Es indecente; eso es lo que es. No me imagino qué impulsó a tu tío a proporcionarle un vestido así a una muchacha joven e inocente.

Isabel sí que se lo imaginaba. Y si su reflejo era un indicio, había logrado sus propósitos. Definitivamente, la mujer que la miraba no parecía inocente. Llevaba los cabellos cobrizos recogidos en lo alto de la cabeza, rodeados por la diadema de perlas que había llevado en los esponsales. El traje, de suave seda dorada, acentuaba el marfil cremoso de su piel y el rojo de sus carnosos labios. El leve rasgado de sus ojos violeta le daban el aire de una mujer seductora.

Pero era el estilo del vestido lo que producía el mayor efecto; parecía una mujer licenciosa. El traje proporcionado por su tío no era en absoluto de buen tono. En muchos aspectos, era como el que vestía a su llegada a Dunvegan. No llevaba verdugado ni corsé ni gorguera. Solo una fina camisa separaba la piel de la lisa seda del traje. La suave tela dorada se le pegaba al cuerpo, destacando cada curva y dejando muy poco a la imaginación.

Pero no era eso lo que la hacía sonrojar. Era la manera en que el apretado corpiño destacaba y exponía sus senos. Había tan poca tela cubriendo el corpiño que si respiraba hondo seguramente se le saldrían por completo del vestido.

Isabel raramente llevaba joyas, pero esa noche hizo una excepción. Se puso un juego de esmeraldas exquisito, montado delicadamente en oro, que le había dejado su madre: pendientes de lágrima, un brazalete y un colgante. Las joyas eran lo único que tenía de su madre, y las atesoraba no por su valor, sino por la relación que guardaban con un pasado que nunca conocería.

Un poco escandalizada por el reflejo que le devolvía el espejo, Isabel se esforzó por controlar el temblor de su voz. Sabía que tenía de conseguir sacar a Rory de su indiferencia y atraer su atención, pero acababa de comprender la clase de atención que ese vestido podía despertar. La idea le provocó un cosquilleo de aprensión y algo más: expectación.

—Pues a mí me parece que este vestido es precioso, Bessie.

—No he dicho que no lo fuera, princesa. He dicho que era indecente. No es lo mismo. —Bessie la miró largamente—. No creo que tu esposo apruebe este traje.

—Dudo de que se dé cuenta siquiera.

—Oh, sí, se dará cuenta. Precisamente eso no tiene que preocuparte —advirtió Bessie.

Isabel se miró una última vez en el espejo y luego lo guardó en su baúl. Suponía que aquello era lo mejor que podía hacer, pero exhibir su cuerpo de una manera calculada para seducir la hacía sentir incómoda. Sabía que tenía que utilizar todo lo que tenía a su alcance, pero eso no lo hacía más fácil.

Isabel estaba en una posición insostenible. Para lograr sus propósitos, debía acercarse más a él, pero cuanto más sabía de Rory, más difícil le resultaba la idea de que tendría que acabar traicionándolo. No podía ignorar lo que había observado en él. Rory MacLeod era la clase de líder que inspiraba devoción, una fuerza estabilizadora en tiempos de dificultad. Una roca. Y la clase de hombre que ella había soñado. Pero si quería tener alguna esperanza de éxito, le convendría tomar lecciones de él en indiferencia. Debía endurecer su corazón y no permitir que nada la desviara de su objetivo.

Isabel tenía una misión que, con seguridad, no incluía que se enamorara. Era una propuesta unilateral. Debía desechar sus estúpidos reparos infantiles respecto a despertar esa clase de atención y usar lo que Dios le había dado, para el mayor bien de su familia. El jefe MacLeod quería enviarla de vuelta con los suyos y ella debía lograr que cambiara de opinión. Mostrarse encantadora no la había llevado a ninguna parte; era el momento de hacer algo más drástico... algo como ponerse ese vestido.

Conocía algo del deseo y de la seducción. Un roce aquí, una palabra sugerente allí, una sonrisa picara, cómplice. Isabel había estado el tiempo suficiente en la corte para haber aprendido unos cuantos trucos, para saber cómo algunas mujeres usaban su cuerpo para conseguir lo que querían, para aprender el arte de la seducción. Por naturaleza, no era tan atrevida, pero el campo de batalla estaba claramente definido. Él no la quería, pero la deseaba. Que así fuera.

Por lo menos, ahora sabía qué terreno pisaba. ¿No la había advertido su tío de que aquello era precisamente lo que quizá tuviera que hacer?

Bessie seguía hablando.

—Tu esposo no podrá apartar los ojos de ti. —Se llevó los dedos a la barbilla, pensativa—. Bien mirado, puede que este vestido no sea tan mala idea.

Isabel se puso rígida. Sabía qué venía a continuación.

Bessie continuó toqueteándole el pelo y volvió a repetir, una vez más, la misma declaración que Isabel le había oído por lo menos una docena de veces durante el último mes.

—No está bien que no te convierta en su esposa de verdad. No sabes lo que murmuran los sirvientes.

El sonrojo de Isabel se hizo más pronunciado.

—Bessie, cariño, ya te lo he explicado antes. Rory me dijo que deseaba darme tiempo para que me adaptara a mi nuevo hogar. Eso es todo. Estoy segura de que solo está siendo considerado con mi inocencia. Hizo que me trasladara a esta habitación, ¿no?

Bessie enarcó las cejas, escéptica. Una mirada que decía que no se podía creer que Isabel fuera tan ingenua como para aceptar la explicación de Rory.

—No es natural que ese hombre no te quiera en su cama. Eres su esposa. Bueno, por lo menos, su esposa por un año. Algo no va bien. —Cuando Bessie se obsesionaba con algo, era como un perro con un hueso carnoso—. Estoy preocupada. ¿Y si no tiene intención de mantener su parte del trato?

—¿A qué te refieres? —preguntó Isabel, fingiendo ignorancia. Debería haber sabido que Bessie lo averiguaría.

—He oído rumores.

—¿Qué rumores? —inquirió Isabel intrigada.

—De otra alianza.

A Isabel se le cayó el alma a los pies. Esperó a que Bessie se explicara.

—Se rumorea que el jefe MacLeod ha estado negociando una alianza con los Campbell.

Ahora el corazón le palpitaba desbocado, pero se obligó a hablar en tono indiferente al rechazar las preocupaciones de Bessie.

—Oh, estoy segura de que todo eso es agua pasada.

Pero ¿y si no lo fuera?

Sintió una sensación de náusea en el estómago. ¿Había frustrado los planes de Rory MacLeod para establecer otra alianza?

Era lo único en que podía pensar mientras se acercaba a la sala. ¿Explicaba aquello su reserva? ¿Estaba enamorado de otra mujer? La idea la perturbó más de lo que quería reconocer.

Isabel se detuvo, sin que la hubieran visto todavía, en la entrada. Aquella multitud de rostros hizo que vacilara su resolución, provocándole un largo momento de ansiedad. De repente, se sintió desnuda y expuesta. Aquel vestido ya no le parecía tan buena idea. Su confianza se tambaleó.

Recuperó las resbaladizas riendas de su valor y observó la escena, dolorosamente familiar. La enorme sala estaba llena a desbordar de hombres y mujeres bulliciosos que disfrutaban de la cómoda camaradería de los amigos y los parientes. Dondequiera que mirara, había gente riendo, bebiendo, comiendo e intercambiando historias. La escena que se desarrollaba ante ella le ofrecía un cuadro vigoroso de la vida cotidiana en las Highlands.

Una aguda punzada de dolor en el pecho le recordó su perpetuo anhelo de formar parte de esa vida cotidiana. Pero en Dunvegan era igual que en Strome. Estaba sola; era una extraña. Nunca sería parte de aquella particular escena feliz de tranquilidad doméstica, y haría bien en recordarlo. Pero, tal vez si tenía éxito en su misión, podría encontrar una felicidad así en Strome.

Con una determinación renovada, levantó la barbilla y se dirigió hacia la mesa.

Era la primera vez en un mes que Rory lo estaba pasando bien. Ahora que Isabel comprendía lo que tenía intención de hacer, podía relajarse. La trataría con el respeto que era debido a su esposa, pero ya no había necesidad de que hubiera ningún fingimiento entre los dos. De hecho, estaba bastante seguro de que ella haría todo lo que pudiera por mantenerse alejada de él. Por supuesto, la conservaría cerca hasta poder disipar sus sospechas, pero quizá incluso podría volver a dormir en su cama.

Satisfecho, tomó un largo trago de *cuirm*, se recostó en la silla y sonrió, aliviado por haber controlado la situación y dejado aquel asunto decididamente atrás.

Sin embargo, su contento no duró mucho. Rory notó el alboroto en la sala de inmediato. Levantó los ojos justo cuando Isabel iniciaba su majestuosa marcha hacia él. Era imposible no admirar el orgullo y la fuerza de su porte. Se movía con tanta gracia que prácticamente flotaba en el aire.

De repente, notó que su cuerpo se ponía rígido. Su mirada se fijó en un exceso de piel de un pálido marfil. Por todos los demonios, ¿qué llevaba puesto?

A diferencia de sus otros vestidos, ese no estaba al borde de la indecencia; era indecente y dejaba muy poco a la imaginación. El corpiño era muy bajo, excesivamente bajo, y la fina y sedosa tela se pegaba a cada deliciosa pulgada de sus encantos femeninos. Su reacción fue visceral. Todos los músculos de su cuerpo se tensaron, despiertos y contenidos, mientras luchaba por controlar tanto la cólera como el deseo que su aspecto despertaba en su interior.

Una multitud de emociones en conflicto corría salvaje por sus venas. Quería levantarse y cubrirla; quería cogerla entre sus brazos; quería ordenarle que nunca más volviera a llevar aquel vestido en público y quería adorarla como si fuera la diosa que evocaba. Atrapado en un tempestuoso conflicto corporal, Rory solo estaba seguro de una cosa: Si se volvía a poner aquel traje, se lo arrancaría. Y al infierno con las consecuencias.

La deseaba. No podía negarlo. Además, al parecer, no era

el único. Rory apartó los ojos de Isabel y miró alrededor de la sala, a las caras boquiabiertas de sus hombres. Ni siquiera Alex podía dejar de mirarla. Una violenta oleada de posesividad lo dominó. Sintió un extraño anhelo primario de ejercer el dominio completo, una sensación tan desconocida que lo sacudió. Ella no le pertenecía y no podía pertenecerle.

Por las llagas de Cristo, ¿es que intentaba volverlo loco de deseo?

Entrecerró los ojos. Sí. Después de lo que le había dicho el día anterior, ella trataba, sin mucha sutileza, de hacer que cambiara de opinión, restregarle por las narices lo que se estaba perdiendo. Ninguna de las dos cosas le gustaba.

¿Cuál era su juego?

Los dedos de Rory aferraron con fuerza el borde de la copa. Mantuvo la cara impasible mientras ella avanzaba hasta llegar junto a él; notó cómo le latía el pulso en el cuello, mientras luchaba por sofocar un ardiente estallido de ira. Pensó que un poco de la bravuconería de Isabel desaparecía cuando le recorrió el cuerpo de arriba abajo con la mirada, demorándose en los pechos. Dios, debía de estar nerviosa. Si él fuera cualquier otro hombre, tomaría lo que le ofrecía.

Pero él no caería presa de esas tácticas.

—Buenas noches —dijo ella inclinándose ligeramente, con los pechos casi desbordando de su delicado confinamiento.

Se le cortó la respiración y emitió un sonido áspero, que recordaba el silbido de una serpiente. Podía ver los malditos bordes rosados de sus pezones, colocados tentadoramente a pocos centímetros de sus labios. Se le levantó la verga al imaginar que recorría con la lengua la delicada cresta, antes de coger aquel botón endurecido con la boca y chuparlo hasta que ella se retorciera en una ferviente súplica. Isabel tenía un cuerpo hecho para las fantasías sexuales. Y saber que en esos momentos no era el único que se entregaba a esas fantasías despertaba en él una cólera más allá de toda medida. Por todo lo que era sagrado, aquella mujer lo provocaba demasiado.

Las mejillas de Isabel se tiñeron de rojo mientras intentaba, circunspecta, devolver el vestido a su sitio.

Cuando el relámpago de deseo se disipó, Rory se enfureció. Ya era suficiente. Ninguna esposa suya se exhibiría de aquella manera. La madura plenitud de sus pechos, el estrecho círculo de su cintura, la esbelta curva de sus caderas y el suave color rosado de sus pezones no eran para exhibirlos en público. Ella le pertenecía, al menos de momento. Y no la compartiría.

—Siento llegar tarde —dijo ella—. He tardado mucho en vestirme.

Sin decir palabra, él se levantó, la cogió por el brazo y la condujo, sin ceremonias, fuera de la sala. Solo cuando la gente del clan ya no podía oírlos, le contestó:

—Me parece que todavía no habéis acabado.

—¿A qué os referís?

Rory no se molestó en ocultar su ira. Su voz era, en todo, tan sombría y peligrosa como las extrañas emociones que ella despertaba en él.

—No pongáis a prueba mi paciencia, Isabel.

Por su silencio, comprendió que prestaba atención a su advertencia. Notó su nerviosismo mientras la llevaba afuera, hacia la torre del Hada, la hacía cruzar la entrada y subir la escalera. Abrió la puerta de sus aposentos, la empujó al interior y cerró la puerta de golpe detrás de ellos, dando un resonante portazo.

Ella se quedó en medio de la habitación, con las manos retorciendo la falda. Aventurándose a mirarlo a hurtadillas, preguntó:

—¿Qué pensáis hacer?

—No lo que debería —le espetó él. Su mirada ardía recorriéndole el cuerpo de arriba abajo. Ella se estremecía a su paso—. Este traje es indecente. ¿En qué debíais de estar pensando para poneros algo tan inapropiado?

—Es un poco revelador, tal vez...

—¿Un poco revelador? —estalló él—. ¡Puedo ver el maldito borde de vuestros pezones!

A Isabel se le encendieron las mejillas de rubor.

—No me chilléis.

Rory se obligó a calmarse.

—No estoy chillando —contestó en voz más baja. Estoy tan excitado que ni siquiera puedo pensar.

—No creía que os fijarais en la ropa que visto —dijo ella desafiante.

—Oh, me he fijado, sin ninguna duda. Igual que todos los hombres con sangre en las venas que había en la sala. Mi esposa, la señora de este castillo, no se exhibirá como una cualquiera delante de mis hombres.

Vio cómo se encendía la chispa de desafío en sus ojos.

—Esposa temporal —lo corrigió.

—¿De eso se trata? —Su mirada se agudizó—. Descubriréis que no se me puede manipular, Isabel. No podéis hacerlo vos ni tampoco un pedazo de tela. Por muy reveladora que sea.

—Estáis equivocado —replicó ella, alzando la adorable barbilla—. Me gusta este vestido, eso es todo.

La cogió por el brazo y la miró directamente a los ojos para que no hubiera ninguna posibilidad de malinterpretar sus palabras.

—No volveréis a poneros nunca este vestido, o sufriréis las consecuencias.

—¿Qué consecuencias? —preguntó ella, sacudiendo rebelde su flameante cabellera.

Aquella muchacha no sabía lo precariamente cerca que estaba de averiguarlo. Todos y cada uno de los nervios del cuerpo de Rory estaban tensos, preparados para liberarse. Deseaba arrancarle aquel vestido del cuerpo y cubrir cada pulgada de aquella piel de terciopelo con la suya. Pero lo que hizo fue ignorar su imprudente desafío y pasar al cuarto contiguo, donde guardaban la ropa, abrir la puerta y coger un vestido. Un traje suficientemente modesto, de terciopelo verde.

—Cambiaos —ordenó—. Ahora.

—Pero Bessie...

Una lenta sonrisa le curvó los labios al responder a su inquieta mirada.

—No vais a necesitar una sirvienta.

Isabel se sentía cada vez más débil bajo el ardor de su mirada depredadora. Comprendía, demasiado tarde, que lo había llevado demasiado lejos. Su mirada de pura posesión hacía que un escalofrío le recorriera la columna. La intensidad primitiva que leía en sus ojos le hacía pensar que nada le gustaría más que tirarla encima de la cama y violarla como un temerario pirata vikingo. Era la primera vez, desde que llegó a Dunvegan, que percibió el peligro. A ese hombre no podía controlarlo.

Se mordió el labio y dio un paso atrás. Tal vez se había equivocado ligeramente en sus cálculos. De repente, no veía ninguna sensatez en haberse puesto aquel vestido.

—Quitáoslo —ordenó él.

—No... no pu... puedo.

Lo oyó soltar un juramento al cogerla por la cintura, darle la vuelta y empezar a desatar las cintas del traje con una innegable destreza. Rory MacLeod tenía mucha práctica en desanudar los vestidos de las señoras. Sintió una punzada que se parecía sospechosamente a los celos.

Sin embargo, había algo increíblemente íntimo en sus dedos mientras se ocupaban de las cintas del vestido. Estaba tan cerca que podía oler claramente la madera de sándalo de su jabón. Sentía cada contacto, cada suave presión de sus manos, mientras se abría lentamente camino, bajando a lo largo de su columna. Sus manos se apoyaron en su cintura y se sintió profundamente consciente de lo cerca de sus pechos que estaban sus dedos. De lo fácil que le resultaría acariciarla. Él se acercó más y ella perdió el aliento. También él estaba afectado. Su respiración, de repente irregular, le caldeaba la desnuda piel del cuello y los hombros, haciéndole sentir picazón en la piel.

Su contacto la estaba volviendo loca de anhelo. Se sentía tan extraña, tan débil, como si se hubiera fundido, convirtiéndose en un charco cálido. Su cuerpo estaba saturado de sensaciones que no comprendía.

Los labios de él se acercaron dolorosamente a su cuello, mientras sus dedos resbalaban por su espalda. Se dejó caer contra él, cerrando los ojos y suplicando más, en silencio. Él le bajó las mangas por los brazos y sus dedos dibujaron un sendero a lo largo de su sensible piel. Ella gimió cuando, finalmente, sus labios le rozaron la nuca con una suave caricia. El roce de su barbilla envió una oleada de calor galopando por sus venas. Se le endurecieron los pezones. Y, Dios, él lo sabía. Cuando él le pasó el pulgar por encima de la punta palpitante, ella se disolvió contra él, refugiándose en la sólida fuerza de su pecho y sus brazos.

Notó su urgencia cuando él la besó con más fuerza, con sus ardientes labios subiéndole por el cuello, lacerando la tierna piel con la fuerza de su deseo. Su hambre de ella se había desatado, soltando una violenta pasión que ella nunca habría imaginado. Perversamente, aquel lado peligroso e imprevisible de él la excitaba. Su cuerpo se saturó de ardor, saboreando la presión de su musculoso cuerpo en su espalda. La gruesa columna de su erección contra sus nalgas era una vigorosa prueba de su deseo.

Sentía su lengua, sus labios y cada arañazo de su barba con una intensidad extraordinaria. Su piel parecía tan increíblemente sensible... tan viva. Él le cogió el lóbulo de la oreja con los dientes, tirando ligeramente mientras le lamía la oreja y su respiración entrecortada la hacía temblar y estremecerse.

Pero no era suficiente.

Quería sus labios en los suyos, sus brazos rodeándola, sus manos recorriéndole el cuerpo. Quería aliviar la acuciante necesidad que crecía en su interior. La boca de él se deslizó hasta su barbilla, dolorosamente cerca de sus labios, mientras tiraba del vestido, haciéndolo caer por debajo de sus caderas. El corazón se le desbocó y la excitación nerviosa se le acumuló en el vientre. Cada terminación nerviosa estaba despierta, expectante, mientras se tendía hacia él, rindiéndose en silencio. Antes de que pudiera decirle que aquel vestido era preciso quitárselo por la cabeza, oyó el inconfundible ruido de la ropa al rasgarse.

El destrozado traje cayó a sus pies, y Rory la soltó de inmediato. Durante un momento, pareció estar tan conmocionado como ella. Se quedó contemplándola fijamente, hasta que ella volvió a respirar con normalidad y miró significativamente el montón de tela que había en el suelo. Casi lo había partido en dos.

—Un vestido así es una invitación —dijo categórico—. Tened cuidado con lo que ofrecéis, Isabel. Podrían aceptarlo.

Isabel tragó con fuerza y asintió.

Sin decir más, él le tiró el vestido que había escogido para ella que, por suerte, se ataba en la parte delantera, y la observó —a distancia— mientras ella se esforzaba por vestirse. El ardor de su mirada era contenido, pero no menos encendido.

Cuando ella acabó, la acompañó afuera de la habitación como si no hubiera pasado nada, y mejor que fuera así, dado el confuso estado mental en que ella se hallaba. ¿Su intención había sido darle una lección o es que ella había conseguido, finalmente, encontrar un punto débil en su impenetrable coraza?

8

La multitud reunida en la gran sala estaba notoriamente silenciosa cuando Rory e Isabel entraron, aunque nadie los miró demasiado abiertamente. En la estancia, todos eran muy conscientes de lo que había sucedido, pero nadie se atrevería a avergonzar a la señora comentándolo. Rory volvió a la mesa, ofreció a Isabel un asiento a su lado y reanudó su comida como si no acabara de arrancarle el vestido ni se hubiera adueñado de su piel, dulce como la miel, con su boca. Y como si ella no hubiera ardido como un fuego abrasador en sus manos.

Rory se dijo que lo había dejado claro. Ella se había pasado de la raya con aquel vestido y lo había provocado demasiado. Isabel había aprendido la lección, pero se dio cuenta de que él también.

Sin querer pensar más en lo que había pasado, Rory volvió a su conversación con Alex, haciéndolo entrar en un acalorado debate sobre cuáles eran los caminos más rápidos para ir a Edimburgo. Una buena discusión era exactamente lo que necesitaba para liberar parte de la tensión acumulada.

Isabel debía de estar escuchando, porque cuando él se calló, preguntó:

—¿Habéis visitado la corte recientemente, milord?

Rory se relajó. Parecía que también ella estaba ansiosa por dejar atrás lo que acababa de suceder entre ellos. Había sido una advertencia, nada más.

—No —respondió—. Aunque debo volver pronto. —Ocultó su irritación por tener que presentarse de nuevo ante el rey.

El rostro de Isabel se iluminó.

—¡Oh, cómo os envidio!

Rory no hizo caso del extraño nudo que sintió en el pecho ante el placer que inundó la cara de la joven. Pero también había notado el anhelo de su voz.

—¿Os gustaba la corte?

Ella asintió con entusiasmo.

—Muchísimo.

—Erais dama de honor de la reina Ana, ¿verdad?

—Sí, lo fui durante casi un año —suspiró—. Al principio me resultó difícil adaptarme, pero luego me encantaba estar allí.

Rory comprendió que, probablemente, le había sido difícil dejar a su familia.

—¿No lo encontrasteis pesado, con toda aquella pompa y ceremonia?

—No era así en absoluto —respondió ella—. La reina y el rey son muy diferentes cuando están con su familia.

Las palabras que había elegido eran muy reveladoras. Rory empezaba a comprender qué había encontrado en Holyrood.

—¿Y vos erais parte de la familia? —preguntó amablemente.

Observó el relámpago de soledad que cruzó por sus ojos, antes de ocultarlo con una sonrisa vacilante.

—Claro que no —replicó, como si él solo hubiera estado bromeando—. Aunque me hicieron sentir como si lo fuera.

Rory comprendió lo mucho que había disfrutado de la experiencia. En la corte había encontrado lo que echaba de menos en su propia familia. Había encontrado la felicidad, pero también percibió una cierta tristeza —una cierta vulnerabilidad— en ella, como si estuviera acostumbrada a estar fuera y deseara desesperadamente que la incluyeran, pero no supiera si lo merecía o no. Supuso que, aunque lo abordaba todo de una manera abierta y entusiasta, a veces se exigía mucho más de lo sensato para responder a aquellos sentimientos de insignificancia.

—Y aprendí mucho —continuó Isabel—. El rey se considera todo un aficionado a la literatura y el conocimiento. Anima abiertamente a la reina a seguir con sus tareas intelectuales. Yo tuve la suerte de poder unirme a ella.

Rory frunció el ceño.

—¿Leéis? —Cuando ella asintió, preguntó—: ¿Cuáles son vuestras lecturas preferidas?

—Los grandes romances y las viejas canciones de gesta, en especial *Le Morte d'Arthur* y *La Chanson de Roland*. —El tempo de su discurso aumentó con su apasionamiento por el tema—. También me entusiasmó un nuevo autor de teatro de Inglaterra. ¿Habéis oído hablar de William Shakespeare? —Él asintió—. Mi favorita es *Romeo y Julieta*.

—Conozco esa obra —dijo Rory cauteloso. No se le pasó por alto la ironía de su elección. Al igual que el rey Jacobo, la reina Isabel odiaba las querellas. Fue para agradar a su patrona por lo que Shakespeare escribió la aleccionadora historia de dos enamorados desventurados y condenados a morir como resultado de la incesante enemistad de sus familias.

Rory estaba impresionado. No eran muchas las mujeres que conocía que dominaran la lectura, y ninguna, a excepción de Margaret, que fueran unas lectoras tan voraces. Él compartía su afición por la literatura, y aumentaba su extensa biblioteca siempre que viajaba. Antes de darse cuenta, le estaba ofreciendo:

—Hay una biblioteca en la torre del Hada. Podéis coger los libros que queráis.

Cuando ella sonrió, a Rory se le hizo un nudo en el pecho, hasta quedarse sin respiración. El deleite de Isabel era tan intenso que él tuvo que volverse hacia otro lado para no sucumbir a la tentación de ponerse a idear otras maneras de hacer que se sintiera feliz.

Isabel se sintió desilusionada cuando Rory volvió a conversar con Alex. Pensaba que él había disfrutado hablando con ella, pero se le cayó el alma al suelo cuando vio que la bella mujer morena, llamada Catriona, se aproximaba a la mesa. Era la primera vez que sus caminos se cruzaban desde la ceremonia de los esponsales. Aunque solo hablaron unos momentos, el recordatorio de su relación hizo pedazos cualquier alegría que pudiera experimentar por su amable ofrecimiento de permitirle el acceso a su biblioteca.

Puede que la hubiera besado en el hombro y le hubiera arrancado el vestido, pero su placer lo conseguía con otra.

No se podía negar que Rory parecía extremadamente cómodo —no, íntimo— con la mujer. La seguridad de Isabel, ya muy vacilante, se vino abajo. El inesperado estallido de pasión que había sentido entre sus brazos aquella noche la confundía. Confiaba en haberle encontrado un punto débil para romper su reserva, pero en aquel momento parecía que su intención solo había sido darle una lección. Lo había avergonzado delante de su clan, y eso era todo.

Procurando ocultar su decepción, se volvió hacia el otro lado, para encontrarse con que alguien salía de entre las sombras y ocupaba el asiento a su lado. Ahogó la exclamación que afloró involuntariamente a su garganta al ver el gran parche negro que cubría la mitad de su cara. Solo podía ser Margaret.

Agradeció que Bessie la hubiera advertido del aspecto perturbador de la joven. Incluso así, se quedó desconcertada, pero se las arregló para ocultar su consternación con una serena sonrisa. El parche era como una estridente trompeta que anunciaba su desfiguración. Se preguntó si los daños en el ojo serían peores de contemplar que aquella máscara amenazadora cuyo objeto era ocultarlos.

Isabel se había sentido muy nerviosa al pensar en conocer a su nueva hermana, pues temía que Margaret atribuyera los pecados de su tío a ella. Pero su nerviosismo desapareció al ver a la tímida criatura sentada a su lado. En cuanto notó la incomodidad de Margaret, su corazón se enterneció de inmediato por ella.

—Debéis de ser Margaret —dijo—. Tenía muchas ganas de conoceros.

Margaret la miró tímidamente, sin levantar los ojos.

Sin pensarlo, Isabel alargó la mano y cubrió los temblorosos dedos de Margaret con los suyos.

—Nunca he tenido una hermana, pero sé que me gustaría mucho.

Margaret se quedó mirando fijamente la mano, conmocionada, pero un minuto después pareció relajarse. Su voz temblaba cuando habló.

—También es un placer para mí conoceros, Isabel. Os ruego me disculpéis por no estar presente en vuestros esponsales, pero mi hermana Christina me había mandado llamar para asistirla en el parto. —Devolvió la amistosa mirada de Isabel con una débil sonrisa.

Isabel sabía que el viaje de Margaret a la vecina isla de Lewis, hogar de la rama Lewis de los MacLeod, probablemente había sido organizado convenientemente, pero no podía culpar a la pobre joven por querer evitar la proximidad de Sleat. Isabel miró más atentamente a su nueva hermana. Excepto por el parche, la hermana de Rory era muy bonita. Unos rizos largos y dorados le caían en cascada por la esbelta espalda. Sus rasgos delicados y bellos quedaban un poco ocultos, pero seguían siendo evidentes. Su único ojo visible era del mismo tono zafiro, penetrante y profundo, que los ojos de Alex y Rory. Aunque Isabel era menuda, Margaret lo era todavía más. Isabel pensó, sonriendo ante la evidente similitud, que era tan ligera como una pequeña hada... regalo de sus supuestos antepasados, quizá.

Una vez más, Isabel cuestionó lo que su tío había hecho. ¿Cómo podía haber tratado a Margaret con tanta dureza? No lograba conciliar el trato que su tío había dado a Margaret con los actos de un jefe digno de ese nombre. Le producía un gran desasosiego, sobre todo si lo comparaba con la fuerza y el honor del hombre sentado junto a ella.

—Espero que el parto fuera bien —comentó Isabel cortésmente.

—Sí, gracias, pero siento haberme perdido vuestra llegada.

Isabel hizo un gesto con la mano, quitándole importancia.

—Un bebé es mucho más importante. ¿Ha sido niño o niña?

Margaret sonrió.

—Una niña.

—Espero conocerla algún día. Y también a Christina. ¿Cuántos hermanos tenéis?

—Solo otra hermana. Mi hermana menor, Flora, pero reside con su madre. —Margaret la miró vacilante—. ¿Os gusta Dunvegan? Sé que acabáis de volver de la corte —continuó con una mirada remota—. Dudo que tenga nunca la oportunidad de viajar a Edimburgo.

—¿Y por qué no? Me encantaría acompañaros a la corte y presentaros. Estoy segura de que la reina Ana estaría muy contenta de conoceros. Es maravillosa, sé que os gustaría. Y, por supuesto, cuando queráis, os lo contaré todo sobre el tiempo que pasé en la corte. Pero sé que vuestras obligaciones os tienen muy ocupada, así que debéis decirme cuándo os resultaría cómodo.

Margaret rebulló un poco en el asiento, como si el hecho de ser la señora del castillo la hiciera sentir incómoda.

—Últimamente he tenido mucho trabajo, pero ciertamente encontraré tiempo para que me contéis vuestra estancia en la corte. Suena muy interesante. Pero yo no podría aparecer nunca allí... con el aspecto que tengo.

Isabel notó el profundo dolor y la vergüenza en la voz suavemente cadenciosa de Margaret. Le cogió las diminutas manos y dijo con absoluta sinceridad:

—Sois adorable, Margaret. Si queréis ir a la corte, debéis hacerlo. No dejéis que la falta de bondad de los demás os disuada de vivir vuestra vida como queráis. Hay muchas personas crueles en la corte, pero creo que descubriréis que hay muchas más que son buenas y compasivas.

—Sois bondadosa, Isabel, pero no tengo las fuerzas necesarias para soportar los inevitables cotilleos.

Había tanta tristeza en ella que Isabel decidió al instante que intentaría encontrar algún medio de ayudarla. Su tío era el culpable de la vergüenza que había convertido a Margaret en aquella criatura herida y afligida. Percibía en la joven un alma gemela, y pensó que quizá pudiera reparar un daño mientras estaba allí. Era lo menos que podía hacer, dado que iba a convertir al hermano de Margaret en su enemigo.

Estaba decidida. Quería ayudar a Margaret a descubrir la fuerza que Isabel percibía oculta en su interior. No quería analizar sus propios motivos. Si lo hacía, probablemente reconocería que asumía la culpa de los actos de su tío. Y de su parentesco con él.

—Las mujeres inclinadas a chismorrear siempre encontrarán algo de que chismorrear. No sé si llegan a darse cuenta del daño que pueden hacer, en especial a alguien que no está familiarizado con la vida en la corte. Cuando yo llegué allí, se burlaban de mis toscos modales de las Highlands. Siempre parecía decir lo que no debía, y yo estaba acostumbrada a decir lo que pensaba cuando estaba en casa sola con mi padre y tres hermanos varones. Os aseguro que no era la conducta más apropiada para una mujer. Luego llegó alguien nuevo, y se olvidaron de mí.

Margaret la miró con una mezcla de admiración y temoroso respeto.

Isabel se rió.

—No quiero decir que fuera inmune a los cotilleos. Reconozco que al principio me sentía herida, pero era porque no había creído que fuera tan diferente de las otras damas de la corte. Me sentía rechazada, pero pronto comprendí que no me rechazaban personalmente, lo que hacían era buscar algo interesante de que hablar. Pero vos sabréis qué esperar y no estaréis tan poco preparada como lo estaba yo.

—No sé. Hacéis que parezca tan sencillo..., pero yo no soy tan valiente, Isabel.

Ni yo tampoco, se dijo Isabel para sus adentros, pero en voz alta afirmó:

—No os preocupéis. Si queréis ir a la corte, encontraremos la manera. Estoy segura de que si las dos trabajamos juntas lograremos idear un plan de ataque.

La seguridad de Isabel debía de ser contagiosa, porque Margaret sonrió.

Desde su asiento, a la derecha de Isabel, Rory observaba la conversación entre Isabel y Margaret. Le preocupaba la reacción de su hermana hacia Isabel. Su primera intención había sido protegerla del dolor de los recuerdos que, con toda certeza, despertaría al tener delante a una MacDonald, pero sabía que, tarde o temprano, se tendrían que encontrar, así que se obligó a no intervenir.

La bondad de Isabel fue visible de inmediato. Vio cómo miraba directamente a Margaret a los ojos y cómo, sin pensarlo, le tocaba la mano sin retroceder, como hacía la mayoría, ante la lesión de la joven. No eran muchos los que habían ofrecido su amistad a la joven cuando regresó; su desfiguración hacía que la gente se sintiera nerviosa e incómoda. Lo enfurecía, pero no podía obligar a nadie a tratarla como antes. El miedo y la superstición eran unas fuerzas poderosas. Notó cómo se aflojaba la tensión de sus hombros y comprendió lo tirante que había estado mientras observaba a las dos mujeres.

Rory no podía oír su conversación, pero se quedó asombrado al ver, después de solo unos minutos, una sonrisa alegre en los labios de Margaret. Se quedó estupefacto. Margaret no había sonreído de aquel modo desde hacía dos años. Según todas las apariencias, parecían ser amigas íntimas. Se sintió feliz al ver a su hermana relajada y pasándolo bien; le había costado demasiado tiempo.

—¿Le habéis comentado a Margaret las ideas que tenéis para nuestra cámara, Isabel? —preguntó, más curioso de lo que quería admitir por saber de qué habían estado hablando.

—Todavía no. Margaret y yo hablábamos de la corte.

—¿De la última moda en vestidos? —preguntó, con una referencia sardónica a su vestido.

Isabel se sonrojó, comprendiendo que le estaba tomando el pelo; luego hizo un gesto negativo con la cabeza y se echó a reír.

—No, solo de que creo que a Margaret le gustaría.

Rory se tensó. La idea de su destrozada hermana en medio de las despiadadas damas de la corte hizo que su instinto protector se despertara. ¿En qué estaba pensando Isabel para alimentar las esperanzas de Margaret de esa manera? Su hermana era increíblemente frágil; la corte la destrozaría. No obstante, sin querer herir sus sentimientos, cambió rápidamente de tema.

—Sí, pero mi hermana es necesaria en Dunvegan. No podría pasarme sin ella —dijo, sonriéndole alentador—. ¿No había algo que queríais preguntarle a Margaret sobre mis aposentos?

Isabel lo miró, interrogadora, frunciendo el ceño, y luego se volvió hacia Margaret.

—Solo quería hacer algunos pequeños cambios en nuestra habitación —corrigió, destacando la palabra «nuestra»—, pero quería pediros vuestro permiso antes de hacerlo. Podemos hablar de ello en otro momento, si queréis.

Margaret miró a Rory pidiéndole su aprobación y él asintió.

—¿Qué teníais en mente? —quiso saber.

—Solo unas cuantas cosas para que fuera más acogedora; quizá unos cojines, algunas colgaduras en la cama. —Isabel se encogió de hombros—. Ese tipo de cosas.

Margaret quedó atrapada de inmediato. A Rory le asombraba que el tema de la decoración inspirara tal fervor en la mente femenina.

—Las habitaciones de Rory son demasiado austeras —reconoció—. Llevo años tratando de cambiar las cosas, pero no quiere ni oír hablar de ello.

Rory cruzó los brazos sobre el pecho.

—Así es como me gusta. Simple y sencillo.

Las dos mujeres hicieron una mueca. Margaret lo miró a los ojos.

—Sí, bueno, pero ahora tienes esposa. Tendrás que adaptarte.

Rory no podía creerlo. Su tímida hermanita plantándole cara... era maravilloso.

Margaret continuó:

—¿En qué colores estabais pensando?

—Hummm. Tal vez rosa y lavanda pálidos, con telas con un estampado de flores, encajes y bordados de punto de cruz... ¿Qué os parece?

Por las llagas de Cristo, sonaba como el tocador de Margaret, lleno de adornos.

Las dos mujeres lanzaron una mirada a su expresión y soltaron una carcajada.

Rory empezó a fruncir el ceño, hasta que vio un destello de travesura en los ojos de Isabel. Sorprendentemente, no le importó en absoluto que le tomaran el pelo. Parte de la vivacidad que le habían arrancado a Margaret dos años antes estaba volviendo tras solo unos minutos en compañía de Isabel.

Su espíritu, vehemente y juguetón, era contagioso, y se dio cuenta de que él mismo estaba sonriendo.

Rory pensó en la dulce pero apocada muchacha de los Campbell que sería su esposa y no pudo menos de compararla con otra. ¿Abrazaría a su hermana y la haría sonreír?

Ver a Rory con Margaret ofreció a Isabel un aspecto de él que nunca había visto. Era evidente que Rory sentía un profundo afecto por su hermana. Le impresionó que el guerrero duro y formidable pudiera ser también amable y considerado.

Sintió una aguda punzada de dolor en el pecho. Isabel anhelaba que sus hermanos la miraran de la misma manera. Dado lo mucho que se había esforzado por despertar esos sentimientos en ellos, el hecho de que Rory mostrara su cariño por Margaret tan naturalmente era otro atributo en su favor. Ese hombre tenía muchas capas, y cuantas más arrancaba, más había para admirar.

Un zumbido de expectación recorrió la sala, poniendo fin bruscamente a su conversación. El entretenimiento de la noche iba a empezar. Un hombre con aspecto de oso y pelo blanco se levantó de la mesa de caballetes, por debajo del estrado, y atravesó decidido la sala para ir a situarse delante del fuego. Vestía un *plaid* largo y liso, pero era la barba, que le llegaba hasta las rodillas, lo que atrajo la atención de Isabel. Era espesa y esponjosa, de un blanco tan puro como la nieve recién caída. Levantó las manos, parecidas a zarpas y cubiertas de un vello entrecano, y carraspeó para silenciar la estancia. Eoin Og O'Muireaghsain, *seannachie* de los MacLeod, empezó a hablar con una voz fuerte y melodiosa que reverberaba por toda la atestada estancia, en contraste con su aspecto de anciano.

—Esta noche, nuestro jefe ha pedido la historia de cómo la gran *Bratach Shi*, la bandera del Hada, fue traída al clan.

Isabel palideció. El corazón le latió con más fuerza al entender cuál era el tema de distracción de esa noche. Rory no podía saberlo. Solo era una coincidencia, se dijo, tratando de calmar el creciente pánico que la dominaba, pero se le humedecieron las manos de tanto apretarlas. Se obligó a no mirar alrededor para comprobar si alguien vigilaba su reacción, pero sentía el peso de la mirada de Rory sobre ella.

—Hace mucho, mucho tiempo, no mucho después de los tiempos de Leod, un joven y apuesto jefe se enamoró de una bella princesa de las hadas; una de las *bean sidhe*. La pareja deseaba casarse y pidió permiso al padre de la princesa, el rey de las hadas. Con gran sorpresa por su parte, el rey estaba en contra del enlace porque sabía que, al final, casarse con un mortal causaría a su amada hija una infinita infelicidad, ya que, a diferencia de la princesa, el joven jefe envejecería y moriría.

»La oscuridad y la infelicidad ensombrecieron Skye, porque el suyo era un amor de verdad, sin esperanza. El llanto de la princesa llenó el *loch*, amenazando con inundar las tierras, hasta que, al final, el rey capituló. La princesa podía casarse con el jefe MacLeod. Pero había una condición. Tenía que prometer que volvería con su pueblo al cabo de un año y un día. La pareja era tan feliz por estar juntos que aceptó, sin dudar, la condición del rey.

Isabel no había oído aquel encantador relato antes, pero le estaba resultando extremadamente difícil relajarse. Lanzaba miradas furtivas por la estancia, agradecida de que nadie pareciera darse cuenta de su agitación. El clan parecía cautivado por la historia, aunque debían de haberla oído infinidad de veces. Temerosa de que él pudiera, de alguna manera, percibir su ansiedad, Isabel no se atrevía a mirar a Rory.

—El pueblo se regocijó con la felicidad de la pareja y, antes de que acabara el año, nació un hijo muy amado. Pero el gozo del nacimiento se vio disminuido por el conocimiento de que pronto la princesa debería volver con su pueblo y dejar a su amado esposo y a su precioso hijo para siempre.

»Tal como sabían que sucedería, llegó el día de su partida hacia la tierra de las hadas. La princesa y el jefe estaban destrozados, pero sabían que debían hacer honor a su palabra. Porque, una vez dada, la palabra de un MacLeod era absoluta y no se podía romper. En el momento de la despedida, la princesa quiso que su esposo le prometiera algo. Debía jurar que nunca dejaría solo a su hijo, porque la princesa de las hadas no podía soportar oír llorar a su precioso niño. Al final, con un beso desesperado y agridulce, que quería que durara toda una vida, la princesa dejó a su esposo y a su hijo amados y se desvaneció en la niebla, cruzó el puente que ahora llamamos el puente del Hada en memoria de su despedida y volvió, llena de pesar, con el pueblo de las hadas.

El *seannachie* hizo una pausa teatral. El silencio llenó la sala. Con un gesto, pidió una copa y, muy lentamente, tomó un trago, que pareció interminable, de cerveza. La sala estaba cargada del sonido, sordo y atronador, del silencio. El narrador parecía un druida de otros tiempos, con volutas de humo de los fuegos de turba girando místicamente alrededor de su cabeza. Se secó los labios con el dorso de su vellosa mano y recorrió atentamente la estancia con la mirada para asegurarse de que todos estaban escuchando.

Lo estaban.

—El dolor del jefe fue inconmensurable. Había perdido a su amada esposa para siempre. Pero se consoló con el hecho de que, por lo menos, tenía un hijo. Mantuvo la promesa que había hecho a su esposa, y el niño nunca se quedó solo. Nunca, es decir, hasta la noche en que celebraron el día del nacimiento del jefe. Esa noche se organizó una gran fiesta para animar al abatido jefe. Los gaiteros llenaban el aire con la magia de su música y, por fin, el jefe se permitió bailar y cantar. Pero, ay, los alegres sonidos atrajeron la atención de la niñera cuyo deber era vigilar al niño. Dejó al pequeñín desatendido y él empezó a llorar. Lejos, muy lejos, en el país de las hadas, la princesa oyó el llanto lastimero de su hijo y sintió un dolor insoportable en el corazón. Acudió corriendo al lado de su pequeño y lo consoló susurrándole palabras mágicas. Lo envolvió bien con su chal y besó dulcemente sus lágrimas, mientras le cantaba tiernas canciones de las hadas para calmar su llanto. Las palabras que cantó, su hechizo de hada, todavía se cantan a los herederos de los MacLeod.

»Más tarde, cuando la niñera volvió, se encontró con el niño tranquilamente dormido, envuelto en una tela fina y etérea, carmesí y amarilla.

»Muchos años después, el niño le contó a su padre lo que había pasado aquella noche, la noche en que su madre volvió a Dunvegan y dejó allí su chal, el *Bratach Shi*, para su hijo. La princesa le ofreció la bandera del Hada a su hijo para proteger al clan. Si alguna vez los MacLeod corrieran un grave peligro, debían desplegar la bandera y agitarla tres veces, y los caballeros de las hadas aparecerían para defenderlos. Pero como ya sabemos qué sucede siempre con las hadas, había condiciones. Si alguien que no fuera un MacLeod tocara la bandera, esa persona perecería al instante. Y lo más importante de todo, la magia de la bandera solo actuaría tres veces. Por ello, solo debía usarse en las circunstancias más desesperadas.

Su voz había decaído hasta convertirse solo en un susurro, pero todos podían oír sus palabras. El *seannachie* había tejido su propia tela mágica, que llegaba a todos los rincones de la estancia. Isabel se inclinó hacia delante en el asiento, esperando ansiosa el resto del relato.

—La bandera se guarda en un lugar secreto, conocido solo por el jefe, bien metida en una caja cerrada con llave, pero lista para ser desplegada si el clan volviera a necesitar alguna vez la magia de las hadas. Solo se podrá desplegar una vez más, porque sus poderes se necesitaron dos veces en tiempos de Alasdair Crotach: una para salvar al clan de una derrota segura a manos del clan Donald y otra para impedir que muriera de hambre. Pero reservaré estas historias para otra noche.

Por toda la sala se oyeron unos gruñidos de decepción, y no solo por parte de los niños y niñas presentes. Pero, siguiendo la tradición de todos los grandes bardos, Eoin Og O'Muireaghsain dejó a su público con hambre de más. Majestuoso como un rey, volvió lentamente a su asiento, deleitándose orgullosamente con los atronadores aplausos.

Isabel estaba conmovida, cautivada por el seductor relato de un amor perdido y de la protección maternal de la princesa de las hadas hacia su hijo. La historia tocaba una fibra sensible en el corazón de la joven, que había perdido a su propia madre al nacer, y de la mujer que anhelaba conseguir el amor romántico cantado por los trovadores. Al mirar alrededor y ver las caras felices y alegres de los miembros del clan MacLeod, Isabel supo que no era la única afectada por el relato. Los MacLeod atesoraban la famosa bandera del Hada y, en sus orgullosas caras, vio que tenían fe en su magia.

Sabía que, al final, no importaba si la bandera poseía realmente la magia de las hadas. Los MacLeod creían en esa magia, y la fe puede ser igual de poderosa que la verdad. Su tío quería aquel poder para utilizarlo en favor de los MacDonald o, sencillamente, para destruir a los MacLeod. No importaba. Los MacLeod no dispondrían de un talismán que les uniera y eso sería suficiente para su ruina y destrucción finales. Claro que tampoco vendría mal que ella consiguiera encontrar una entrada secreta a la fortaleza.

Con un sentimiento de culpabilidad, apartó la mirada de la gente del clan que seguía dando vítores. Casi se sentía como si estuviera violando un momento privado, como si fuera una intrusa en un ritual sagrado. Ahora que comprendía mejor el origen de la bandera, Isabel estaba aterrorizada. Iba a ser el instrumento de destrucción de los MacLeod. Supo también que había otra complicación, como si localizar la bandera y huir del castillo sin que la cogieran no fuera suficiente. También tenía que evitar la muerte.

Miró con el rabillo del ojo al poderoso hombre sentado junto a ella, y supo que, si la bandera no la mataba, lo haría Rory MacLeod.

9

Al ver el vestido todavía tirado de cualquier manera en el suelo de la habitación, Isabel se dijo que, quizá después de todo, había servido a su propósito. Aunque no había provocado exactamente la reacción que ella esperaba, sí que había provocado una reacción. Y mientras transcurría la noche, había detectado un sutil deshielo en Rory. Era la primera vez que su conversación había sido relajada y, en ocasiones, incluso había bromeado. No era menos impresionante que antes, pero no se mostraba tan lejano. Lo había pasado bien con Rory y con su hermana.

Sin embargo, la historia de la bandera del Hada la había devuelto de golpe a la realidad. De creer el relato del *seannachie*, sabía dónde estaba guardaba la bandera: en una caja cerrada con llave, en un lugar secreto protegido por Rory. Ahora lo único que tenía que hacer era conseguir que Rory le dijera dónde estaba la caja, recuperarla, encontrar la entrada secreta y marcharse. Así de sencillo.

Se rió de sí misma. Aquel hombre tenía la intención de enviarla a casa al cabo de once meses, ¿e iba a confiarle los secretos más preciosos del clan? No era probable. Pero tenía que intentarlo. La otra opción era regresar con los suyos y enfrentarse a la derrota y a la destrucción de su clan a manos de los Mackenzie. En otras palabras, no tenía ninguna opción.

No se atrevía a pensar en lo que Rory haría si la descubría. ¿Cómo trataría a una traidora? ¿La matarían? ¿La mutilarían?

¿La encerrarían? No lo creía. Incluso al principio, cuando se mostraba tan lejano y frío, no había percibido crueldad en su carácter, y ahora menos. No parecía del tipo de persona que disfrutaba de la violencia contra las mujeres. De hecho, mostraba su cariño por su hermana abiertamente, algo que la mayoría de los hombres, en su posición, se resistirían a hacer por miedo a que los creyeran débiles. ¿Podría perdonarla? Se rió sarcástica. La gente de las Highlands no perdonaba; la palabra perdón no formaba parte de su vocabulario. No, era un hombre orgulloso y lo que ella tenía intención de hacer sería un golpe a su orgullo. Nunca la perdonaría.

El desesperado vacío que sentía en el corazón al pensar en traicionar a Rory iba en contra de su sentido del deber y de su responsabilidad. Cobardemente, quería huir de allí y volver a la corte como si nada hubiera pasado. Por desgracia, en cualquier caso, el resultado sería el mismo. Nunca volvería a verlo.

Isabel dudaba que pudiera mirarse al espejo cuando todo hubiera terminado, pero pensar en la destrucción que su fracaso traería a su propio clan era igualmente desagradable. Debía seguir adelante con su plan.

Tenía que acercarse más a él para hacer que cambiara de opinión. Lograr que olvidara que ella era una MacDonald. Esa noche pensaba esperarlo despierta, aunque tuviera que esperar horas y horas. Quizá estuviera en la cama con otra mujer, pero no dejaría que eso la detuviera. Sabía que no era completamente indiferente a Rory.

Tampoco él le era indiferente a ella. Esa noche había quedado muy claro. Su reacción a sus caricias le había hecho sentir algo más que una punzada de temor. Incluso por el mero hecho de estar sentada a su lado, se despertaban todos sus sentidos. Cuando él sonreía, ella recordaba la sensación de sus labios en los suyos, y cuando sus ojos se detenían en sus pechos, recordaba el roce de su dedo y el íntimo anhelo que sintió en su interior. No, no podía decirse que fuera indiferente a él. Pero no podía dejar que la atracción que sentía le impidiera hacer lo que debía.

Era preciso que analizara su plan de acción metódicamente. Si iba a buscar, de verdad, la bandera del Hada, parecía lógico empezar por Rory. Un talismán debe ser algo accesible para ser útil en una emergencia. Tendría que buscar las zonas que Rory frecuentaba, pero que fueran lo bastante privadas para no correr el riesgo de que alguien descubriera la bandera por casualidad. El escondrijo más probable parecía estar en sus aposentos. Después de todo, se encontraban en la torre del Hada.

Isabel, echada en la cama, miraba el techo, observaba las sombras temblorosas producidas por la luz de las velas, y esperaba. No paraba de dar vueltas, tratando de ponerse cómoda. Cuando todos sus intentos resultaron inútiles, apartó el cobertor, se levantó y fue hacia la ventana. Pero ni siquiera el suave resplandor de la luna ni la tranquilidad de la brillante noche estrellada podían calmar su extraña inquietud.

¿Qué lo retenía? Como si no se lo imaginara. Catriona. Notó una sensación de náusea, de mareo, como un nudo en el vientre. Lo reconocía, lo que ella se proponía era mucho peor, pero ¿por qué le parecía que él la traicionaba?

Frustrada y furiosa, Isabel se puso rápidamente las zapatillas y la bata. Si se quedaba allí toda la noche, sin nada que hacer, se volvería loca pensando y pensando. Tenía que relajarse. Lo que necesitaba era un buen libro. Algo que apartara sus pensamientos de Dunvegan, de Rory y del terrible aprieto en que se encontraba. Él le había ofrecido el uso de su biblioteca; ojalá hubiera pensado en preguntarle dónde estaba, pero no debería ser demasiado difícil de encontrar.

Isabel frunció el ceño al mirar la ropa que llevaba. Era otra de las compras de su tío. La fina seda marfil hacía poco para ocultar que estaba prácticamente desnuda. Pese al modesto *night trail* que llevaba para dormir, la bata se pegaba a ella en sus partes más íntimas, como si no llevara nada debajo. Tiró de los lados de la bata, ajustándolos más al pecho, en un intento por cubrirse un poco más, pero solo consiguió exacerbar el problema.

Isabel atravesó de puntillas la habitación y vaciló un momento; le resonaba en los oídos la advertencia que le había hecho Rory de que no se exhibiera. Si la pillaba con aquel conjunto, sería muy embarazoso. Pero no podía quedarse esperando toda la noche, sin nada que hacer, y echaba mucho de menos su lectura nocturna de cada día, que se había convertido en un ritual agradable en Edimburgo. Además, se dijo, el ruido había disminuido considerablemente en la última hora. Seguro que todos menos Rory estaban ya en la cama.

Pero ¿y si la pillaba?

No le gustaría verla dando vueltas por allí con su ropa de dormir. Una chispa de inquietud se encendió en su interior. Ese día lo había llevado casi al límite con aquel vestido, pero quizá no lo bastante. ¿Qué pasaría si lo empujaba más? Era lo que ella quería, ¿no? Para cumplir sus planes. La asaltó el recuerdo de los ardientes besos en su cuello y de su dedo rozándole el pezón, haciéndola dudar de sus teorías. Sintió un estremecimiento de temor y expectación. Parecía que tenía una tendencia hasta entonces desconocida a cortejar el peligro.

Fue decidida hacia la puerta y luego se detuvo y, apoyando las manos en las tablas de madera, escuchó con la oreja pegada a la puerta para estar segura de que no había nadie. Al no oír nada, la abrió con cuidado.

Salió de la habitación y empezó su búsqueda de la biblioteca. Como todavía no había explorado la torre del Hada, no sabía por dónde empezar. Las habitaciones de Rory ocupaban el tercer piso, y sabía que Alex y Margaret tenían las suyas en el segundo, así que decidió empezar por abajo e ir subiendo. Manteniéndose entre las sombras, Isabel sintió un cosquilleo de excitación. La piel le hormigueaba. Su cuerpo estaba maravillosamente vivo y sensible. Sonrió traviesa. Hacía ya bastante tiempo que no se embarcaba en una aventura nocturna.

Aquel deambular en plena noche por los oscuros pasillos le recordó cuando, de niña, seguía a escondidas a sus hermanos. Ni su padre ni su tío lo sabían cuando le pidieron su colaboración, pero era una excelente espía. Había tenido mucha práctica. Ni siquiera Bessie estaba enterada de las muchas veces que se había escapado del castillo de Strome para seguir a sus hermanos en sus incursiones nocturnas o cuando acudían a sus citas ilícitas con sus conquistas de la semana. Al principio la habían pillado un par de veces, y se había ganado un trasero dolorido durante unos días, pero pronto llegó a ser mucho más hábil en su juego.

Cuando se hizo mayor y comprendió el peligro que corría, llevaba su arco como protección. En la última salida, antes de marcharse a Edimburgo, había seguido a sus hermanos, que habían «tomado prestado» ganado de los Mackenzie de Kintail, pero habían sido atrapados en el acto por un puñado de hombres del clan Mackenzie. Su hermano más joven, Ian, se había visto forzado a salir del núcleo protector de los hombres del clan MacDonald en lucha, e Isabel vio con horror cómo un guerrero Mackenzie levantaba el arco y apuntaba directo al corazón de Ian. Sin pensarlo, disparó su propia flecha desde el lugar donde se ocultaba entre los árboles. Como siempre, su puntería fue certera y la flecha alcanzó al guerrero Mackenzie directamente entre los ojos. Había vomitado allí mismo. El sonido de la flecha hundiéndose en la carne y el hueso era algo que nunca olvidaría.

Ian se había quedado tan sorprendido que no se había dado la vuelta para ver quién lo había salvado de la muerte. Solo más tarde, cuando comprendió que ninguno de sus hermanos ni compañeros del clan se había dado cuenta del peligro en que se hallaba, se le ocurrió que allí había habido alguien más.

Quizá sospechó quién era, pero nunca dijo nada. No obstante, después de aquella noche, Isabel notó un cambio en la actitud de su hermano hacia ella. A partir de aquel día le dio ciertas pruebas de respeto.

Isabel había quedado muy conmocionada por el incidente. Cuando seguía a sus hermanos en sus aventuras, solo deseaba que la incluyeran en ellas; nunca había pensado en tener que matar a nadie. En aquel momento maduró de golpe; aquella experiencia le enseñó que sus juegos de niña tenían consecuencias muy de adulto. Se prometió dejar en paz a sus hermanos, pero al mismo tiempo no podía resistirse a sentir un poquito de orgullo porque su flecha había salvado a Ian, aunque él no lo supiera.

Dejó la escalera para recorrer los corredores medio iluminados del nivel inferior, abriendo puertas silenciosamente, no encontrando nada y encaminándose a la conocida sala que había a la entrada a la torre.

Era un espacio encantador, tan bonito como cualquiera de las habitaciones privadas de la reina. A lo largo de las paredes había antorchas sujetas en soportes de hierro, todavía no apagadas para la noche. De las paredes, recubiertas con una gruesa capa de yeso y pintadas de un intenso color dorado, colgaban tapicerías de dibujos intrincados, probablemente de origen flamenco por su gran belleza. Reconoció muchas de las escenas como representaciones de famosas canciones. Escenas de grandes batallas. Escenas de grandes amores. Esteras tejidas con juncos cubrían el suelo y eran cubiertas a su vez por bellas alfombras llenas de colorido, sin duda traídas de Tierra Santa cientos de años atrás, por algún antepasado que fue a las cruzadas. Sillas delicadamente talladas, tapizadas con cojines de rico terciopelo verde, formaban una pequeña zona para sentarse alrededor del fuego. Isabel avanzó hacia allí con la intención de calentarse antes de proseguir su búsqueda en los niveles superiores.

Tardó un momento en darse cuenta de que ya no estaba sola.

—¿Qué estáis haciendo aquí?

La voz de Rory restalló como un látigo en la silenciosa noche. Pese al fuego, se le puso la carne de gallina. Por su tono, Isabel supo que algo iba mal. Muy mal. Se volvió con cuidado y contempló parpadeando su rígida postura y su mandíbula tensa e inflexible. Las llamas de las antorchas proyectaban sombras a través de su cara de facciones duras y atractivas. Se le hizo un nudo en el pecho. Parecía un extraño. El guerrero implacable que una vez había temido que fuera. En su interior sonaron campanas de alarma.

Lo miró, buscando que la tranquilizara. Su sonrisa indecisa, su intento de saludo vacilaron y se desvanecieron. Los ojos de Rory eran duros como zafiros, y se le heló la sangre en las venas. El aura de seguridad y tranquilidad a la que, sin darse cuenta, se había acostumbrado desapareció. La apariencia sólida y firme se había esfumado, sustituida por una penetrante furia que le llegaba hasta los huesos. Una furia que, a diferencia de otras veces, no tenía nada que ver con el deseo. Ni siquiera miraba la ropa que lleva... o que no llevaba.

Se le cayó el alma a los pies. Dios santo, ¿había descubierto sus planes?

La sospecha se retorcía en su interior como una serpiente venenosa, lista para atacar al menor movimiento.

Había demasiadas cosas que no encajaban. Y descubrirla recorriendo a escondidas la torre en medio de la noche lo había sacado de sus casillas.

Rory había vuelto a su cámara, profundamente preocupado por las contradicciones que percibía al observar a Isabel. Por un lado, parecía una joven bondadosa, inocente y vulnerable, ansiosa por hacerse un lugar en su nuevo clan. Pero, en otras ocasiones, sus actos eran decididamente sospechosos, más todavía debido a su parentesco con Sleat. Pese a lo que él le había dicho sobre devolverla a su familia al final del período de prueba, ella había intentado seducirlo con aquel vestido revelador. ¿Su intento de tentarlo con el vestido podía tener algo que ver con su tío y con sus razones para estar allí? Sleat tenía otros propósitos con aquel enlace, de eso estaba seguro; lo que no sabía era si Isabel formaba parte de ellos.

También había notado su palidez cuando empezó la historia de la bandera del Hada; es más, su incomodidad durante el resto de la noche era evidente. Pero no fue hasta que entró en sus aposentos y se encontró con que ella no estaba cuando las dudas que bullían en su interior estallaron. No había olvidado su extraña conducta en las cocinas. Y cuando salió a buscarla, al descubrirla deambulando por los pasillos de la torre, abriendo puertas como si estuviera buscando algo, sus sospechas se intensificaron. En aquel momento estaba furioso, no solo con ella, sino también consigo mismo por lo mucho que deseaba creer que ella no fuera otra cosa que lo que parecía.

Se mantenía vacilante delante de él, y el fuego, detrás de ella, formaba un halo alrededor de los llameantes cabellos. Lo miraba con desconfianza, como un gamo que percibe el peligro. Se le acercó un paso más.

—¿Qué estáis haciendo aquí? —repitió. Ella se encogió ante el tono de su voz. Pero su temor no lo disuadiría. Le iría bien ser testigo de su ira. Conocer las consecuencias que tendría una traición. Esta vez, Rory no se dejaría convencer por unos comentarios sugerentes; quería respuestas. No era la primera vez que ella actuaba de manera extraña o que miraba en sitios donde no debería.

—No podía dormir —explicó ella, nerviosa—. Buscaba la biblioteca que mencionasteis; creía que podría coger un libro para leer.

—Deberíais habérselo pedido a Deidre. O esperado a que yo volviera.

—Era tarde y no quería despertarla. —Lo miró a la cara, adelantando la barbilla, desafiante—. Y no estaba segura de que volvierais.

Era una excusa plausible, pero ¿podía creerla? Su mirada penetrante escudriñó su cara, buscando señales de engaño. Pero cuando bajó los ojos, su cuerpo se puso en estado de alerta. Se le tensaron los músculos y un pequeño pulso empezó a latirle en la garganta. Rory estaba tan concentrado en el hecho de haberla encontrado dando vueltas por los pasillos que no se había dado cuenta de cómo iba vestida. Mejor dicho, desvestida. Dios santo, si se le veía todo.

Con la luz del fuego iluminándola desde atrás, veía las curvas y contornos de su figura con tanta claridad como si hubiera estado desnuda delante de él. Veía la alta firmeza de sus pechos. La cremosa perfección de su piel suave y aterciopelada. Los pequeños y tensos pezones del tamaño de diminutas perlas que se erguían altivas debido al frío. Su cintura era estrecha y sus caderas suavemente redondeadas. Sus piernas eran esbeltas y sorprendentemente musculosas. No como las de un hombre, sino con unos músculos largos, finos y bien formados. Imaginó cómo sería tener aquellas piernas largas y fuertes debajo de él. O rodeándole la cintura, mientras él se hundía dentro de ella.

Frenó el hambriento descenso de sus ojos. No se atrevía a bajar más la vista, o no podría resistirse a tomarla allí mismo. No podía mirar el delicado vértice donde se unían sus piernas. Dio un paso atrás, con el cuerpo tan tenso de deseo que pensó que podría estallar. En la frente le aparecieron unas finas gotas de sudor. Su reacción física ante ella era tan fuerte que, por un momento, olvidó su furia.

Pero pronto volvió a él con toda su fuerza. Por Dios que se lo advertí, pensó.

—¿Por qué estáis fuera de vuestra habitación vestida así? —La señaló con un ademán brusco—. ¿No oísteis nada de lo que os dije antes? —¿Era consciente de lo que le hacía?

Tal vez sí.

Instintivamente, ella se ajustó más la ropa. Rory estuvo a punto de gemir. La tela se estiraba, tensa, sobre aquellos pechos llenos y suculentos. Las dulces puntas de los pezones lo excitaban. La fuerza de su deseo se levantó, dura, debajo de su *plaid*.

—Sí que os escuché, pero no es-es-esperaba encontrar a nadie —tartamudeó—. Si me enseñáis dónde está la biblioteca, volveré a mi habitación.

—¿No esperabais encontrar a nadie? ¿No comprendéis —la voz le temblaba— que yo podría haber sido cualquier otro? —Cualquiera de sus hombres podría haber visto su desnudez con la misma claridad que él. La idea lo volvió medio loco.

¿Se había propuesto tentarlo de nuevo? ¿Volverlo loco de deseo? Rory se esforzó por dominar las emociones encontradas que luchaban en su interior. La irritación y la duda persistente daban a su voz un filo agudo como una espada.

—¿Por qué os encuentro registrando los oscuros pasillos del castillo? ¿Qué estáis buscando?

Los ojos de Isabel se abrieron alarmados. Intentó explicarse.

—Me malinterpretáis, Rory. Buscaba un libro. No sabía dónde encontrar la biblioteca. Es tarde y no se oía ningún ruido. Pensé que todos se habían ido a dormir.

Él la cogió bruscamente por los brazos, apretando a la par que aumentaba la rudeza de su voz.

—¿Cuál es vuestro juego, Isabel? ¿Es que aquel maldito vestido no era suficiente?

—Os equivocáis. Podéis estar seguro de que no os buscaba. —Su voz se atenuó hasta convertirse en un susurro—. Habéis dejado muy claro que no me queréis.

Aquellas palabras eran un error. Solo era un hombre, y ella lo había provocado demasiadas veces: incitándolo con su belleza, con sus trajes provocadores, con su talante travieso, con sus seductoras sonrisas. Con la presión de sus suaves nalgas contra su verga dura como una roca. Sus ojos enternecedores, unos ojos que desgarraban su indiferencia. Era su esposa a prueba. ¿Quién iba a culparlo si la tomaba? Nadie. Se esperaba que lo hiciera. Le pertenecía... durante un año.

La contención se hizo pedazos en su interior. La quería. La deseaba más de lo que había deseado nunca a una mujer. No sentía la cauta reserva que sentía con las sirvientas. No había ninguna distancia. Ningún control. En ese mismo momento, el cuerpo le ardía con un fuego imposible de contener.

La atrajo hacia él, estrechándola con fuerza contra su pecho y su entrepierna, dejando resbalar las manos por sus caderas. Saboreando la suave sensación de su cuerpo moldeado contra el suyo, cogió las tensas curvas de sus nalgas y la levantó apretándola contra él. Palpitaba de deseo.

—Te equivocas, Isabel. Te deseo. —Su voz era cada vez más sorda—. ¿No sientes lo mucho que te deseo?

Los ojos de la joven se abrieron como platos.

—¿Es esto lo que querías, Isabel? ¿Querías que te acariciara? —Movió la mano para cogerle el pecho, frotando la dura punta con el pulgar, sonriendo cuando ella soltó un suspiro de asombrado placer. Bajó la cabeza hasta la curva del cuello, enterrando la nariz en la cálida esencia de lavanda de sus rizos de seda. Sus labios rozaron su cuello y su garganta, besándola hasta llegar a la oreja. Al tirar del tierno lóbulo de la oreja con los dientes, notó cómo se estremecía—. No solo quiero tocarte, quiero saborear cada pulgada de tu cuerpo. —El tono gutural de su habla se acentuó con la promesa sensual de sus palabras, brotando de su lengua con un susurro acariciador.

Notó el desbocado latir del corazón de Isabel contra su pecho. Finalmente, incapaz de resistirse por más tiempo, bajó la cabeza y cubrió sus temblorosos labios con los suyos. Esta vez la besó con toda la pasión que tenía encerrada en su interior desde el momento en que la vio. Por cada vez que ella lo había tentado para que la besara, la tocara, la hiciera suya. Su boca se movió contra la suya, exigente. Saboreándola. Devorándola.

La inocencia de su reacción casi lo hizo caer de rodillas.

Tenía el corazón desbocado y la sangre le latía en los oídos. Rory no tenía bastante. La besaba con una urgencia que no admitía una negativa. Separándole hábilmente los labios, deslizó dentro la lengua. Su sabor a miel lo hizo desear más. Dios, qué dulce era. El beso se hizo más profundo, más ardiente, más desesperado. Penetró en las dulces cavernas de su boca y le acarició la lengua hasta que se enroscó en la suya.

Rory gimió, sorprendido por la intensidad de la respuesta sensual de Isabel. La estrechó con más fuerza. Sus senos se apretaron con fuerza contra su pecho y el fuego que había en sus cuerpos casi disolvió las finas capas de ropa que los separaban. Estaba ardiendo. Ansiaba sentir el roce de los tensos pezones sobre su piel desnuda, mientras se frotaba contra ella.

Pronto los besos no bastaron. Necesitaba verla, tocarla, volverla loca de deseo, igual que ella lo había vuelto loco a él. Deslizó las manos por la suave seda de la bata y la separó. Después de desatar los lazos de seda del cuello, le abrió el camisón.

Inspiró con fuerza. Su imaginación no le había hecho justicia. Sus pechos eran perfectos: altos, redondos y pecadoramente generosos. Con reverencia, los cogió, probando su peso en las encallecidas manos. Su piel era del alabastro más fino, con las puntas de un rosa delicado. Sus miradas se encontraron. Él sostuvo la mirada asombrada de ella mientras le acariciaba la piel aterciopelada, viendo cómo sus ojos se llenaban de pasión cuando hizo girar la dura punta entre los dedos y la apretó muy suavemente, haciendo que el pezón se arrugara y se volviera de un profundo color rojo que le hacía la boca agua. Dios, iba a probarla.

La espalda de Isabel se arqueó, empujando el pecho con más fuerza dentro de su mano.

Su reacción le dejó la mente en blanco. La súbita sensación de pura pasión lo golpeó con fuerza y el deseo lo aferró como una garra de hierro, mientras descendía al lugar donde ya no era posible dar marcha atrás.

A Isabel le parecía que su cuerpo no era suyo. Él tenía un dominio absoluto sobre ella. Se sentía impotente. Consumida. Una oleada tras otra de sensaciones desconocidas la inundaban. Desde el primer sabor de sus labios hasta la exigente invasión de su lengua, su cuerpo se despertaba bajo aquel toque maestro.

El choque inicial ante el abrasador calor de su mano en el pecho se había convertido en maravilla. Luchó por recuperar el aliento cuando sus dedos le frotaron ligeramente la recién adquirida dureza y su mano amasó la plenitud de su seno.

Pero cuando su boca se deslizó por la sensible punta, estuvo perdida. Un dolor agudo y maravilloso le alcanzó directamente el corazón. Temía moverse, no quería romper la belleza de aquel espectacular momento de despertar. Un despertar que le abría un rastro de fuego desde el pecho hasta la unión de las piernas, volviéndola consciente de que esa zona entre las piernas estaba viva; su inocente adormecimiento hecho pedazos por un latir frenético y tembloroso. Viva y estremecida de expectación por no sabía qué. Él seguía chupando, rodeando el endurecido pezón con la lengua, mordisqueándolo con los dientes hasta hacer que una presa se rompiera dentro de ella. El ardor se le extendió por la piel y se precipitó entre sus piernas. Nunca había imaginado que pudiera haber una sensación tan perfecta. Tan buena.

Le temblaban las piernas. Se aferró a los anchos hombros

para sostenerse. Él chupó con más fuerza y ella arqueó la espalda, acercando las caderas a su calor. Sus demandas se hicieron más desenfrenadas.

El choque inicial que había sentido al principio cuando él la abrazó tan íntimamente y apretó la prueba de su deseo contra ella se había convertido en una necesidad inconsciente. Lo quería firme y duro entre sus muslos, quería sentir el poder de su erección. Saber que la deseaba tanto como ella lo deseaba a él. Balanceó las caderas contra él. Cuando él gimió, el placer se extendió por su interior como si fuera lava líquida.

Ahora él la sostenía, con las manos de ella abiertas sobre los músculos de granito de sus brazos y hombros. Quería sentirlo, recabar fuerzas de su poderoso cuerpo. Aquellos músculos se tensaron bajo las puntas de sus dedos, y con un gruñido masculino la estrechó con más fuerza. Dios, era asombroso. Isabel no sabía qué le estaba pasando. Aquella extraña sensación de impotencia. En lo único que podía pensar era en él. Caliente y duro, abrazándola.

Notó su mano en la pierna, por debajo del camisón, subiendo por el muslo. Isabel se quedó paralizada. Estaba cada vez más caliente, más húmeda, mientras el deseo fluía entre sus piernas. Sus pensamientos se desbocaron en mil direcciones diferentes. Una punzada de incertidumbre apareció en los restos de su consciencia.

No lo haría.

Sí que lo haría.

Con un último tirón en el pecho, él levantó la cabeza para mirarla a la cara, mientras su dedo se deslizaba por su cuerpo. Un pequeño suspiro se le escapó de lo más profundo de la garganta. Sus ojos se abrieron de par en par, aturdidos por aquel contacto tan íntimo. Se sentía confusa mientras el deseo superaba rápidamente la información de su mente. Era demasiado, y demasiado rápido. Pese a su misión, era inocente. Una mujer a la que no hacía tanto ni siquiera habían besado. Por un momento, la inocencia intervino. Le cogió la muñeca. Su cuerpo se retorcía en una angustia confusa. Por favor, pensó. ¿Por favor, para o, por favor, más? No lo sabía. Eso era lo que ella quería; había tentado al destino con su ropa de cama, pero ¿por qué se sentía tan insegura?

Debió de expresar sus pensamientos en voz alta, haciendo pedazos su momento, demasiado breve, de conexión, porque tan bruscamente como había empezado, terminó. Rory levantó la cabeza, con los brillantes ojos azules encendidos de pasión, y la soltó bruscamente.

Isabel comprendió que lo que quería decir era: Por favor, más. Pero ya era demasiado tarde.

Se tambaleó hacia atrás. Tenía las piernas tan débiles como las de un potrillo recién nacido. Se llevó la mano a la boca, segura de que debía de estar morada y magullada por la presión de sus labios. Sentía un anhelo salvaje por algo que no comprendía, y lo único que deseaba era verse arrebatada de nuevo por la dulzura de su poderoso abrazo.

—Esto no debería haber pasado nunca —dijo él, con la respiración entrecortada y una voz ronca.

También él estaba afectado. Isabel dio un paso hacia él y le apoyó las manos en el pecho, ofreciéndosele de nuevo.

—Pero ha pasado.

—Un incidente desafortunado. —Esta vez, oyó la firme determinación en su voz, mientras le apartaba las manos.

No me quiere. El rechazo latía como una herida abierta.

—¿He hecho algo mal? ¿No te complazco?

Él miró largamente su ropa desordenada. Avergonzada, Isabel ató rápidamente las cintas de su camisón. Y cuando su mirada de acero volvió a ella de nuevo, sintió algo más. Vergüenza. Vergüenza por su reacción y por las escandalosas intimidades que le había permitido, por lo rápida y completamente que había sucumbido a sus caricias, por los ansiosos sonidos de placer que habían escapado de sus labios. ¿Qué debía de pensar de ella? Había gemido y se había aferrado a él como una ramera. Aun sabiendo que tenía la intención de devolverla a su familia.

Bajó la mirada al suelo. Se sentía humillada por la traición de su cuerpo. No creía poder mirarlo nunca más a la cara sin pensar en lo que él le había hecho. En la manera en que su boca había despertado el placer en su pecho, en cómo había acariciado su centro mismo.

Él la contemplaba.

—Me complaces mucho. Como complacerías a cualquier hombre. Eres una mujer hermosa, con un cuerpo hecho para el placer. —Un latigazo de dolor la hizo retroceder. Sus palabras le arrancaban la piel, volviendo a abrir unas heridas que nunca cicatrizaban. Él solo veía su cara. Ella pensaba que lo que acababan de compartir era especial—. Cada hombre tiene un límite. Si quieres seguir siendo doncella cuando te marches, no continúes con tu peligroso juego.

Isabel tragó saliva, alzando los ojos tentativamente, inquisitiva.

Él la inmovilizó con una mirada que parecía ver a través de ella. El corazón dejó de latirle por un segundo.

—No soy un hombre con el que se pueda jugar, Isabel. Harás bien en recordarlo. —Hizo una pausa, lanzando una última mirada a su ropa de noche—. Por tu bien espero que solo estuvieras buscando un libro.

Dio media vuelta y la dejó sola con el crujir del fuego. Isabel se estremeció, no sabía si de deseo o de temor.

10

Rory no volvió a su habitación aquella noche y, por una vez, su ausencia no la molestó. Isabel no sabía si podría mirarlo a la cara. Sus emociones seguían en carne viva.

Había llorado silenciosamente en la oscuridad, durante horas, como hacía con frecuencia de niña, hasta que el agotamiento superó finalmente el dolor. Debió de dormir, pero no sabía cuánto tiempo. Cuando se despertó, el agudo dolor por su rechazo no se había aliviado. Se quedó en cama, resistiéndose a levantarse. Porque si lo hacía, tendría que enfrentarse al desastre que ella misma había causado.

Isabel había confundido el deseo con algo más. Con una conexión más profunda. Al abrigo de su abrazo, había tenido una sensación de seguridad y pertenencia que nunca había experimentado antes. Como una estúpida, se había permitido creer, aunque solo fuera durante un ardoroso momento, que podía importarle a alguien como Rory MacLeod. Se había pasado toda la vida tratando, sin cesar, de demostrar a su familia lo que valía. Si a los que estaban más cerca de ella no les importaba, ¿por qué iba a importarle a él?

El jefe MacLeod la deseaba, eso era todo.

Había notado su deseo. Incrustado en su cuerpo. La deseaba.

Pero estaba claro que no confiaba en ella. Reconoció que no le faltaban razones. La culpa le aguijoneaba la conciencia. Aunque no se había propuesto seducirlo la noche anterior, la seducción formaba parte de sus planes. Quería provocarlo y sabía que él podía tropezarse con ella mientras andaba medio desnuda por la torre. Había jugado con fuego y se había quemado. Él tenía todo el derecho a poner en duda sus intenciones y lanzarle sus acusaciones. Se merecía todo lo malo que él pensaba de ella y más todavía.

Solo entonces empezaba a caer en la cuenta del auténtico horror de la situación. Sabía lo que tendría que hacer, pero nunca se habría imaginado lo frío y calculador que sería utilizar su cuerpo para explotar su atracción por ella. Utilizar la pasión de los dos para manipularlo. La inundó una oleada de asco hacia sí misma.

Recordó las palabras de Rory. Solo había tomado lo que le ofrecían. Se estremeció. ¿Tan obvio había sido su deseo? Si había reaccionado con tan poco acierto, era solo porque había actuado instintivamente. Inocentemente. De nuevo la vergüenza le encendió las mejillas. Quería enterrar la cabeza bajo la almohada y esconderse de aquellos recuerdos tan vívidos.

Pero él se equivocaba en sus sospechas. Lo de la noche anterior no había sido una actuación. Le había ofrecido su respuesta libremente. Nunca se había creído capaz de unos sentimientos como aquellos. Y su intensidad la aterraba, porque señalaba lo sensible que era ante él. Y lo fácil que le resultaría perder la cabeza.

Isabel sintió una punzada de pesar. Si las circunstancias fueran diferentes... Negó con la cabeza. No lo eran. Tenía una tarea que llevar a cabo, aunque ahora comprendía que tendría que pagar un precio. Cuando el año acabara, no se marcharía sin haber sufrido daños.

Algo más la atormentaba. Isabel sabía que no eran solo sospechas ni su súplica inconsciente lo que le había hecho apartarla de él. Era su honor. No tomaría su virginidad sabiendo que su intención era devolverla a su clan.

Isabel apartó la ropa y se obligó a calmarse. No serviría de nada que huyera de sus problemas. Necesitaba despejar el ambiente entre los dos. Y de repente sentía que era importante que él no pensara lo peor de ella. Quería que supiera que había salido de la habitación con la intención de encontrar la biblioteca y nada más. Era hora de un poco de sinceridad por su parte. Seguía teniendo una tarea que cumplir, pero ya no estaba segura de poder utilizar su cuerpo para lograrlo.

Tenía que haber otros medios.

Para cuando Rory volvió a su cámara para lavarse y eliminar de su cara las huellas de una noche sin dormir, Isabel ya se había marchado a desayunar. No había confiado en sí mismo para volver a su habitación la noche anterior, no cuando su cuerpo todavía ardía de deseo. Había pasado una noche incómoda delante del fuego de la biblioteca, con una botella por compañía. Pero ni siquiera la fuerte bebida consiguió adormecer el sabor a miel de Isabel, que parecía grabado a fuego en sus labios.

Había permitido que su ira al encontrarla recorriendo a hurtadillas la torre lo ofuscara, y luego, aquel *night trail* tan fino lo había llevado demasiado lejos. Pero no debería haberla besado. Isabel le provocaba una tensión tal que no sabía qué demonios le había pasado. La reacción de la joven lo había vuelto medio loco. El dulce dardo de su lengua. El tentativo movimiento de sus caderas. El arquearse de su espalda mientras él le besaba los sensuales pechos. La humedad de miel entre sus piernas, que casi le había hecho perder el control por completo.

Tenía el deber para con su clan de disolver el matrimonio a prueba y forjar una alianza que lo ayudara en su propósito de destruir a Sleat. El juramento que había hecho de vengarse de Sleat no incluía privar de su virginidad a una niña inocente. O dejarla encinta. Aunque sabía que había otros placeres que podían compartir, lo de la noche anterior había dejado claro que solo probarla no era suficiente. No podía confiar en sí mismo para contenerse. ¿Qué habría hecho si ella no hubiera pronunciado su inocente ruego, devolviéndole de golpe el sentido? No podía estar seguro.

De pie junto a la ventana de sus habitaciones, viendo cómo salía el sol por el lejano horizonte, Rory apenas se reconocía.

Nunca se había dudado de su capacidad para controlar sus más bajos instintos. Ni de su capacidad para cumplir con su deber para con el clan. Nunca había dudado de su cometido como jefe.

Pero cuando la tuvo entre sus brazos, cuando apretó sus labios contra los de ella, le pasó los dedos entre el velo sedoso y espeso de sus cabellos sueltos y lo superó su embriagador perfume, eso era lo que había hecho.

En aquel momento, perdido en la fiebre de su abrazo, la había deseado a ella más que a la venganza. Y podría haberlo tirado todo por la borda, destruido su herencia con la misma rapidez con que podía quitarse el *plaid*, por el momento de dulce placer que lo esperaba entre los muslos de Isabel. La orgullosa herencia que había pasado de su padre, Tormod, a su hermano mayor, William. Una herencia que no tenía que haber sido para él, pero que había aceptado sin reservas después de las muertes trágicas y prematuras de su hermano y de su joven sobrino John.

El bienestar del clan dependía de la fuerza de su jefe. A cambio de su absoluta lealtad, el clan esperaba que el jefe les protegiera y fuera su sostén. El jefe era el líder absoluto en la guerra, el que poseía la tierra, el juez y jurado... con autoridad absoluta sobre el clan. Un jefe sin honor, un hombre que no cumplía su palabra, traicionaba la confianza del clan.

La herencia de Rory como jefe de los MacLeod era su deber hacia el clan, por encima de todo. El deber por encima del deseo personal. Los MacDonald habían avergonzado a los MacLeod y él debía devolver el honor al clan. Cabeceó asqueado. Casi lo había olvidado, hasta que la súplica inconsciente de Isabel rompió el hechizo y le devolvió, con toda la fuerza, la consciencia de sus responsabilidades.

Pero ella jugaba con fuego. Ya le había advertido que no le tentara de nuevo. Estaba furioso consigo mismo, y con ella, por haber caído en su trampa con tanta facilidad, haciendo que arremetiera contra ella con una rabia ciega. Y a juzgar por la expresión de su cara, sus palabras habían dado en el blanco.

Su rechazo la había herido. Se había quedado mirandándolo como si fuera un cazador que acabara de lanzarle una flecha directa al corazón. Su angustia era real.

Apretó las manos contra la piedra fría y firme del alféizar de la ventana. Por lo general, el mar le daba un poco de paz, pero ese día lo abandonaba.

De niño, lleno de los fantásticos relatos de los bardos, imaginaba que vislumbraba las brillantes escamas de la cola de las sirenas, las *Maighdean na Tuinne*, que lo llamaban desde el mar iridiscente, bañado por el sol. Por supuesto, en aquel momento comprendía que solo había visto focas grises, no sirenas. Qué lejos parecía todo aquello; apenas recordaba al niño libre de preocupaciones que había sido, antes de verse engullido por la responsabilidad.

Una garza se lanzó al agua, dibujando un arco perfecto, y luego volvió a alzarse, sujetando un pez con el pico. Rory saboreó el espectáculo que la naturaleza desplegaba ante sus ojos, porque sabía que pronto los días se acortarían y los majestuosos colores que veía entonces quedarían ocultos detrás de una cortina de niebla gris y fuertes lluvias. La marcha renuente del verano lo atraía y el viento frío acariciaba el cuello de un día todavía soleado.

Sin embargo, incluso mientras contemplaba el sosegado ir y venir de las olas, subiendo y encrespándose con un tempo perfecto, casi musical, no podía librarse de aquellos ojos violeta, luminosos y tan llenos de dolor. ¿Solo había estado buscando un libro? Le sorprendió darse cuenta de lo mucho que quería creerla. Tal vez Isabel se merecía el beneficio de la duda. Se frotó la barbilla sin afeitar, pensativo. Nunca había pensado en la posibilidad de tener una esposa culta, pero descubrió que le gustaba la idea. Hablaba de una cierta entereza. Era el primero de su clan en haberse beneficiado de una educación universitaria. Leer era una pasión y su único escape... aparte de la pasión por una mujer de buen ver. Rory se sentía orgulloso de la amplitud de su biblioteca y hacía nuevas adquisiciones adondequiera y cuandoquiera que viajara. Había más profundidad en Isabel de lo que había supuesto.

Se apartó de la ventana y se dirigió, decidido, hacia el lavamanos del otro lado de la habitación. Se echó agua fría, sin piedad, contra la piel, para eliminar el cansancio de su cara. Se vistió rápidamente, sin pensar; después de años de práctica, los complicados pliegues del *plaid* eran cosa de rutina.

Tal vez le llevara un libro. En su último viaje a Londres, unos años atrás, había comprado el poema épico, recién publicado, de Edmund Spenser, *The Faerie Queene*. Un romance del rey Arturo y su gloriosa reina de las hadas, una abierta alusión a la reina Elizabeth, narrada siguiendo la tradición de Virgilio. Era uno de sus libros favoritos y, de alguna manera, sabía instintivamente que a Isabel le encantaría. Se la recordaba:

Her angels face
As the great eye of heaven, shyned bright,
And made a sunshine in the shady place;
*Did never mortall eye behold such heavenly grace.**

Acabó de vestirse, se recogió el pelo y se dirigió a la biblioteca. Cuanto antes se ocupara de aquello, mejor. Más valía enterrar lo sucedido la noche anterior.

Curiosamente, mientras buscaba a Rory, Isabel descubrió, en el segundo piso de la torre del Hada, la biblioteca que había tratado de encontrar por la noche. La estancia era pequeña, pero muy agradable. Las estanterías, llenas de libros encuadernados en piel, se extendían por las paredes cubiertas de tapicerías, unas grandes ventanas proporcionaban abundante luz natural y cómodas sillas rodeaban una mesa de madera, grande y muy pulimentada.

Margaret, que no parecía mayor que una niña, estaba sentada a la mesa y evidentemente absorta en un asunto de importancia, porque no se dio cuenta de que Isabel se hallaba en

* Su cara de ángel, como el gran ojo del cielo, brilló luminosa, y llenó de sol el oscuro lugar; nunca ojo mortal contempló tan celestial gracia.

la puerta. Isabel observó divertida cómo Margaret, inmersa en sus pensamientos, se daba repetidos golpecitos en la sien con la pluma que sostenía en la mano. Arrugaba la nariz y fruncía los labios con aire perplejo, mientras estudiaba los rollos de papel.

—Espero no molestarte —dijo Isabel.

Margaret levantó la cabeza de un rubio brillante, con los largos rizos sujetos a la espalda en una trenza. El parche negro ocultaba la mayor parte de sus rasgos, pero no la vacilante sonrisa de bienvenida.

—Buenos días, Isabel. Qué sorpresa tan agradable. La verdad es que agradezco cualquier cosa que me aparte de estas cuentas. —Se apartó de la mesa, visiblemente encantada—. Me duele la cabeza por el esfuerzo de asegurarme de que todos estos números estén bien. Tengo que admitir que esta es la parte más pesada y difícil de mis deberes desde que murió Geoffrey, el antiguo senescal. Todavía no hemos podido encontrarle un sustituto, y me veo obligada a llevar las cuentas. Y ahora que se acerca la fiesta de san Miguel, debo acabar con las de este año antes de poder empezar las del año que viene.

Isabel rodeó la mesa y miró los libros. Se volvió hacia Margaret con una sonrisa incómoda pero comprensiva.

—Espero que no lo consideres demasiado atrevimiento, pero podría ayudarte con las cuentas. —Algo avergonzada, aclaró—: En la corte descubrí que tenía una habilidad bastante peculiar para este trabajo. Veo sumas claramente en mi cabeza, sin tener que pensar mucho. Con frecuencia, la reina Ana me hacía comprobar las cuentas de la casa. A decir verdad, me harías un favor. Sería un placer tener algo en que ocupar el tiempo.

Margaret la miró como si le acabaran de aparecer alas y un halo. Sonrió, y los profundos hoyuelos de Rory aparecieron en su cara.

—No hablas en serio. ¿De verdad quieres ocuparte de esta carga? Serías la primera de este castillo que yo pueda recordar. Siempre nos ha costado encontrar a alguien que se encargara de las cuentas. James, el administrador, puede ayudarte con las rentas de las tierras y el ganado, y Deidre, con los gastos de comida, suministros y visitas de este año. ¿Estás segura de que no te importaría?

—Dalo por hecho. —Isabel sonrió ampliamente.

Margaret estaba tan entusiasmada que, antes de darse cuenta de lo que hacía, se levantó de un salto y abrazó a Isabel.

—Perdóname —dijo sonrojándose—. No sé qué me ha pasado.

Isabel desechó su vergüenza con una sonrisa.

—No digas tonterías. Como te dije, siempre he querido tener una hermana. —Cogió la mano de Margaret entre las suyas—. Y ahora la tengo.

La cara de Margaret se iluminó con una gran sonrisa.

Alex se asomó a la puerta.

—¿Qué andáis conspirando vosotras dos? —preguntó, con la voz cargada de una preocupación exagerada.

Las dos mujeres se separaron de un salto, con un aire de culpabilidad. Isabel se recuperó la primera.

—Buenos días, Alex. Margaret y yo acabamos de llegar a un acuerdo muy conveniente. Un medio para que pueda ayudarla con sus deberes.

La cara de Alex perdió de inmediato su aire divertido.

—¿Te encuentras bien, hermana? —preguntó preocupado—. ¿Has estado trabajando demasiado?

—Deja de tratarme como a una niña, Alex. Estoy bien. Solo que nunca he tenido cabeza para los números. —Instintivamente, Margaret miró a Isabel en busca de ayuda. Isabel comprendió su frustración. El primer instinto de los hombres grandes y fuertes como Alex y Rory era proteger. Pero su exceso de solicitud al tratar a Margaret como si fuera una frágil pieza de porcelana que podía partirse en pedazos con una palabra equivocada no solo era irritante sino que, sospechaba Isabel, también la impedía sanar.

—Hemos decidido que la ayudaré con las cuentas —anunció Isabel. Ante la mirada de sorpresa de Alex, explicó—: Lo sé, debe de parecer extraño, pero seguramente, como Margaret ya desempeñaba estos deberes, no debe de ser inaceptable que una mujer actúe como senescal.

—No es eso, Isabel. —Alex se volvió hacia Margaret con una mirada significativa—. ¿Has aclarado esto con nuestro hermano, Margaret?

La cara de Margaret se ensombreció.

—No lo había pensado, Alex. Por supuesto, tienes razón. Tengo que hablar con Rory. Isabel, me temo que he aceptado tu generosa oferta sin detenerme a pensarlo. Tengo que pedirle permiso a Rory. —Hizo una pausa y añadió con voz débil y contrita—: No estoy segura de que apruebe nuestro acuerdo.

Isabel sabía por qué. Rory no solo desconfiaría de que metiera las narices en sus asuntos económicos; además, tampoco querría que participara en la administración doméstica cuando tenía intención de devolverla a su clan.

Reaccionando ante el evidente disgusto de su hermana, Alex dijo:

—Bueno, quizá podríamos mantenerlo en secreto entre nosotros durante un tiempo. Rory ha estado muy ocupado y quizá podríamos esperar un poquito antes de planteárselo. Hasta entonces, no hay ninguna razón para que Isabel no pueda ayudarte con los libros.

Las dos mujeres le sonrieron, pero fue Isabel la que cruzó rápidamente la estancia para darle un beso, suave y agradecido, en la mejilla. Isabel estaba conmovida por el deseo de Alex de alimentar la confianza recuperada de su hermana. Pero no podía prever que Alex movería la cabeza y sus labios acabarían junto a los de él.

Rory no oyó nada de su conversación al entrar en la biblioteca.

Lo que atrajo su atención fue la visión de los labios llenos y sensuales de Isabel posándose precipitadamente junto a la boca de su hermano. Se quedó paralizado. Algo parecido a un cañonazo le estalló en el pecho.

Tardó un minuto en ver con claridad a través de la niebla de la ira. Había visto lo suficiente para saber que el beso no era más que una muestra espontánea de gratitud por algo, pero el efecto no era menos devastador. La fuerza y la intensidad de su reacción le dijo mucho más de lo que quería saber.

Tensó la mandíbula y carraspeó.

Isabel dio un salto atrás, con una expresión tan culpable que Rory se preguntó cómo había podido sospechar que la noche anterior andara fisgoneando. Su cara delataba todas sus emociones. Incluso cuando, como en aquel momento, no había motivos. De todos modos, tendría que insistir en que no regalara besos, inocentes o no, a nadie.

—Confío en no estar interrumpiendo nada —dijo lentamente, ocultando su reacción.

—No, claro que no —respondió Isabel demasiado rápidamente.

—No —le aseguró Margaret al mismo tiempo. Las dos mujeres se miraron, y Rory vio que intercambiaban alguna forma de silenciosa comunicación.

Estaban preparando algo. Pero cuando miró a Alex, su condenado hermano se limitó a sonreír.

Se ocuparía de Alex y de Margaret más tarde, pero en ese momento tenía que hablar con Isabel. No había acudido directamente a la biblioteca. Colin lo había interceptado con una misiva a la que no podía dejar de prestar atención.

—Si vosotros dos no estáis muy ocupados, necesito hablar con Isabel. —A Rory le pareció percibir una cierta renuencia, pero hicieron lo que les pedía. Cuando se marcharon, se volvió para encontrarse con que Isabel lo miraba desconfiada.

—No era nada —explicó.

—Lo sé. Pero no deberías besar a nadie más que a tu esposo.

Ella enarcó una ceja y pareció a punto de replicar, pero se contuvo. En cambio, dijo:

—Te estaba buscando.

—¿Por qué?

Ella le puso la mano en el brazo.

—Quería que supieras que, de verdad, anoche buscaba la biblioteca. Y nada más.

Se quedaron mirándose largo rato y algo pasó entre los dos. Él la creía. Sus labios se curvaron en una media sonrisa.

—Bueno, pues parece que la has encontrado.

Isabel correspondió a su sonrisa y Rory sintió un salto extraño en el pecho. Un salto que se convirtió en un vuelco completo cuando ella alargó la mano para colocarle un mechón de cabello suelto detrás de la oreja. No estaba seguro de quién se sentía más asombrado. La extraña intimidad del gesto lo había dejado sin aliento.

El rubor cubría las mejillas de Isabel.

—Se había soltado.

A Rory se le hizo un nudo en la garganta. Perplejo, apartó la mirada.

—He venido para decirte que tengo que marcharme.

El rubor desapareció de su cara.

—¿Cómo?

—Había planeado llevar el ganado a la feria de Port Righ la semana que viene, pero al parecer no puedo esperar tanto. —Aunque solo tenía veinte años de existencia, la feria de Port Righ era más popular cada año y atraía cada vez a más gente de fuera de la isla. Los habitantes de la isla llevaban sus mercancías, por lo general ovejas, vacas, lino y queso dos veces al año para vender o trocar.

—¿Volverás pronto?

Rory negó con la cabeza.

—Debo marcharme a Edimburgo directamente después de la feria. —Disimuló su enfado. La misiva de Jacobo le recordaba el oneroso deber que tenían todos los jefes de las Islas de presentarse ante el Privy Council, el consejo asesor del monarca, para demostrar su «buena conducta». Desde que Jacobo había asumido el poder por propio derecho, casi quince años atrás, había ido reforzando su dominio de las Highlands y las Islas con una serie de nuevas leyes —la General Band— que apuntaban directamente al centro de la autoridad del jefe del clan.

Rory y otros jefes de las Highlands se agitaban incómodos bajo las poco gratas riendas de Jacobo. Durante cientos de años, las Highlands y las Islas habían existido casi como un feudo propio; un reino gaélico bajo el dominio del clan Donald, los señores de las Islas. Pero desde la pérdida del señorío, unos cien años atrás, la ineficacia del gobierno central escocés había tenido como consecuencia, necesariamente, el aumento de poder de los jefes de los clanes. Ahora el rey quería alterar ese cambio de poder debilitando la autoridad de los jefes de los clanes. Hacer que se presentaran en la corte era solo otro medio para que Jacobo les recordara a todos ese cambio.

En lugar de expresar su irritación, se limitó a decir:

—El rey ha requerido mi inmediata presencia.

A Isabel se le iluminaron los ojos y dio una palmada.

—¡Vas a la corte!

—Por desgracia, sí.

—Pero eso es magnífico. Justo le estaba diciendo a Margaret...

Rory la interrumpió bruscamente:

—Me temo que debo viajar solo. —Enseguida vio su decepción.

—Entiendo —dijo ella, pero no era verdad.

—Alex quedará al mando mientras yo no esté.

Ella no dijo nada. Rory se volvió para marcharse, pero algo se lo impidió. El recuerdo de la noche anterior seguía vivo en su memoria, igual que las sensaciones que agitaban su cuerpo. Le daría el libro, pero ella tenía que saber algo más. La cogió por la barbilla y la obligó a mirarlo.

—No creas ni por un momento que no te deseaba.

La mirada de Isabel se suavizó. Antes de poder contenerse, la cogió entre sus brazos y le dio un beso fuerte y rápido. Un beso de verdad, no como el que ella le había dado a su hermano. Este era un beso de posesión. Un recuerdo con el que ella pudiera quedarse.

Cuando por fin la soltó, se marchó sin mirar atrás. No quería que ella viera lo difícil que le resultaba hacerlo.

11

—Margaret, tengo que aventurarme afuera de los muros del castillo antes de que lleguen las tormentas de invierno, si no me volveré medio loca, seguro.

Margaret, que estaba sentada a la gran mesa de la biblioteca, frente a Isabel, apartó los ojos de los libros y sonrió ampliamente. No quedaba casi nada de la criatura tímida y vacilante que habían presentado a Isabel. Arrugó la nariz. Excepto el parche.

—Querídisima Isabel, ya sabes lo que ha dicho Alex. No es seguro recorrer los bosques ahora, después de los recientes ataques de los Mackenzie. —Sus ojos chispearon traviesos—. Claro que si tú se lo pides, puede ser que Alex acepte que hagamos una salida corta. Parece incapaz de negarte nada.

Isabel se rió incómoda por la pulla de Margaret. Aunque Alex no lo demostraba abiertamente, cuando la miraba, ella percibía algo que iba más allá del afecto fraterno reflejado en sus ojos azul oscuro. Isabel sospechaba que él imaginaba que estaba enamorado de ella. Tendría que hablar con él pronto, pero quería darle tiempo para solucionarlo por sí mismo. Sacudiéndose de encima aquellos sentimientos desconcertantes, Isabel se levantó y cruzó los brazos resuelta.

—Muy bien, se lo pediré yo a Alex, esta vez. Lo que sea por salir de estas cuatro paredes. Hace tanto tiempo que no he montado a caballo que es posible que lo haya olvidado. Tal vez podamos convencer a Alex de que nos deje cazar un poco.

Margaret aplaudió como la chiquilla excitada que tanto recordaba su delicada y esbelta belleza. Parecía muy joven, aunque era cinco años mayor que Isabel.

—Me encantaría cazar, pero... —Su expresión se entristeció y su cara de duendecillo pareció vaciarse de su atractiva alegría infantil—. No sé cómo voy a aprender nunca con...

Isabel la hizo callar de golpe lanzándole una mirada fulminante, frunciendo los labios, apretándolos con fuerza y enarcando una ceja con fingida sorpresa. Margaret recibió el mensaje y se echó a reír, recuperando la felicidad en un instante.

—Está bien, Isabel, ya lo sé. Eres peor que Bessie, esa vieja dictadora. Pues claro que me gustaría cazar. Seguro que no hay ningún mal en probar.

Isabel le dio un cariñoso abrazo. Incluso ella estaba agradablemente sorprendida de lo mucho que había cambiado Margaret. Casi todos los vestigios de vergüenza por su lesión habían desaparecido. La transformación era tan espectacular que hasta los sirvientes le habían comentado la diferencia a Isabel. Puede que le dieran algún mérito por la mejora, ya que su cordialidad había aumentado claramente en las últimas semanas. Isabel tenía un plan en lo que respectaba a Margaret, pero todavía necesitaría algún tiempo.

—Nunca te subestimes, Margaret. Te sorprenderá lo que puedes lograr cuando te decidas. Y por cierto, Bessie opina que es una corderita... ¡Igual que yo!

Se miraron y se echaron a reír a carcajadas.

Margaret se recuperó primero.

—No sé por qué me estoy riendo; Bessie me ha estado mimando tanto como tú últimamente. Tendremos que pensar en algo para distraerla. He visto la manera en que la mira Robert últimamente. A lo mejor podemos evitar que siempre ande dando vueltas a nuestro alrededor si favorecemos un idilio.

Asombrada, Isabel abrió mucho los ojos.

—¡Robert, el guardián de la puerta, y Bessie! No había notado ningun interés especial de él hacia ella. —Se acarició la barbilla—, pero ahora que lo mencionas, sí que es muy solícito y servicial. Y últimamente ha estado dando vueltas por aquí con más frecuencia. No me había dado cuenta... Dudo que Bessie lo haya observado. —Apoyó las manos en las caderas—. Eres muy astuta, Margaret MacLeod, viendo cosas que otros no ven.

Margaret sonrió.

—Puede que la pérdida de mi ojo derecho haya obligado al izquierdo a trabajar más. Parece que ahora observo más cosas que antes. De hecho, parece que mis sentidos se han agudizado después del accidente.

Margaret tenía aspecto de querer decir algo más.

—¿Qué hay? —preguntó Isabel.

—Nada. Solo pensaba lo refrescante que es que no controles lo que dices para evitar cualquier referencia a mi vista. No te creerías lo incómodo que puede llegar a ser. Antes de que tú llegaras, yo nunca hablaba del accidente. —Cogió las manos de Isabel—. No sé qué habría hecho sin ti.

Isabel sonrió.

—No habrías tardado en encontrar tu camino. Tienes demasiado temple para quedarte inactiva mucho tiempo. —Cerró el libro en el que estaba trabajando—. Y hablando de inactividad, estoy a punto de estallar. Tengo que salir de aquí.

Margaret frunció el ceño preocupada.

—¿Sabes, Isabel?, aunque Alex acepte, Rory se pondrá furioso si descubre que hemos salido del castillo, aunque sea para cazar. Advirtió expresamente a Alex que no nos dejara salir, por miedo a que los Mackenzie raptaran a una de las dos para pedir un rescate. O algo peor.

Isabel se echó el pelo hacia atrás, fue hasta la ventana y se quedó mirando el mar.

—Los Mackenzie no se atreverían a lanzar un ataque tan entrada la estación, no cuando las tormentas podrían cortar su huida. Estaremos bien vigiladas y nos quedaremos cerca del castillo. Y como Rory no está aquí, no puede esperar que le pidamos permiso, ¿verdad?

Isabel no podía ocultar su irritación. Era casi noviembre

y Rory llevaba fuera cerca de dos meses, dejándola con el recuerdo de aquel beso que la había confundido y quitado el aliento. Un recuerdo al que trataba de aferrarse, pero que iba desvaneciéndose con cada día que pasaba. Había querido creer que, después del desastre de la noche anterior, él trataba de acercársele. Y esa creencia se había reforzado cuando, al llegar a su habitación, había encontrado *The Faerie Queene* en el centro de la cama. El corazón le había dado un salto, pensando que seguramente era una ofrenda de paz o quizá su manera de disculparse. Esperaba que hubiera algo más. Pero aunque Rory había enviado breves misivas a Alex y a Margaret, Isabel no había recibido ni una palabra de él.

Ya no sabía qué pensar.

Y lo más frustrante era que se daba cuenta de que lo echaba de menos.

Había pasado buena parte de los dos meses devorando primero *The Faerie Queene* y después otros libros que había descubierto en la amplia biblioteca de Rory, trabajando en la cuentas, como Margaret y ella hacían entonces, y conociendo mejor a Alex y a Margaret.

Margaret y ella pasaban innumerables horas igual que en ese momento: trabajando, charlando y riendo. Cuando Isabel agotó las historias de su tiempo en la corte, de las que Margaret no se cansaba nunca, tanto si eran escandalosas como corrientes, hacían turnos para contarse anécdotas de su niñez.

Isabel disfrutaba especialmente de los relatos de un Rory joven, un muchacho despreocupado que recorría la isla antes de que le cayera encima, tan inesperadamente, el cargo de jefe. También comprendía que, aunque ella no se lo había dicho explícitamente, era probable que Margaret hubiera deducido, por las tontas historias de sus escapadas infantiles, cuál había sido su propia situación.

En Margaret había encontrado la primera amiga verdadera que nunca había tenido. Y una hermana.

Margaret la estaba observando atentamente.

—¿Qué pasa? —preguntó Isabel cubriéndose las mejillas con las manos—. ¿Tengo tinta en la cara?

—Rory no sabe qué decir, Isabel —respondió Margaret en voz baja.

Isabel miró a su amiga. ¿Es que sus pensamientos eran tan transparentes? Margaret veía realmente demasiado. Enderezó la espalda.

—No sé a qué te refieres.

—Ocultas muy bien tu desilusión, pero yo veo lo mucho que te duele cuando pasa otro día más y no tienes noticias de mi hermano.

—Lo ves todo, ¿no es así? —dijo Isabel secamente.

—A Rory le importas más de lo que quiere reconocer. Hay una dulzura en sus ojos cuando te mira que nunca le había visto antes.

Isabel trató de disimular sus esperanzas, pero Margaret le cogió las manos y la obligó a mirarla a los ojos.

—No quiero verte herida, Isabel.

—Tiene intención de devolverme a mi familia —dijo con voz triste.

—Lo sé. La enemistad solo se terminará con la destrucción de tu tío y el establecimiento de los MacLeod en Trotternish. La única manera de que eso suceda es que el conde de Argyll ejerza su influencia con el rey. Una alianza con Elizabeth Campbell, la prima de Argyll, proporcionará esa influencia.

Isabel apartó los ojos. Le dolía demasiado ver la compasión de Margaret.

—¿La quiere mucho? —preguntó con una voz que sonaba muy débil.

—Apenas la conoce. Será un enlace horrible. Esa chica no tiene tu misma fortaleza para estar a la altura de mi imponente hermano. Elizabeth Campbell es una cosita dulce pero apocada. Rory la aterrará. —Margaret suspiró—. Pero eso no importa nada. Rory siempre cumplirá con su deber, aunque sea a expensas de su propia felicidad.

Isabel sabía que Margaret estaba en lo cierto. Había pensado mucho en Rory durante su ausencia. Más de lo que deseaba. La noche antes de que se fuera, había captado un atisbo del hombre apasionado que había detrás del jefe reverenciado.

Pero su posición de jefe dominaría siempre. Su clan lo llamaba *Rory Mor*, Rory el Grande. El título encajaba bien. Incluso si consiguiera que se enamorara de ella, la enviaría de vuelta con su clan si su deber así lo exigía.

—No estás enfadada conmigo, ¿verdad? —preguntó Margaret.

—¿Cómo podría enfadarme contigo por decir la verdad? —Isabel consiguió sonreír. Se esforzó por fingir que las palabras de su amiga no la perturbaban, pero no era fácil engañar a Margaret.

Isabel volvió a la mesa y empezó a cerrar los libros en los que había estado trabajando, y a devolver cuidadosamente los pergaminos a su sitio en los estantes. Daba gracias por la distracción que le ofrecían las cuentas. Incluso ya pasada la fiesta de san Miguel, había mucho que hacer. Administrar las rentas de las tierras de Rory, el ganado y las cuentas domésticas ocupaba una buena parte de sus días. Luchó por acallar una punzada de culpa no deseada. Había estado tan ocupada que no había encontrado mucho tiempo para buscar la bandera ni un pasadizo secreto para salir del castillo.

Con Rory fuera, debería haber sido un momento oportuno. Pero no estaba más cerca de alcanzar su objetivo y ya habían pasado tres meses desde que llegara. Tiempo suficiente para forjar sólidas amistades y apegos que hacían que la idea de traicionar a los MacLeod le resultara insoportable. No era solo la vida de la gente de su clan la que estaba en juego, sino también la vida de los MacLeod. Si fracasaba, su clan perdería sus tierras y quedaría a merced de los despiadados Mackenzie. Pero si tenía éxito, sería a costa de los MacLeod. Ojalá pudiera idear un plan para ayudar a su clan que no entrañara perjudicar a los MacLeod. Tal vez había llegado el momento de escribir a su padre.

Miró a Margaret.

—Bien, ¿vas a escapar de esta fortaleza conmigo o debo hacerlo sola?

El momento de seriedad de Margaret se desvaneció, y se volvió hacia Isabel con una gran sonrisa.

—Si tú estás decidida, estoy dispuesta a desafiar la tormenta.

Isabel vio la expresión pícara pero confiada aparecer en la cara de su nueva hermana. Lo que solo unas semanas atrás hubiera aterrorizado a Margaret, le parecía entonces una aventura apasionante. Se dijo que, por lo menos, había hecho una cosa buena al ir al castillo.

Con un último y valiente «hurra», se volvió para hacer un gesto de despedida a Margaret, que seguía sentada a la mesa, sonriendo.

—Así pues, está decidido, voy a buscar a Alex. ¡Deséame suerte!

Las dos sabían que no la necesitaría.

12

—Isabel, afloja el paso ahora mismo o regresamos al castillo de inmediato.

El viento le alborotaba el pelo mientras se inclinaba cada vez más sobre el largo y elegante cuello de la hermosa yegua árabe, animándola a ir cada vez más rápido, mientras fingía no oír el furioso grito de Alex. Solo le había costado una semana de engatusamientos para convencerlo de salir a cazar.

Era demasiado tentador; un día precioso, un caballo rápido y, por fin, la libertad de los opresivos muros grises de aquella sombría mazmorra. Se sentía viva, renacida, y era maravilloso. Riendo, volvió la cabeza para mirar a Alex, a Margaret y a Colin, el adusto vikingo que la seguía en medio del polvo.

La furiosa expresión de la cara de Alex le quitó el aliento. Era asombroso lo mucho que se parecían los dos hermanos en temperamento, mucho más de lo que ellos mismos se daban cuenta. Los dos eran líderes fuertes y seguros, con una sana dosis del fiero orgullo de las Highlands y, como Isabel comprendió al mirar la cara de Alex, tendencia a la obstinación. Pero había diferencias. Alex siempre estaba ahí para ofrecer amabilidad y, aparentemente, era más alegre que su formidable hermano, aunque Isabel vislumbraba la agitación sombría y turbulenta que acechaba detrás de aquella fachada pícara de la que carecía Rory.

Isabel había descubierto el origen de esa agitación unas semanas antes. Estaba pinchando a Alex sobre lo bien que se había metido en su papel de jefe temporal, cuando una extraña expresión apareció en su cara. Mencionó que no era la primera vez que actuaba como jefe. Poco antes de que ella llegara a Dunvegan, Rory había sido hecho prisionero por Argyll, siguiendo órdenes del rey, por no haber cumplido los términos del *General Band*. Durante el confinamiento de su hermano, Alex había dirigido a los MacLeod en un ataque contra los MacDonald en Binquihillin. Los MacLeod fueron derrotados y dos de sus primos murieron. Alex se culpaba y se había tomado muy mal las pérdidas. Isabel sabía lo importante que era que, esta vez, nada saliera mal. Acalló la punzada de culpa. No podía pasar nada.

Tiró ligeramente de las riendas para frenar a la yegua y permitir que Alex la alcanzara. No quería jugar con su suerte. Era una amazona consumada, acostumbrada a hacer carreras con sus hermanos, y le irritaba tener que actuar como una dama después de tanto tiempo sin salir. Si Alex dejara de actuar como una niñera sobreprotectora, vería que no corría ningún peligro.

—Está bien, Alex. Pero te comportas de una manera igual de irritante que ese tirano de hermano tuyo, con su ceño desaprobador. Soy una amazona excelente. Incluso podría probar la mano con ese espectacular caballo de guerra andaluz en el que estás sentado. —Y ante su mirada de escepticismo, añadió—: Por favor, disfrutemos de este hermoso día.

Alex hizo un gesto negativo con la cabeza.

—No sé por qué he dejado que me convenzas, Isabel. Rory se pondrá furioso. Si consideras que tengo un aspecto sombrío, espera a que mi hermano se entere de nuestra «pequeña cacería».

—Bueno, no voy a preocuparme de una eventualidad que quizá nunca se produzca. Hace tanto tiempo que se ha ido que, tal vez, ha decidido no volver —respondió con aire modesto, fingiendo indiferencia.

—Oh, sí que volverá —advirtió Alex—. Lo espero de vuelta en cualquier momento. Pero después de esta salida, tú y yo quizá deseemos lo contrario.

Isabel detuvo el caballo y le cogió la mano a Alex cuando este detuvo su caballo negro junto a la yegua. Había sido un buen amigo para ella. Le apretó la mano, agradecida, y se disculpó.

—Lo siento, Alex. Sé que tenías algunos reparos a nuestra salida. Debes de pensar que soy una niñita tonta y malcriada. Pero seguro que Rory no se dio cuenta de que estaría fuera tanto tiempo; de lo contrario no nos habría dejado encadenadas al castillo. No podía esperar que nos quedáramos dentro tanto tiempo. Y hemos tomado precauciones —dijo, refiriéndose al grupo de guerreros que los seguía. Señaló, con un ademán, los hermosos olmos de Escocia que los rodeaban; la luz ambarina de finales de otoño prestaba una calidez suave al frío día. Isabel tenía las mejillas encendidas por el ejercicio y la alegría—. Con estos hermosos bosques en nuestro patio trasero, sería pura tortura no disfrutar de la caza mientras podemos.

Alex movió la cabeza, fingiéndose derrotado.

—Está bien, Isabel, tú ganas. Si pensara que iba a servir de algo, pediría clemencia. Disfrutemos de la caza y ya nos preocuparemos de las repercusiones más tarde. Pero, por lo menos, descansemos un poco. Daremos de beber a los caballos y Margaret podrá practicar su habilidad con el arco que nos ha prestado el joven Tom.

Isabel estaba a punto de discutir, pero en el último momento observó la mirada suplicante de Margaret y comprendió, con un sentimiento culpable, que su desenfrenado galope no había aterrado solo a Alex. A regañadientes, aceptó, asintiendo con la cabeza.

—¡Lo he hecho! —La flecha dibujó una curva perfecta, aunque no precisa, contra el claro azul del cielo, antes de aterrizar inofensivamente entre el musgo y las hojas caídas que rodeaban el árbol.

Isabel vio cómo una alegría llena de sorpresa iluminaba el rostro de Margaret. Con los brazos en jarras, entonó haciendo una imitación perfecta de la voz de Bessie:

—Te lo había dicho, princesa; si de verdad te lo propones, puedes hacer todo lo que quieras.

Margaret puso los ojos en blanco y se rió de la imitación de Isabel. Se volvió hacia su hermano.

—Alex, ¿lo has visto? ¿Lo has visto? He disparado la flecha.

Alex se echó a reír, y sus profundos ojos azules chispearon encantados.

—Debo decir que estoy impresionado, hermanita. Ya veo que ahora tendré que esconder mi espada. Pareces haber encontrado una instructora consumada en el arte de la guerra.

Isabel sonrió ante la imagen de Margaret con una gran espada escocesa. Dudaba de que pudiera levantarla del suelo y mucho menos amenazar a alguien con ella. Pero nunca se sabía. Margaret había demostrado ser muy fuerte para su tamaño; incluso el arco de niño que habían pedido prestado exigía una considerable fuerza para manejarlo.

—Todo el mérito es de Margaret. Yo no he hecho más que enseñarle a sostener el arco; el resto ha sido cosa suya. Bien hecho, Margaret. —Se levantó decididamente del tronco cubierto de un musgo de color verde vivo donde había estado sentada, mientras veía practicar a Margaret, y se sacudió el polvo de la falda de su traje de rico terciopelo color amatista—. Me parece que ya hemos practicado bastante por hoy. ¿Estamos dispuestos a cazar un ciervo o dos y aumentar las reservas para el invierno?

Al parecer anticipándose a sus deseos, Alex ya le estaba acercando el caballo. Isabel enarcó sorprendida una ceja suavemente arqueada y luego se rió ante su evidente transparencia. Se encogió de hombros pero no ofreció ninguna excusa; estaba ansiosa por ponerse en marcha antes de que se acabara el día. Miró hacia arriba, entre los árboles, al sol que estaba directamente encima de ella y supo que solo quedaban unas horas antes de que Alex insistiera en volver al castillo. Los días eran ya insoportablemente cortos.

Pasaron dos horas en un instante. Isabel no recordaba la última vez que había disfrutado tanto. Excepto... un recuerdo de labios devoradores y dedos acariciadores se hizo presente en su mente antes de que pudiera apartarlo. Rory no estaba, los recuerdos no iban a traerlo antes de vuelta.

Notó todo el peso de la mirada de Alex sobre ella.

—¿Has tenido bastante? —le preguntó—. Se está haciendo tarde y me preocupa que el tiempo cambie. —Miró hacia arriba para indicar las nubes que se iban acumulando.

Todavía la sorprendía la rapidez con que un sol brillante podía dar paso a una fuerte tormenta en Skye.

Isabel sonrió:

—No, no he tenido bastante. Pero sé que debemos volver.

Con un ademán autoritario que le recordó claramente a su hermano, Alex ordenó a sus hombres que iniciaran el camino de regreso al *birlinn*.

Cabalgaron en amistoso silencio durante un rato antes de que Isabel hablara.

—Gracias, Alex. No sé cómo decirte lo mucho que este día ha significado para mí.

Alex miró significativamente a su hermana Margaret, que iba delante con Colin.

—Soy yo quien debería darte las gracias por lo que has hecho por Margaret. La cólera de mi hermano es un pequeño precio que pagar por la felicidad que hay en el rostro de mi hermana. Es casi como si los últimos años se hubieran desvanecido, como una pesadilla. Su cambio es extraordinario. —Con un gesto de la cabeza señaló a Colin—. Hasta el vikingo parece haberse dado cuenta.

Intercambiaron una sonrisa.

—Yo pensaba lo mismo —dijo Isabel—. Aunque intenta ocultar su interés, es tan evidente como el ceño que pone.

Alex se rió y siguieron su camino. Cuando la luz del día empezó a declinar, Alex ordenó a algunos de los hombres de armas que se adelantaran y prepararan las barcas. Estaban a salvo tan cerca de Dunvegan, pero Alex dijo que no quería que las mujeres estuvieran en el lago más de lo necesario por si se desataba una tormenta. Isabel no se dio cuenta de lo mucho que se habían rezagado hasta que entraron en el bosque y solo vio a Margaret y a Colin por delante de ella y de Alex.

Colin condujo al pequeño grupo por el estrecho sendero, adentrándose en el bosque. El suave viento alborotaba suavemente las hojas del suelo. Las campanillas y las prímulas de la primavera habían desaparecido tiempo atrás para ser sustituidas por los digitales, los cardos, la salvia y luego el brezo de color rojizo. El suelo del bosque estaba salpicado de grandes setas negras. Relajada por la exuberante belleza que la rodeaba y por el suave balanceo de la yegua, que iba eligiendo su camino, con precisión, por el desigual suelo del sendero, Isabel, perdida en sus ensoñaciones, se sobresaltó ante la súbita detención. Levantó los ojos y vio que Colin alzaba una mano, advirtiéndoles que guardaran silencio.

Algo no iba bien.

Una quietud poco natural parecía haber acallado los sonidos del bosque, recordando a Isabel la extraña quietud del aire que, con frecuencia, precedía a una tormenta aterradora, cuando las criaturas de la naturaleza huían, percibiendo el peligro antes que el hombre. Instintivamente, contuvo la respiración, esforzándose por oír algo. Ya totalmente alerta, escudriñó los árboles pero no encontró nada fuera de lo corriente. Suponiendo que quizá Colin había detectado un ciervo en el follaje delante de él, soltó el aire y se relajó de nuevo en la silla.

Fue justo antes de que se abrieran las puertas del infierno.

El brazo de Alex la empujó de súbito y con brusquedad hacia delante, contra el caballo, solo un momento antes de que el quedo silbido de una flecha zumbara por encima de ella. Precisamente, por el espacio que antes ocupaba su cabeza.

—Maldición. —Oyó el juramento de Alex, con la cabeza todavía apretada con fuerza contra las crines de la yegua. La voz amable y burlona había desaparecido, sustituida por la dura y decisiva voz de mando—. Colin, llévate a Margaret e Isabel y ve al embarcadero. Trae ayuda. Yo me quedaré e intentaré contenerlos. —Dio una palmada en la grupa a la yegua de Isabel—. Vete. Deprisa. Cabalga todo lo rápido que puedas.

Ante la ruda orden física, la yegua saltó hacia delante furiosamente. Esforzándose por mantenerse en la silla, Isabel cogió las riendas del aterrado caballo, mientras trataba desesperadamente de calmarlo. Delante de ella, Colin, tirando del caballo de Margaret, desapareció en el denso bosque. Espera, se dijo enfadada consigo misma, cuando un rayo de claridad mental atravesó el caos. Aquello era culpa suya. No podía dejar solo a Alex. Sin pensar en el peligro, hizo dar media vuelta al caballo y empezó a regresar hacia Alex.

Lo habían rodeado, pero se defendía bien, haciendo retroceder a los hombres con los amplios golpes de su espada. Casi se había abierto camino cuando la vio y sus ojos se entrecerraron con un gesto alarmante.

—¿Qué diablos crees que estás haciendo...? —Se quedó en silencio cuando el golpe de una espada en la espalda lo dejó atontado, pero fue el siguiente golpe en la cabeza lo que lo tiró de la silla. Cayó al suelo, sin sentido.

—¡Noooo! Alex. Oh, Dios, por favor. —Se llevó las manos a la cara, horrizada, y abrió la boca para gritar, pero la conmoción era tal que de ella no salió ningún sonido. La vencía el temor por Alex, pero después de una breve sensación de parálisis, algo parecido a la calma dominó sus movimientos. Extrañamente ajena al horror y el terror que la rodeaban, Isabel se sintió llena de una fiera determinación, como un guerrero en medio de la batalla; sabía qué tenía que hacer: tenía que controlarse y ayudarlo.

Saltó de la silla, olvidando el arco, apresurándose a acudir a donde Alex yacía torcido y horriblemente inmóvil encima de un montón de polvo y hojas. Estaba tan concentrada en llegar hasta él que no se fijó en que la rodeaba un puñado de hombres de armas de aspecto aterrador, hasta que fue demasiado tarde. Estaba a punto de alargar los brazos hacia Alex cuando fue arrancada de allí bruscamente y se encontró entre los brazos de un guerrero sucio, de aspecto tosco. Cuando lo miró a los ojos, se estremeció. Tenía la mirada de un arenque muerto.

—Mira qué tenemos aquí. Me parece que hemos consguido un poco de diversión para la tarde. —Su mirada desagradable y lujuriosa la recorrió de arriba abajo—. Al parecer, hemos encontrado una belleza de primera. Apuesto a que el hombre al que perteneces estará ansioso por recuperarte y dispuesto a pagar por ello. Aunque espero que no sea ese, muchacha —dijo, señalando hacia donde estaba Alex—. No es probable que te reclame dentro de poco... si es que lo hace alguna vez. —Su rancio aliento silbaba en su oreja. Isabel se encogió visiblemente ante la amenaza que le agriaba la voz.

En su interior, maldijo su estupidez al dejar el arco y las flechas en el caballo. Su instinto le había fallado, pero el ataque se había producido muy rápidamente.

—Soltadme. ¿No veis que este hombre está herido? Me necesita. Dejadme ir. —Trató de librar su cuerpo de los brazos que la sujetaban, pero el hombre era demasiado fuerte y la agarraba con demasiada fuerza.

El guerrero soltó una desagradable risotada.

—No te preocupes por él. Allí adonde va, no te necesitará. —Cruelmente, dio una patada al cuerpo inmóvil de Alex.

Isabel se sintió aliviada al oír el gemido de dolor.

Alex estaba tan inmóvil que había temido que ya estuviera muerto. Probablemente, el golpe solo le había hecho perder el sentido, pero no lo dejarían con vida. Tenía que hacer algo. Si no le hubiera suplicado a Alex que salieran de Dunvegan, nada de eso habría pasado. La angustia se mezcló con la impotencia.

—¿Quiénes sois? ¿Qué queréis de mí?

—Ya te he dicho lo que queremos de ti, un poco de diversión. —Sonrió, dejando al descubierto los dientes renegridos y torcidos que le quedaban—. En cuanto a la otra pregunta, ¿quién crees que somos? ¿Quién sería lo bastante atrevido como para atacar las tierras de los MacLeod a plena luz del día? —La arrogancia que emanaba de aquel hombre de tez oscura era enorme.

—Mackenzie —dijo Isabel entre dientes.

—Ah, veo que nuestra fama nos precede. ¿Y quién eres tú, belleza mía? —Consideró su apariencia, observando la calidad de su ropa—. Evidentemente, una dama. —Alargó la mano para acariciarle el pecho con sus dedos ásperos y sucios—. Una dama con el cuerpo de una ramera.

Instintivamente, Isabel le apartó la mano de una bofetada. Él respondió rápidamente, dándole un brutal manotazo en la barbilla. La cabeza de Isabel salió despedida hacia atrás por la fuerza del golpe y se le soltó el pelo de las cintas que lo sujetaban. Si es que era posible, las miradas lujuriosas de los hombres se llenaron todavía más de deseo.

Aunque atontada por el golpe, juró:

—Si me volvéis a tocar, os mataré.

Un silencio mortal siguió a su declaración, mientras el resto de los hombres esperaba la reacción de su cabecilla. Este soltó una carcajada obscena al oír su amenaza.

—Ah, hemos encontrado una pequeña fierecilla. Será un placer domarte, dulzura, pero te lo advierto, no me enfurezcas o puede que empiece con las lecciones aquí mismo. Te lo pregunto otra vez, ¿cómo te llamas y quién te reclamará? La verdad, muchacha, o conocerás mi ira.

Isabel pensó qué responder, sopesando rápidamente si la verdad la ayudaría o la perjudicaría en esa situación. Al parecer, se estaba tomando más tiempo del que él le había asignado, porque el hombre la agarró por el pelo, haciéndola inclinar la cabeza hacia atrás y pegarse contra su cuerpo sudoroso, mientras le rasgaba el corpiño de su traje de montar. Metió los sucios dedos debajo de la camisa y la agarró brutalmente el pecho y sus uñas rotas le arañaron la delicada piel. Isabel sintió ganas de vomitar; las náuseas le llegaron a la garganta y supo que estaba a punto de tener arcadas.

—Basta. Tu nombre. ¿O necesitas más persuasión?

—Isabel.

—Bien, Isabel. ¿Quién te reclamará?

—Rory MacLeod. Soy la esposa del jefe MacLeod. —Alzó la barbilla como para desafiarlo. Su voz sonaba débil, pero con un toque de desafío.

Asombrado por su afirmación, el hombre la soltó bruscamente. Era evidente que no estaba contento, y parecía no estar seguro de poder creerla. Isabel podía ver los pensamientos que recorrían su cabeza. Rory MacLeod era un adversario poderoso. Quitarle unas cuantas cabezas de ganado era una cosa, quitarle a su mujer... Eso lo convertiría en un hombre perseguido. Apoderarse de su mujer lo convertiría en un enemigo de por vida... una vida que probablemente sería corta.

El hombre del clan Mackenzie cruzó los brazos y se quedó mirándola fijamente un momento, antes de tomar una decisión.

—Mientes. Nunca dejarían que la esposa del jefe MacLeod recorriera el bosque con una escolta tan despreciable. Sería un estúpido si dejara aquí un regalo tan tentador, mientras pierde el tiempo con Argyll. Lo más probable es que seas su querida. —Alargó el brazo y le retorció dolorosamente un mechón de pelo, enrollándoselo en el puño. Sus ojos se llenaron de lujuria y excitación al decir con una voz lasciva—: Te advertí que dijeras la verdad.

Isabel intentó hablar, intentó explicar que decía la verdad, pero su fétida boca se apretó contra la de ella, aplastándole los labios con tanta fuerza que se vio empujada al suelo de forma violenta. El enorme cuerpo del hombre cayó con un sordo golpe encima de ella. El peso de sus miembros la aplastaba, hundiéndola todavía más en el implacable suelo. Su barba le arañaba la cara, mientras él la besaba.

Por un momento quiso morirse, antes de que el deseo de vivir la dominara.

Luchó como una tigresa, arañando y clavándole las uñas en la cara, pero él le sujetó las manos por encima de la cabeza y le levantó las faldas, rasgando rápidamente las diferentes capas de ropa interior hasta llegar a la piel desnuda. El pánico le subió a la garganta, amenazando con desbordarse. Sintió cómo sus dedos aferraban la suave piel de sus nalgas, haciendo que levantara las caderas hacia él. A través de un túnel de incredulidad, oía sus gruñidos de deseo, mezclados con las risotadas de sus hombres cuando él se levantó el *plaid* y empujó su duro miembro entre sus piernas, tratando de forzarla a que las abriera. Sintió su áspero vello contra los muslos cuando él bajó una mano para tratar de separarle las pegadas piernas.

Unas voces llenas de lujuria lo animaban a seguir.

Cuando se dio cuenta de lo que él estaba a punto de hacer,

un horror diferente de cualquier cosa que hubiera experimentado antes le heló la sangre. Por un momento no pudo moverse. Se ahogaba, hundiéndose en caída libre, impotente, hacia el infierno.

Oyó maldecir a Alex y luego gemir cuando sus gritos le hicieron recobrar la consciencia. Pero sus esfuerzos por ayudarla se vieron frustrados por los puños de los Mackenzie.

El cuerpo de Isabel se tensó por última vez; luchaba por sobrevivir. Dio patadas y se agitó contra el peso implacable del cuerpo del hombre. Pero sus movimientos solo parecían excitarlo más. Le mordió la lengua que, como una serpiente, se arrastraba hasta su garganta, y notó el sabor de la sangre.

Él soltó un gemido de dolor.

—Perra maldita.

La cabeza de Isabel se vio lanzada a un lado al recibir el primer golpe. El puño del hombre se estrelló contra su cara otra vez. Y otra. El dolor era insoportable.

No tenía fuerzas.

Oh, Dios, no, suplicó para sus adentros. Por favor, no.

—¡No! —Oyó su grito ahogado, desde la distancia de su descenso al infierno. Un infierno que olía a cerdo sudoroso.

El tiempo se detuvo mientras esperaba que llegara la liberación de la muerte.

Pero no pasó nada.

De repente, en medio de su terror, reconoció el distante silbido de una flecha en el aire, y el rufián se desplomó de golpe sobre su pecho, casi asfixiándola con el peso muerto de su cuerpo. Los ojos de arenque del hombre estaban fijos en la eternidad, con una mirada sorprendida. Confusa y con un dolor terrible por los golpes recibidos en la cara, apenas notó el ruido del acero contra el acero. Apartó la mirada de los ojos del hombre muerto. Un rayo luminoso de acero se formó ante sus ojos, como si fuera una cruz de plata. ¿Es que estaba en el cielo? No, las cruces eran espadas. Comprendió lentamente que era una pelea. Tal vez era el infierno. El sonido del tajo de una espada al atravesar a un hombre se mezcló con gritos ahogados de muerte.

Unos momentos después, el cuerpo del Mackenzie era apartado de ella. Lo primero que pensó fue que podía respirar. Estaba viva. El aire fresco le asaltaba las piernas desnudas.

Todavía aturdida por lo que había estado a punto de suceder y que, al parecer, se había acabado, Isabel era incapaz de enfocar la mirada sobre su salvador. Por un momento siguió confusa, hasta que unos fuertes brazos la atrajeron y la abrazaron con fuerza.

Rory.

Sus labios se apoyaban en su cabeza, enterrados entre el pelo. Sentía el rabioso latir de su corazón contra el pecho. Podía notar su distintivo olor a sándalo y sol. Lo miró a los ojos, sosteniéndole la mirada. Él la miraba como si quisiera aprenderse sus rasgos de memoria. Y reconoció una emoción que nunca había pensado ver en su cara. Parecía asustado. Por ella.

Rory vivió un largo momento de miedo, un miedo que le retorcía las entrañas. Miedo de haber llegado demasiado tarde. El corazón seguía latiéndole desbocado. Le acarició la mejilla tumefacta con el pulgar.

—Gracias a Dios. Cuando vi quién estaba debajo de ese engendro del demonio... —Le hizo alzar la barbilla y la miró profundamente a los ojos—. Isabel, ¿estás bien?

Sus ojos devoraban la cara que lo había acosado durante los dos últimos meses, asimilando los cortes y las magulladuras e intentando convencerse de que no iba a morir. La sangre le corría por la cara. Unas profundas ojeras sombreaban sus hundidos ojos. Una palidez grisácea e insana estropeaba la perfección cremosa y marfileña de la suave piel. Tenía una contusión inflamada a lo largo de la mandíbula, salpicada de puntos negros y rojos, y toda la zona se había hinchado. Su espléndida cabellera estaba enmarañada y apelmazada, y el traje de montar estaba hecho jirones. Rory pensó que nunca había estado más hermosa. Estaba a salvo.

Unos tumultuosos ojos violeta le recorrieron la cara.

A Isabel, la incredulidad le empañaba la visión. Levantó la mano para tocarle la mejilla sin afeitar, como deseando con todas sus fuerzas que fuera real.

—Rory, ¿eres tú de verdad? Pero ¿cómo? —Se aferraba a él como si la aterrara que pudiera desaparecer.

—Luego. Te lo explicaré todo más tarde. Primero tenemos que llevarte al castillo.

Ella pareció calmarse, mientras él la llevaba en brazos hasta su caballo, pero al instante siguiente el horror volvió.

—Oh, Dios, Rory. Alex. Tenemos que ayudar a Alex. —Dejó de aferrarse a sus brazos y miró alrededor, buscando ansiosamente, a Alex.

Rory le hizo enterrar la cara en su hombro, tratando de impedir que viera la sangrienta carnicería que los rodeaba. La prueba de su cólera. Había Mackenzie muertos, desparramados por el suelo del bosque, con los cuerpos retorcidos en posturas antinaturales, acribillados de flechas y tajos de espada. La sangre había teñido las hojas otoñales de color castaño dorado, que llenaban el suelo del bosque de un profundo rojo bruñido.

—Está bien, Isabel. Alex se pondrá bien. —Había sufrido un fuerte golpe en la cabeza y tenía algunos cortes y magulladuras de la paliza, pero se recuperaría—. Douglas lo está llevando al embarcadero. —El mismo embarcadero donde Rory se había sorprendido al encontrarse con un grupo de sus guerreros que esperaban el regreso de una pequeña partida de caza.

La sangre se le aceleró en las venas al recordar a Colin y a Margaret saliendo de entre los árboles e informándole del ataque. Recordó cómo rezó para llegar a tiempo, y la furia y el desespero que sintió al ver a su hermano yaciendo sin vida en el suelo y a Isabel aplastada bajo el vil Mackenzie. La sed primitiva de sangre inundó cada fibra de su cuerpo. Medio enloquecido, atacó como los guerreros Berserker de los que descendía.

—Rory, lo siento. Fue todo culpa mía, por favor... Nunca pensé... —Lloraba suavemente, apoyada en su hombro, y pequeños temblores le sacudían el cuerpo.

—Chis, silencio. No vamos a hablar de esto ahora. Más tarde, Isabel —dijo Rory dulcemente, acariciándole el sedoso pelo. Su primer impulso era poner sus labios sobre los de ella y borrar sus recuerdos con un beso. Egoístamente, quería grabar la prueba de su posesión en todo su cuerpo, borrando la contaminación de otro. Pero después de lo que ella había pasado, sabía que era demasiado pronto. Estaba demasiado frágil.

Pero una vez más, Isabel lo sorprendió.

Sus manos le aferraron los hombros. Levantó la boca hacia él.

—Por favor. —Se estremeció—. Aquel hombre... —Rory vio el horror en sus ojos—. Por favor, Rory, bésame.

El corazón le dio un vuelco. Era una oferta que estaba más que dispuesto a aceptar.

—Claro, muchacha, es un placer.

Sabía lo que ella necesitaba. Suavemente, cubrió los labios de ella con los suyos.

Isabel no podía creerse su atrevimiento. Pero necesitaba saber que estaba viva y a salvo. Borrar el horror con placer.

El primer roce de sus labios fue como una pluma. El segundo, dolorosamente tierno. Nunca había imaginado que aquel fiero guerrero fuera capaz de una ternura tan conmovedora. Sus labios eran muy suaves pero muy fuertes al mismo tiempo. Y sanadores. Su sabor era tan cálido como recordaba. La acunaba entre sus brazos y la besaba con una emoción pura que le quitaba el aliento.

Y cuando se detuvo, Isabel no se atrevía a hablar. Por miedo a que se desbordara la emoción que le oprimía el pecho.

Él la subió al caballo. Apenas unos segundos más tarde, Isabel sintió cómo sus fuertes brazos le rodeaban la cintura y notó su duro cuerpo detrás de ella. Le cubrió el desgarrado corpiño con su *plaid*, con tanta ternura como si fuera una niña recién nacida. Isabel estaba demasiado abrumada de emoción para sentir ninguna modestia por su desaliñado aspecto. Dios

Santo, habían estado a punto de violarla. Si Rory no hubiera llegado cuando lo hizo...

El caballo de guerra recorrió el bosque al galope, haciendo caso omiso del peso extra que llevaba. El viento alborotaba el pelo a Isabel, igual que unas horas antes... toda una vida antes. Sintió que se relajaba apoyada en aquel pecho protegido por una ligera cota de malla, sintió que su cuerpo se deslizaba, hundiéndose más profundamente en el balanceo adormecedor del caballo dentro de la cálida protección de la fuerza de su esposo a prueba.

Casi dormida y un tanto desorientada, recordó inexplicablemente lo que quería decirle cuando volviera a verlo.

—Gracias por el libro, es maravilloso. —Su voz sonaba suave y adormilada.

Notó la calidez de su aliento junto a la oreja.

—Es un placer.

A salvo por fin, se hundió, exhausta, en el sueño.

13

Cinco días después, Rory la encontró junto a la cama de Alex. El mismo sitio donde había permanecido día y noche desde que la rescató, salvándola y evitando que fuera violada por Fergus Mackenzie. Pese al caos que rodeó el ataque, Rory había reconocido, de inmediato, al hijo más joven de los Mackenzie y no había vacilado en poner fin a su inmunda vida. Aquel hombre era de la peor ralea, del tipo que disfrutaba inmensamente con el dolor de otros; pero incluso así, Rory sabía que el jefe Mackenzie buscaría venganza por la muerte de su hijo. Pero no importaba. De pie en el umbral, mirando a Isabel, inclinada sobre la figura inmóvil de su hermano, enjugándole la frente repetidamente con un paño húmedo y frío, Rory sabía que volvería a matar, sin pensarlo, a aquel demonio, una y otra vez, por lo que había estado a punto de hacer.

El golpe que Alex tenía en la cabeza era más grave de lo que habían pensado al principio. Tenía un chichón del tamaño de un huevo y había estado insconsciente durante casi dos días. Incluso entonces, cuando se despertaba, lo hacía durante no mucho tiempo, y lo acompañaban el mareo y fuertes ataques de náuseas.

Isabel se volvió, notando su presencia, aunque no había hecho ningún ruido al entrar. Una débil sonrisa de bienvenida iluminó su cansado rostro.

—La hinchazón ha bajado considerablemente. —Era evidente el alivio dentro del agotamiento que le empañaba la voz. Sus cejas finamente definidas se fruncieron apretadamente por encima de la nariz—. Pero sigue sin estar despierto mucho rato.

Rory se acercó a la cama y miró afectuosamente a su hermano, que dormía pacíficamente.

—Tiene mucho mejor aspecto. Vale más dejarlo dormir. Cuando se despierte tendrá un dolor de cabeza enloquecedor. Además —añadió sonriendo—, Alex tiene la cabeza demasiado dura para dejar que un golpe lo tumbe durante mucho tiempo.

La sonrisa de Isabel se ensanchó.

—Sí, pero no es el único hombre terco y cabeza dura que hay en este castillo. —Al ver su exagerada expresión de afrenta, se echó a reír con los ojos chispeantes, volviendo a ser ella misma por un momento.

Rory se le acercó un poco más y le apoyó, con vacilación, una mano en el hombro. Desde aquel día en el bosque, no podía resistirse a la mínima excusa para tocarla. Notaba la tensión de su incansable desvelo bajo los dedos. Pese a su evidente cansancio, el deseo lo inundó con fuerza. Ansiaba suavizar la tensión de su cuerpo hasta eliminarla, recorrer con los dedos su suave piel, acariciarla tiernamente, para borrar la fatiga de los últimos días con sus manos... y luego con los labios.

Pero primero tenían que hablar.

Adivinando sus pensamientos, Isabel cogió la mano de Alex, protectora, como una madre osa protegiendo a su osezno, con un brillo desafiante en los ojos rodeados de ojeras, y una postura que era la prueba de su obstinada negativa a abandonar su puesto como enfermera jefe.

Rory sabía que se culpaba de lo sucedido y que le dolía mucho la herida de Alex. Pero se negaba a dejarla refocilarse en su culpa por más tiempo.

—Isabel, tenemos que hablar. Margaret te relevará un rato en el cuidado de Alex. El cuerpo de mi hermano necesita descansar para recuperarse. En estos momentos no puedes hacer nada por él. Ven.

—Pero todavía no puedo dejarlo. Tengo que asegurarme de estar aquí si se despierta y necesita algo. Por favor, solo un poquito más.

—Isabel, no puedes evitarlo. Hablaremos. Esta noche, no más tarde. Ya he mandado llamar a Margaret. Está muy ansiosa por ayudar a cuidar a Alex. Se culpa de lo que sucedió y desea hacer algo para expiar su parte. Hablaremos, pero primero te bañarás, descansarás y comerás algo; de lo contrario caerás enferma. Ve a tu habitación. Ahora. —Su voz autoritaria no daba cabida a la protesta.

Su hermosa cabellera cobriza le caía sin vida alrededor de la cara, impidiéndole ver sus rasgos, mientras ella hacía un gran alarde de ponderar su petición. Una petición que los dos sabían que era una orden. Estiró distraídamente las mantas de Alex, pero no pasó mucho rato antes de que un suspiro de resignación escapara de sus obstinados labios.

Se echó el pelo hacia atrás, por encima de los hombros, levantó la barbilla, resuelta, y replicó:

—Como deseéis, jefe. Hablaremos esta noche. Volveré a nuestras habitaciones ahora para hacer lo que habéis ordenado. —Haciendo énfasis en la última palabra, se levantó de su puesto junto a Alex, le puso el paño húmedo una vez más en la frente, le volvió la espalda y salió, majestuosa, de la habitación.

A Rory se le escapó una sonrisa. Su reprimenda lo divertía. Pero era jefe y estaba acostumbrado a dar órdenes. A decir verdad, no tenía mucha experiencia en pedir cosas amablemente a las señoras. Y ya había esperado demasiado para averiguar qué había ocurrido en el bosque que rodeaba Dunvegan.

La conmoción del ataque había pasado, para ser sustituida por una cólera apenas contenida. Pero oiría lo que ella tuviera que decir. Una cosa estaba clara: sus órdenes de que nadie abandonara el castillo habían sido desobedecidas descaradamente.

Se sentó en la pequeña silla de madera colocada junto a la cama, con su blando cojín de terciopelo todavía caliente, y contempló pensativo a su hermano dormido. El demacrado rostro, tan conocido. Un ligero ceño traicionó sus pensamientos. Las heridas de Alex le habían afectado mucho más de lo que había dejado ver. Además del golpe en la cabeza, había recibido una fuerte paliza a manos de los Mackenzie. Era evidente que Isabel se culpaba de las heridas de Alex. Se pasó los dedos por el pelo, distraídamente, apartándolo de la cara y cabeceando como si quisiera aclarar las ideas en conflicto que le pasaban por la cabeza. Rory no sabía a quién culpar.

Sus labios se curvaron en una sonrisa de desconcierto. Al parecer, eran muchos los que luchaban por ese honor particular. Además de Isabel y Margaret, Colin también había querido cargar con la culpa de la herida de Alex y de que casi violaran a Isabel. Y conociendo a su hermano, cuando se despertara el tiempo suficiente para pensar con coherencia, estaba seguro de que también él asumiría la total responsabilidad de lo sucedido aquel día. Aquel día horrible. No podía pensar en ello sin que se le hiciera un nudo en el estómago ante la involuntaria imagen que le venía a la mente: Isabel luchando fieramente debajo de Mackenzie, con las faldas levantadas hasta el cuello, la cara golpeada y los ojos de color violeta enturbiados por el terror. Sin embargo, sabía que podía haber sido peor, mucho peor. Si él y sus hombres no hubieran llegado cuando lo hicieron, si Margaret y Colin no hubieran escapado para alertarlos...

Tuvieron suerte.

Rory humedeció un paño con agua fresca del lavamanos, lo escurrió y lo apretó ligeramente contra la frente de Alex, como había visto hacerlo a Isabel antes de que, a su pesar, abandonara su puesto.

Colin le había proporcionado un breve informe de lo que estaban haciendo en el bosque, pero no había conseguido explicar adecuadamente por qué el grupo estaba fuera de las murallas del castillo, en abierta contravención a las órdenes expresas de Rory, por no mencionar cómo el grupo se había separado de su escolta. Alex tenía mucho de que responder cuando despertara. Pero, por el momento, Rory quería escuchar una explicación de labios de la propia Isabel, para saber cómo podía justificar haber actuado tan imprudentemente.

Pese a su enfado, no podía olvidar la sensación de unión que había sentido con ella aquel día, en medio de la carnicería. Ella lo había buscado casi sin pensarlo. Era como si un fino hilo de seda los uniera, un hilo tan fino que podía partirse fácilmente si tiraban de él con demasiada fuerza o podía tejerse con más hilos hasta formar algo mucho más fuerte. Hizo un gesto negativo con la cabeza ante aquellas románticas cavilaciones.

El ataque había obligado a Rory a enfrentarse a sus sentimientos, cada vez más fuertes, por Isabel, unos sentimientos de los que había esperado escapar con su viaje. No tenía intención de estar lejos tantas semanas, pero sus asuntos de Edimburgo le habían llevado más tiempo del esperado. Además de presentarse ante el rey para responder de su buena conducta de conformidad al General Band, había reanudado las negociaciones con el conde de Argyll. Después de asegurarse de que Rory tenía intención de llevar adelante la alianza con su prima Elizabeth Campbell, Argyll le había prometido instar al rey a decidir sobre la disposición de Trotternish. La continuada negativa de Jacobo a tomar partido en el asunto —incluso después de lo que Sleat le hizo a Margaret— encolerizaba a Rory en extremo.

Pero cuando los dictados del deber estuvieron más claros, Rory comprendió lo mucho que había llegado a importarle la joven en la que todavía no podía confiar. La primitiva intensidad de su reacción ante su casi violación solo sirvió para dejar más clara la profundidad de sus sentimientos.

Inclinó la cabeza, apoyándola en las manos, pero no podía huir de la verdad. Nada había cambiado. Su deber para con su clan seguía exigiéndole que se casara con la muchacha Campbell. Isabel no era para él. Pero, por vez primera, se preguntó si no habría otro camino —para destruir a Sleat y reclamar Trotternish— que no involucrara a Elizabeth Campbell.

Rory continuó dándole vueltas a esa idea durante toda la larga tarde, una tarde que el placer punitivo de la presencia de Isabel a su lado alargó todavía más.

Incluso entonces, un seductor olor a lavanda le llenaba la nariz. Sabía que si se inclinaba hacia sus cabellos húmedos y sueltos e inhalaba, el perfume sería más intenso. Y todavía más si se inclinaba más aún y enterraba la cara en las curvas llenas de gracia y elegancia de su cuello, largo y marfileño. Y si seguía inclinándose más abajo, oliendo todas las zonas cálidas... Gimió y cambió de posición en el asiento, acomodando la súbita incomodidad que se endurecía entre sus piernas. Una incomodidad perpetua, parecía, desde la llegada de su esposa a prueba.

—¿Te pasa algo, Rory? Parece como si te doliera algo. —Isabel le puso la mano en el brazo y lo miró con los ojos muy abiertos y llenos de preocupación.

—No —respondió él con una brusquedad un tanto excesiva. Le cogió los cálidos dedos, aquel contacto que solo aumentaba su dolor, y suavemente los apartó del brazo—. Me he golpeado la rodilla contra la mesa, eso es todo.

Gimió de nuevo. Por todos los diablos; no debería haberlo dicho. De inmediato, la atención de Isabel voló a su pierna supuestamente herida. Él la cogió por la muñeca cuando su mano aterrizó peligrosamente cerca de la auténtica «herida», impidiendo que sus dedos siguieran investigando.

—No es nada. Solo un pequeño golpe. No te preocupes.

—¿Estás seguro? Si me dejas que te levante el *plaid* un poco, podré ver si hay hinchazón. Quizá necesites un ungüento, y yo podría ponértelo.

Estuvo a punto de atragantarse. ¡Maldita mujer! Su ingenuo ofrecimiento lo estaba volviendo loco de deseo. Le sujetó la muñeca con más fuerza y le devolvió la mano a su propia falda. La voz le sonó forzada y entrecortada a sus propios oídos.

—No es nada. —Necesitaba cambiar de tema. En la cara de Isabel estaba apareciendo aquella expresión decidida que empezaba a reconocer demasiado bien. Una terca expresión que le daba ganas de echarse a reír. Su tenacidad le recordaba a las madres que conocía con hijas casaderas—. Y tú, ¿te sientes mejor después de descansar del cuidado de mi hermano?

Su mirada recorrió la cara de Isabel. El baño y el descanso al que la había obligado parecían haberle proporcionado una clara mejoría. En general, tenía mucho mejor aspecto. El pelo le brillaba como cobre bruñido, los labios estaban suaves y relajados, las pequeñas arrugas de preocupación grabadas en torno a los ojos eran apenas visibles, a menos que miraras muy de cerca, como él hacía. No le sorprendió ver sutiles señales de sufrimiento ocultas bajo una fachada que, salvo por eso, era serena. Había pasado mucho en los últimos días; era de esperar una cierta tensión y ansiedad. Sintió un poco de orgullo al observar su sosegada conducta. La mayoría de las mujeres estarían postradas en cama después de lo que ella había pasado. Admiró su fortaleza. Sin embargo, cualquier signo de aflicción, por pequeño que fuera, lo torturaba.

La distracción ofrecida por su pregunta surtió efecto. La embarazosa preocupación de Isabel por su pierna se convirtió en enfado al recordarle su alejamiento, bruscamente impuesto, del lado de Alex. Su mirada se endureció durante un momento. Se volvió para mirarlo, ceñuda; luego pareció reconsiderarlo y sus labios se curvaron en una adorable y tímida sonrisa. Ladeó la cabeza y lo miró por debajo de sus largas pestañas.

—De acuerdo, me siento mejor. Aquella bañera llena de agua caliente era una delicia. Me quedé dormida antes de darme cuenta de que me había acostado. Debía de estar más agotada de lo que pensaba —admitió a regañadientes—, y hambrienta, a juzgar por la bandeja de comida, donde no quedó ni una migaja.

Rory se echó a reír y, antes de darse cuenta de lo que hacía, cubrió la mano de ella con la suya. A aquella terca muchacha no le gustaba reconocer que se había equivocado.

—Tal vez actué con rudeza, pero fue por tu propio bien. Parecías exhausta; temí que te desmayaras en cualquier momento. Te había visto cuidando de Alex, sin descanso, durante cinco días y sus noches. Necesitabas descansar.

—Pues a mí me parece que te gusta dar órdenes.

Rory se rió.

—No lo niego. Pero viene con el puesto.

Los labios de Isabel se curvaron.

—A mí me parece que viene con la cuna.

Isabel podría contemplar a Rory eternamente. El centelleo de sus ojos y los profundos hoyuelos que aparecían en sus mejillas cuando sonreía eran irresistibles. Si cuando se mostraba adusto era imposiblemente apuesto, cuando se relajaba y sonreía era absolutamente irresistible. Miró su mano, grande y cubierta de cicatrices, y el corazón se le subió a la boca. Sintió toda la fuerza de su conocido encanto dirigida a ella. Y la sensación de impotencia que aquella atracción provocaba en ella era aterradora.

—Si has terminado, nos retiraremos a nuestras habitaciones, donde podremos conversar en privado.

Isabel tragó saliva y se dejó escoltar afuera del estrado. Sabía que había llegado el momento. Recibiría su castigo por desobecer sus instrucciones. Su cariñoso comportamiento en el bosque y el período de calma de los últimos días habían tocado a su fin. Era hora de pagar el precio de su impulsividad.

Isabel aceptaba su culpa, pero su irritación por haber quedado confinada al castillo durante tanto tiempo no carecía de justificación. Él la había dejado sola, sin noticias suyas durante meses.

Aceptó la mano de Rory y él la acompañó afuera de la sala. No era consciente de las miradas especulativas dirigidas hacia ellos; el clan había observado la creciente intimidad que había entre el jefe y su esposa.

Salieron afuera, a lo largo del corredor que conectaba las dos torres. El frío aire de la noche hizo que Isabel se estremeciera. Instintivamente, él la acercó más. Parecía algo natural, como si sus cuerpos se adaptaran perfectamente. Pero incluso con su calidez para protegerla, hacía un frío helado.

—Muchas veces he pensado en unir las dos torres con un

pasillo interior. Confío en poder contratar a un albañil para que estudie el proyecto en los próximos años.

A Isabel le castañeteaban los dientes.

—Parece una idea estupenda. ¿No podrías considerar la posibilidad de encontrar a alguien más pronto?

Rory se rió.

—Lo pensaré.

Entraron en la acogedora calidez de la torre del Hada, y ella se alegró cuando él la llevó por la escalera espiral a la biblioteca, y no a su cámara. Un terreno neutral. Siempre que entraba en la biblioteca, Isabel sentía una aguda punzada de culpa. Había esperado que, mientras Rory estuviera fuera, en la feria de Port Righ y en Edimburgo, tendría la oportunidad de registrar la torre como había hecho con el viejo castillo, pero nunca parecía presentarse la ocasión oportuna.

Tal vez, admitió, es que no quería encontrarla.

Isabel cruzó la estancia y fue directamente a la ventana, grande y acogedora, que daba sobre el *loch*.

—Qué belleza. —Se dio cuenta de que había expresado sus pensamientos en voz alta.

—Es verdad. —Pero Isabel fue consciente de que él no miraba el panorama. Un estremecimiento le recorrió la columna, como siempre le sucedía cuando él estaba muy cerca. Él carraspeó—. Con un día claro se pueden ver, al norte, las islas de Harris y North Uist. Hacia el oeste hay una bella vista de las Mesas.

—¿Las Mesas?

—Las Mesas de MacLeod. Dos colinas con la cumbre plana llamadas así por un truco de mi abuelo, que le aseguró a un arrogante noble inglés que no había una mesa más bella ni un candelero más espectacular que los de Skye. Cuando el noble llegó para demostrar que se equivocaba, mi abuelo dio un espléndido banquete en las colinas, y el cielo estaba iluminado con cientos de estrellas rutilantes. El inglés se vio obligado a mostrarse de acuerdo con él.

Isabel aplaudió y se rió.

—Me parece que tu abuelo era un viejo zorro muy astuto.

Rory se echó a reír.

—Sí que lo era. —Hizo un gesto señalando la ventana y dirigió la atención de Isabel hacia la oscuridad que había por debajo de ellos—. Pero mi favorita es la vista del mar.

Isabel miró directamente hacia abajo del risco, a la agitada negrura del mar; la luna proporcionaba poca luz para romper la oscuridad de la noche envuelta en niebla. Asintió.

—Creo que debo vivir siempre junto al agua. Aunque los jardines de la corte eran muy bellos, echaba de menos *loch* Carron. Era extraño mirar por la ventana y no ver agua. —Suspiró soñadora—. No hay nada tan mágicamente sosegador como el rítmico romper de las olas contra las rocas.

Rory parecía sorprendido por sus sinceras palabras.

—A mí me pasa lo mismo. Viviendo en una isla, me siento parte del mar; está en mi sangre. Siempre que estoy lejos de Skye, el mar me llama.

Isabel comprendió que Rory acababa de mostrarle un pequeño rincón de su corazón. Sentía las cosas más hondamente de lo que quería que vieran los demás. Sintió calor por dentro, aunque deseara echarse a reír al ver la incómoda cara de sorpresa que él ponía.

Claramente desconcertado, Rory apartó una silla de la mesa y cambió de tema.

—Por favor, siéntate. Me gustaría hacerte unas preguntas sobre lo que sucedió en el bosque el día que hirieron a Alex y a ti casi te...

La sangre desapareció de la cara de Isabel.

—Cuando te agredieron los Mackenzie —corrigió rápidamente.

Isabel aceptó la silla que le ofrecía y enlazó modestamente las manos encima de la falda, para que dejaran de temblar. La voz de Rory era tranquila, pero a pesar de todo, ella estaba nerviosa. Respiró hondo.

—¿Qué es lo que quieres saber? Estoy segura de que Colin y Margaret te han dicho que le pedí a Alex que nos llevara de caza.

—Sí, Colin explicó lo que estabáis haciendo en el bosque,

pero no por qué te pusiste a ti y a los demás en peligro al abandonar el castillo.

Isabel contó brevemente lo sucedido aquel día. Cuando hubo acabado, como él no dijo nada sino que siguió mirándola fijamente, continuó, nerviosa.

—Alex tomó todas las precauciones apropiadas. Yo solo pensaba en disfrutar de un breve respiro de la monotonía de las semanas anteriores dentro de los muros del castillo. Verás, habíamos estado trabajando tanto para poner las cuentas en orden para san Miguel... —Sabía que su explicación sonaba ridícula... y lo era. Se avergonzaba de la parte que había tenido en la instigación de su aventura.

—Entonces ¿no conocías mis órdenes de que tú y Margaret permanecierais en Dunvegan mientras yo estuviera fuera? ¿Alex no te lo explicó? ¿No te advirtió del peligro que presentaban los Mackenzie?

—Desde luego, Alex explicó tus deseos. Es solo que, bueno, supuse que no sabías que ibas a estar lejos tanto tiempo... y esto... que no te importaría, dadas las circunstancias. Hacía un día tan hermoso y lo estábamos pasando tan bien... y no nos alejamos mucho del castillo. Nunca imaginé que los Mackenzie fueran tan osados como para arriesgarse a acercarse tanto. Todo parecía bastante inocente.

Se sentía como si volviera a ser una niña, de pie ante su padre, retorciéndose las manos con frustración, mientras trataba de explicarle otra decisión discutible, que no podía racionalizar ni para sí misma.

—Lo que no comprendo es que Alex lo aceptara. ¿Por qué iba a desobedecer mis órdenes expresas?

Isabel se mordió el labio. Rory observaba sus cambios de expresión atentamente y confundió la culpa que había en su cara con una respuesta.

—¿Qué hiciste? —preguntó, entrecerrando los ojos.

—No, lo malinterpretas. Es difícil de explicar. Es solo que, bueno, me siento culpable. Es que... —El retorcimiento de manos se intensificó—. Alex quizá tenga unos sentimientos tiernos hacia mí y, bueno, se lo supliqué, y sé que no estuvo bien. —Tenía las mejillas encendidas de incomodidad y vergüenza.

Rory se pasó los dedos por el pelo y la miró furioso.

—Desde luego que no; apesta a manipulación. Si lo que dices sobre los sentimientos de Alex es cierto, no deberías haberlo animado.

—No lo animé. No era mi intención utilizar sus sentimientos de esa manera. Haces que parezca muy calculado. Es solo que cuando tú lo has mencionado ahora, me he sentido culpable... que, en retrospectiva, sé que no debería haber acudido a Alex, sabiendo lo que siente.

—No, no deberías haberlo hecho. Descubrirás que no todos los hombres hacen lo que a ti se te antoja, Isabel. No todos se dejarán llevar por una bonita sonrisa o un roce en el sitio oportuno. La verdad es que me sorprende que mi hermano se dejara embaucar por un ardid tan evidente. Pero yo no. —Su voz era dura como el acero—. Descubrirás que yo no soy tan fácil de persuadir.

—¿Qué quieres decir?

—No intentes engañarme. Nunca.

Un escalofrió la recorrió de arriba abajo.

—¿Has terminado?

—No. —La ira que Isabel temía brotó con toda su fuerza. Los ojos de Rory llameaban—. ¿No te das cuenta de lo que habría pasado si yo no hubiera llegado a tiempo? Habrían matado a Alex y tú habrías deseado que te mataran también. ¿Ir de caza? Podrías haber esperado mi vuelta.

—¿Tu vuelta? —El dolor que sentía por su abandono se desbordó finalmente—. Estuviste fuera tanto tiempo que dudaba de que tuvieras intención de volver. —Notó un nudo en la garganta—. Nunca se te ocurrió escribirme. Ni una sola palabra.

Tenía la mirada fija en los pies. No se atrevía a mirarlo a los ojos por miedo a que él viera lo peligrosamente cerca que estaba de echarse a llorar.

—¿Qué quieres de mí? —preguntó él con rudeza—. Ya te he dicho que no puede ser.

Al momento siguiente, Isabel se encontró entre sus brazos; estaba claro que él tenía intención de dar rienda suelta a su irritación en su persona. Inclinó la cabeza hacia atrás mientras escudriñaba su cara en busca de alguna señal de comprensión. Pero no había pruebas de compasión en las líneas duras y tensas de su cara: sus ojos eran rendijas, su boca estaba fuertemente apretada dibujando una línea recta y sus brazos eran rígidos e implacables.

Por su aspecto parecía no ser capaz de decidir si quería zarandearla o besarla. Se quedaron mirándose fijamente durante un tiempo, en el precario equilibrio que les ofrecía la indecisión. Isabel contenía el aliento, consciente de que él estaba librando una feroz batalla consigo mismo. No quiso esperar y tomó la decisión por él.

Le rodeó el cuello con los brazos, se puso de puntillas y acercó los labios a los de él. Sus curvas se amoldaban perfectamente a sus músculos fuertes y duros.

—Quiero esto —dijo, y lo besó.

Rory soltó un juramento en voz baja y la atrajo más hacia él; no se limitó a corresponder a su beso, sino que asumió el control. Su beso estaba lleno de un hambre que bordeaba la inanición.

Audaz y desenfrenado.

Su boca se movía sobre la de ella posesivamente, buscando alivio. Había urgencia en sus movimientos, como si las arenas del tiempo fueran un enemigo que pudiera frustrar sus intenciones. El furioso palpitar del corazón de Isabel —latiendo de excitación, no de temor— corría parejo con el de Rory.

El tiempo de espera era un poderoso afrodisíaco. El contacto de los labios de él sobre los suyos reavivó al instante la pasión que había despertado su último beso ardiente. Isabel sintió que un fuerte latigazo de deseo le recorría el cuerpo. Sabía que lo deseaba y que su deseo no tenía nada que ver con los planes de su tío. Era una necesidad primitiva. Lo quería como una mujer quiere a un hombre.

Rory abrumaba sus sentidos, haciendo que se sintiera flácida de deseo, incapaz de cualquier pensamiento coherente que no fuera sus ansias por el hombre que la tenía entre sus brazos. La portentosa sensación de su exigente boca, el suave cosquilleo de su pelo castaño dorado que le caía sobre la mejilla, la fricción de su barba de un día contra su sensible piel, el embriagador olor a sal y mar que parecía impregnar su piel y el sabor del vino demorado en sus labios hacían desaparecer cualquier idea relacionada con su plan.

Lentamente, él aflojó su abrazo. Sus ásperos dedos dibujaron un camino ligero, sorprendentemente suave, en su brazo, a lo largo del hombro y por la garganta, hasta llegar a la barbilla. La piel le hormigueaba donde él dejaba su contacto, mientras le levantaba despacio la barbilla, obligándola a estrechar más el abrazo.

Ella sabía que él no se contentaría con unos besos inocentes. Su pasión se había librado de las cortas riendas con que la controlaba y el deseo reprimido que ella sentía cómo explotaba en su interior no se apagaría con un cortejo amable. Notó la fuerza de su deseo cuando sus dedos y sus labios trabajaron al unísono para abrirle los labios a la ambiciosa invasión de su lengua, dedicada al saqueo y el pillaje con cada movimiento giratorio. Incapaz de contener su propia pasión, Isabel respondió instintivamente y su lengua se juntó con la de él, uniéndose y emparejándose a su deseo con su réplica, inocente pero cómplice.

Tenía la espalda contra la pared junto a la ventana, mientras todo el cuerpo de Rory se apretaba contra ella. El vigor de su poderosa constitución, tan musculosa y fuerte, despertaba un anhelo primitivo de protección del que se habría burlado solo unos meses antes. Antes de averiguar lo vulnerable que era, a manos de Fergus Mackenzie. Con Rory se sentía plenamente femenina. Vulnerable, pero segura. Y sobre todo, deseada. La poseía como si no pudiera quedar ahíto de ella.

Sus manos estaban por todas partes, explorando los esbeltos contornos de su cuerpo. Como un conquistador, con cada caricia la marcaba como suya. Sus movimientos eran más bruscos, más duros y más desenfrenados que antes. Como si temiera la intervención de un pensamiento racional. Deslizó los dedos por debajo del corpiño del vestido para acariciarle el pecho, y los pezones se le endurecieron, esperando la caricia de su lengua. Él la cogió con la boca y chupó haciendo girar el palpitante botón entre los dientes y la lengua hasta que ella se retorció de frustración.

Notó el helor del aire frío cuando él le levantó la falda y dejó una pierna al descubierto. Notó cómo su mano le acariciaba las nalgas desnudas y acercó, decidida, las caderas hacia él. Se estremecía con el hormigueo de expectación despertada en cada sitio donde sus cuerpos se tocaban. El acalorado palpitar entre sus piernas era muy delicado, como un cosquilleo de consciencia agudizada.

Los labios de Rory volvieron a buscar su boca mientras su mano subía, audaz, por la parte interior de sus muslos. Se tensó, con el corazón desbocado. Deseando. Esperando. Ansiando que la tocara. Oh, Dios, cómo la provocaba. Sus atormentadoras caricias, roces y toques aumentaban lentamente la divina presión hasta hacerla temblar de necesidad. Hasta que estaba húmeda y caliente, ansiando más. Su lengua entraba y salía de su boca y, de repente, lo supo... supo lo que él haría. Apretó las caderas contra su mano, con un ruego silencioso.

Gimió, deleitándose en la arrolladora oleada de alivio que sintió cuando su dedo se introdujo rápidamente en la humedad que había entre sus piernas.

—Dios, qué apretada estás. —La voz de Rory sonaba tensa, como si sintiera dolor.

Las sensaciones, cercanas al éxtasis que él despertaba en ella superaban con creces cualquier otra idea. O duda. Nada tan maravilloso como aquello podía estar mal. Su respiración se aceleró, convirtiéndose en un jadeo, mientras él continuaba con sus caricias íntimas, despertando un escandaloso frenesí de necesidad. La presión creció y creció, hasta que creyó que iba a estallar. Se sentía extraña, impaciente por algo que no comprendía.

—Relájate —le susurró él, alentador—. No luches, deja que tu mente se abandone. Concéntrate solo en el placer que sientes donde yo te toco. Voy a hacer que tengas un orgasmo.

Isabel se entregó a la suave caricia de su voz. No le costó entender a qué se refería cuando la presión aumentó en su interior. Él introdujo el dedo dentro de ella, y cuando le masajeó su punto más sensible con el pulgar, se tensó y, finalmente, se rompió en pedazos.

Rory vio cómo la celestial oleada del orgasmo de Isabel la inundaba arrastrándola, poderosa, con ella.

El asombro y el éxtasis que aparecieron en su cara eran lo más hermoso que había visto nunca. Cuando las sensaciones fueron disminuyendo, el movimiento de su pecho se hizo más lento y su color volvió a la normalidad.

—Nunca había imaginado... —dijo ella en voz baja, sobrecogida—. ¿Siempre es así?

Él quería mentir, pero le dijo la verdad que estaba firmemente alojada en su pecho.

—No siempre —Nunca. Nunca se había sentido de aquel modo al llevar a una mujer al orgasmo.

Ella pareció tomarse sus palabras en serio. Su sonrisa le llenaba toda la cara.

Rory no había querido que aquello sucediera.

Solo quería meter un poco de sensatez en su cabeza, pero cuando ella apretó sus dulces labios contra los de él, estuvo perdido. Sabía que no podría —ni querría— luchar contra la poderosa atracción que parecía unirlos. Pero sí que podía darle placer sin despojarla de su inocencia.

O eso pensaba. Pero las siguientes palabras de Isabel lo cambiaron todo.

—Yo también quiero tocarte a ti. Enséñame cómo darte placer.

Sus honorables intenciones salieron volando por la ventana. Contuvo el aliento cuando la mano de Isabel fue, inocentemente, hasta su muslo. Debería estar escandalizado por su atrevimiento, pero estaba demasiado excitado. Quería sentir su mano en él. La cogió por la muñeca y le hizo deslizar la mano por encima del *plaid* hasta llegar a su prominente erección. Los dedos de Isabel rodearon instintivamente su falo.

Se tensó, esperando su siguiente movimiento, dando gracias a la tela que separaba su mano de su verga. Estaba tan duro, tan lleno de deseo que incluso el simple contacto de su mano en su sensible y caliente piel podían hacerle perder el control. Inocentemente, ella lo tocaba, explorando tentativamente toda su longitud y, con su ayuda, empezó a acariciarlo. Apretó las nalgas, luchando contra el impulso de estallar en su mano. O levantarle las faldas y deslizarse en el caliente y apretado guante de su interior. La idea de toda aquella suavidad rodeándolo provocó la salida de una gota anticipada de su punta.

Rory sabía que iba demasiado aprisa, pero sentía que toda su experiencia se hacía cenizas por la ardiente hoguera que había entre los dos. Ninguna mujer lo había hecho sentir de aquel modo, ninguna le había hecho perder el control. El ardor de su respuesta lo volvía loco. Había recorrido ese camino muchas veces, pero nunca había viajado con una mujer como aquella, que respondía a cada movimiento suyo con otro propio. Corría el peligro de tomarla allí mismo, contra la ventana. O eso o arriesgarse a que el dulce círculo de su mano le hiciera sufrir la humillación de quedar como un muchacho inexperto.

Se obligó a aflojar el ritmo. La apartó de la ventana y la dejó en un banco con cojines que había cerca. Se inclinó sobre ella y la besó suavemente mientras empezaba a desatarle las cintas del vestido. Le recorrió la cara con los labios, dirigiéndose a la sensible nuca. Isabel suspiró cuando la lengua de Rory saboreó su piel de seda, dulce como la miel.

Rory no tenía intención de llevar las cosas tan lejos, pero su cuerpo no admitía una negativa. El deseo batallaba contra el honor.

Levantó la cabeza bruscamente y se sintió como si se hubiera sumergido en una bañera de fría realidad. Sabía qué tenía que hacer, aunque era, sin duda, lo más difícil que había hecho nunca. Estaba muy cerca de hundirse en su apretado ardor y liberar aquella presión casi insoportable.

Pero, al parecer, el honor había vencido.

No podía hacer eso. No cuando ella todavía era vulnerable debido al ataque sufrido. No cuando había tantas cuestiones pendientes entre ellos.

Se merecía más de lo que él podía darle.

Se levantó, pero su mirada siguió cautiva de lo que abandonaba en aras del deber. Ella era la tentación personificada: tenía los ojos medio cerrados de pasión, los sensuales labios magullados por sus besos, y su respiración era superficial y entrecortada. Arrastró la mirada hasta la suave piel marfileña de sus pechos, parcialmente expuestos, con los pezones oscuros y tensos por sus besos.

Debía de estar loco.

Isabel abrió los ojos sorprendida ante la brusca interrupción del placer que él le estaba dando solo unos momentos antes.

—¿Por qué me miras así? ¿He hecho algo mal? —Se incorporó intentando abrocharse torpemente los lazos de su corpiño.

¿Mal? Era tan condenadamente inocente.

Rory se volvió y se puso a mirar por la ventana, al oscuro exterior, dejando que su respiración se tranquilizara. Finalmente, la miró.

—Ya te he dicho cómo tiene que ser.

Ella se levantó y le rodeó el cuello con los brazos.

—No tiene por qué ser así.

Era casi demasiado. Tal vez debería tomar lo que ella le ofrecía, y al infierno con las consecuencias. Pero Rory no actuaba impetuosamente cuando se trataba del clan, ni siquiera con una mujer a la que deseaba por encima de todas las demás.

Cuidadosamente, le soltó los brazos del cuello. No podía pensar con ella tan cerca.

—¿Por qué me has besado?

Isabel se quedó boquiabierta.

—¿Qué estás insinuando?

—Nada.

—No confías en mí —dijo ella rotunda.

—¿Debería hacerlo? Eres una MacDonald.

Sus miradas se encontraron y vio que sus francas palabras la habían herido, pero su respuesta era importante para él. Más importante de lo que quería reconocer.

Ella alzó la barbilla, pero el temblor de su labio inferior traicionaba su angustia.

—¿Te he dado alguna razón para que no lo hagas?

Rory se frotó la mandíbula, pero no respondió. No estaba seguro.

—Me has provocado antes —dijo, refiriéndose a aquel vestido y al transparente *night trail*—. Y no has contestado a mi pregunta.

Isabel se sonrojó, sin saber si era de enfado o de culpa.

—Te he besado porque quería hacerlo. Es la única razón. Como recordarás, estábamos hablando del ataque, a petición tuya. Tú lo propusiste. —Levantó la barbilla y lo miró—. Y si decidiera seducirte, lo sabrías. —Aquella seguridad femenina, sensual, lo desconcertó.

Rory estuvo a punto de sonreír ante su jactancia, aunque su amenaza provocó un estremecimiento trepidante en su interior. Sospechaba que ella estaba en lo cierto. Aquella mujer era mortífera.

Ella dejó su amenaza en el aire unos momentos, antes de continuar.

—Tal vez yo podría cuestionar tus motivos. ¿Por qué me has traído aquí esta noche?

—Te pedí que vinieras aquí para hablar del ataque. Tal vez deberíamos volver a eso y hablar de las ramificaciones de tus actos. —Hizo una pausa, preguntándose cuáles podrían ser esas consecuencias.

Isabel permanecía de pie ante él, orgullosamente, con el pelo alborotado y las mejillas sonrojadas, pero aparte de eso, no quedaban apenas pruebas de su estado de casi desnudez de unos minutos antes.

—Reconozco mi responsabilidad. Haz lo que quieras.

Rory negó con la cabeza.

—No me gusta tu parte en esto, pero el responsable era Alex. Quedó al mando mientras yo estaba fuera y responderá de sus actos cuando despierte. Tú ya has sufrido suficiente castigo a manos de los Mackenzie. No obstante, si alguna vez decides volver a desobecerme, escúchame bien, Isabel, habrá graves consecuencias. Confío en que no volverás a hacer nada tan imprudente.

No era una pregunta.

—Puedes volver a tu cámara —dijo más amablemente.

No eran solo Alex e Isabel los culpables. Rory se sentía también responsable por lo que había estado a punto de pasarle a ella. No había difundido las noticias de su matrimonio y aquello había contribuido a que Fergus Mackenzie sospechara que Isabel no era quien decía ser. Además, la había dejado sola demasiado tiempo. El recuerdo de su amarga acusación no se había borrado; su largo silencio le había dolido.

Isabel se aventuró a lanzarle una última mirada, suplicando que la comprendiera. Él le sostuvo la mirada pero mantuvo una expresión inescrutable. El recuerdo de lo que habían compartido se mantenía, incómodamente, entre los dos. Escarmentada, Isabel se volvió y empezó a dirigirse a la puerta.

Él observó cómo se iba, y su cuerpo siguió ardiendo con un deseo no consumido. El recuerdo de su cara, cuando había estallado entre sus brazos, lo acosaría cada uno de los días que quedaban de aquel maldito matrimonio a prueba.

La detuvo antes de que llegara a la puerta.

—¿Por qué estás aquí realmente, Isabel? ¿Por qué aceptaste este matrimonio?

Ella pareció sorprendida por la pregunta.

—Era el deseo de mi padre.

—Pero ¿y tú? ¿Tú qué quieres?

—La prosperidad de mi clan y el amor de mi familia.

—¿Nada más? ¿No quieres un hombre al que amar? ¿Niños a los que cuidar?

—Claro, pero tú has dejado muy claro que esta no es tu intención. —Sus miradas se encontraron y se sostuvieron—. ¿Por qué aceptaste tú este matrimonio?

—No tuve elección, el rey lo exigía —respondió él automáticamente. Vio la chispa de algo en sus ojos. ¿Dolor?

—Al comprometerte conmigo, cumplías con tu deber para con tu rey, pero no dice en ningún sitio que no puedas disfrutarlo. —Hablaba en voz muy baja—. Yo lo he hecho.

Él se quedó en silencio un momento, recordando la intensidad de lo que habían compartido.

—Eso no cambia nada. —No comprendió que había pronunciado aquellas palabras en voz alta hasta que vio su expresión. Parecía que él la hubiera golpeado.

Al cabo de un momento, Isabel sonrió tristemente.

—Estás equivocado. Lo cambia todo.

—No [illegible] atención, el rey lo [illegible] —respondió [illegible]mente. No la [illegible] de algo [illegible] que [illegible]. ¿Dolor?

Al [illegible] completamente [illegible], cumplías con tu deber para con tu [illegible], pero no [illegible] en ningún sitio que se pueda [illegible]. —Hablaba en voz muy baja—. Y a lo [illegible].

[illegible] de [illegible] un momento, [illegible] la intensidad de lo que había [illegible].

—Eso no [illegible]. —No comprendió que [illegible] aquellas palabras en voz alta hasta que vio su expresión. Parecía que [illegible] [illegible].

Al cabo de un momento, Isabel suspiró tristemente.

—Estás [illegible]. Es [illegible] todo.

14

Isabel se despertó como lo había hecho cada día durante el último mes; acurrucada entre los brazos de Rory. Fingió seguir dormida unos minutos más, disfrutando de la sensación de aquellos brazos de acero a su alrededor, del calor de su duro pecho contra su espalda, de su especiado olor masculino y del sonido profundo y sosegador de su acompasada respiración. A salvo. Caliente. Satisfecha. Podría seguir así toda la vida.

Y esa mañana, como cada día, experimentó la misma aguda punzada de decepción y pérdida cuando, en cuanto se puso duro al contacto con ella, Rory se deslizó afuera de la cama, se vistió rápidamente y se marchó. Algunos días parecía que vacilaba, pero su honor era fuerte e, inevitablemente, ella oía cerrarse la puerta con un clic definitivo detrás de él.

Isabel nunca dejaba que supiera que estaba despierta. Como si reconocer el reclamo silencioso de sus cuerpos pudiera hacer añicos la creciente intimidad que había entre los dos. La conexión formada a altas horas de la madrugada, cuando ella se le acercaba inconscientemente, buscando la calidez de su cuerpo y el calor de su piel, y no importaba nada más que la presión de su cuerpo contra el de ella. Y en aquellos largos y lentos días en espera de la celebración de la Navidad, Isabel había acabado comprendiendo lo mucho que atesoraba su fuerza junto a ella.

Isabel estaba en lo cierto. La noche en la biblioteca lo había cambiado todo.

El regalo que él le había hecho le había abierto un mundo enteramente nuevo. Uno que no sabía cómo iba a poder dejar atrás. No podía dejar de pensar en lo que él había hecho. En la sensación de estar entre sus brazos, la intimidad, el éxtasis y la magia. Aunque justificada, su continuada desconfianza hacia ella era lo único que estropeaba la belleza de su orgasmo. Lo que más deseaba era conseguir demostrarle que podía confiar en ella. Pero ¿cómo podía hacerlo cuando él no podía?

La tregua no explícita había creado un paréntesis agradable, pero sabía que no iba durar para siempre.

Se vistió rápidamente, tomó el desayuno que Deidre le había traído en una pequeña bandeja y se dirigió a la biblioteca para empezar sus tareas del día.

En el mes transcurrido desde el regreso de Rory, las actividades cotidianas de Isabel se habían adaptado a una cómoda rutina. La recuperación de Alex había progresado muy rápidamente dada la gravedad de la herida. Margaret y ella se turnaban para cuidarlo hasta que, un día, harto de su «innecesario dar vueltas a su alrededor», las había echado de su habitación, afirmando que ya había estado sometido a suficientes humillaciones y que era más que capaz de bañarse y comer solo. En realidad, sus palabras contenían los términos «limpiar» y «culo», pero baste decir que se sentía mucho mejor.

Cuando no estaban ocupadas con sus deberes atendiendo a la administración del castillo, Margaret y ella disfrutaban leyendo o jugando al ajedrez cerca del crepitante fuego de la chimenea de la biblioteca. El desastre de su aventura de caza había quedado atrás y las dos habían reanudado un riguroso programa de práctica con el arco, aunque dentro de los confines seguros de los muros del castillo. La destreza de Margaret había mejorado de forma espectacular. Estaba demostrando ser una alumna muy buena, e Isabel sospechaba que pronto superaría en habilidad a la maestra.

Bessie se había hecho muy amiga de Deidre y era aceptada ampliamente entre los sirvientes del hogar de los MacLeod. Durante la enfermedad de Alex, se había acostumbrado a mimarlo y cuidarlo como una gallina clueca y, aunque él fingía que le irritaba que lo trataran como si apenas fuera mayor que un joven imberbe, Isabel sabía que estaba empezando a querer a Bessie tanto como la querían Margaret y ella misma. Robert, el guardia, parecía seguir arreglándoselas para encontrar tareas que exigieran su presencia en la torre y, no por causalidad, muy cerca de donde Bessie estuviera trabajando en aquel momento.

Rory se pasaba la mayor parte del día en sus lizas, preparando a sus guerreros para las inevitables represalias de los Mackenzie por la muerte de Fergus, el hijo del jefe. No era cuestión de «si», sino de «cuándo» sucedería, y Rory estaría preparado. Se negó a todas las peticiones que llevaran a Isabel afuera de los muros del castillo, y ella no insistía, porque seguía sintiéndose muy mal por lo que había pasado la última vez que se había aventurado a salir.

Dejó caer la pluma descuidadamente en la mesa y se echó hacia atrás en la silla, ponderando la situación. Sabía que tenía que hacer algo pronto. Su tío estaría esperando un informe de sus progresos. Le sorprendía que Sleat la hubiera dejado en paz tanto tiempo, con la Navidad a solo una semana de distancia. El tiempo se le escapaba de las manos y la presión de su precaria situación era cada vez mayor. Aunque desde el principio sabía que iba a ser peligroso, no había imaginado el doloroso precio emocional que tendría que pagar por su traición. ¿Cómo podía traicionar a Margaret y a Alex, que la habían recibido con los brazos abiertos y la habían tratado como si fuera una hermana, más de lo que hacía su propia familia? ¿Cómo podía traicionar a Rory, un hombre al que admiraba por encima de todos los demás? ¿Un hombre que la había salvado de la violación y luego borrado aquel horrible recuerdo despertando su pasión?

No podía. Y comprenderlo fue como un golpe físico.

¿Cómo podía cumplir con su deber hacia su clan? Había esperado que Rory le facilitaría las cosas, pero aquel hombre tenía una voluntad de acero. La deseaba, pero su honor le impedía actuar según sus deseos. Consideró la posibilidad de decir que no podía encontrar la bandera ni la entrada secreta, pero había demasiado en juego. No podía aceptar todavía un fracaso tan absoluto a ojos de su familia ni la inevitable destrucción que su fracaso les acarrearía.

Isabel seguía acariciando la esperanza de que quizá las circunstancias hubieran cambiado o que su padre hubiera encontrado otra manera de rechazar los ataques de los Mackenzie contra Strome. Frunció el ceño. Le preocupaba que su padre no respondiera a sus cartas, una de ellas escrita después de la agresión que había sufrido, aunque el retraso de su respuesta la ayudaba a justificar su renuencia a buscar por todo el castillo y su fracaso en seducir a Rory como había planeado.

Isabel miró el montón de pergaminos que tenía delante y volvió al trabajo. Había pasado la mayor parte de la mañana en conferencia con James, el administrador, hablando de las rentas del mes. Estaba haciendo las anotaciones debidas en los libros, reflejando la nueva información, cuando Margaret entró en la biblioteca, dando saltos y riendo excitada. Era obvio que venía del exterior; sus rizos dorados estaban completamente alborotados por el viento, un ligero brillo de sudor le brillaba en la frente y sus mejillas lucían una luminosidad sonrosada debida al ejercicio. Isabel bajó la mirada y vio el delator barro que le salpicaba el borde del vestido y los zapatos. Isabel supo que, con una determinación tan obstinada como la del más ambicioso mercenario, Margaret lo había vuelto a hacer.

—¿De qué te ríes en este día tan frío y triste? —Al mirar por la ventana, Isabel apenas podía ver el *loch*, porque la niebla, densa y espesa, envolvía el castillo. Pese al cálido fuego de la chimenea, había tenido que ponerse un *plaid* extra alrededor de los hombros.

—No lo adivinarás nunca —dijo Margaret, riendo como una niña y acercando una silla junto a Isabel.

Isabel la miró con intención, fingiendo reflexionar sobre su respuesta.

—Veamos... has decidido dejar de atormentar a ese pretendiente tuyo con aspecto de pirata endiablado y casarte con él.

Margaret se sonrojó.

—No. Isabel, tus bromas son casi tan pesadas como las de

Alex. Ya sabes que Colin solo está siendo amable. No está interesado en mí de la manera que insinuas. Inténtalo de nuevo.

Isabel enarcó una ceja, escéptica. Margaret se engañaba por completo sobre el interés de Colin.

—Hummm... déjame pensar. Ya lo sé: Catriona ha decidido desafiar a la Iglesia y hacerse monja. —Isabel ya podía bromear sobre Catriona, porque Margaret le había asegurado que la relación de Rory con aquella mujer se había terminado mucho tiempo atrás.

Margaret soltó una fuerte carcajada que resultó totalmente incongruente con su tamaño.

—Isabel, eres malvada. Imagina a esa mujer desvergonzada abandonando los placeres mundanos con los que se deleita continuamente. Sé de muchas esposas que se volverían locas de alegría si esa ramera seductora de maridos desapareciera. Está bien, supongo que tendré que decírtelo, porque no puedo esperar a que lo adivines. ¡He desafiado a Alex y lo he vencido!

Isabel alzó los brazos y luego le dio un fuerte abrazo.

—¡Maravilloso! Ya te dije que tu destreza había mejorado. —En sus labios apareció una sonrisa traviesa—. Estoy segura de que Alex tuvo algo que decir sobre tu victoria. No ha parado de meterse contigo por tu diligente programa de prácticas. Le está bien empleado. —Podía ver claramente el desconcierto y la sorpresa de Alex—. Recuerdo cómo reaccionaban mis hermanos cuando yo lo hacía mejor que ellos. Su orgullo siempre se encrespaba cuando los vencía una «simple muchacha». —Insistió en las últimas palabras, dándoles un tono de altiva condescendencia—. Y además, siendo como eres una personita con un aspecto tan fragil..., no pareces rival para un temible y orgulloso guerrero MacLeod.

Margaret se sonrojó llena de felicidad y su ojo azul zafiro descubierto chispeó.

—Oh, Isabel, deberías haber visto a Alex. La expresión de su cara valía el rescate de un rey. Cuando di en el centro mismo de la diana, pensé que se le saldrían los ojos de las órbitas. Y tendrías que haber oído a los hombres que estaban allí mirando. Estoy segura de que no lo dejarán en paz durante días y días.

—Bien hecho, Margaret. Te has ganado tu victoria. Puede que esto le enseñe a Alex a dominar su burlona lengua. —Se miraron unos momentos, sin decir nada, y luego estallaron de nuevo en carcajadas. Alex era un provocador nato, un bromista nato; era parte de su encanto y disfrutaban de los momentos alegres que parecían producirse con tan poca frecuencia. Isabel también sospechaba que, aunque fingiera indignación, Alex estaba extremadamente orgulloso de los logros cada vez mayores de su hermana con el arco. La verdad era que progresaba a un ritmo asombroso. Su cambio era muy llamativo; era increíble ver el nuevo orgullo y confianza en sí misma que exhibía. Alex no le envidiaría su triunfo, aunque el precio fuera tener que soportar las constantes pullas de los hombres del clan durante mucho tiempo.

Rory estaba en el umbral observando cómo las dos mujeres se reían a carcajadas. Notó un nudo en el pecho al ver la alegría en la cara de su hermana, una alegría que no esperaba volver a ver nunca. Y sabía que Isabel era la responsable del feliz retorno de su hermana perdida. ¿Cómo podía haberlo logrado en tan poco tiempo? Casi parecía que, de la noche a la mañana, Margaret se hubiera despojado de la capa de vergüenza y pusilanimidad que había llevado durante los dos años anteriores, para desvelarse como una pagana en Beltane, con su seguridad recuperada. Incluso en medio de la oscuridad sombría y helada del invierno, Dunvegan parecía estallar con la cálida luz primaveral de sus risas y sonrisas. No se había dado cuenta de lo mucho que echaba en falta la risa de unas mujeres felices hasta que regresó tan inesperadamente.

Miró a Isabel. Ella también había cambiado, quizá no de una forma tan espectacular como Margaret, pero sí igual de importante. La soledad y vulnerabilidad que la rodeaban cuando llegó parecían haberse desvanecido mientras se hacía un hueco, cada vez mayor, en su familia. Le preocupaba saber que su tiempo en Dunvegan sería breve. La verdad era que su plan de disolver aquel matrimonio le pesaba enormemente.

Nunca se cansaría de mirarla. Era exquisita; su manera de moverse, de reír. Cada vez que la miraba parecía que su belleza cambiaba. No era que se hiciera menos bella al conocerla, como sucedía con algunas mujeres. No, pensaba que era más bien lo contrario; se hacía cada vez más hermosa. Cada vez que se veían, se volvía más real, como si algunos aspectos de su carácter único surgieran a través de su máscara de rasgos perfectos.

No era el único en darse cuenta de ello. Rory había pillado a la mayoría de sus hombres lanzándole miradas admirativas cuando pensaban que él no los veía. Lo irritaba, pero no lo atribuía a una falta de lealtad. Es que no eran unos malditos eunucos. Apenas podía culparlos por algo que a él mismo le resultaba imposible evitar. Incluso sentada a una mesa atestada de pergaminos, quitaba el aliento, con el pelo brillante de color cobrizo flotando sobre los hombros, la piel de marfil manchada de tinta negra, los labios carnosos con un mohín travieso, el desafiante gesto de la barbilla. Su belleza era magnética; una raro don pensado para ser admirado.

Sus pensamientos derivaron hacia la mañana, cuando se despertó con ella acurrucada entre los brazos. Su cuerpo se encendió al recordarlo. El último mes había sido una tortura exquisita. Había esperado que todo se hiciera más fácil, que acabara acostumbrándose a compartir la cama, pero cada día la deseaba más que el día anterior. Sus cuerpos se habían encontrado y no querían separarse. La abstinencia lo estaba volviendo loco. Rory no sabía cuánto más podría aguantar.

Ella seguía siendo doncella, pero si lo provocaba de nuevo, no sería responsable de sus actos.

Su desconfianza se había suavizado durante el último mes, aunque seguía sin poder olvidar que era una MacDonald y la sobrina de su enemigo. La había observado de cerca durante las semanas anteriores y se sentía aliviado por no haberla encontrado recorriendo ningún otro corredor oscuro. Tampoco había hecho ningún intento por provocarlo. Aunque dormir a su lado cada noche ya era suficiente tentación.

Rory observó a las dos jóvenes que parecían tan cómodas juntas como dos viudas, ancianas y cautelosas, que han sido amigas desde la infancia. Todavía no se habían dado cuenta de su presencia.

No le sorprendió encontrar a las dos cómplices allí, en su biblioteca. Por el montón de libros apilados junto a Isabel y las manchas de tinta de sus dedos, dedujo que había estado trabajando en las cuentas. Primero su habitación, luego su hermana y ahora sus cuentas. Isabel se había incorporado al tejido de su castillo, de su vida. Pronto, se sentaría en su silla. La imagen le provocó una sonrisa.

—¿De qué os estáis riendo, tunantas?

Isabel se volvió sorprendida cuando Rory entró en la estancia. Sus visitas a la biblioteca eran cada vez más infrecuentes ahora que Margaret y ella se habían apoderado de la sala. Y aquella era incluso más inusual, porque rondaba el mediodía, un tiempo que solía dedicar a practicar las artes bélicas con sus guerreros en el patio. Al parecer, acababa de volver de la liza y todavía tenía que lavar el esfuerzo de la práctica de su cuerpo bien ejercitado.

El corazón le dio un vuelco como hacía siempre que recordaba sus proezas en la liza. Y algo cálido y hormigueante serpenteó en su interior al pensar en ese fiero guerrero acunándola gentilmente entre sus brazos.

La fuerte reacción física de Isabel ante él no disminuía con el contacto. Todavía tenía que obligarse a apartar los ojos de su cara de facciones duras y atractivas, aún intensamente bronceada, pese a la falta de sol de los últimos meses. Tampoco se acostumbraría nunca a la manera en que su presencia llenaba cualquier estancia, no solo como resultado de sus anchos hombros y de su cuerpo de músculos poderosos, sino también por el puro calor que parecía irradiar de él.

Dado que Margaret se mantenía convenientemente muda, resistiéndose a admitir que se habían estado riendo de Alex, Isabel decidió hacerlo partícipe de la broma.

—Parece que Margaret ha derrotado a Alex en un desafío improvisado con el arco.

Rory se volvió y miró directamente a Margaret. Inseguras de su reacción —después de todo era un hombre—, esperaron pacientemente alguna señal. Lentamente, sus labios se curvaron en una sonrisa traviesa y sus hoyuelos dibujaron profundos cráteres en sus mejillas.

—Así que Margaret ha conseguido hacer caer a ese bribón sarcástico en la trampa de sus propias palabras. He oído sus incesantes jactancias de que, por muy diligente que fuera el programa de prácticas, nunca sería derrotado por una simple muchacha. Puede que haya aprendido una valiosa lección: esperar lo inesperado. Es un error arrogante subestimar al contrario, un error que puede llevar a la muerte. —Miró por encima de la cabeza de Margaret y fijó sus magníficos ojos en Isabel—. Yo nunca subestimo a mi oponente.

Isabel se sonrojó con aire culpable. Vaya, ¿y por qué había dicho eso?

Él no pareció darse cuenta de su reacción.

—Bien hecho, Margaret, estoy orgulloso de ti. Al fanfarrón de nuestro hermano le irá bien que le hayan bajado un poco los humos. —Riendo, Rory levantó a su hermana en vilo, dándole un cálido y fraternal abrazo.

La sonrisa de Margaret le iluminaba toda la cara.

—Puede que para cuando seamos anfitriones de la reunión de la primavera, esté preparada para retarte a ti, Rory.

Rory soltó a su hermana y la sonrisa que apareció en su cara igualaba la de ella en su infinita alegría.

—Me sentiré honrado de aceptar tu desafío, Margaret. Alex es un arquero muy bueno, hermanita, así que sé que debes de haber logrado mucha destreza en muy poco tiempo. Pero no he sido derrotado en ningún concurso con arco desde que era niño, así que te convendría aumentar tu programa de entrenamiento. —Dirigió su sonrisa a Isabel.

Ella sintió que se fundía bajo su calor.

—Espero que tu instructora encuentre tiempo en su programa —dijo en tono interrogador.

Isabel sonrió y asintió.

Rory se volvió de nuevo hacia Margaret y dijo con un tono casi de disculpa.

—Pero no podrá ser en la reunión. Sabes muy bien que una mujer no puede participar en la reunión de las Highlands; una larga tradición hace que sea una competición reservada a los guerreros para poner a prueba su destreza, su fuerza y su agilidad. —Isabel sabía que esas asambleas las había empezado, más de quinientos años atrás, Malcolm Canmore para identificar a los mejores guerreros entre sus hombres. Los ojos de Rory chispeaban bajo las negras alas de sus cejas enarcadas—. Además, ¿qué pasaría si ganaras? El fiero orgullo de los escoceses quedaría irremediablemente dañado por una muchachita de nada. Sería un golpe del que seguramente nosotros, los hombres, no nos recuperaríamos nunca más.

Isabel estaba fascinada por las bromas que se intercambiaban los hermanos. Era un aspecto de Rory que raramente mostraba, y ella sabía que nunca se cansaría de escuchar aquellas chanzas cariñosas. Él podía ser endemoniadamente encantador; cuando actuaba de ese modo, era irresistible. Le dolía el pecho del deseo, del anhelo que sentía.

Margaret casi saltaba, llena de exuberante entusiasmo. Empezó de inmediato a hablar de sus preparativos para practicar más, hablando para sí misma, excitada. Los dos la escucharon, divertidos, hasta que se fue corriendo de la estancia.

—Tendré que buscar a alguien para que se ocupe de supervisar las cocinas por la mañana y se encargue de la planificación de las comidas...

Sin dejar de sonreír, Rory dijo:

—Margaret parece haber encontrado su vocación. —Toda la fuerza de su atractivo la alcanzó con las palabras que dijo a continuación—: Gracias, Isabel. Has conseguido algo que yo creía imposible. Me has devuelto a mi hermana. —La calidez y la sinceridad de su voz eran como un encantamiento que la ataba a él.

Isabel se conmovió por su elogio. Rory no dejaba de sorprenderla. No recordaba que ningún hombre de su posición le hubiera dado las gracias sinceramente por algo. La mayoría ni siquiera pensarían en agradecerle nada a una mujer. Pero aquella bondad solo aumentaba su estima a sus ojos; el reconocimiento de la valía de otro no disminuía de ninguna manera la suya propia, solo lo hacía aparecer más fuerte.

Isabel se levantó y dio un paso hacia él, esforzándose por encontrar la voz.

—No he hecho más que ser una amiga, y ha sido algo sencillo, tratándose de Margaret. Me parece haberla conocido toda la vida. Resulta difícil creer que solo han sido unos meses.

Isabel se detuvo, dudando en decir algo más. Quizá nunca tuviera una oportunidad mejor, y quería que él comprendiera a Margaret.

—Creo que el final de las luchas entre los clanes la ha ayudado enormemente —añadió vacilante.

Rory se tensó ante la mención de la enemistad entre las familias.

—¿Qué quieres decir?

Isabel respiró hondo y decidió que valía la pena correr el riesgo de decir lo que pensaba, aunque eso estropeara su buen humor. Se miró los pies; no quería que su reacción le impidiera decir lo que tenía que decir.

—Creo que la enemistad y la búsqueda de venganza han hecho que a Margaret le fuera imposible dejar el pasado atrás. Sé que se siente responsable de la muerte y la destrucción causadas en su nombre. —Las manos fuertemente apretadas de Isabel traicionaban su angustia al mencionar el prohibido tema de su tío.

Después de un momento de insoportable silencio, se atrevió a mirarlo a la cara. Pero en lugar de la ira que había esperado, Rory parecía pensativo.

—Y nuestro odio era un recuerdo constante de la crueldad de Sleat —concluyó—. Pero no fue solo a Margaret a quien humillaron; el honor del clan exigía un castigo.

Isabel asintió.

—Estabas cumpliendo con tu deber como jefe; Margaret lo sabe —bajó la voz— y también Alex.

—¿Qué tiene Alex que ver con esto? —Cuando ella pareció resistirse a decir más, él añadió—: Habla libremente, Isabel; me gustaría oír lo que tienes que decir.

Era imposible decirlo de una manera fácil, así que lo soltó de sopetón:

—Alex necesita sentir que es importante para ti y para el clan.

—Pues claro que es importante. Es mi *tanaiste.* —Ella notó toda su atención fija en ella—. Continúa —pidió.

—Sé que crees que es importante, pero no me parece que el propio Alex lo crea. ¿Qué deberes has delegado en él?

Rory se quedó en silencio unos momentos.

—No muchos —reconoció. Isabel esperó que acabara de formular la idea—. Y al no hacerlo, él piensa que no lo creo capaz.

Isabel asintió.

—Si no le das más responsabilidad, nunca podrá superar su derrota a manos de los MacDonald.

Rory se inclinó hacia atrás, evaluándola con una mirada apreciativa.

—Si Alex ha hablado de la pérdida en Binquihillin y de la muerte de nuestros primos, debes de haberte ganado su confianza de verdad. Sé que él se culpa, pero yo no lo hago. De haber estado en su lugar, yo habría hecho lo mismo.

—Pero si no le otorgas las responsabilidades que merece tu *tanaiste*, ¿no le estás diciendo, con tus actos, que no confías en él, que lo culpas? —preguntó en voz queda.

Rory se irguió en toda su estatura y cruzó los brazos sobre el pecho.

—Soy jefe, no delego mis deberes ni mis responsabilidades.

Isabel se esforzó por que no la distrajera la impresionante exhibición de unos músculos que ponían en tensión el lino de color azafrán.

—Sé que no serías tan arrogante como para creer que debes atender personalmente todos los asuntos del clan y que eres el único cualificado para tomar decisiones.

Una sonrisa apareció en los labios de Rory, al parecer divertido por su sarcástico comentario. Pero parecía que, por lo menos, tomaba en consideración lo que ella había dicho.

—Lo pensaré. —Por lo visto, era justo que cambiaran las tornas—. ¿Y tú, Isabel? ¿Qué hay de tu familia?

Ahora le tocaba a Isabel ponerse a la defensiva.

—¿Qué pasa con ella?

—Dime por qué la mera mención de tu familia hace aparecer dolor en tus ojos —insistió, esta vez cariñosamente.

Ella apartó la mirada, incómoda por que su soledad fuera tan evidente.

—No hay mucho que contar —dijo cautelosa—. Sabes que mi madre murió cuando yo era pequeña, mi padre cumplía con sus deberes para con el clan y mis hermanos... bueno ellos tenían sus propios intereses. Unos intereses que no eran apropiados para una niña. —Vio algo parecido a la compasión en sus ojos e intentó explicarse rápidamente, para no dar una impresión equivocada—. Mi padre no era cruel. Solo tenía muchas cosas que atender. Y yo siempre he tenido a Bessie, que me cuidaba.

Su voz queda hizo que Isabel lo mirara de nuevo.

—Tu padre no es inusual, Isabel. La mayoría de los hombres no se ocupan de la crianza de sus hijas. Es la costumbre. Como jefe de un clan que se enfrenta a ataques constantes, sin duda tu padre no tenía mucho tiempo para ti ni para tus hermanos. Tenía que cumplir con su deberes para con el clan.

—Tú no eres así —señaló la joven—. Veo cómo cuidas de tu familia, incluyendo a tus hermanas.

Rory sonrió.

—No he dicho que estuviera de acuerdo, he dicho que era la costumbre. Mi padre era muy parecido al tuyo.

—Pero tú tenías a tus hermanos y hermanas.

—¿Y tú no?

Isabel lo pensó unos momentos.

—Durante un tiempo, pero cuando se hicieron mayores, todo cambió. Mi madre era una dama. Mi padre pensaba que yo también tenía que serlo, por lo que ya no pude pasar tanto tiempo con mis tres hermanos.

Rory alargó el brazo y le cogió la barbilla, alzándosela hasta que sus miradas se encontraron.

—Tal vez no se dieron cuenta de lo sola que estabas, tal vez no sabían hacerlo de otra manera. He visto a tu familia contigo. A mí me parece más torpeza que falta de cariño.

Sus palabras la sobresaltaron. ¿Tenía razón? ¿Era solo que los hombres de su familia no sabían cómo tratar a una niña? ¿Podía haber malinterpretado hasta ese punto los sentimientos de su familia? Recuerdos, retazos de conversaciones, le pasaron por la cabeza. Vistos con la perspectiva de Rory, tenían otro aspecto. Isabel permitió que un rayo de esperanza naciera en su pecho.

Él la miraba como si quisiera decirle algo más, pero no lo hizo y dejó el tema de lado. Se quedaron mirándose, cada uno temeroso de moverse y romper el embrujo de la profunda conexión que había brotado entre ellos.

—¿Deseabas algo? —preguntó ella sin aliento, más conmovida por el momento de lo que creía posible.

—Sí. Quería pedirte un favor. Como Margaret ha estado tan ocupada con sus deberes y su nuevo programa de entrenamiento, me preguntaba si podrías encontrar tiempo para ayudarme a organizar la asamblea de las Highlands que se celebrará en Dunvegan en primavera.

La estaba incluyendo. A Isabel le pareció que le iba a estallar el corazón de felicidad.

—Claro, me encantaría ayudar. ¿Qué puedo hacer?

Rory le devolvió la sonrisa.

—Primero, tendremos que preparar una lista de los clanes a los que invitaremos a participar para enviarles una invitación.

Isabel ya estaba haciendo una lista mental de los clanes de alrededor: MacCrimmon, Mackinnon, MacLean, Argyll y los Campbell, Raasay, MacDonald... MacDonald. Frunció el ceño bruscamente al caer en la cuenta. El corazón se le encogió de temor. Si su familia estaba allí, se vería obligada a darles un informe de sus progresos... o de la falta de ellos.

—¿Esto significa que mi familia estará invitada?

—Claro. Glengarry e incluso Sleat deben ser invitados. Nuestro reciente matrimonio ha convertido a los antiguos enemigos en aliados. ¿No es eso lo que ha ordenado el rey? —La miró, desafiándola a decir lo contrario.

Dado su buen humor, Isabel decidió no señalar que, en una ocasión, Rory había puesto en tela de juicio esa misma premisa.

Se le ocurrió otra idea, esta incluso más traicionera y poco grata que la otra.

—¿Y los Mackenzie?

—Todos los clanes locales, Isabel. —Le cogió la mano, tranquilizándola—. Todos los pleitos y enemistades se dejarán de lado durante la asamblea.

—Pero ¿y si intentan vengarse?

—No se atreverán a romper la sagrada obligación de la hospitalidad de las Highlands. Vendrán y tratarán de ser mejores que los MacLeod en el campo de juegos. Podemos esperar un ataque de los Mackenzie, pero no en la reunión.

Su confianza calmó su ansiedad.

—¿Qué tipo de juegos organizaremos?

—Los habituales: el lanzamiento del tronco, el del martillo, el tiro con arco, el lanzamiento de piedra, la lucha, la natación, el salto y la carrera por las colinas. La mayoría de los juegos tendrán lugar en el bosque o en el pueblo. Por supuesto, nadaremos en el *loch*. También será necesario proporcionar alojamiento tanto aquí como en el pueblo, así como coordinar la comida y la bebida para el banquete. ¿Estás segura de tener tiempo para ayudar?

—Del todo. Empezaré ahora mismo a preparar una lista de invitados para que la apruebes. Luego me pondré a escribir las invitaciones. ¿A quién tengo que enviar para entregarlas?

Antes de que él pudiera contestar, llamaron a la puerta. Rory invitó a entrar a quien fuera e Isabel se sorprendió al ver a Colin.

Contrariado, Rory frunció el ceño ante la interrupción.

Colin explicó:

—Ha llegado una misiva para la señora.

Por fin una carta de mi padre, pensó Isabel. Pero su alivio duró poco.

—Es de vuestro tío, milady —dijo Colin, tendiéndole un pergamino doblado con el sello de cera. Un sello que ella reconoció de inmediato: PER MARE PER TERRAS, el lema de Sleat.

Se volvió hacia Rory a tiempo de percibir cómo se afilaba su mirada, casi imperceptiblemente.

—Qué oportuno. Si preparas la invitación para tu tío, puedes dársela al mensajero personalmente.

Aquel inofensivo pedazo de pergamino doblado acababa de hacer añicos la falsa sensación de tranquilidad que había experimentado durante las últimas semanas. Isabel sabía lo que tenía en las manos.

Había llegado su recordatorio.

15

Isabel sabía que era inevitable que aquello pasara en algún momento. Pero ¿por qué tenía que ser justo cuando Rory y ella habían encontrado una nueva intimidad y ella estaba empezando a sentir que se había hecho un lugar en Dunvegan? Un lugar que importaba.

Aquel inevitable recordatorio del auténtico propósito de su matrimonio a prueba con Rory MacLeod era un píldora amarga, difícil de tragar. Casi había conseguido convencerse de que quizá nunca llegaría. Que quizá se olvidarían de ella. Necia. No se trataba de un juego tonto; la fortuna de su clan mejoraría o empeoraría según fuera su éxito. Su tío no la había olvidado ni había dado con otro medio para reclamar para sí el señorío de las Islas.

Por fortuna, Rory la había dejado sola en la biblioteca para que leyera la carta. Sabía por su expresión especulativa que sentía curiosidad, pero no le perguntó por el contenido de la misiva. Y ella no le ofreció la información.

Se acomodó en el sillón delante del fuego, rompió el sello con cuidado y empezó a leer.

Su tío le enviaba una reprimenda, apenas velada, por no haberle informado de sus progresos en Dunvegan. Afirmaba que estaba «consternado» por no haber tenido noticias de su «querida sobrina» desde la ceremonia de los esponsales, esperaba que encontrara tiempo para tranquilizar a su «preocupada familia» de que se iba adaptando a su vida de casada en Dunvegan y que había «encontrado todo lo que buscaba» junto a su esposo. También mencionaba que había oído «rumores» de que los Mackenzie se estaban preparando para lanzar un ataque contra el clan MacDonald y el castillo de Strome.

Era un buen ejemplo de sutileza.

La carta cayó en su falda mientras se quedaba mirando fijamente, aturdida, las ascuas del fuego, antes crepitante. De repente sintió escalofríos, y se ajustó el *plaid* alrededor de los hombros.

Había llegado el momento. Tenía que hacer una elección imposible, una que seguramente requeriría toda la sabiduría del rey Salomón. De cualquier manera, entrañaba una traición. Traicionar a los MacLeod o traicionar a los MacDonald. Debía elegir entre la familia en la que había crecido o la familia que siempre había deseado.

En Dunvegan había encontrado amistad, felicidad y algo más que no se atrevía a contemplar. De la amistad de Margaret estaba segura. Y también de la de Alex. Los sentimientos de Rory eran más complicados. Pero, de alguna manera, en su corazón, sabía que también él se había ablandado con ella. De lo contrario, no le habría pedido que organizara los juegos. Una tarea que los haría estar en estrecho contacto durante el día, algo que antes siempre evitaba.

Pero tal vez la prueba más convincente del cambio en su afecto era lo que no había hecho. No le había hecho dejar sus habitaciones ni prohibido que se hiciera cargo de las cuentas ni disuadido de que enseñara a Margaret a usar el arco ni impedido que cuidara a Alex. Es más, en los días que siguieron al ataque en el bosque, la había tratado muy cariñosamente y con la máxima consideración. Solo podía llegar a la conclusión de que estaba empezando a aceptar su sitio en la familia.

Pero todavía pensaba devolverla a su padre.

Y aunque la deseaba y era imposible negar la pasión que había entre los dos, todavía tenía que convertirla en su esposa de verdad.

Isabel frunció el ceño frustrada. Cada vez que creía que

su unión se hacía más fuerte, algo parecía entrometerse. Como esa carta, que recordaba a Rory su parentesco con su enemigo. Se cogió un mechón de pelo y lo retorció entre los dedos mientras lidiaba con sus incómodos pensamientos.

¿Cómo podía ponerse del lado de un hombre como su tío contra un hombre como Rory? Si solo se tratara del interés de su tío por el señorío de las Islas, su elección estaría claramente a favor de Rory. Pero también tenía que pensar en su clan. Los MacDonald de Glengarry necesitaban desesperadamente a los hombres de Sleat si querían resistir un prolongado ataque de los Mackenzie. Sin la ayuda de su tío, su clan estaba condenado a perder sus tierras. Y un clan sin tierras era un clan roto. Su gente se vería obligada a suplicar comida, tierra y protección de otro clan. La idea era demasiado horrible para pensar en ella.

Isabel tenía un deber hacia su familia, pero en lo más profundo de su ser quería ser egoísta. Quería ser feliz. Quería a Rory para ella. Pero aunque ya no sentía aquel irresistible impulso a ser la salvadora de su clan, tampoco quería fallarle a su familia. No podría vivir feliz sabiendo que su fracaso había llevado a la destrucción de los suyos. Necesitaba desesperadamente encontrar una solución alternativa para ayudar a su familia a defenderse de los Mackenzie. Igual que en Dunvegan, el ataque de los Mackenzie contra el castillo de Strome podía llegar en cualquier momento.

Algo encajó en su lugar y un germen de idea empezó a arraigar. Los Mackenzie. Ellos eran la clave. Su familia y los MacLeod compartían el mismo enemigo. «El enemigo de mi enemigo es mi amigo.» El antiguo proverbio árabe traído por los cruzados podía ser su salvación. Se esforzó en contener la pequeña esperanza que crecía en su interior.

Quizá no tendría que elegir.

La fuerza ofensiva de Rory era casi tan grande como la de su tío. Si su padre contara con el apoyo de MacLeod, no necesitaría a Sleat. Y entonces Isabel no tendría que traicionar a los MacLeod robándoles la bandera del Hada ni revelando el lugar donde estaba la entrada secreta, si realmente existía.

Las ideas se agolpaban en su mente cuando empezó a considerar las posibilidades. ¿Podía dar resultado? Quizá fuera la solución perfecta. Pero ¿cómo podría conseguir que Rory aceptara? No podía presentarse ante él y pedírselo sin más. No mientras él seguía teniendo intención de devolverla a su clan. No mientras su alianza con su familia fuera temporal.

Así pues, ¿cómo podía impedir que la enviara de vuelta a su padre?

Tenía que enamorarse de ella. Si se enamoraba de ella, no querría devolverla. Frunció el ceño, pues comprendía que no era simplemente cuestión de conquistar su amor. Sabía que Rory contaba con la alianza con Argyll para inclinar al rey en su favor en el asunto de la disputada península de Trotternish. Tendría que encontrar el medio de conseguir que la unión con ella fuera igualmente provechosa.

No obstante, se daba el hecho de que era una MacDonald. Rory odiaba a Sleat. Pero quizá si se enamoraba de ella, estaría dispuesto a perdonarle el parentesco.

De una cosa estaba segura: Rory no perdonaría nunca una traición. Se estremeció, recordando su cara cuando la descubrió registrando la torre del Hada. No se atrevía a pensar en su ira si alguna vez descubría que se había comprometido con él con la intención de engañarlo. Pero si tenía éxito, quizá nunca descubriera sus propósitos de traicionarlo. Consideró la posibilidad de confesárselo todo, pero no se atrevía. No mientras no estuviera segura de sus sentimientos. Y no podía correr el riesgo de que su plan no diera resultado.

No era perfecto, pero tenía que intentarlo.

Y si triunfaba, los deseos de su corazón se harían realidad; tendría un lugar en Dunvegan y el respeto de su familia. Y lo más importante, el amor de Rory. Porque en su interior, Isabel sabía que ganar su amor había llegado a ser vital para ella. Tan necesario como los alimentos que comía y el aire que respiraba. Se había convertido en parte de ella.

Soltó el mechón de pelo y se levantó, ansiosa por empezar. Miró hacia abajo y vio cómo la maldita carta caía lentamente hasta el suelo. Mascullando un pequeño juramento, la recogió, la arrugó con la mano y la tiró al fuego. Sonrió con tristeza cuando la llama prendió en el pergamino, arrugando y ennegreciendo los bordes hasta que quedó reducido a un pequeño puñado de humo gris... las odiosas palabras de una traición, convertidas en nada.

Su decisión la liberó de la inercia de los meses anteriores. Le dio la excusa que necesitaba para ir en pos de aquello que quería. No era suficiente despertarse entre los brazos de Rory. Quería la intimidad y la cercanía que solo podía darle hacer el amor con él.

Isabel sabía qué tenía que hacer; él no iba a acercarse a ella. Tenía que seducirlo. Intentó no pensar en su advertencia de que no lo manipulara. Sus motivos eran puros. Lucharía por el amor de Rory y lo seduciría... no para traicionarlo, sino porque quería seguir a su lado.

Cuadró los hombros y se encaminó a la escalera para ir a cambiarse para la cena. Aquella noche, después de cenar, se retiraría a su habitación y esperaría.

Se mordió el labio. ¿Qué haría cuando él llegara? En los últimos meses había aprendido mucho sobre cómo besar y tenía una vaga idea del resto, por cortesía de sus anteriores interludios. Pero había una enorme diferencia entre saber en abstracto e instigar en la realidad. ¿Cómo le haría saber que estaba dispuesta a dar el último paso?

Isabel se tomó su tiempo recorriendo los corredores apenas iluminados. Aunque solo era el final de la tarde, los días eran extremadamente cortos en el invierno, y ya estaba oscuro.

Abrió la puerta.

Una vela parpadeó. El aire cálido y lleno de vapor mezclado con un delicioso olor masculino a sándalo y especias la envolvió.

Supo que él estaba allí antes de verlo. Cuando lo hizo, se le cayó el alma a los pies.

Rory acababa de salir del baño. Llevaba una toalla alrededor de las caderas, muy abajo y —Isabel tragó saliva— nada más.

Sus ojos se deleitaron en la áspera masculinidad de su poderoso físico. Era magnífico. El amplio pecho desnudo, donde brillaban diminutas gotas de agua, se estrechaba hasta un talle esbelto, por encima de unas piernas fuertemente musculadas. No había en él ni una pulgada que no estuviera cincelada y dura como la roca. Su cuerpo era un arma de guerra perfectamente puesta a punto; las numerosas cicatrices que le cruzaban el pecho eran la prueba de su destreza duramente ganada. La húmeda tela le rodeaba las caderas, muy abajo, por encima de las ingles, destacando todos los relieves de su... Bajó los ojos un poco más y se le secó la boca. De su enorme erección. La gruesa columna empujaba contra la fina tela, eliminando cualquier duda de su deseo.

Isabel sintió que la inundaba el calor. La conciencia mutua crepitaba en la sofocante habitación como astillas secas en un fuego ardiente. El corazón le latía con tanta fuerza que estaba segura de que él lo debía de oír. Levantó la mirada hasta encontrar la suya y quedó casi aniquilada por la fuerza de sus penetrantes ojos. Nunca había sido el foco de un deseo tan absoluto. Sentía el hambre, la necesidad. El latigazo del deseo desnudo. Su mirada la poseía. Como un animal que ha caído en una trampa, estaba paralizada por toda aquella potencia sexual centrada en ella, reclamándola. Parecía que quisiera arrancarle la ropa y violarla. Era un lado de él —un lado salvaje, primitivo e incontrolado— que ella nunca había visto. Y, por un momento, aquella intensidad la asustó y al mismo tiempo la dominó con su fuerza.

Se quedaron absolutamente inmóviles, mirándose fijamente. Los ojos de él brillaban como ascuas de zafiro. Se había quitado la tira de cuero con que solía sujetarse el pelo en la nuca, y la cabellera húmeda, de color castaño dorado, le caía sobre la cara desde la frente hasta el mentón. Las sombras que le ocultaban parcialmente el rostro endurecían sus rasgos, dibujando ángulos agudos que le hacían aparecer incluso más amenazador de lo que su gran tamaño físico insinuaba.

Isabel se estremeció de expectación. Nunca se había sentido más segura de nada en toda su vida. La intensidad del deseo de Rory la envalentonaba. Quería domar a ese hombre, reclamar a ese guerrero como suyo.

Todas las ideas de una seducción bien planeada desaparecieron. Ahora era el momento. Haciendo acopio de valor, levantó la barbilla y dio un pequeño paso hacia él.

El cuerpo de Rory se puso rígido, todos sus músculos se tensaron por el control que ejercía sobre ellos. En la mandíbula empezó a latirle un tic. Lentamente, ella se quitó el *plaid* que llevaba para abrigarse y lo dejó encima de una silla.

—¿Qué estás haciendo? —preguntó él con los dientes apretados y la voz tensa.

—Venía a vestirme para la cena. No sabía que habías pedido un baño.

—Hace demasiado frío para nadar en el *loch*.

—Desde luego.

—Tendrías que marcharte.

Ella negó con la cabeza y dio un paso más hacia él. Estaba tan cerca que oía su respiración, áspera e irregular. Se contenía por un hilo y ella lo sabía. Disfrutaba de ello. Lo saboreaba. Y ansiaba hacer que el hilo se partiera.

Él se le acercó y ella vio que sus ojos estaban oscuros y cargados de deseo. Él alargó la mano y la cogió por la barbilla para mirarla en lo más profundo de los ojos.

—¿Estás segura? —Su voz sonaba ronca y llena de promesas, el suave acento se había hecho más pronunciado—. Mi deber está en otro sitio. Esto no cambiará nada, Isabel. Aunque yo desee lo contrario.

A Isabel el corazón le dio un vuelco. ¿Deseaba lo contrario? Un atisbo de esperanza le dio todo el estímulo que necesitaba.

La corta charla intrascendente había agotado cada onza de las reservas de Rory. Se le estaba acabando la paciencia. Seguro que ella veía cómo le latía el pulso enloquecido, cómo le costaba respirar el aire espeso entre los dos, cómo luchaba contra el impulso de cogerla entre sus brazos desde el momento mismo en que ella entró en la habitación.

La belleza que llenó sus ojos cuando ella abrió la puerta casi lo derribó al suelo, como si alguien le hubiera dado un puñetazo inesperado en el estómago. Y luego había captado el perfume. El embrujador perfume a lavanda lo atrapó, pero fue la sensual promesa de aquellos malditos ojos violeta mientras admiraba su cuerpo lo que le hizo comprender que nunca había tenido ninguna posibilidad. Había una inevitabilidad en el momento; quizá la había habido desde el principio. El destino.

Rory, con todos los músculos de su cuerpo en tensión, esperó su respuesta. Debía acudir a él sabiendo lo que hacía y sin pretextos; ninguna otra cosa podría mitigar su culpa. No la despojaría de su virginidad a menos que ella lo comprendiera. Todavía quedaba el asunto de un hijo, pero eso Rory podía impedirlo. Las preguntas que la carta de su tío había despertado quedarían para otro día.

Las semanas pasadas abrazándola como un maldito eunuco habían llegado a su fin. Ya no lucharía más contra aquella atracción irresistible que le impedía pensar.

La mano de Isabel le tocó el brazo y él se encogió asombrado. La simple presión de sus dedos en la piel encendía una hoguera que se extendía como un fuego incontrolado por todo su cuerpo.

—Lo entiendo —dijo ella simplemente—. Nada de promesas.

Era suficiente.

La cogió entre sus brazos, estrujándola en un abrazo salvaje. Era tan grande la tensión que se había acumulado entre ellos, que ella suspiró audiblemente, aliviada. Rory supo que ella lo deseaba tanto como él a ella.

Sus dedos se entrelazaron con el glorioso cabello de ella, las gruesas trenzas se deshacían como cintas de satén entre sus manos. Cogió un puñado de rizos suaves y brillantes y le inclinó la cabeza, suavemente, hacia atrás, acercando sus labios entreabiertos a los de ella. Tras bajar la cabeza, bebió de ellos. Su sed era insaciable. El dulce sabor a miel de su boca era como el néctar de los dioses. Al primer contacto con su lengua, un profundo gemido de triunfo ante su entrega le recorrió todo el cuerpo.

No podía contener su necesidad. Nunca había sentido un deseo tan poderoso, tan incontrolable. Tan primitivo. Toda la pasión, todo el deseo que había contenido durante tanto tiempo, estallaron, libres, como una violenta tormenta. Quería poseerla, en cuerpo y alma.

Se sentía como una bestia salvaje enjaulada, desesperada por escapar. El hambre empujó su boca, áspera y dura, contra la de ella. Más y más profundamente, devorándola, consumiéndola y reclamándola como suya. Con osadía, ella respondió al empuje de su lengua con la suya. Su reacción inmediata solo incrementaba la agonía que se acumulaba en sus entrañas, solo ponía a prueba el débil control que apenas mantenía en deferencia a su inocencia.

Sabía que había perdido el control, que era brusco y se movía demasiado rápido, pero ella respondía en todos los niveles. Lo que más deseaba era arrancarle la ropa, tirarla encima de la cama y enterrarse profundamente en ella. Quería tomarla brusca y rápidamente, golpeando y empujando hasta que ella se cerrara a su alrededor, penetrándola hasta la empuñadura y vaciándose en una explosión torrencial y liberadora. ¿Qué le había hecho aquella mujer? Saber lo cerca que estaba del abismo en cuyo borde se tambaleaba le dio la fuerza para encontrar el control.

Se aseguraría de que su primera vez fuera perfecta aunque eso lo matara.

Abandonó su boca y bajó la cabeza para lamerle la garganta, saboreando la increíble dulzura de su piel enfebrecida. Impaciente por gustar más de ella, no se demoró mucho tiempo, sino que siguió bajando más allá de la base del cuello.

La cabeza de Isabel se inclinó hacia atrás, con un completo abandono. Sintió cómo se estremecía al contacto con su boca. Acarició la profunda hendidura entre sus pechos, inhalando profundamente su perfume de lavanda. La excitaba sin piedad, deslizando la lengua a lo largo del borde del corpiño, acercándose dolorosamente al borde rugoso del pezón.

Ella gimió de frustración.

Deslizó el pulgar por debajo del encaje y levantó la tensa perla rosada hasta su boca. Tragó aire al saber que ella estaba tan excitada como él. Dejó escapar la respiración y, provocador, le lamió la tensa punta y luego se la cogió entre los dientes, mordisqueándola suavemente. Ella arqueó la espalda, suplicando más. Y él la complació. Absorbió el pezón y chupó y chupó hasta que oyó su brusca inhalación y supo que estaba cerca. Todavía no.

—Quiero verte desnuda —dijo.

Con las mejillas encendidas de pasión y turbación, ella asintió tímidamente, consistiendo.

Con la práctica de muchos años de experiencia, le quitó rápidamente el vestido, el corpiño y el guardainfante, le desató el corsé, dejó caer los calzones y con un movimiento rápido le quitó la camisa por la cabeza.

Se le abrieron los ojos de asombro ante el rico tesoro que tenía ante él. La sangre afluyó a su ya congestionada verga. Estaba tan dura que le dolía. Completamente desnuda era todavía más hermosa de lo que había imaginado: esbelta y con suaves curvas, su piel marfileña, sin mácula, era lisa y cremosa. Sus pechos eran generosamente redondeados, altos y firmes, su vientre plano, sus caderas estrechas y sus piernas delgadas y suavemente musculadas. Parecía una estatua de mármol de Afrodita. Pero aquella diosa estaba muy viva. Sonriendo con picardía, vio cómo el rosado rubor se extendía por todo su cuerpo, en cualquier sitio donde se detuvieran sus ojos. Más tarde habría tiempo suficiente para memorizar cada una de sus partes. Para acariciar aquella piel aterciopelada con sus manos y sus labios.

Apiadándose de su evidente incomodidad, la cogió en brazos y la dejó despacio en la cama. Consciente de su inocencia, se inclinó sobre ella, besándola suavemente, tocándola, avivando de nuevo su pasión.

Verla desnuda había socavado lo poco que quedaba de su paciencia.

—Te deseo tanto... —dijo con voz entrecortada y desigual—. No creo que pueda esperar.

—Entonces no lo hagas —suspiró ella. Era la única invitación que necesitaba.

La toalla desapareció. Isabel miró hacia abajo y abrió unos ojos como platos.

Al comprender su súbita vacilación, Rory se dejó caer junto a ella y susurró.

—No te preocupes, todo irá bien.

—Pero cómo...

Muy apretado, pensó en respuesta a las palabras no dichas por ella. Rory apenas fue capaz de resistir un estremecimiento lleno de deseo al imaginar su suave calor cerrado en torno a él.

—Todo irá bien, Isabel. La primera vez te dolerá, pero luego disminuirá. Confía en mí.

En respuesta, ella levantó la cara hacia él, invitándolo con candidez. La anterior seductora había desaparecido, sustituida por la mujer inocente que ansiaba una satisfacción que solo él podía darle.

No fue necesario ningún incentivo. Él la besó de nuevo, con su boca en la de ella, posesiva. La acercó, y el choque de tener su piel desnuda contra él le produjo una sensación diferente a todo lo que había sentido nunca. Calientes y sensibles, sus cuerpos se fundían como lava líquida, piel contra piel. Las manos de él le recorrían el cuerpo, alimentando el fuego. Los pechos, las caderas, el vientre, las largas piernas, la delicada curva del arco de sus pequeños pies... quería tocarla en cada pulgada.

Ella se retorcía en dulce agonía, elevando las caderas hacia él. Él sabía lo que ella deseaba. Con una suave risa de puro orgullo masculino, su boca se cerró sobre un pecho, mientras su mano empezó a arrastrarse, torturadoramente lenta, por su plano vientre hacia abajo. Demasiado excitado para seguir acariciándola, deslizó una mano entre sus piernas, encontrándola ya húmeda de deseo.

Aumentó la presión sobre el pecho con la boca, mientras su dedo se deslizaba dentro de ella y empezaba las despiadadas caricias. Oyó su exclamación de asombro cuando introdujo otro dedo, ensanchándola ligeramente. Ella apretó los muslos alrededor de su mano y empezó a mover las caderas con un ritmo sensual.

Él vio cómo dejaba caer la cabeza hacia atrás contra la almohada, con los ojos cerrados, los labios entreabiertos y el quedo y ronco jadeo de su respiración instándolo a seguir. Encontró el centro de su cadencia y sus dedos expertos la llevaron al borde de un frenesí tempestuoso.

El sudor le cubría la frente. Con cada minuto de retraso, el dolor de su deseo se hacía más insoportable. Lo único que quería era deslizarse dentro de su sedoso calor, pero algo lo retenía. Era importante que ella gozara tanto como él estaba a punto de gozar.

Empezó a dibujar un camino de besos por su vientre de terciopelo. Cogiéndole las caderas entre las manos, antes de que ella se diera cuenta, puso la boca entre sus muslos y la lamió suavemente. Asombrada, ella se encogió y murmuró una protesta incómoda, pero él se mantuvo firme. Estaba deliciosamente húmeda y no podía esperar más para probar su pasión.

Avergonzada, Isabel no podía creerse aquel beso íntimo. Pero su resistencia era inútil; como si el sol le negara a la luna su entrada en el cielo. No podía empujarlo hacia atrás, su propio cuerpo no se lo permitía. La presión se acumulaba dentro de ella con cada malvada caricia de su lengua. Se sentía poseída de placer, loca de necesidad. Ansiaba mover las caderas, apretar los muslos alrededor de su cuello y liberar aquella exquisita tortura. Él siguió excitándola hasta que se estremeció, hasta que, inconscientemente, se apretó contra su boca, queriendo más.

—Dime lo que quieres, Isabel.

Ella se contorsionó cuando su lengua se movió una vez más para enardecerla de nuevo.

—Dímelo —le ordenó, con una voz pecaminosamente oscura y perversa.

—Quiero... —Se le quebró la voz—. Como la última vez.

—¿Quieres que te haga tener un orgasmo?

Su voz tendía un velo erótico a su alrededor, liberándola de sus inhibiciones. Nunca hubiera podido imaginar aquella intimidad. Toda modestia desapareció frente al desesperado anhelo de su cuerpo.

—Por favor —suplicó.

Él rió y enterró su cara en ella. La besó con más fuerza, como si no pudiera tener bastante de ella.

—Adoro tu sabor, como miel tibia. —Sus palabras la volvían loca, pero su lengua le hacía tocar el cielo. Las sensaciones la tenían presa y sentía la desbocada subida mientras el cosquilleo se convertía en un latir frenético. Justo cuando pensaba que no podía soportarlo más, su boca se aferró a su punto más sensible y lo chupó. Estalló, y su orgasmo envió una onda tras otra contra su perversa boca.

Isabel se sentía desmadejada, absolutamente exhausta. Satisfecha como un gato bien alimentado. Él vio su expresión y se echó a reír.

—Todavía no he acabado contigo, mi vida. Esto ha sido solo el principio.

Se puso encima de ella, con el pecho levantado y los brazos extendidos, apoyando una mano a cada lado de sus hombros.

Ella abrió los ojos, esforzándose por atravesar la niebla de pasión que la había engullido. Con su cuerpo por encima del de ella, tenía una visión perfecta de su poderoso pecho. Movió lentamente las manos por sus brazos, acariciando los duros músculos que encontraban sus dedos. Solo tocarlo despertaba su pasión. Se tomó su tiempo examinando las diversas cicatrices que había en su torso, resiguiéndolas lentamente con las yemas de los dedos. Él encarnaba el poder y la virilidad. Bajo el escudo de su ancho y vigoroso pecho, paradójicamente cálido y duro como el frío acero a la vez, se sentía increíblemente vulnerable, pero también absolutamente a salvo. Comprendió que el poder era embriagador, pero no el poder que su tío deseaba. La fuerza pura que sentía al explorar su cuerpo era mucho más tentadora, mucho más abrumadora. El suyo era un poder de protección. Sentía que cuando él la tenía entre sus brazos, nada podía hacerle daño.

Sabía que sus caricias lo estaban volviendo loco. Pero quería más. Ansiosa por sentirlo, tendió la mano entre los dos y dibujó, ligeramente, un camino por los cordones de músculo que cubrían su estómago. El cuerpo de Rory se tensó. Parecía incapaz de moverse o respirar mientras la mano de ella se deslizaba por su vientre. Isabel sonrió, disfrutando de aquel momento de control.

Lentamente, lo encontró.

Esta vez ningún *plaid* separaba el tacto de su mano al rodearlo. Notó cómo su cuerpo se ponía rígido cuando su mano envolvió la piel aterciopelada de su erección. Isabel se asombró ante la sensación de acero rígido rodeado de la piel más suave imaginable. Exploró su longitud con los dedos. Lo miró tímidamente desde debajo de sus largas pestañas y se asombró al ver su cara contorsionada de dolor. Tenía los ojos semicerrados, los dientes apretados y los huecos debajo de los altos pómulos incluso más pronunciados.

—Enséñame.

No sabía si la había oído. Luego, lentamente, él abrió los ojos.

—No creo que pueda —susurró entre dientes.

—Por favor.

Aquel pequeño ruego pareció romperlo. Le enseñó a encontrar su ritmo. Fascinada, ella le miraba la cara mientras lo llevaba al borde de la rendición... estupefacta ante su capacidad para excitarlo. Sentía que el vigor en él estaba a punto de estallar. Un cálido sentimiento de ternura le envolvió el corazón mientras veía cómo el placer de sus caricias transformaban sus rasgos en una pasión desbocada. Era la dueña de aquel poderoso guerrero. Lo tenía en su mano. Era suyo.

—Basta —dijo él, y le separó los dedos de su miembro—. Ya no puedo esperar más.

Su mano se movió entre sus piernas. Metió un dedo entre sus pliegues y gimió.

—¿Te das cuenta de cómo tu cuerpo me desea? —Se inclinó para besarla—. Ya vuelves a estar húmeda para mí.

La cogió por las caderas y la levantó hacia él, poniéndole la verga entre las piernas. La excitó con la cabeza, gruesa y redonda, deslizándose a lo largo de la húmeda abertura hasta que el deseo fluyó entre sus piernas. Ella se abrió más y él empezó a entrar, suavemente, pulgada a pulgada. El cuerpo de Isabel se tensó, resistiéndose instintivamente a la invasión. Era demasiado grande. Demasiado grueso. Demasiado. Al notar su temor, con la mandíbula tensa de contención, acercó los labios a su oreja y susurró:

—Isabel, confía en mí. Solo te dolerá un momento.

Y antes de que ella pudiera pensarlo, se sumergió profundamente en su interior, rasgando la tela de su inocencia.

Cubrió su grito con la boca. Isabel se puso rígida de dolor. Sentía como si la hubieran desgarrado en dos. Presionó contra su pecho, tratando de sacarlo de ella. Pero él no se movió.

—Dios, qué sensación —gimió—. Confía en mí, Isabel. Relájate. Siénteme dentro de ti. Concéntrate en mi boca. —La besó de nuevo, mimándola. Excitándola, haciéndola olvidar y, finalmente, aliviando el dolor.

Lentamente, ella sintió que su cuerpo volvía a la vida. La sensación de él dentro de ella era diferente a todo lo que hubiera imaginado nunca. La llenaba, reclamaba una parte de ella que no sabía que existiera.

Él empezó a moverse, entrando y saliendo. Ella notó cómo volvía la fiebre cuando los movimientos se hicieron más rápidos. Levantó los brazos para cogerse a sus hombros, afirmándose contra su fuerte empuje. Instintivamente, levantó las caderas para responder a sus ataques maestros.

Isabel era plenamente consciente de la presión que se acumulaba en su interior, una presión mucho más intensa que nunca antes. Él martilleaba más fuerte, más rápido, más hondo. Desesperada, bajó las manos, arañándole la espalda, hasta aferrarle las nalgas cuando sintió que cada vez estaba más cerca. Y más cerca. Su pulso se contrajo. Con el corazón latiendo desbocado, rodeó con las piernas el cuerpo de él y se dejó ir, explotando en un violento clímax. Estalló en miles de pedazos, como añicos de cristal lanzados por un precipicio.

Mientras se estremecía con las contracciones de su estallido de pasión, él le cogió las nalgas y le levantó las caderas, penetrando en ella una última vez, llenándola por completo. Echando la cabeza atrás con un rugido, se puso rígido al eyacular, vertiendo su semilla en lo más profundo de su seno. Se aferraron el uno al otro, dejándose llevar por la marea de su clímax compartido. Donde antes había dos, ahora solo había uno. Unidos en una rendición perfecta, flotando en el rompiente del océano más magnífico del cielo.

Rory se dejó caer encima de ella. Ninguno de los dos quería deshacer la conexión que los unía en el sensual nido de la cama con cortinajes de seda. El aire cálido estaba espeso y húmedo, pujante con el perfume a almizcle de la pasión consumada. Todavía vibrante, Isabel sintió cómo las olas de la pasión disminuían lentamente alrededor de él. El ritmo febril de su corazón empezó a disminuir. Su respiración se calmó. Finalmente, claramente a regañadientes, Rory salió de ella, atrayendo su cuerpo desnudo hacia él. Isabel saboreó la manera en que sus cuerpos húmedos se deslizaban hasta juntarse, amoldándose perfectamente en una deliciosa confusión de miembros.

Una felicidad cálida e intensa, diferente de todo lo que ella había experimentado nunca, invadió sus cansados huesos. Suspiró satisfecha, se acurrucó más cerca de la cálida fuerza que había junto a ella y cerró los ojos. Nunca hubiera sospechado que pudiera existir tanta belleza ni intimidad. Quería aferrarse a aquel hombre para siempre.

Pero ¿podía durar? Negándose a permitir que cualquier atroz insinuación empañara aquel momento gozoso, se concentró en el firme latir del corazón de Rory, dejándose arrullar por él hasta caer en un sueño maravillosamente exhausto y plenamente saciado.

16

Isabel se despertó con el suave calor del sol de la mañana que entraba por la ventana y con Rory que la despertaba de una manera totalmente diferente. Notaba su erección presionándole con firmeza el trasero, pero esta vez él no saltó de la cama. Esta vez notó cómo sus dedos la acariciaban hasta que su cuerpo se humedeció de deseo. Cogiéndole las caderas, él se deslizó en su interior desde detrás. Llenándola. Incrustado entre sus muslos, parecía más grande y grueso que antes, pero en lugar de causarle dolor, la sensación la dejaba sin respiración.

Sus manos le acariciaban los pechos, presionándole ligeramente los pezones, cogiéndola y apretándola con más fuerza mientras entraba y salía lentamente, sacando toda su longitud antes de meterse rápidamente dentro de nuevo.

Notó el cosquilleo de su respiración en la oreja.

—¿Te he sorprendido? —le preguntó en voz baja, sujetándole las caderas apretadas contra él un momento. Estaba plantado tan profundamente que parecía tocar su mismo centro.

—No. Sí. Quizá un poquito —reconoció tímidamente—. Pero me gusta. —Confiaba en él totalmente. Había tantas cosas que no sabía que no se molestaba en sentirse violenta o cohibida. Rory había abierto un mundo sensual enteramente nuevo para ella y quería explorar cada pulgada con él. Emitió una pequeña exclamación de placer cuando, todavía sujetándola con fuerza, él balanceó y giró las caderas, llevándola a un frenesí erótico.

—¿Sabes cuánto tiempo hace que ansiaba hacer esto? —Empujó con fuerza para dar énfasis a sus palabras—. ¿Sabes la tortura que era para mí no meterme dentro de ti cuando te acurrucabas contra mí todo este último mes?

—No lo sabía —suspiró ella, entre empujes lentos y profundos.

—Hay muchas cosas que no sabes, mi amor. Pero tengo intención de enseñártelas todas. —La sensual promesa de sus palabras hizo que un escalofrío la recorriera de arriba abajo. Él le acarició la nuca con la boca y le besó la curva de los hombros. No contento con unas caricias perezosas, aumentó su ritmo y, cuando vio que ella se acercaba al clímax, pasó la mano delante de ella. Con una hábil caricia del pulgar, Isabel sintió que temblaba, se estremecía y se deshacía. Él se puso rígido detrás de ella, pero en lugar de correrse en su interior como había hecho la noche anterior, se retiró en el último minuto y se vació en la cama.

Luchando contra la bruma del delirio, Isabel necesitó un momento para darse cuenta de lo que había hecho. Pese a la euforia de su orgasmo, se sintió extrañamente vacía. Como si la hubiera privado de una parte de él. Cuando el subir y bajar de su pecho disminuyó y su respiración volvió a ser normal, se volvió hacia él con una pregunta en los ojos.

Él la miró largamente y suspiró. Estaba claro que preferiría no tener aquella conversación.

—He tomado tu inocencia, Isabel, pero no me arriesgaré a dejarte encinta.

Un agudo dolor le retorció el corazón. Saber cuáles eran sus intenciones con una sinceridad tan brutal, después de la intimidad que acababan de compartir, la dejó sin aire. La emoción le quemaba los ojos y se dio media vuelta para ocultar su decepción. ¿Qué había pensado? ¿Que cambiaría de opinión solo por hacerle el amor? ¿Que se enamoraría de ella tan fácilmente como ella de él?

Aquella idea inesperada la dejó helada.

Lo amaba. La verdad dio en la diana de su corazón con una certidumbre que no se podía negar. Después de la noche anterior, no podía fingir, ni siquiera ante ella misma. Se había enamorado profunda y desesperadamente de su esposo por un año. Cada vez que lo miraba, el corazón le daba un vuelco. Cada vez que él sonreía, sentía como si el sol brillara solo para ella. Su mero contacto la encendía.

Adoraba su fuerza, su honor, su destreza, pero sobre todo la fuerza estabilizadora de su presencia. Adoraba la manera en que aquel fiero guerrero podía acariciarla con tanta suavidad. Adoraba la manera en que la hacía sentir cálida y protegida, como si nada pudiera hacerle daño.

En Dunvegan había encontrado lo que llevaba toda la vida anhelando. Rory le había dado una familia y le había proporcionado un lugar donde se sentía necesitada y protegida. Y le había ofrecido una nueva manera de ver a su propia familia, haciéndole comprender que su relación con su padre y sus hermanos quizá fuera más complicada que la simple cuestión de que no la quisieran.

Pero él no le daría un hijo suyo.

Debería admirar su honor y nobleza pero, en cambio, se sentía herida por su capacidad para pensar racionalmente mientras ella estaba sumida en un amor recién descubierto. En el momento más asombroso de su vida, cuando ella le había dado su corazón, él la golpeaba con la dura verdad. A menos que cambiara de opinión, el hombre que amaba se casaría con otra al cabo de poco más de seis meses.

—¿Te arrepientes? —preguntó él en voz baja.

Ella negó con la cabeza, mientras la emoción le ponía un nudo en la garganta. No podía dejar que viera lo mucho que su sinceridad la había afectado. Sobre todo, no quería darle ninguna razón para pensar que no se conformaría con su acuerdo. Conocía a Rory. Dejaría de estar con ella si comprendía lo mucho que la hería. Hizo aparecer una sonrisa feliz en su cara.

—Claro que no. Es solo que no comprendía cómo eran estas cosas.

Rory pareció aliviado y dejó de lado aquel asunto.

Cuando la cogió de nuevo en sus brazos, Isabel luchó

contra el pánico que sentía en el pecho. Se le estaba acabando el tiempo. ¿Y si su plan no funcionaba? ¿Y si él no se enamoraba de ella? La besaba con tanta ternura que Isabel supo que solo podía hacer una cosa: debía extraer todos los pedacitos de felicidad que pudiera en los próximos meses, porque quizá tuvieran que durarle toda la vida.

Horas después, Rory se obligó a levantarse. No podía entretenerse más. Su mirada cayó en la sirena desnuda que había en su cama. Por grande que fuera la tentación, se vistió rápidamente y sin hacer ruido para no despertarla. La joven se merecía un descanso.

Habían hecho el amor más veces de las que podía contar, pero seguía sin ser suficiente. Su hambre de ella parecía insaciable. Su naturalidad y su pasión sin inhibiciones lo dejaban estupefacto. Por la mañana, cuando se despertó con sus suaves nalgas apoyadas contra su erección, había hecho lo que llevaba un mes deseando hacer. Pensaba que la escandalizaría, pero ella lo había recibido naturalmente, correspondiendo a su avidez con la suya propia.

¿Cómo podía defenderse de un regalo así?

Pero algo le preocupaba. No se le había pasado por alto el destello de dolor de sus ojos cuando él le recordó su deber. No quería herirla, pero tampoco quería alimentar falsas esperanzas. Si lograba encontrar un medio para persuadir al rey de que devolviera Trotternish a los MacLeod sin ayuda de Argyll, entonces quizá fuera posible. Llevaba días estrujándose la cabeza en busca de ese otro medio, pero hasta entonces no se le había ocurrido nada. Pero le quedaba tiempo para pensar, porque el rey Jacobo todavía tenía que aceptar escuchar sus peticiones... incluso con ayuda de Argyll.

Sin embargo, Rory se preguntaba si había hecho lo correcto al hacerle el amor. Para ambos. La intimidad, la conexión era ya muy fuerte entre ellos. ¿Cómo sería después de seis meses? Se dijo que era solo sexo. Pero sabía que era mentira. Lo que había compartido con Isabel era diferente de todo lo que había experimentado antes. Era sexo en carne viva, demoledor, que abarcaba todo su espíritu. Sexo que le hacía perder el control y verter su semilla dentro de ella. Un error que nunca había cometido antes. Jamás.

Salió sigilosamente de la habitación y bajó por la escalera, para dirigirse afuera y recorrer el camino hasta el viejo castillo. Sus hombres lo estarían esperando. Acababa de entrar en el vestíbulo cuando su hermano atrajo su atención.

—¿Has dormido bien? —preguntó Alex inocentemente.

Rory frunció el ceño.

—No es asunto tuyo. ¿Dónde están Douglas y Colin?

—Esperándote en el comedor privado.

Siguió a Rory dentro de la pequeña estancia detrás del gran vestíbulo. Con Alex recuperado, se habían reunido para hablar sobre el peligro de un ataque de los Mackenzie.

Los hombres de su guardia se levantaron al entrar él. Rory se dijo que era otra de las malditas restricciones del rey. Limitar el número de los hombres de su casa. Colin se adelantó con una carta en la mano.

—Ha llegado esta mañana —explicó—. He creído que no desearías que te molestaran.

Al parecer, todo el castillo estaba enterado de lo que había pasado la noche anterior. Si Colin tenía su opinión sobre el asunto, la mantenía oculta. Al igual que los demás hombres de Rory, nunca cuestionaría a su jefe.

Rory asintió, dio la vuelta al pergamino y reconoció el sello de Argyll. Maldición. Abrió la misiva y leyó. Eran las noticias que esperaba. Noticias que deberían hacerlo feliz. Pero, por el contrario, sintió la soga del deber cerrándose en torno a su cuello. Argyll escribía que, la próxima vez que MacLeod se presentara en la corte, el rey estaría dispuesto a escucharlo sobre el asunto de Trotternish. Isabel se le escapaba de entre sus dedos. Relató el contenido a sus hombres y todos se quedaron en silencio.

Finalmente, Alex hizo la pregunta que todos pensaban.

—¿Disolverás el matrimonio a prueba?

Rory acalló la reacción, casi visceral, que le empujaba a responder negativamente, y dijo:

—Sí. Es necesario. Argyll ha demostrado la influencia que tiene con el rey al conseguir que acepte escucharme... algo que, hasta ahora, Jacobo se había negado a hacer. Con los Mackenzie apoyando la reclamación de Sleat, necesitamos el apoyo de Argyll.

—Ojalá hubiera otra manera de conseguir que Jacobo se diera cuenta de que Sleat es un tirano ambicioso —dijo Alex.

Rory sonrió a su hermano, que estaba tan furioso por él.

—Ten la seguridad de que, si hay otro medio, lo encontraré.

Dejó de lado las perturbadoras emociones evocadas por el contenido de la carta de Argyll y volvió al asunto para el que se habían reunido... defenderse del ataque de los Mackenzie. Rory no quería más sorpresas. La audacia de los Mackenzie al atacar tan cerca del castillo lo preocupaba. Alex volvió a contar lo sucedido en el ataque, como ya había hecho antes, incluyendo la conversación entre Isabel y Fergus Mackenzie. Algo que Alex dijo atrajo la atención de Rory.

—¿Estás seguro? —preguntó.

Alex asintió.

—Estaba medio inconsciente, pero Fergus sabía que habías prolongado tu estancia en Edimburgo con Argyll.

Rory sintió una ligera inquietud. Que los Mackenzie conocieran sus planes lo preocupaba. Había mantenido en absoluto secreto su visita a Argyll.

Se quedó pensativo unos momentos, con la mirada fija en la carta de Argyll sobre la mesa. De repente, recordó otra carta, la recibida por su esposa justo el día anterior. Comprendió lo mucho que había llegado a confiar en ella cuando la carta de Sleat llegada el día anterior apenas le había provocado una ligera inquietud.

Rory mantuvo una expresión impasible.

—¿Mi esposa envió alguna carta mientras yo estaba fuera?

Los hombres parecían claramente incómodos. Douglas contestó:

—Solo una. A su padre, Glengarry.

—Estoy seguro de que ha sido una coincidencia —dijo Alex, saliendo en defensa de Isabel.

Rory no creía en coincidencias, pero, por el bien de Isabel, esperaba que aquella lo fuera.

—La muchacha es una MacDonald. ¿Podemos confiar en ella? —Douglas hizo la pregunta que Rory no quería pronunciar.

Rory lo pensó un momento. Los recuerdos de la noche anterior lo asaltaron. Pensó en la mujer que se le había entregado libremente y sin condiciones. Pensó en la satisfacción que había sentido al tenerla entre sus brazos, la extraña sensación de paz que lo había inundado. Pensó en su bondad con Margaret, su encanto radiante, su soledad y la felicidad que había encontrado en Dunvegan. Si no en su mente, Rory sabía la respuesta en su corazón.

—Sí, confío en ella.

Pero si llegaba a descubrir que lo había engañado, la pérdida de su inocencia sería el menor de los problemas de Isabel.

17

Cuando la celebración de la Navidad cedió el paso a la Nochevieja y el invierno se convirtió en primavera, Isabel siguió manteniendo su voto de sacar toda la felicidad que pudiera de su tiempo en Dunvegan con Rory. Hacían el amor cada día, excepto... Isabel suspiró tristemente, recordando el día, un par de semanas después de Navidad, cuando le había venido el flujo mensual. Aunque no quería un hijo sin esposo, se sintió extrañamente desilusionada. Y herida por el evidente alivio de Rory... un alivio que comprendía, pero que igualmente le hacía daño.

A veces, Isabel sentía que su nuevo plan funcionaba y que Rory había empezado a amarla. Sola, por la noche, acurrucada entre sus brazos, estaba convencida de que nada podía interponerse entre ellos. En las comidas o durante las largas horas pasadas preparando los festejos de los juegos de las Highlands, él se reía y bromeaba con ella como si fuera parte de la familia. Y, de vez en cuando, lo pillaba mirándola con algo muy parecido a la ternura en los ojos.

Pero en otras ocasiones, no estaba tan segura. No había hablado de ningún cambio de intenciones ni abordado en ningún sentido el asunto de su matrimonio a prueba. Quería pensar que lo había reconsiderado, pero cualquier referencia casual que ella hacía a un futuro posterior a julio era ignorada o respondida con una sonrisa incómoda y un rápido cambio de tema. Y luego estaba aquella extraña conversación sobre la carta que había escrito a su padre. Parecía que él pensaba que quizá le había dicho a su padre algo de importancia, pero ¿qué? Había empezado a interrogarla, pero sus respuestas parecían haberlo dejado satisfecho y había abandonado el tema.

Muchas veces Isabel quería declararle su amor. Pero saber que sus palabras solo le causarían incomodidad, quizá incluso culpa, se lo impedía. Quería que hubiera sinceridad entre ellos, pero hasta que se hubiera asegurado una alternativa a la alianza con Argyll, no se atrevía a arriesgarse. Tampoco podía arriesgarse a romper el delicado equilibrio que tanto les había costado lograr.

El tiempo pasaba demasiado rápidamente. En especial las noches. Sus mejillas se cubrieron de rubor. Y a veces los días, pensó, recordando el brezal, fragante y aterciopelado. Hacia mediados de marzo, Rory había acabado cediendo y le había permitido que pasara un día fuera de las murallas del castillo. Poco sabía ella que, detrás de su consentimiento, había un motivo ulterior. Hacer el amor al aire libre había sido una experiencia enteramente nueva para ella. Sonrió. Rory había mantenido su palabra de enseñarle muchas cosas e Isabel había demostrado ser una alumna apta y atenta. Habían cambiado tantas cosas desde aquella noche salvaje y cargada de pasión, antes de Navidad. Había desaparecido la virgen nerviosa, sustituida por una mujer segura y sensual. Una mujer segura y sexualmente aventurera.

Cuando no estaba ocupada retozando por los brezales, Isabel se dedicaba a las cuentas y a organizar los festejos de la asamblea de las Highlands y, con gran deleite por su parte, una boda. Desde que Margaret se lo había señalado, muchos meses atrás, Isabel había observado el abierto interés de Robert por Bessie. Sin embargo, se quedó sorprendida cuando Bessie acudió a ella con la noticia de su proposición de matrimonio. Se sentía llena de alegría por su querida niñera, pero la echaría terriblemente de menos si Rory disolvía su matrimonio.

Era dolorosamente consciente de que solo quedaban tres meses para que el período de prueba tocara a su fin. En la reunión de las Highlands, que se acercaba rápidamente, Isabel se vería obligada a ver a su familia e informarla de sus progresos. Esperaba abordar el tema del cambio de alianzas con su padre.

Pero aquel día Isabel pensaba en otras cosas. Después de muchos y nerviosos preparativos, había llegado, por fin, el día de la boda de Bessie. Después de la pequeña ceremonia, se habían dispuesto largas mesas y bancos para la celebración en el patio, a fin de aprovechar el buen tiempo. Isabel sabía que no era la única que estaba cansada de vivir encerrada en el castillo.

De pie en el atestado patio, recorrió despacio el panorama que la rodeaba. Inhaló el aire fresco de la primavera presente en todas partes. El sol de color amarillo limón permanecía solo en su marco azul celeste y su intenso brillo parecía desafiar la competencia de los cielos. El mar refulgía enviando sus olas a la costa, y sus aguas turquesa estaban inusualmente transparentes y vívidas. Detrás de ella, el paisaje parecía estar más lleno de color a cada momento, los bosques reverdecían, la cola de caballo se erguía orgullosa en las colinas llenas de brezo, la armeria púrpura y el iris amarillo tapizaban los acantilados. Una brisa perezosa jugaba con las hojas que crujían, y se llevaba los vestigios del frío y húmedo invierno.

No había duda; la primavera había llegado.

Absorta en sus pensamientos, Isabel no se dio cuenta de que Margaret se le había acercado.

—Es un hermoso día para una boda —dijo.

Isabel le sonrió.

—Absolutamente perfecto.

No podría haber pedido un escenario mejor para esa ocasión especial. Margaret y ella habían trabajado, incansables, en la preparación, con muy poco tiempo. Hizo un gesto de asombrado pesar; solo habían tenido dos semanas para planear una boda tan importante como aquella. Bessie había dicho que era demasiado vieja para esperar más; no quería darle tiempo a Robert para que cambiara de opinión.

La mirada de Isabel fue hasta su querida niñera. Se le henchía el corazón de orgullo al ver cómo los radiantes recién casados recibían a sus invitados.

—La echaré de menos —dijo Isabel, sin darse cuenta de que había hablado en voz alta.

Percibió la comprensión de Margaret con tanta seguridad como si la hubiera rodeado con sus brazos. Margaret sabía que Isabel no le había dicho a Bessie que Rory pensaba disolver el matrimonio a prueba. Solo los más cercanos a él conocían sus intenciones: Alex, Margaret y la guardia personal de Rory. Por fortuna, la curiosidad de Bessie había disminuido desde que Rory había convertido a Isabel en su esposa de verdad.

—Bessie siempre te pertenecerá. Te quiere como si fueras su propia hija.

—Durante muchos años, ella fue lo único que tenía.

—Lo sé.

Margaret no necesitaba decir más. Isabel sabía que la comprendía. Era la mejor amiga que había tenido nunca y la conocía casi tan bien como a ella misma.

Casi. Había una cosa de la que nunca hablaban directamente; del plan de Rory de enviarla de vuelta a casa y disolver el matrimonio a prueba. Era un tema que les resultaba demasiado doloroso a las dos.

—Basta de lloriqueos. Es un día de celebración. Por cierto, ¿por dónde anda tu vikingo? —Esperaba que Margaret también tuviera noticias felices que darle dentro de poco. El interés del vikingo por ella era tan evidente como su perpetua cara de mal humor. Y el plan secreto de Isabel para Margaret estaba a punto de salir a la luz.

Ahora le tocó sonrojarse a Margaret.

—No es mi vikingo —dijo con aire modesto.

Isabel enarcó una ceja.

—¿Ah, no?

—Bueno, por lo menos no dicho así.

—Sospecho que eso cambiará pronto.

Margaret se salvó de responder por la llegada de su hermano.

Rory señaló alrededor con un gesto.

—¿Está todo como deseabas, Isabel? Veo que incluso el tiempo ha seguido tus directrices.

—Oh, Rory, es perfecto. Gracias por hacer que este sea un día especial para Bessie. Ha significado mucho para ella y para mí.

Rory sonrió ampliamente.

—Me alegro de que estés contenta. Entre los preparativos de la boda y los de la asamblea, no has tenido mucho tiempo para descansar.

Era irresistiblemente apuesto y encantador; la idea le vino a la cabeza quizá por centésima vez. Su pelo refulgía más dorado que castaño bajo la brillante luz del sol. Alto y musculoso, parecía un dios de bronce. Que aquel hombre le perteneciera era abrumador. Lo amaba más allá de toda medida.

Con todo, frunció el ceño.

—Esto me recuerda que casi había olvidado algo que tenía intención de hacer hoy para la asamblea. Los clanes empezarán a llegar dentro de muy pocos días y todavía no he comprobado si hay suficiente espacio para los caballos en los establos del pueblo.

Rory la interrumpió.

—Hoy no, Isabel. Hoy disfrutarás de esta boda en la que Margaret y tú tanto habéis trabajado. Casi ha llegado el momento de que empiece el baile y no dejaré que te vayas. —Para demostrárselo, la cogió y la hizo girar en el aire como si no pesara más que una niña.

—¡Bájame ahora mismo, Rory MacLeod! —exclamó, riendo y golpeándole los brazos para que la soltara—. Tengo trabajo que hacer. Haré que lamentes esta prepotencia. —Al mirarlo, con ganas de jugar, Isabel se asombró de lo mucho que había cambiado en los últimos meses. Era más alegre, más feliz. Quería creer, desesperadamente, que ella era la causa del cambio.

—¿Lo prometes? —preguntó él, sonriendo con picardía.

—Lo prometo —susurró sin aliento. Presa en el chispear azul de sus ojos, sintió que el corazón le latía con más fuerza por la sensual promesa que contenían sus palabras.

—Ya está bien, vosotros dos —dijo Margaret riendo—. Por favor, procurad refrenaros y no hablar de vuestras hazañas privadas de dormitorio junto a mis orejas inocentes, que arden de vergüenza.

Rory inclinó la cabeza y depositó un suave beso en los labios entreabiertos de Isabel antes de dejarla libre.

—Oh, de acuerdo, Margaret. No sabía que fueras tan cerrada y puritana. Tendré que advertir a Colin que refrene cualquier insinuación ilícita que tenga intención de hacer.

—Puedo asegurarte que no sé a qué te refieres, hermano —repuso Margaret con aire tímido, poniendo los brazos en jarras.

—¿Ah, no? Hummm. Ya veremos.

A Isabel le seguía encantando presenciar aquellas bromas entre hermanos.

—¿Sabes algo, Rory? ¿Qué es lo que te callas? —Margaret entrecerró los ojos, mirando amenazadora a su hermano, que era mucho más grande que ella, con aspecto de estar a punto de atacarlo.

—Paciencia, Margaret. Siempre has sido una criatura muy exigente.

—¡Cómo te atreves, Rory MacLeod! ¿Me has llamado criatura? Vas a lamentar esas palabras. —Se lanzó contra él, golpeándole con sus pequeños puños en los brazos, donde Isabel le había golpeado antes.

—Margaret, no deberías pegar al jefe. No está bien —interrumpió Colin.

Hablando del diablo, pensó Isabel. Otra voz resonante, orgullosa y autoritaria... ¿Cuántos así podía haber en aquel castillo? Sonrió al apuesto vikingo. Incluso cuando bromeaba, Colin fruncía el ceño, amenazador. Bueno, a Margaret le gustaba, y eso era lo único importante.

—No estaba pegando al jefe, Colin. Solo le recordaba a mi hermano que ya no soy una criatura.

—Uf. Procuraré no olvidarlo en el futuro, Margaret —dijo Rory, frotándose el brazo—. Tienes unos puños duros para ser una muchachita tan pequeña.

Isabel se volvió hacia Rory, uniendo las manos excitada.

—Antes de que empiece el baile, Margaret y yo tenemos

una sorpresa más para este día de celebraciones. ¿Preparada, Margaret?

Margaret miró a Colin como si fuera a ponerse enferma, luego enderezó los hombros con forzada confianza.

—Creo que sí. Sí.

Isabel hizo un gesto a Rory, a Colin y a Alex, que acababa de llegar.

—Quedaos aquí. Enseguida volvemos.

—¿Qué estarán preparando esas dos ahora? —preguntó Alex confuso.

Rory miró a los dos hombres que había a su lado y negó con la cabeza.

—Ni siquiera me atrevo a suponerlo. Pero será mejor que hagamos lo que nos han dicho. Margaret parecía estar muy seria. Por un momento incluso me pareció que estaba asustada. —Miró hacia la torre del Hada, en cuyo interior Isabel y Margaret acababan de desaparecer.

Momentos después, era el único que miraba hacia allí cuando las dos mujeres salieron de la torre. Parpadeó incrédulo, y luego levantó la mano para protegerse del sol. No era una aparición. El corazón le dio un vuelco. Lo único que se le ocurrió decir fue:

—Santísimo Dios. ¿Cómo lo ha hecho?

—¿Hacer qué? —preguntaron al unísono Colin y Alex, antes de volverse y seguir la dirección de la mirada de Rory.

Los tres hombres permanecían inmóviles, estupefactos, mientras las mujeres se acercaban a ellos. Otros a su alrededor empezaban a comprender que algo importante estaba pasando y, tan rápido como un incendio en verano, un silencio poco natural se extendió por la multitud.

Silencio, antes de que se rompiera la presa y unos vítores ensordecedores atronaran el aire.

Con sus largas zancadas, Rory fue el primero en llegar a Margaret. Con vacilación, como si ella no pudiera ser real, le puso la mano en la mejilla. Sus dedos acariciaron la zona, ahora despejada, donde antes un monstruoso parche tapaba el ojo lesionado de su hermana. Una fina cicatriz blanca, en forma de estrella, iba desde el extremo interior del párpado hasta la frente. Aunque sabía que había perdido la visión del ojo, al mirarla era imposible saberlo. Dos ojos redondos de color zafiro miraban chispeantes directamente a los suyos. Se le hizo un nudo en la garganta, mientras dejaba que el asombro se filtrara en su cuerpo. Margaret era tan bonita como él la recordaba. La cicatriz no disminuía en modo alguno su belleza. Apenas se veía.

Se volvió hacia Isabel y le preguntó con una voz ronca de emoción.

—¿Cómo lo has hecho?

—Lo único que Margaret necesitaba era un empujoncito —y añadió riendo— y un espejo. Lo único que hice fue convencerla de que lo que había debajo del parche no era ni de lejos tan horrible como lo que lo ocultaba. El resto fue cosa suya.

Colin cayó sobre ellos y apartó vilmente a su jefe. Le cogió la mano a Margaret y se la llevó a los labios, con reverencia, mientras las miradas de los dos se encontraban.

—¿Qué hechizo de hadas es este? Nunca había pensado... Margaret eres todavía más bella de lo que te recuerdo antes del accidente. —Su voz, muy baja, estaba llena de admiración.

Hablaba con tanta sinceridad que Isabel supo que Margaret no dudaría de sus palabras. La joven sonreía con timidez, pero también con orgullo.

—Gracias, Colin. Te aseguro que no hay ninguna magia de las hadas, la única culpable es mi terca hermana. Isabel llevaba meses dándome la lata para que me quitara el parche y le enseñara la cicatriz. Ese primer paso fue el más difícil de todos. No me había mirado a un espejo desde hacía años, así que hasta a mí me sorprendió lo mucho que se habían borrado las cicatrices. No es ni de lejos tan horrible como yo recordaba. Tengo que reconocer que estaba muy nerviosa hasta ver vuestra reacción. He llevado aquel horrible parche tanto tiempo...

Isabel miró divertida cómo los labios de Colin se curvaban en lo que solo podía describirse como una sonrisa. Inconcebible, pensó, esto sí que es auténtica magia.

Alex intervino para dar un enorme abrazo a Margaret, levantándola del suelo y dejándola con los pies colgando.

—Detesto pensar en lo que esto hará para tu destreza con el arco. Me temo que he perdido mi única ventaja —bromeó—. Mira, como tú ya no vas a necesitarlo más, a lo mejor puedes prestarme el parche para ver si me da suerte.

Margaret inclinó la cabeza hacia atrás y se echó a reír.

—Alex MacLeod, eres incorregible. Es tuyo, ya no lo necesito para nada.

Rory estaba emocionado.

Pensaba que Isabel ya no podía sorprenderlo, pero lo había hecho. Había aprendido mucho en aquellos últimos meses. No solo la sensación de su piel fundiéndose con la de ella o la erótica sensación de él mismo, duro como una roca, muy dentro de ella; no, había aprendido mucho más. No era solo el deseo sexual lo que lo empujaba a ella una y otra vez. Había sido un estúpido al pensar que una vez sería suficiente. Con Isabel, ni mil veces bastarían... debería haberlo sabido. Había llegado a importarle más de lo que nunca hubiera creído posible, más de lo que nunca le había importado nadie.

Durante los últimos meses, Rory se había complacido en descubrir todas las pequeñas cosas que hacían que Isabel fuera única. Sabía que arrugaba un lado de la nariz cuando algo le desagradaba, que se retorcía el pelo cuando estaba nerviosa, que si decía «como desees», él estaba en apuros. Había averiguado que le interesaba de verdad el aspecto económico del castillo, lo cual la llevaba a proponer mejoras en el rendimiento. Había acabado respetando su inteligencia y encontraba placer en su compañía.

¿Qué había tan especial en ella? Sin duda, le atraía su belleza, pero había mucho más. Era bondadosa, encantadoramente terca, ingeniosa y llena de vida. La vulnerabilidad y la soledad que había observado cuando llegó habían desaparecido.

Hacía el amor con tanta naturalidad y generosidad que le daba lecciones de humildad.

Además, Isabel lo había ayudado a comprender que por su constante concentración en el deber había perdido de vista otras cosas importantes. Su familia. Sin quererlo él, su búsqueda de venganza había tenido como consecuencia prolongar la vergüenza de su hermana. Y su resistencia a ceder el control de sus deberes había impedido que Alex se perdonara por sus pérdidas en el campo de batalla. Había empezado a delegar más en Alex y ya notaba que a su hermano la responsabilidad parecía sentarle de maravilla. Por vez primera desde que era jefe, Rory estaba empezando a relajarse.

Isabel había devuelto la risa a Dunvegan.

Le había dado mucho, pero él seguía sin poder darle lo que sabía que ella quería. Con determinación, durante los meses anteriores, había mantenido un estricto control en su creciente afecto por ella; no quería darle falsas esperanzas. Sabía lo mucho que su resistencia a hablar del futuro le dolía a Isabel. Quería tranquilizarla, pero ¿cómo podía hacerlo cuando no podía tranquilizarse él mismo?

Hasta entonces, sus intentos por encontrar un medio alternativo para inclinar al rey en su favor habían resultado infructuosos. Actualmente no estaba más cerca que aquella primera noche de encontrar una manera de evitar la alianza con Argyll. Pero ¿cómo podía enviarla de vuelta a su casa? Cada día que pasaba, su relación se hacía más profunda.

Si había una manera de conservarla a su lado, la encontraría.

Alargó el brazo y atrajo a Isabel hacia él, sin importarle hacer una demostración pública como aquella. La cogió por la barbilla y le levantó la cara para que pudiera mirarlo directamente a los ojos.

—Isabel, no sé qué decir. —Se quedó en silencio, sin encontrar las palabras para expresar lo que sentía—. Me has hecho el regalo más grande. Me has devuelto a mi hermana. Completamente. Tienes mi eterna gratitud y devoción.

Inclinó la cabeza y sus labios encontraron los de ella con una suave caricia. Ajeno a quienes los rodeaban, Rory estrechó su abrazo, apretando su cuerpo contra sus curvas, buscando aquel encaje perfecto que sabía que los amoldaría el uno al otro. Era mucho mejor desnudos, piel junto a piel, pero aquello tendría que servir... por el momento.

Se sintió henchido de emoción, con el pecho a punto de estallar, cuando tocó la suavidad de sus labios con los suyos. Adoraba notar su sabor. Su boca se movió sobre la de ella en una danza seductora. Los labios de Isabel se entreabrieron y deslizó la lengua muy adentro de su boca, saboreando su dulzura. Acarició con los dedos la lisura aterciopelada de su mejilla. Era tan suave y deseable... Sintió la presión instintiva de sus caderas contra su cargada entrepierna y supo que tenía que detenerse.

A su pesar, levantó la cabeza y dijo con voz ronca:

—Acabaremos esto más tarde. —Luchaba por controlar su reacción inmediata ante ella; sin embargo, se ponía duro como un jovenzuelo al menor contacto. Por mucho que le hubiera gustado echársela al hombro y llevársela arriba como uno de sus antepasados dedicados al pillaje, tendría que esperar. Había que celebrar un banquete de bodas.

Y más tarde, compartirían su propia celebración privada.

su abrazo, apretando su cuerpo contra [illegible] brazos de
aquel [illegible] que sabía que los [illegible] el uno al
otro. Era mucho menos de [illegible] Pero [illegible]
[illegible] que ser [illegible] por el momento.
Se [illegible] con el pecho apretado
[illegible]
A [illegible] en la cabeza. [illegible] sobre la [illegible] de ella [illegible]
[illegible] Los labios de [illegible]
debajo [illegible] de [illegible]
[illegible]
[illegible]
[illegible] en [illegible]
que [illegible]
A su [illegible] la cabeza y dijo [illegible]
[illegible]
su [illegible] con [illegible]
como [illegible]
[illegible]
uno de sus [illegible]
[illegible]
[illegible]

18

Apenas dos semanas después, Isabel estaba de pie, junto a Rory, en lo alto de la escalera de la puerta del mar, dando la bienvenida a los clanes que se reunían en Dunvegan para el banquete de mediodía con que se iniciarían los juegos de las Highlands. Vestida con un sencillo pero elegante traje de día, de seda amarilla, Isabel se sentía total y absolutamente la orgullosa señora del castillo. Solo sus manos, que retorcía nerviosamente, traicionaban su inquietud por enfrentarse a su familia por primera vez en nueve meses.

El propio castillo estallaba de energía y excitación. Las melodiosas notas de las gaitas atraían el oído, mientras que el tentador aroma de carne asada seducía el olfato. Los hombres de las Highlands que llenaban el castillo reaccionaban con la esperada exuberancia: Cuando no estaba peleando, los banquetes y los juegos eran, sin duda, lo que a un guerrero más le gustaba. La mayoría de los clanes habían llegado temprano y ya estaban disfrutando con entusiasmo de la renombrada hospitalidad de los MacLeod en el gran vestíbulo. Si escuchara atentamente, Isabel oiría, sin ninguna duda, el estrépito de las jarras golpeando contra las mesas, exigiendo que volvieran a llenarlas.

En medio de la celebración, el corazón empezó a latirle nerviosamente al ver que su familia subía lentamente por la escalera de la puerta del mar.

Habían llegado.

Se esforzó por controlar las notas agudas de su voz, que traicionaban su nerviosismo.

—Bienvenidos a Dunvegan, padre, tío. Espero que hayáis tenido un viaje sin incidentes.

—Sin ningún incidente, Isabel. Tenemos una primavera inusualmente agradable. Tienes buen aspecto. ¿Tu estancia en Dunvegan te ha sentado bien? —Su padre la besó cortésmente en la mejilla, mientras su mirada se desviaba, con intención, hacia la mano de Rory, apoyada posesivamente en la cintura de la joven.

—Muy bien, padre —murmuró, bajando la mirada hasta la punta de sus pies calzados con escarpines amarillos, para ahogar la alegría que le afloraba espontáneamente a la cara y evitar que sus emociones quedaran al descubierto y todo el mundo las viera. Esperaba que la mirada furiosa de su tío a sus mejillas ruborizadas fueran imaginaciones suyas.

No tendría esa suerte.

—Tienes muy buen aspecto, sobrina... un rubor muy favorecedor en tus mejillas. Por la breve nota que recibí de ti, tenía miedo de encontrarte agotada por las muchas tareas que te mantienen tan bien ocupada. Glengarry y yo hemos estado muy preocupados por ti y, sin embargo, aquí estás, floreciendo en tu nuevo hogar. Y por el aspecto satisfecho de MacLeod, parece que vuestro matrimonio os sienta bien a los dos. Es una costumbre bien inspirada la del matrimonio a prueba, eso de tener un año y un día para decidir si es deseable un compromiso más permanente. Nunca se sabe qué puede suceder en un año. —Se calló teatralmente.

Isabel luchó por controlar su enfado ante el desprecio hecho a Margaret. Rory apartó la mano de su cintura. Con una mirada a hurtadillas, detectó la inflexibilidad de la cuadrada mandíbula y el ligero latir del músculo en la parte inferior de la mejilla, unas señales de ira casi imperceptibles, que no habría sido capaz de ver nueve meses antes. Ahora Isabel lo conocía lo suficiente para comprender que se moría de ganas de atacar a Sleat por su grosero recordatorio, pero Rory nunca se tragaría el anzuelo lanzado por su tío.

En lugar de la cólera que deseaba provocar Sleat, Rory sonrió.

—Creo recordar que mi hermana hizo un comentario parecido el otro día. Aunque ella se refirió a lo largo que un año podía llegar a ser.

La cara de Sleat enrojeció al captar el sentido de las palabras de Rory. Isabel tuvo que esforzarse mucho para no soltar una carcajada. Sleat se volvió hacia ella con una mirada penetrante.

—Confío en que hayas encontrado todo lo que buscabas aquí, en Dunvegan, Isabel.

El énfasis no se le pasó por alto. Nada de esperar el momento oportuno, hasta que estuvieran solos. Estaba claro que Sleat no se había dejado engañar por la breve nota que le había enviado con la invitación, fingiendo no comprender su petición de un informe detallado.

—Encuentro todo muy a mi gusto, tío. —Miró expresivamente a Rory—. Siento haberos preocupado, pero he estado muy ocupada en los últimos meses con mis deberes en el castillo y organizando esta reunión. Estoy segura de que en los próximos días tendré mucho tiempo para disipar vuestras preocupaciones.

—Estoy muy deseoso de escuchar todo lo que tengas que decirme. No retrasemos nuestra reunión demasiado.

Por suerte, la conversación entre Rory y Sleat no pudo continuar debido a la bulliciosa llegada de los hermanos de Isabel.

—Me alegro de verte, Bel. Te he echado de menos. —Ian sonreía cálidamente y la estrujó con un firme abrazo fraterno.

Con solo veintitrés años, Ian poseía ya la formidable estatura —sin el extraordinario volumen— de su tío. Los tres hermanos eran muy apuestos, pero había algo especial en Ian. De los tres, Isabel suponía que era el que más se parecía a ella, aunque era una versión más grande y con ojos azules. El pelo de los dos tenía un tono similar, aunque el de Ian era un poco más dorado que rojizo debido al mucho tiempo que pasaba al sol. Sus rasgos, aunque masculinos, eran clásicos en su perfección. Por fortuna se salvaba de la auténtica belleza por una barbilla cuadrada, hendida en el medio, y una fina e hinchada cicatriz que le recorría un lado de la nariz, ligeramente torcida. Una marca de guerrero que, si acaso, aumentaba su duro atractivo.

Isabel se sorprendió ante la genuina emoción que detectaba detrás de aquel innegable y pícaro encanto. ¿De verdad la había echado de menos? ¿Estaba Rory en lo cierto? ¿Había malinterpretado la falta de atención de su familia? La esperanza creció libre de trabas en su pecho. Había encontrado el respeto y la sensación de pertenencia en los que había soñado toda su vida con los MacLeod; tal vez ahora podría encontrar algo parecido a la intimidad con su padre y sus hermanos.

—Yo también te he echado de menos, Ian, os he echado de menos a todos. Tenemos muchas cosas de que hablar, pero tendremos que esperar hasta después del banquete. Vamos, unámonos a la celebración en la gran sala. —Al observar las entusiastas caras de los juerguistas de sus hermanos, añadió burlona—: Pero tened cuidado con el *cuirm* de los MacLeod... si queréis competir en las mejores condiciones mañana.

Riéndose por el fingido aire de ofensa de sus hermanos debido al comentario infamante sobre su capacidad para aguantar la bebida, dio media vuelta y se dirigió hacia la gran sala, con Ian a un lado y Rory al otro.

—Espero que MacLeod no haya decidido permitir que las muchachas participen en las pruebas este año, Bel. ¿O quizá ha descubierto que, contigo a su lado, los MacLeod serían imbatibles en el concurso con arco?

Isabel se complació al oír el elogio travieso de su hermano.

—Ah, pero tendrías que ver a Margaret, la hermana de Rory... Últimamente, su destreza supera la mía.

—Bromeas. No pensaba que nadie pudiera derrotarte. —Miró a Rory y añadió—: Nunca se sabe cuándo puede ser útil tener una hermana diestra con el arco.

Sobresaltada, Isabel lo miró a la cara, pero él no quiso responder a su mirada interrogadora. ¿Era un comentario inocente o estaba reconociendo abiertamente la flecha que le había salvado la vida? Isabel sintió una cálida oleada de sorpresa y orgullo.

Ian guardó silencio, pensando en algo durante unos momentos, y luego le preguntó a Isabel, vacilante:

—Pero ¿qué hay de la lesión de Margaret? ¿No interfiere en su habilidad para usar el arco?

Isabel negó con la cabeza.

—Margaret tiene una destreza natural extraordinaria con el arco. En ocasiones es todo un reto para ella calcular la distancia, pero la mayoría de las veces es capaz de compensar la pérdida de visión de ese ojo. —Incapaz de resistirse a mirar a Sleat con una sonrisa triunfal, añadió—: Me parece que todos encontraréis muy cambiada a Margaret.

Rory pareció tentado a decir algo, pero ya habían llegado al vestíbulo y la oportunidad para conversar se perdió debido al tremendo jaleo del banquete de celebración.

Al final de la tarde del día siguiente, Isabel deseaba haber seguido el sabio consejo dado a sus hermanos. En un intento equivocado por aliviar la tensión que sentía debido a la perturbadora presencia de su familia en medio de su falso paraíso, había bebido demasiado *cuirm* y ahora pagaba las consecuencias con un tremendo dolor de cabeza. Pero los juegos eran demasiado divertidos para retirarse al silencioso santuario de sus habitaciones a eliminar con el descanso los efectos de la bebida. Además, ver competir a Rory en las diferentes pruebas de fuerza y destreza hacía que el corazón le latiera desbocado, como si fuera una jovencita excitada.

Como era de esperar, los MacLeod, en gran parte debido a Rory, encabezaron la competición casi desde el principio. Esa mañana, Rory se había hecho fácilmente con el triunfo en la competición de natación, celebrada en el *loch*, un resultado previsible dado que había crecido nadando en las cristalinas aguas. Había llegado segundo, apenas, en la carrera cuesta arriba por la vertical colina, detrás de Alex, que luego se había pasado la mayor parte del día burlándose de él sin piedad por ser un «viejo».

Isabel esperaba ansiosamente el lanzamiento de piedra y el concurso de baile que iba a celebrarse más tarde. Al día siguiente estaban programados la lucha, el salto y el lanzamiento de martillo. Pero el último día de la competición se celebrarían sus pruebas favoritas: el lanzamiento del gran tronco de árbol y el tiro con arco. De todas las pruebas, Isabel pensaba que el lanzamiento del tronco era la más extraordinaria. Un enorme tronco de árbol era afilado y luego talado a una altura de dieciocho pies. El guerrero corría sosteniendo el tronco en equilibrio contra su cuerpo y luego lo lanzaba, esperando que diera la vuelta para caer en línea recta a tierra. Era una prueba de gran fuerza, pero que también exigía una tremenda precisión y exactitud. Seguramente la prueba del lanzamiento del tronco surgió como resultado de la afición de los hombres de las Highlands a utilizar nuevos métodos para romper las defensas enemigas.

Una rápida mirada a las caras felices de los hombres de los clanes la hicieron sonreír satisfecha. En conjunto, la reunión estaba saliendo bien, incluso a pesar de la llegada, por la mañana, del clan Mackenzie. Dejando de lado su deber de hospitalidad, se alegraba de que se hubieran perdido el banquete de la noche anterior. Había conseguido evitar enfrentarse al jefe Mackenzie, el padre de Fergus, que murió a manos de Rory, no demasiado lejos del claro donde estaban reunidos entonces para el lanzamiento de la piedra.

—¿Disfrutas de la competición, sobrina? Tu esposo a prueba está haciendo toda una demostración.

Ay, el dolor de cabeza empeoró de golpe. Isabel miró alrededor, buscando una manera elegante de escapar. Sin suerte. Sleat la había acorralado en un sitio perfecto para una conversación privada. Sin duda, había esperado pacientemente hasta encontrar el momento oportuno. Gracias a aquel dolor de cabeza martilleante, Isabel se había detenido a la sombra, al borde del bosque y a corta distancia de los que competían y otros espectadores.

Respiró hondo para hacer acopio de fuerzas para la angustiosa conversación que estaba segura iba a producirse, no hizo caso del tono sarcástico de su tío y respondió:

—No es nada inesperado. La conocida fuerza y destreza de Rory Mor es legendaria en todas las Highlands. Y por supuesto, los MacLeod se ven muy favorecidos este año por haber ganado las dos últimas reuniones seguidas. Pero no creo que queráis hablar de los juegos, tío.

Sleat enarcó una ceja, sorprendido ante su franqueza. Bajó la voz y la reprendió con el cortante timbre de una bofetada verbal.

—No, no quiero hablar de los juegos. Quiero saber por qué no te has dignado comunicar tus progresos en la localización de la entrada secreta o la bandera. —La cogió por el brazo, como solía hacer, incrustándole los dedos en la suave carne—. Quiero saber por qué has abandonado tu deber para con tu clan.

Las palabras de su tío eran un amargo recordatorio de lo precario de su felicidad, tan duramente ganada. Sintió que la invadía la culpa, cayendo sobre su conciencia como una nube oscura que tapaba el ardiente sol. Pero se recordó que si su plan tenía éxito, no incumpliría su deber para con su clan. Se negaba a pensar en lo que haría si no tenía éxito. Trató de librarse de su mano, pero él se mantuvo firme. Isabel levantó la barbilla, desafiante.

—¿Has encontrado la entrada o la bandera del Hada? —preguntó él escéptico.

—No —reconoció ella.

Sleat bajó la cabeza, fijando su fría mirada, sin parpadear, en sus ojos.

—O tal vez las has encontrado y has decidido no decírmelo. No me tomes por tonto, Isabel MacDonald. Cualquiera puede ver la manera en que vas detrás del jefe MacLeod, como un cachorro lleno de adoración por él. ¡Mocosa estúpida! Te has enamorado de tu esposo. Era él quien tenía que enamorarse de ti. —Su cara llena de manchas estaba roja de rabia.

Isabel dio un paso atrás, retirándose instintivamente del peligro que representaba su agresivo tío. Sus rasgos crispados, nada atractivos en el mejor de los casos, eran positivamente desagradables en aquel momento.

—No, estáis equivocado. No he encontrado la bandera ni la entrada, tío. —Pero estaba en lo cierto en cuanto a lo demás. Se obligó a aguantar y sacó fuerzas de todas sus reservas de orgullo para mantener la espalda erguida y no encogerse ante él.

—Será mejor que las encuentres pronto. Lo único que mantiene a los Mackenzie alejados del castillo de Strome es mi paciencia. No te engañes. Sin mi ayuda, tu clan sufrirá. Mucho. Y morirá gente. Pregúntale al jefe Mackenzie lo fácil que es perder un hijo.

Isabel palideció y se le heló la sangre en las venas. Se obligó a tragarse el sentimiento de culpa. Sus hermanos no perderían la vida y su clan no tenía por qué sufrir; no si ella podía convencer a Rory. Sleat solo trataba de asustarla con sus amenazas. Aunque la verdad es que eran efectivas.

—Conozco muy bien la difícil situación de nuestro clan; no necesitas recordármela.

Sleat la estudió con una mirada calculadora.

—Sin embargo, no percibo ninguna urgencia en tus actos. ¿Él está enamorado de ti?

—No lo sé.

—¿Te ha hablado de matrimonio?

—No.

Sus ojos se entrecerraron.

—¿Sospecha de ti?

—Claro que no. He tenido mucho cuidado. —Intentó apartarse de él, pero su mano seguía agarrándola con fuerza por el brazo y él utilizaba ese agarre para obligarla a acercársele de nuevo.

—No he acabado contigo, Isabel. No acabaré contigo hasta que hayas encontrado lo que viniste a buscar. ¿Comprendes la importancia de esta misión... lo importante que es lo que te enviamos a hacer aquí? Me niego a permitir que la futura prominencia de los MacDonald en las Islas se vea comprometida por la sensiblería caprichosa de una simple muchacha. Hay demasiado en juego. Mira allí... —Señaló el claro—. Mira cómo tu esposo conversa íntimamente con Argyll, el más vil enemigo de nuestro clan. Desde la disolución del señorío, Argyll ha usurpado nuestro poder en el oeste de Escocia. Pronto Argyll y su clan Campbell serán casi tan poderosos como el rey. Debemos actuar ahora, reclamar nuestro patrimonio gaélico para los MacDonald antes de que sea demasiado tarde. Harás lo que te enviamos a hacer o vivirás para lamentar tu estúpida decisión. —Sus labios se curvaron en una sonrisa amarillenta, sarcástica y siniestra—. ¿Crees que al jefe MacLeod le interesaría conocer los traidores propósitos que te han traído aquí? —Se echó a reír al ver su expresión de horror—. Me pregunto qué diría tu amantísimo esposo de tu explicación... ¿Crees que te perdonará por engañarlo? ¿Por espiarlo?

¡No! No podéis decírselo a Rory, pensó El pánico hizo presa en ella, impidiéndole pensar racionalmente. ¿Rory comprendería que no había tenido otra alternativa? ¿Sería suficiente que hubiera cambiado de opinión? ¿Podía arriesgarse? Tenía intención de confesárselo todo en el momento oportuno —cuando estuviera segura de su afecto y hubiera encajado en su sitio todas las piezas de su plan—, pero, viniendo de su tío, la verdad sería desastrosa. Debería haber previsto que su tío no la dejaría libre sin luchar.

—El jefe MacLeod es un hombre orgulloso —dijo Sleat, zahiriente—. ¿Cómo reaccionará cuando sepa que lo ha engañado una chiquilla de los MacDonald? A petición mía.

Isabel se obligó a adoptar una expresión despreocupada que no dejara traslucir los fuertes latidos de su corazón.

—Pero si se lo decís ahora, perdéis toda posibilidad de que yo encuentre la bandera y una entrada, si la hay. Todavía me quedan tres meses del período a prueba. —Tres meses para encontrar una solución, y luego se lo confesaría todo a Rory, antes de que lo hiciera su tío.

La miró sarcástico, como si percibiera sus auténticos propósitos y quisiera negarse, pero luego asintió cortante.

—Muy bien, querida sobrina —dijo con una sonrisa amenazadora—. Pero como ahora pareces ser una espía a regañadientes para nuestra empresa familiar, añadiremos un nuevo codicilo a nuestro acuerdo original. Tráeme lo que quiero antes de que pasen tres meses y no le diré a MacLeod el auténtico propósito que había detrás de vuestro matrimonio a prueba. El destino decidirá el futuro de tu matrimonio, igual que decidirá el futuro de los MacLeod. Pero si fracasas, tu esposo a prueba se enterará de tu pequeño secreto.

Isabel perdió toda pretensión de compostura.

—Ni siquiera podéis estar seguro de que haya una entrada secreta. ¿Y si no consigo encontrar la bandera? Debe de estar muy bien escondida. No podéis obligarme a encontrar algo que no existe o es imposible de encontrar.

—Ese no es mi problema. Donde tú fracases, otros pueden triunfar.

—¿Qué queréis decir?

—No es asunto tuyo. Tú única preocupación debe ser aquello para lo que aceptaste ese matrimonio a prueba. Cuando estés dispuesta, envíame una carta; mi hombre te encontrará. No creas que puedes engañarme. Mi hombre conoce bien la bandera. —Dio media vuelta y la abandonó a la agonía de sus pensamientos.

¿Qué voy a hacer? El pánico le oprimía en pecho. Había creído que tenía tiempo para solucionar la situación. Pero si su tío hablaba con Rory, lo desbarataría todo. Tenía que buscar un medio de satisfacer a su tío de momento, hasta convencer a Rory de que no disolviera su matrimonio a prueba y apoyara a su padre en su guerra contra los Mackenzie. Pero ¿y si no daba resultado?

Tenía que darlo.

En su corazón sabía que no podía traicionar a Rory, tanto si él la amaba como si no. Comprenderlo la dejó aturdida. ¿Su familia le perdonaría su fracaso alguna vez?

Lágrimas de frustración se agolparon en sus ojos, amenazando con desbordarse. Quería dejarse caer de rodillas y bajar la cabeza desesperada, pero sabía que no podía arriesgarse a que Rory la encontrara en ese estado. Habría demasiadas preguntas. Preguntas que no se atrevía a contestar.

Un súbito rumor de hojas detrás de un árbol atrajo su atención, distrayéndola del tumultuoso dilema de su horrible situación. ¿Alguien había oído su conversación con su tío? Aguantó la respiración y se quedó con la mirada perdida en el vacío. Pasaron unos minutos antes de que se atreviera a soltar el aire. No vio nada que se saliera de lo corriente, así que volvió a la angustia de sus propios problemas.

Rory observó la conversación de Isabel con su tío con un marcado interés y una creciente inquietud. Isabel nunca lo traicionaría. De eso estaba seguro. Lo quería a él y quería a su familia. No se podía ser una actriz tan consumada. Pero algo pasaba. No le gustaba la manera en que Sleat le hablaba; parecía estar amenazándola. Cuando Sleat la agarró por el brazo, Rory decidió que ya había esperado bastante.

Ya era hora de que averiguara qué poder tenía su tío sobre ella.

Se acercó al borde del claro, donde ella estaba bajo un dosel de árboles.

—¿Estás bien, Isabel?

Ella lo miró sobresaltada.

—Sí, muy bien —dijo con demasiado apresuramiento—. Hace demasiado calor al sol, eso es todo. —Trató de sonreír, pero no lo consiguió.

Él cogió una florecita amarilla, rompió el tallo y se la colocó detrás de la oreja. Sus pensamientos volaron a otra vez en que le había puesto flores detrás de la oreja. Al día que la había llevado afuera de los muros del castillo y habían hecho el amor en la colina recubierta de brezo. Si pudiera detener el tiempo... Acarició la pálida mejilla con el dorso del dedo.

—He visto que hablabas con tu tío.

Si no la hubiera estado tocando, no se habría dado cuenta de su ligero estremecimiento.

—Sí.

—Parecía enfadado contigo.

—Sí.

Rory apartó la mano y apretó los puños inconscientemente.

—Si te está amenazando, lo...

Ella le hizo callar poniéndole su pequeña mano en el brazo.

—No es eso.

Pero estaba claro que algo la preocupaba. Le estaba ocultando algo, pero ¿qué? Si continuaba dándole evasivas, no podría ayudarla.

—¿No quieres decírmelo, Isabel? —preguntó con más dulzura esta vez.

Ella giró la cara, como si no quisiera mirarlo.

—Solo quería que le asegurara que nuestro compromiso se formalizará en un matrimonio de verdad. —Hizo una pausa, para darle la oportunidad de hablar—. Una garantía que yo no puedo darle.

Notó el aguijón de su acusación, pero no podía discutir.

—Tu tío parece tomarse un interés inusual en nuestro compromiso.

Sus ojos centellearon.

—¿No debería hacerlo? —preguntó desafiante—. Estoy aquí debido a él. ¿Y no es nuestro matrimonio a prueba lo que está impidiendo que siga la lucha entre los clanes?

Tenía razón, pero Rory se preguntaba si ese era el único interés de Sleat.

—¿Se lo has dicho? —Las palabras se le atragantaron, pero Isabel entendió a qué se refería.

—No. No le he dicho que tienes intención de disolver el compromiso. No tardará en averiguarlo.

Rory odiaba aquel sentimiento. Quería poder borrar el dolor de Isabel. Y el suyo propio. Pero no podía, no hasta que tuviera una razón para hacerlo. Le cogió la barbilla.

—Tu tío está planeando algo y no confío en él. —Detestaba preguntárselo, pero había que decirlo—. Quiero confiar en ti, pero haces que sea difícil. ¿Hay alguna razón por la que no debería hacerlo?

Isabel tenía los ojos anegados en lágrimas y le temblaba la voz.

—¿Puedes preguntarme eso después de todo lo que hemos compartido? ¿No te he dado mi cuerpo y mi alma, sin pedir nada a cambio? Ni siquiera la promesa de tu nombre.

Sus palabras le quemaron en el pecho.

—Sé lo que me has dado, Isabel. Lo atesoro, pero te advertí de cómo iba a ser. Es mi deber como jefe preguntarlo —dijo gravemente—. Como también lo sería castigar a cualquiera que me traicionara.

—¿No sabes que nunca podría... —Se quedó mirándolo fijamente, con las lágrimas rodándole por las mejillas—. ¿No sabes...?

No lo sabía.

—¿Saber qué?

Su pregunta desató algo dentro de ella. Como si toda la tensión y la emoción acumuladas que habían ido fermentando entre ellos, bajo la superficie, finalmente se desbordaran.

—¿No sabes lo mucho que desearía que cambiaras de opinión, que las cosas fueran diferentes, que no hay nada que desee más que quedarme aquí, contigo, para siempre? ¿Que no puedo soportar la idea de que tengas la intención de casarte con otra... —la voz se le estranguló en la garganta—, que compartas tu cama con otra mujer?

Sintió que le estrujaban el corazón; aquel dolor era también el suyo.

—Isabel...

Se le acercó, pero ella dio un paso atrás.

—No, déjame acabar. Tú has empezado esto, ahora oirás lo que he querido decirte desde hace tiempo, pero tenía demasiado miedo de que no quisieras oírlo. —Le temblaban los hombros, pero él no se atrevió a ofrecerle consuelo—. No esconderé mis sentimientos por más tiempo, aunque sea más fácil fingir que no existen. —Respiró hondo—. Te amo, Rory MacLeod, con todo mi corazón, y no lo lamento.

Él se quedó inmóvil, con el impacto de sus palabras reverberando en todo su cuerpo. Ella lo amaba. Y aunque sabía que no debería ser así, en su interior se sentía feliz por ello. Más que feliz. Sus palabras tocaron una parte de él que no sabía que existiera. Egoístamente, quería su amor. Quería que se quedara con él y reclamarla como suya.

Pero su declaración solo complicaba todavía más una situación de por sí difícil. Tal vez ya sabía que aquello iba a suceder. Había querido protegerse contra ello. Nunca tendría que haber hecho el amor con ella. Sin embargo, no podía arrepentirse, aunque se arrepentía de hacerle daño. Ella tenía razón, no quería tener esa conversación.

Le secó una lágrima del rabillo del ojo con el pulgar.

—Ay, pequeña.

—¿No tienes nada más que decir? —preguntó ella lastimeramente.

Algo cálido se alojaba en su corazón. Pero ¿qué podía decir? ¿Unas palabras que solo harían que la separación fuera más difícil?

—Me siento honrado, aunque sería mejor que no me quisieras.

Isabel se encogió. Él quería tender los brazos y cogerla, pero sabía que, si lo hacía, quizá dijera algo que luego lamentaría. Sabía lo peligrosamente cerca que estaba de darle lo que ella quería. Cuando ella lo miró desconsolada, con una emoción en carne viva empañándole aquellos ojos violeta, estuvo a punto de olvidar su deber.

Ella le sostuvo la mirada largo tiempo, esperando lo que él no podía darle. Al final sonrió tristemente.

—Más fácil, quizá, pero no mejor. Nunca me arrepentiré de quererte. —Respiró hondo, lo miró a los ojos y no vaciló—. En caso de que todavía tengas dudas, puedes confiar en mí. Nunca haría nada para traicionarte.

Él la creía. ¿Cómo podía no hacerlo?

—Entonces, no hablaremos más de esto.

Isabel asintió. Rory la cogió entre sus brazos y la besó dulcemente en los labios, más aliviado de lo que quería admitir cuando ella respondió de inmediato. Le dijo con sus labios lo que no podía decirle con palabras. Ella le rodeó el cuello con los brazos y se apretó contra él. El beso se hizo más hondo, mientras él le pedía perdón, en silencio, por su pregunta.

Un perdón que ella le concedió con la suave caricia de sus labios y su lengua.

Rory respiraba entrecortadamente cuando, finalmente, se separaron.

—No dejaremos que Sleat ensombrezca nuestro día, ¿de acuerdo?

—De acuerdo.

Él sonrió.

—Entonces volvamos con nuestros invitados. Los MacLeod tienen unas cuantas contiendas que ganar.

Aunque había hablado en tono ligero, el yugo del deber le pesaba duramente. Nunca había lamentado más el peso de ser jefe. Una alianza de matrimonio era el único medio de asegurar que los MacLeod recuperaran Trotternish. Una alianza de matrimonio... La semilla de una idea arraigó en su mente. Se le agolparon las posibilidades en la cabeza. Pero tendría que pensarlo bien.

Le rodeó los hombros con el brazo, le dio un tierno beso en la cabeza y la condujo de vuelta a la reunión. Sus palabras de amor estaban grabadas a fuego en su corazón.

[illegible] de su tenaz.

[illegible] separaron.

—[illegible]

—El segundo.

El sueño.

[illegible]

[illegible] pudo [illegible] de [illegible]

[illegible]

Le [illegible]

[illegible]

19

—Un beso para darme buena suerte.

Unas manos fuertes y tostadas por el sol cogieron a Isabel por el talle, levantándola sin esfuerzo de su silla, antes de apretarla con fuerza contra el cuerpo cálido y duro como el granito que tan bien reconocía. Isabel inclinó la cabeza hacia atrás y sonrió divertida ante los ojos chispeantes del apuesto hombre que la acunaba en su abrazo protector.

—No creo que necesites suerte, Rory MacLeod. Has ganado casi todos los encuentros, solo queda el lanzamiento del tronco. Parece evidente que los MacLeod ganarán la competición otro año más.

Una sonrisa satisfecha apareció en su cara bronceada.

—La verdad es que eso parece. ¿No te place? —Fingió poner ceño y adoptó, en sus insolentes rasgos, la expresión de fingido dolor de un caballero enamorado que ha desagradado a su dama.

—No juegues conmigo, Rory MacLeod. Sabes muy bien que me agrada. Aunque me parece que disfrutas demasiado de las miradas de admiración de las jóvenes más atrevidas. A lo mejor es hora de que aprendas un poco de humildad. Quizá tendría que besar a un Campbell para darle buena suerte.

—No harás tal cosa si quieres que ese hombre viva para ver salir un nuevo sol —le gruñó al oído—. ¿Quién está jugando ahora? —Su risa le cosquilleó en la garganta cuando sus labios rozaron la sensible piel—. Bésame, pues, si no para darme suerte, como un favor, como los gallardos caballeros de otros tiempos que participaban en los torneos con los colores de su dama atados en la armadura.

¿Quién podía resistirse a una petición tan dulce? Isabel se puso de puntillas, apoyándose en sus brazos para mantener el equilibrio, y le rozó los labios con un casto beso.

Rory enarcó una ceja, irónico.

—No es eso exactamente lo que tenía en mente, pero dado el público y la falta de tiempo, supongo que tendré que conformarme... por ahora. Pero cuando gane, iré en busca de un botín digno del vencedor.

Con una última sonrisa, Rory dio media vuelta y se dirigió hacia los hombres reunidos para el lanzamiento del tronco. Isabel sabía que, seguramente, sus propios ojos brillaban de deseo sensual anticipado, pero no le importaba. Tenía el corazón henchido de calidez y orgullo. Rory MacLeod era un hombre hecho para que las mujeres se derritieran.

Por fortuna, después de su incómodo enfrentamiento de dos días antes, las cosas habían vuelto a la normalidad. Aunque Rory no estaba plenamente satisfecho de sus explicaciones sobre el enfado de su tío, le había dado su voto de confianza. Un voto hecho con todo su corazón. Incluso si su plan no funcionaba, nunca podría traicionar a Rory ni a su familia.

No tenía intención de decirle que lo amaba, pero eso fue lo que sucedió. Se sintió decepcionada cuando él no habló a su vez, pero Rory no era un hombre dado a exhibir sus sentimientos. Además, sospechaba que él no quería hacer más difícil su despedida, de ser necesaria. Pero en su corazón, Isabel sabía que él compartía sus sentimientos. Es más, desde su declaración, lo había pillado observándola con una mirada mucho más tierna.

Debía de llevar algún tiempo allí, con la mirada perdida, cuando la voz de Ian captó su atención, apartándola del magnífico espécimen que era su esposo a prueba.

—Eh, Bel, te perderás todo el espectáculo.

—Oh, no me había dado cuenta de que estaba a punto de

empezar. —Dejó que la acompañara hacia el campo—. Lo has hecho muy bien en los juegos, Ian. ¿No participas en la última prueba?

—No, Angus es el mejor de los MacDonald en el lanzamiento de tronco. Pero ni siquiera él tiene muchas posibilidades contra el jefe MacLeod. La destreza de Rory Mor es digna de que la canten los bardos. Es una verdadera lástima que no seamos de verdad... Oh, bueno. —Hizo una pausa, pensando—. Dime, Bel, ¿todo va bien?

Isabel sabía lo que le estaba preguntando realmente. Miró alrededor nerviosamente, esta vez asegurándose muy bien de que no hubiera nadie lo bastante cerca como para oír la conversación. Al no encontrar nada sospechoso, se relajó un poco y, respondiendo a la mirada preocupada de su hermano, dijo sinceramente:

—Todo lo bien que podría esperarse teniendo en cuenta la razón de que esté aquí.

—Solo lo preguntaba porque, bueno, pareces muy feliz con el jefe MacLeod, y pensaba si acaso habías cambiado de opinión. —Al observar el pánico que se extendió por la cara de su hermana, le cogió la mano—. No te preocupes, nunca le diría nada a nuestro tío. Cualquier cosa que digas quedará entre nosotros.

Isabel detectó un genuino interés en su voz. Rory tenía razón. Ian estaba preocupado por ella. Necesitaba desesperadamente alguien en quien confiar.

—¿Tan transparente soy? Parece que no engaño a nadie. Nuestro tío insinuó lo mismo, pero no expresó su preocupación de una manera tan agradable. Creo que teme que no seguiré adelante con nuestro plan.

—¿Lo harás?

Sus miradas se encontraron y se sostuvieron un momento. Satisfecha con lo que vio, se encogió de hombros.

—No sé qué debería hacer, Ian, pero nuestro tío no me deja mucho donde elegir.

—No puedo decirte qué hacer, hermanita, pero siempre hay opciones. Solo tienes que buscar la que te hará feliz. Y nunca te he visto tan feliz como estos últimos días. Te has construido un hogar en Dunvegan. No solo tu esposo, sino toda su familia te ha acogido con los brazos abiertos. Has cambiado. —La cogió por la barbilla, valorándola—. Eres más feliz, más segura de ti misma. —Hizo una pausa—. Estás diferente.

Diferente de cuando estabas en Strome. Dejó las palabras sin pronunciar, pero Isabel sabía a qué se refería. Nunca había encontrado su sitio en Strome.

Isabel entró de puntillas en la habitación. El cómodo transcurrir de la conversación se interrumpió. Maldita sea, se dijo. ¿Cómo era que siempre la oían?

—¿De qué estáis hablando? —preguntó.

—De nada —dijo Ian rápidamente.

Isabel apretó con fuerza los labios y apoyó las manos en las caderas. Odiaba que siempre la dejaran fuera de todo lo divertido.

—¿Ah, no? —preguntó retadora, como solo una niña de once años podía hacer.

—Márchate, Isabel —dijo Angus—. Me parece que Bessie te está llamando.

Pero Ian actuaba casi como si se sintiera violento. Como si acabara de darse cuenta de que siempre la habían excluido.

—Tenías amigas —dijo, como tratando de convencerse.

—Claro.

Su mirada se agudizó. No la creía.

—¿Quiénes?

—No tiene importancia.

—¿Quiénes? —insistió.

Isabel notó que se ruborizaba. No quería que sintiera lástima por ella.

—Bessie, Mary, Sari. —Todas sirvientas.

—¿Y las chicas del pueblo?

Isabel negó con la cabeza.

Ian soltó un juramento.

—Lo siento, Bel. No es extraño que siempre nos estuvieras siguiendo. Ninguno de nosotros comprendió... —Tensó la mandíbula—. Deberíamos haberlo hecho, y lo siento de verdad.

Isabel sonrió, contenta por su reconocimiento.

—Fue hace mucho tiempo. Pero tienes razón. Aquí he encontrado la felicidad. Margaret es una verdadera amiga.

Una mirada traviesa apareció en los solemnes ojos de Ian.

—Pensaba que nuestro tío se iba a pisar la lengua la primera vez que vio a la preciosa Margaret, la Tuerta sin el parche. Fue una burla horrible lo que le hizo a ella y a los MacLeod con aquella atroz procesión. Pero era él quien tenía un aspecto ridículo cuando ella, tan etérea como una princesa de las hadas, estaba junto a esa especie de enorme sapo que es la mujer Mackenzie con la que se ha casado.

Isabel se tapó la boca para disimular su risa.

—Tenía una cara muy divertida.

Ian soltó un bufido ante ese eufemismo.

—Mira, Isabel, no te envidio tu posición. En cualquier caso, enfurecerás a un hombre poderoso. Tengo que reconocer que he encontrado mucho que admirar en tu esposo a prueba en estos últimos días. Es un jefe fuerte y tiene el amor y el respeto de su clan. Pero tenlo presente: Decidas lo que decidas, desconfía de nuestro tío. Me parece que tiene otros planes de los que no nos ha hablado. Nuestra familia sospecha que Sleat puede estar confabulado con los Mackenzie. Aunque nuestro tío ha prometido tomar partido por nosotros en la disputa con los Mackenzie por el castillo de Strome, nuestro padre duda de que mantenga su palabra.

Isabel se sorprendió.

—¿Por qué? ¿Qué razón tiene padre para sospechar una traición de Sleat?

Ian dijo con tono grave:

—Nuestro padre se puso furioso cuando se enteró del ataque de los Mackenzie contra ti. Se culpa de lo sucedido.

—¿Por qué tendría que hacerlo?

—Le habló a Sleat de tu carta, en la que le contabas que MacLeod seguía en Edimburgo. Está convencido de que Sleat se lo contó a Mackenzie.

¿Era esa la razón de que Rory la hubiera interrogado? Le costó un momento digerir el hecho de que un comentario aparentemente inocente en su carta pudiera haber llevado al ataque.

—No puedo creerlo —dijo aturdida.

—El odio que los Mackenzie sienten hacia nuestra familia y hacia el jefe MacLeod es tan fuerte después de la muerte de su hijo, que padre cree que incluso si estuviera inclinado a hacerlo, nuestro tío ya no podría refrenar al vengativo Mackenzie.

Ante la mención de aquel hombre, Isabel sintió un escalofrío. El viejo jefe la había observado muy atentamente durante los últimos días. Pese a lo que Rory afirmaba sobre el santuario de la reunión, sospechaba que Mackenzie estaba planeando algo. Pero hasta entonces, lo único que había hecho era mirarla fijamente con los mismos ojos muertos de su hijo. Excepto que, en su caso, los nublaba algo más... una promesa de venganza.

Ian continuó:

—Incluso ahora, padre está buscando una alianza alternativa para reforzar nuestras defensas contra los Mackenzie.

Isabel no podía dar crédito a lo que oía. El corazón le latía enloquecido en el pecho. Se esforzó por contener su excitación y preguntó cautamente:

—¿Crees que padre aceptaría la ayuda de MacLeod?

—Estoy casi seguro de que sí. ¿Podrías convencerlo de que se la ofreciera?

Isabel sonrió.

—Me parece que sí.

Ian respondió a la sonrisa de su hermana.

—Sería la solución de nuestros problemas.

De casi todos sus problemas. Todavía tenía que encontrar el medio de devolver Trotternish a los MacLeod e impedir el plan de su tío de contarlo todo.

—No le digas nada todavía a padre. Le escribiré en cuanto sepa algo definitivo.

—Buena suerte, Bel. Por tu bien tanto como por el nuestro, espero que esto resulte.

La ocasión de seguir hablando se perdió ante la excitación que rodeaba el lanzamiento del tronco.

Pero a Isabel no le importó. Su conversación con Ian le había quitado un enorme peso de encima. Parecía que todo iba encajando en su sitio.

Era mucho después de medianoche cuando Rory subió por la larga escalera de caracol que llevaba a sus habitaciones. La celebración que había seguido a la victoria de los MacLeod todavía seguía con toda su fuerza, pero él tenía que recoger otro botín. Entró en la cámara y cerró la puerta, con decisión, detrás de él. Con las piernas abiertas y los brazos cruzados sobre el pecho, con una actitud intimidante, sonrió:

—He venido a recoger mi recompensa.

Isabel, que se había retirado hacía poco, se volvió en su asiento frente a la mesa donde se había estado cepillando el pelo, para estudiarlo, allí bloqueando la puerta. Él adoraba cómo la luz de las velas destacaba mechones dorados en los llameantes cabellos, que le caían desbordantes por encima de los hombros desnudos como si fueran una capa brillante. Se le encendió el cuerpo mientras recorría con la mirada los brazos, los hombros y el escote desnudos. Isabel se había quitado el traje que llevaba durante la celebración, dejando solo una fina camisa entre él y la perfección desnuda. Sintió una oleada de orgullo masculino cuando los ojos de ella se deslizaron por su cuerpo —sin molestarse en ocultar su admiración— y se detuvieron en sus brazos cruzados.

—Me parece que ya has tenido tu recompensa —dijo con aire recatado, pero Rory vio el brillo travieso de sus ojos.

—Un beso de nada no es la recompensa que tenía en mente —dijo, empezando a acercarse a ella. Riendo, Isabel se deslizó fuera de su alcance, corriendo al otro lado de la cama. Él vislumbró algo que alimentó su deseo, una esbelta pierna desnuda—. No juegues conmigo, Isabel —advirtió.

—Pensaba que eras bueno en los juegos —dijo ella pinchándolo, mientras se inclinaba a través de la cama—. ¿No has ganado casi todas las pruebas en las que has participado?

Su mirada se cerró en sus opulentos pechos, que colgaban

hacia delante, oscilando tentadores. La sangre se agolpó en su ya dura verga cuando pensó en cómo saltarían cuando se moviera encima de él, cabalgándolo.

Se movió hacia un lado y ella fue hacia el otro. Cuando intentó deslizarse alrededor de la cama, ella saltó por encima, escapándosele de nuevo.

—Pagarás tu insolencia, bruja —amenazó.

Los ojos de ella chispearon maliciosos.

—Cuento con ello.

Era rápida, tenía que reconocérselo. Pero era un hombre curtido en la caza. Fingió ir hacia la derecha, ella fue hacia la izquierda para deslizarse por encima de la cama y él saltó, atrapándola debajo de él.

—Capturada —dijo con una sonrisa pícara.

Ella hizo un débil gesto para apartarlo. Tenía las mejillas sonrojadas, los ojos brillantes y respiraba rápidamente debido al esfuerzo. ¿Llegaría a cansarse alguna vez de mirarla?

—¿Te rindes? —preguntó.

Ella negó con la cabeza.

—Jamás.

Él chasqueó la lengua.

—Muchacha, pones a prueba mi paciencia.

Le sujetó las manos por encima de la cabeza y consiguió el pleno acceso a todo su cuerpo. Ella se retorció, pero él no tenía ninguna intención de soltarla. Bajó la cabeza y cubrió su boca con un largo y ardiente beso, mientras sus manos empezaban a acariciar las deliciosas curvas de su cuerpo. Lentamente, levantó el borde de la camisa, deslizando la mano por aquel muslo de terciopelo. Su respuesta nunca dejaba de asombrarlo; sintió cómo se estremecía, esperando sus caricias. Sabía que estallaría casi en el momento en que la tocara.

—¿Te rindes? —repitió, con el dedo tentadoramente cerca de su punto más sensible.

Ella lo miró por debajo de las pestañas.

—Eres un hombre horrible, Rory MacLeod.

Su sonrisa se ensanchó.

—¿Eso es un sí?

—Sí, tendrás tu recompensa.

—Y tú tendrás la tuya —dijo con voz ronca. Le soltó las manos, bajó la cabeza de nuevo, esta vez deslizándose desde la boca, por encima de los pechos y entre las piernas que lo esperaban, donde su lengua la llevó a una rápida entrega. Los quedos gritos de su orgasmo resonaron en sus oídos; nunca había oído un sonido más dulce.

Ella yacía inmóvil, lánguida después de su clímax. Rory la ayudó a despojarse de la camisa, sacándosela por la cabeza, antes de quitarse rápidamente el *plaid* y la camisa de lino. Después de tenderse junto a ella, se dio media vuelta para ponerse sobre un costado y observar cómo el delicado rubor iba desapareciendo de sus sonrojadas mejillas. Sus miradas se encontraron, y una lenta sonrisa le curvó los labios.

—Hummm. —Los dedos de Isabel dibujaron una suave línea descendente en su estómago. Sus músculos se tensaron instintivamente—. ¿Qué recompensa esperas de mí? —preguntó ella, con la mano dolorosamente cerca de su miembro en erección. Le acariciaba las líneas del estómago, excitándolo, manteniendo la mano justo fuera de su alcance.

No podía concentrarse en nada más que en su escurridiza mano.

—Sorpréndeme —dijo con dificultad.

Y ella lo hizo.

En lugar de cogerlo con la mano, se deslizó por su pecho, besándolo y lamiéndolo mientras descendía lentamente. Rory no podía pensar; una niebla roja le empañaba la vista y la sangre se le agolpaba en los oídos. Cerró los ojos y tensó la mandíbula, dándole tiempo para encontrar el camino.

Oh, Dios, estaba tan cerca. Ansiaba sentir la presión de su boca cálida y ardiente a su alrededor, chupando, absorbiéndolo muy adentro. De repente, ella se detuvo. Abrió los ojos de golpe. La boca estaba a unas pulgadas de él. Mientras la miraba, Isabel empezó a lamerlo. Tuvo que apretar las nalgas para luchar contra la abrumadora oleada de deseo. Sus miradas se encontraron y se mantuvieron unidas. Era el momento más erótico, más íntimo de toda su vida.

—¿Te rindes? —preguntó ella.

Rory no podía hablar, estaba demasiado cerca de estallar. Su lengua lamía en círculos la gruesa cabeza. Todos los músculos de su cuerpo se tensaron.

—Me rindo —dijo ahogándose.

Ella se rió y, finalmente, se lo metió en la cálida boca. Sus suaves labios rosados lo rodearon, atrayéndolo más adentro mientras su lengua se deslizaba sobre él. Él le enseñó a tomarlo muy adentro y utilizar la mano al mismo tiempo, porque era demasiado grande. Finalmente, cuando no pudo aguantarlo más, la puso encima de él y entró en ella de un fuerte empujón.

La cogió por las caderas mientras ella se movía arriba y abajo, apresándolo como un guante de seda con sus músculos. Rory estaba loco de necesidad. Ella arqueó la espalda y él supo que estaba a punto. La levantó, con más fuerza, más rápido, hasta que ella se tensó, se estremeció y se deshizo. Rory notó cómo se acumulaba la presión de su propio clímax desde su parte más profunda. La intensidad lo asombró. Cada músculo, cada fibra de su ser, comprimidos en un momento ardiente se tensaron y luego estallaron en mil pedazos. Ella se balanceaba encima de él, extrayendo hasta la última gota de su clímax.

Rory se sentía como si lo hubieran vaciado hasta de su alma. No podría haberse movido aunque la torre estuviera en llamas. Lentamente volvió a sentir las piernas, y la niebla se desvaneció. Tardó unos momentos en darse cuenta de lo que había hecho. Había derramado su semilla dentro de ella, un error que no había vuelto a cometer desde la primera vez. Un error que no tenía nada que ver con el deseo y sí con lo que sabía dentro de su corazón. Acababa de decirle con su cuerpo las palabras que no podía pronunciar. La amaba. Pero saberlo no cambiaba el hecho de que quizá se viera obligado a casarse con otra. Y en aquel momento podía haberla dejado encinta. De un hijo de los dos.

¿Qué había hecho?

Alargó la mano y le acarició la barbilla.

—Lo siento, pequeña.

Ella le puso los dedos sobre los labios.

—Chis. No digas nada. —No lo estropees, oyó él, en su ruego silencioso.

No había necesidad de decir nada. Ambos sabían que aquello no cambiaría nada. Si era necesario, Rory haría lo que tenía que hacer. Pero la idea de que Isabel llevara un hijo suyo...

Le rompería el corazón.

No podía permitir que pasara. Las apuestas eran demasiado altas. La estrechó contra él, protegiéndola con el brazo y apoyando los labios en su cabeza. La idea que había empezado a acariciar dos días antes podía ser la respuesta a todos sus problemas.

Perderla era una alternativa impensable.

20

Al final de la tarde siguiente, Isabel tuvo que ocultar un bostezo con la mano. Había sido un día largo después de una noche corta... muy corta. Mirando por debajo de las pestañas al hombre que cabalgaba a su lado, esperó que no se hubiera dado cuenta. Por suerte, Rory parecía absorto en su conversación con Alex y Douglas.

Cambió de posición en la silla, incómoda. Le irritaba reconocerlo, pero empezaba a sentirse dolorida después del tiempo que llevaba sin montar a caballo durante tanto rato. Habían recorrido una distancia mucho mayor de la que se proponían al principio —una distancia de casi seis leguas—, más allá del pueblo costero de Bracadale y casi a medio camino de Sligachan antes de volver hacia Dunvegan. El esplendor de la primavera renovando el campo con sus vibrantes colores de belleza nueva los había animado a seguir. Los matices de lavanda y el verde claro de los brezales ondulaban con la brisa. Isabel se alegraba de la oportunidad de salir de Dunvegan y explorar Skye, pero se estaba haciendo tarde y el agotamiento debido a la excitación de los días anteriores estaba pudiendo con ella.

Rory le había advertido que sería muy cansado, en especial después de su celebración de la victoria, pero Isabel había insistido en acompañarlo a él y a sus hombres cuando escoltaron a su propia familia, a Argyll y a los MacCrimmon durante parte del camino de su largo viaje al sur, hacia Armadale. Ahora deseaba haber hecho caso de su advertencia. Apretó los labios. Nunca lo admitiría ante Rory. La miraría con aquella expresión inescrutable, pero ella sabía exactamente lo que estaría pensando: Ya te lo dije.

La conocía muy bien. A veces, le parecía que mejor de lo que se conocía ella misma.

Los pensamientos de Isabel volvían una y otra vez a la noche anterior. Incluso con todas las veces que habían hecho el amor durante los últimos meses y habiendo eliminado por completo su inocencia, no podía impedir el profundo rubor que aparecía en sus mejillas al recordar su muy voluntario sometimiento a aquel guerrero saqueador decidido a causar nuevos estragos en sus sentidos.

Y la noche anterior, él no se había guardado nada, se había vaciado muy dentro de ella.

Trató de no dar mucha importancia a lo sucedido, pero era imposible no acariciar esperanzas. Rory no era un hombre que cometiera el mismo error dos veces; en especial cuando tan cuidadoso había sido desde aquella primera noche. ¿Estaba empezando a verla como parte de su futuro? ¿Un futuro que, después de su conversación con Ian, parecía posible? Lo único que tenía que hacer era darle largas a su tío y encontrar el medio de que Rory tuviera las tierras que eran el origen de la enemistad, un medio que no entrañara la boda con otra. Isabel no carecía de amigos en la casa real. Tal vez podía ayudar a Rory. Pero ¿cómo?

Una brisa fuerte e inusualmente cálida, procedente de la costa, le soltó un mechón de pelo de su sujeción. Los mechones dorados y sedosos volaron caprichosamente a través de su cara, haciéndole cosquillas en la nariz e impidiéndole ver por un momento. Irritada, Isabel cogió el rizo rebelde con los dedos y lo sujetó detrás de la oreja.

Habían salido de Dunvegan poco después de desayunar, pero ya se estaba acabando el día. El sol, matizado de rosa, se demoraba en el horizonte del final de la tarde mientras rodeaban los bosques y llevaban sus monturas hacia el pueblo de Dunvegan, a solo unos estadios de distancia. Pronto podría relajarse. El incidente del bosque seguía demasiado fresco en su memoria, y se alegraba de que Rory hubiera insistido en tomar la ruta más larga, dando un rodeo, en lugar de arriesgarse a sufrir otro ataque dentro del mismo. Se preguntó si era en beneficio suyo. ¿Se daba cuenta de cuánto la aterraba la oscuridad sombría de los árboles?

Perdida en sus pensamientos, no vio que Rory la estaba observando.

—¿Cansada? —le preguntó con aire inocente.

Isabel enderezó la espalda y echó hacia atrás los hombros, sin hacer caso del ramalazo de dolor en su castigada espalda.

—En absoluto.

—Muchacha terca —dijo él riendo—. No te preocupes; ya no falta mucho.

—¿Llegaremos antes de que anochezca?

Rory asintió.

—Iremos más rápido cuando vuelva Colin.

Habían avanzado despacio, para que Colin y un grupo de guerreros se adelantaran a reconocer el terreno. Rory no quería correr ningún riesgo. Una vez acabada la asamblea de las Highlands y la tregua temporal, Isabel sabía que Rory preveía un ataque de los Mackenzie. De hecho, Douglas, al mando de un pequeño grupo de guerreros MacLeod, había seguido a los Mackenzie, a primera hora de la mañana, para asegurarse de que dejaban Kyle Akin, desde donde cruzarían hasta Kyle of Lochalsh. Rory también había vigilado de cerca a Sleat, que iba en el mismo grupo de la familia de Isabel hasta el castillo de Dunscaith. Dunscaith estaba muy cerca de Armadale, desde donde Argyll y el padre de Isabel cruzarían hasta Mallaig.

Aspiró el aire empapado de sal. El mar estaba cerca. Los *birlinn* anclados a lo largo de la costa, en el pueblo, los llevarían de vuelta a Dunvegan.

Las fuertes risas de los hombres resonaban en sus oídos. Los MacLeod seguían disfrutando del brillo de su rotunda victoria. Durante la mayor parte del viaje, se había visto sometida a las bromas jactanciosas y escandalosas de los guerreros de Rory que revivían cada segundo de las diversas pruebas de destreza y fuerza que se habían celebrado en los días anteriores.

Como las historias eran, principalmente, sobre él, Rory permanecía inusualmente en silencio, pero parecía divertido por la repetición de los relatos más exagerados. Sin embargo, aunque tenía un aspecto relajado, Isabel sabía que estaba constantemente alerta, vigilando a su alrededor. Lo estaba observando tan atentamente que vio lo tenso que estaba.

—¿Qué pasa? —preguntó Isabel pinchándolo— ¿No te gustan las historias sobre tu legendaria destreza?

Sin hacer caso de su broma, Rory frunció el ceño.

—Colin ya debería haber vuelto.

Isabel sintió que un escalofrío de miedo le recorría la columna, pero la presencia de Rory impedía que la dominara el pánico.

—¿Crees...? —No quería expresar sus temores en voz alta.

—No lo sé, pero no voy a correr ningún riesgo. —Detuvo a sus hombres y empezó a darles órdenes; se calló al oír el sonido de un caballo al galope. Era Colin y, por la sangre que le caía por el brazo, Isabel supo lo que había pasado.

—Los Mackenzie —dijo Colin jadeando, con una respiración trabajosa debido a la fuerte cabalgada. Señaló hacia atrás—. Alrededor de una veintena, allí. Nos estaban esperando junto a los botes, pero ahora vienen hacia aquí.

—¿Los Mackenzie? —repitió Isabel como un eco. La sangre se le heló en las venas—. Pero Douglas los vio cruzar el estuario esta mañana.

—Fue un truco —dijo Rory—. El jefe Mackenzie no envió a todos sus hombres a la asamblea. Debió de mandar a otros, por separado y en secreto, con la intención de pillarnos desprevenidos. —Pero Rory nunca estaba desprevenido. Cuando empezó a gritar sus órdenes, Isabel comprendió que ya se esperaba algo así. De no ser porque ella estaba allí, Isabel sospechaba que estaría deseando pelear. Parecía crecerse con la presión, con el peligro. Salvo cuando la miró; entonces pareció preocupado—. Isabel, quédate cerca de Alex. Él te alejará del peligro. —Ella no quería dejarlo, pero él debió de leerle el pensamiento—. Obedece. No tenemos mucho tiempo; intentarán rodearnos. —Todavía seguía hablando cuando oyó el ruido de caballos que venían desde atrás. A Alex le dijo en voz baja—: Llevátela a través de los árboles. Nos encontraremos en los botes. Y Alex, ya sabes lo que te confío.

Alex miró a su hermano a los ojos y luego hizo dar media vuelta al caballo.

—Ten cuidado —suplicó Isabel.

Se miraron, y algo pasó entre ellos. Una emoción intensa que le llegó hasta la médula.

—Claro, muchacha —dijo con dulzura—. Ahora apresúrate.

Lanzando una larga mirada a Rory, se volvió y siguió a Alex. Los Mackenzie se dirigían directamente hacia ellos, después de coronar la pequeña colina que había delante. Empezaron a volar las flechas. El corazón de Isabel palpitaba de miedo. ¿Y si le pasaba algo a Rory? ¿Y si no volvía a verlo nunca? Debería haberlo besado, haberle dicho que lo amaba, pero ya era demasiado tarde.

Rory y sus hombres se habían lanzado en un ataque directo contra el lugar de donde venían las flechas.

—¡Deprisa, Isabel! —gritó Alex.

Solo saber que su presencia aumentaría el peligro para Rory le dio a Isabel las fuerzas para dejarlo. No caería en el mismo error que había cometido anteriormente. Rory era el guerrero más grande que nunca había visto; su destreza no le fallaría. Sin embargo, no conseguía acallar la voz interior que le decía que incluso Aquiles tenía su talón.

El fiero grito de batalla de los MacLeod resonaba en sus oídos mientras seguía a Alex al interior del bosque a galope tendido. La luz iba desapareciendo rápidamente. No consiguió reprimir el estremecimiento de temor que la recorrió cuando sus recuerdos la asaltaron. El bosque. El atardecer.

Era inquietantemente parecido, demasiado. Se le hizo un nudo en la garganta a causa del miedo, pero lo dominó.

Siguieron cabalgando unos minutos, pero sus pensamientos nunca se alejaron demasiado de la batalla que se libraba detrás de ellos ni del hombre que la libraba. Por favor, que no le pase nada. De repente, oyó un grito a sus espaldas.

—¡Alex! ¡Detrás!

El alivio la inundó. Era Rory. Los había seguido a través de los árboles. Sin embargo, su alivio duró poco, cuando una flecha pasó silbando junto a ella, casi rozando a Alex. Isabel miró hacia atrás y vio que un puñado de hombres de Mackenzie los seguían de cerca. Alex se detuvo y rápidamente hizo girar al caballo, colocándose entre ella y el peligro. Levantó la espada justo cuando los Mackenzie caían sobre ellos. Isabel oyó el chocar del acero al empezar la lucha.

Alex los mantuvo a raya hasta que Rory pudo alcanzarlos. Con los dos juntos, el puñado de Mackenzie no tenía ninguna posibilidad. Isabel miraba horrorizada y fascinada mientras Alex y Rory, metódicamente y sin piedad, despachaban a sus enemigos, uno tras otro.

Estaban a punto de escapar sin daño, pero justo cuando Rory levantaba su espada contra el último hombre, una flecha solitaria salió de entre los árboles y dio directamente en el blanco, en el vientre de Rory. Él se desplomó hacia delante, sobre el grueso cuello de su poderoso caballo de guerra. Su pelo dorado se mezcló con el pelaje negro y brillante del animal. La sangre se extendía por su *leine croich* de color azafrán, manchándolo de un rojo horriblemente intenso, oscuro y saturado.

Durante un momento aterrador, el corazón de Isabel se detuvo. El tiempo permaneció inmóvil. Está muerto. Cuando un grito penetrante, como de animal herido, rompió agudo el claro día, no supo que procedía de ella.

—¡No! —Su gutural sonido no parecía más que un susurro.

Rory levantó la cabeza y sus miradas se encontraron. Sin decir palabra, intentó consolarla. Estaba vivo.

Lentamente, volvió a respirar.

Cuando Rory habló, se dirigió a Alex, con voz débil y ronca.

—Debía de haber otro grupo. Usa el viejo pasadizo. Rápido. —Isabel notó que tenía los nudillos blancos mientras se aferraba a las riendas, luchando por mantenerse erguido en el caballo.

Isabel sintió que el pánico hacía presa en ella, impidiéndole respirar. Se sentía ahogada por una invisible capa de terror. Esto no puede estar sucediendo.

Alex reconoció el pánico y la devolvió a la realidad con la voz fría y tranquila del poder.

—Isabel, contrólate. No te desmorones. Ahora tienes que moverte rápido. Hemos de llevar a Rory a Dunvegan. —Sus palabras actuaron como una sacudida física—. ¿Comprendes? Si no conseguimos llevarlo allí, morirá. Es nuestra única posibilidad. Tenemos que movernos rápido, antes de que nos rodeen.

Ella asintió. Su voz parecía atascarse en la garganta.

Alex cogió el caballo de Rory por las riendas y se lanzó al galope a través del bosque. Las lágrimas volaban de los ojos de Isabel, ayudadas por la fuerza del viento, mientras los cascos de su caballo batían la maleza. Indiferente a las ramas que le arañaban las mejillas, siguió a Alex a una velocidad aterradora, mientras él los conducía hacia el norte, hacia Dunvegan, a través del bosque, bordeando la costa abierta y los páramos cubiertos de brezos, donde los Mackenzie habían esperado al acecho. Incluso entonces podía oír los gritos salvajes de sus perseguidores, justo detrás de ellos, aprestándose excitados a caer sobre sus presas.

La cabeza de Rory rebotaba torpemente sobre el cuello del caballo. Pensar en la presión que la flecha hacía en él con cada salto del caballo era como un cuchillo retorciéndose en su propio estómago. No puedo perderlo. El dolor debía de ser atroz. No sobreviviría. Había visto heridas como aquella antes y sabía que sería un milagro que llegara incluso al día siguiente.

—Ya no falta mucho, Isabel, no aflojes. ¡Ya casi hemos llegado! —chilló Alex, y sus palabras casi se perdieron, ahogadas por el atronar de los cascos de los caballos.

Isabel obligó a su montura a ir más rápido. Nunca había sido muy buena orientándose y sabía que si perdía de vista a Alex y a Rory nunca conseguiría encontrar el camino. Eso si los Mackenzie no la encontraban antes.

—Están ahí delante, ya los tenemos. —Los Mackenzie sonaban cerca, demasiado cerca. Como si los tuviera pegados a los talones.

—Más rápido, Alex. Nos están ganando terreno. No podremos mantenerlos a raya.

—Ya casi estamos.

Torció a la izquierda, hacia la costa, y los condujo a lo largo del borde del bosque, a través de un sotobosque más denso, por un sendero oculto que llevaba hasta la costa rocosa. Habían alcanzado el pequeño brazo del *loch* justo al sur del castillo. No había ningún sitio adonde ir. Por encima de ellos, colgado en lo alto de su inaccesible acantilado, Isabel podía ver el castillo, ni siquiera a cien pies de distancia. Tan cerca de la salvación. Pero igual podían estar en Edimburgo. Para alcanzar el castillo, tendrían que volar o nadar. El *loch* rodeaba Dunvegan por un lado y, por el otro, el lado de tierra firme, les hacía frente una fosa rocosa, profunda y oscura.

—¿Adónde vamos? —le preguntó gritando a Alex.

—Sígueme.

Ya no podía ver a Rory. Alex había hecho pasar delante el caballo de su hermano y apenas había suficiente anchura en la rocosa costa para que los caballos anduvieran en fila india. Por favor, dejadlo vivir.

Alex los condujo alrededor del brazo de agua y se dirigió directamente al acantilado rocoso, donde el borde del perpendicular risco llegaba hasta el margen de los árboles. Isabel, cautelosa, levantó la mirada hacia la amenazadora pared de roca, de treinta pies de alto, y los muros del castillo por encima de ella. No había manera de entrar. A menos que Alex pensara escalar la pared con Rory cargado a la espalda, tenían el paso cortado por el agua a un lado y el inaccesible terreno al otro.

Alex aflojó el paso y se dirigió derecho hacia una roca grande y recortada, cubierta por un espeso follaje.

Podía oír los gritos de guerra de los Mackenzie detrás de ella. Quedaban ocultos a la vista por los árboles a su derecha, pero sabía que en cualquier momento su grupo sería visible. Y vulnerable.

Su caballo siguió a Rory y a Alex cuando se metieron en medio de un matorral, doblaron bruscamente a la izquierda, detrás de la roca y se desvanecieron en la nada.

Un frío húmedo y sombrío la envolvió. Podía oír el resoplar del caballo de Alex delante de ella, pero no veía nada en la oscuridad. Lentamente, su caballo siguió al de Alex como por instinto. O por el olfato. Parpadeó varias veces, acostumbrando los ojos a la pérdida de luz. Finalmente pudo distinguir los muros de piedra y el suelo húmedo. Al parecer, habían entrado en un amplio túnel en el acantilado. Alex se detuvo delante de ella y se volvió, llevándose un dedo a los labios, pidiéndole silencio, y luego siguió internándose en las entrañas del rocoso acantilado.

Al cabo de unos minutos se detuvieron por completo, y Alex bajó del caballo.

—Ahora estamos a salvo, Isabel. Tenemos que dejar los caballos aquí y hacer a pie el resto del camino. Volveré a buscarlos más tarde. Pero ahora necesito que me ayudes con Rory.

Rory. Isabel saltó de su montura antes de que Alex pudiera ayudarla y corrió hasta Rory, que seguía desplomado sobre el caballo. Por su postura, pensó que se habría desmayado, pero cuando lo tocó, abrió los ojos y le sonrió débilmente.

—Rory, oh Dios, Rory. Aguanta, ya casi hemos llegado. —Queriendo estar segura de que vivía de verdad, lo cogió, aferrándose a su brazo desesperadamente. Consciente de su herida, se inclinó con cuidado, sin tocar la flecha que le salía del vientre, y puso los labios sobre su húmeda frente. Tenía la piel muy fría. Percibía el olor metálico de la sangre. Un miedo superior a todo lo que había experimentado en su vida le ahogaba el alma. Los caprichosos hados no podían ser tan crueles justo cuando acababan de encontrarse el uno al otro.

—Isabel, tenemos que llevarlo al castillo.

Sin decir nada, ayudó a Alex a bajarlo de la silla, procurando no causarle más dolor del necesario. Alex se pasó un brazo de su hermano por encima del hombro e Isabel lo sostuvo lo mejor que pudo desde el otro lado. Rory movía los pies, pero Isabel veía por los espasmos de rigidez que le recorrían el cuerpo que cada paso le causaba una nueva agonía. Muy juntos, siguieron dificultosamente el camino de piedra y arena, traicioneramente húmedo.

—¿Dónde estamos?

—En un antiguo pasadizo construido, hace mucho, por nuestros antepasados noruegos. Casi nunca se usa y son pocos los que conocen su existencia. Solo Rory y yo sabemos cómo encontrarlo. Y ahora tú.

Tragó saliva, honrada de que le confiaran un secreto como aquel, pero al mismo tiempo deseando no saberlo. Seguía sintiendo lealtad hacia su familia y preferiría no verse obligada a mentirles.

El agotamiento amenazaba con doblarle las piernas; en un momento como aquel, el gran físico que tanto había admirado era una desventaja. Isabel sabía por la manera en que él intentaba no cargar el peso en ella que trataba de no aplastarla. Con la cantidad de sangre que le empapaba el vestido, temía que pronto perdiera la consciencia... o algo peor.

No te desmorones, Isabel. Él te necesita.

Justo cuando pensaba que no podría dar ni un paso más, Alex se detuvo.

—Ya estamos.

Estuvo a punto de romper a llorar de alivio. A pesar de la humedad del túnel, el sudor le bañaba la frente. Se lo secó con la manga y miró alrededor, a la sólida roca, sin comprender nada.

—No lo entiendo.

—Mira hacia arriba.

En el techo, quizá un pie por encima de la cabeza de Alex, había una puerta.

Alex respondió a su pregunta silenciosa.

—Yo subiré primero. Tendrás que sostenerlo firme, mientras yo lo subo a través de la trampilla. Saldremos al pie de una escalera oculta que lleva a las cocinas en el viejo fuerte.

¿Cómo podía ser? Había recorrido cada pulgada de aquella torre. Isabel permaneció en silencio, no quería que Alex se preguntara por qué había sentido la necesidad de inspeccionar el castillo tan minuciosamente.

—¿Qué es ese olor? —preguntó olisqueando—. Parece carne asada.

—Es carne asada. Un antepasado mío, especialmente cruel, decidió que el respiradero de las cocinas diera a las mazmorras para atormentar a los prisioneros.

—¿Estamos cerca de las mazmorras? —preguntó ella. La única entrada a las mazmorras de Dunvegan estaba situada en el gran vestíbulo, por encima de las cocinas. Reprimió un estremecimiento. Los calabozos no eran más que un espantoso agujero de trece pies de profundidad, excavado en la roca, donde se metía a los prisioneros para dejarlos morir allí. Cuando llegó a Dunvegan, tuvo muchas pesadillas con aquel pozo.

—Estamos muy cerca de las mazmorras, en un túnel adyacente. Las cocinas forman parte de la bóveda de cañón que recorre la vieja fortaleza.

—¿Y si no podemos levantarlo y pasarlo por la puerta nosotros solos?

—Rory no querría que trajera a nadie más aquí abajo, pero si no hay más remedio, iré a buscar ayuda.

Pero, no sabían cómo, lograron su empeño. Rory recuperó la consciencia solo una vez, cuando Alex tiró de él, a través de la puerta escondida, pero les proporcionó una ayuda muy necesaria y oportuna para subir por la pequeña escalera. Ya en la parte de arriba, Alex miró por un pequeño agujero de la puerta para asegurarse de que no había nadie por allí. Con cuidado, abrió la puerta y estuvieron a salvo.

Lo que sucedió a continuación se perdió en la espesa niebla de confusión que los rodeó cuando los MacLeod supieron que su jefe estaba herido de gravedad. Una vez que Alex se aseguró de que no quedaba ni rastro de su entrada, gritó pidiendo ayuda y se desató el caos.

Todo el tiempo, Isabel se negó a apartarse del lado de Rory. Vagamente recordaba que le cogía la mano mientras alguien —quizá Deidre— le arrancaba la flecha del estómago y le cosía la enorme herida. Debió de bloquear el resto de su memoria, porque después de eso no se acordaba de nada.

Unos rayos de luna grisáceos, que se filtraban a través de la niebla, bañaban la estancia con una semioscuridad fantasmal. Disfrutando del silencio, Isabel permanecía sentada, pacientemente, al lado de la cama. Necesitaba estar a solas con él y había hecho salir a todo el mundo. En esos momentos no se podía hacer nada más por él; ahora tendrían que esperar a ver si sobrevivía a la fiebre que, sin duda, seguiría a una herida tan terrible. Que hubiera sobrevivido a una flecha en el vientre tanto tiempo era ya un milagro, pero le había dado en el punto perfecto. Una pulgada o dos en cualquier dirección y estaría muerto.

Isabel rebullía inquieta, intentando encontrar algo en que ocupar las manos. En un momento como aquel, parecía imposible ser paciente. Mientras le humedecía la cabeza con agua fría, pensó que parecía muy indefenso.

Unas pestañas largas y oscuras parpadearon y luego se abrieron hasta rozar las cejas.

—¿Dónde estoy? —gimió débilmente, con los azules ojos ardiendo con un brillo nada natural.

La fiebre había llegado.

—En nuestra cámara. —Lo hizo callar—. No trates de hablar. Estás a salvo, pero necesitas toda tu energía.

Rory movió la cabeza hacia atrás y hacia delante contra la almohada, como si luchara contra la pérdida de consciencia.

—Isabel, ve a buscar a Alex. Tengo que hablar con él, debe saber...

—Chis. Duerme, Rory. Necesitas descansar; puedes decírselo a Alex por la mañana.

—No, no lo entiendes. Debo hablar con él ahora; será el próximo jefe. —Su voz mostraba un apremio febril.

La verdad la golpeó con fuerza. Cree que va a morir.

—Por favor, Rory, cálmate. Si eso es lo que quieres, iré a buscarlo.

—Date prisa, Isabel. Después de hablar con Alex, quiero hablar contigo. Necesito que sepas algo.

Encontró a Alex dormido junto al fuego en la sala de abajo. Tenía un aspecto terrible. Lamentó despertarlo. Por las oscuras ojeras de cansancio que le rodeaban los ojos, parecía como si acabara de quedarse dormido.

Le puso la mano en el hombro y lo sacudió ligeramente.

—Alex, despierta. Rory desea hablar contigo. Date prisa; está muy nervioso. —Con la mirada borrosa, un Alex asustado la siguió escalera arriba hasta la habitación de Rory.

Isabel lo hizo entrar.

—Esperaré fuera, quiere hablar contigo en privado.

Alex asintió y cerró la puerta tras él.

Inquieta, permaneció en el pasillo, con la mirada fija en la puerta. Vigilando, esperando cualquier sonido que le dijera que él la necesitaba. Avanzó unos pasos y frunció el ceño. ¿Sabía Rory que había una grieta entre la puerta y el marco, que dejaba pasar un pequeño rayo de luz desde la habitación hasta el pasillo?

En el interior se oían voces alzadas que la irritaron. ¿Es que Alex no se daba cuenta de lo débil que estaba su hermano? ¿De qué podían discutir en un momento como aquel? Rory emitió un grito fuerte y entrecortado, seguido de una tos borbotante. Isabel dio un salto hacia la puerta y miró por la grieta para asegurarse de que estuviera bien. Sus ojos volaron a su cara y suspiró aliviada. Su respiración era irregular, pero había un brillo fiero y determinado en sus ojos.

Tardó unos momentos en darse cuenta de lo que estaba pasando. Comprendió su error demasiado tarde. No debería estar viendo aquello.

—Mete la mano detrás del cabezal de la cama y haz girar el pomo de madera que encontrarás allí. Parece parte de una talla... Sí, eso es. Ahora busca debajo de la cama y verás que se ha abierto un cajón oculto. La caja está ahí dentro. Sácala y ponla encima de la cama. Con cuidado. —La voz de Rory sonaba tensa pero firme.

A Isabel el corazón le latía desbocado. Sabía que debía dejar de mirar, pero ya había visto suficiente. Había descubierto su secreto; el lugar donde guardaba la bandera. La solemnidad del momento no le pasó desapercibida. Rory parecía un rey legando su reino. No puede morir.

—Ahora empuja la talla de la insignia de los MacLeod y la caja se abrirá. Saca la bandera.

—Rory, no es necesario que haga esto; tu vas a estar...

—Tendría que haberte dicho antes dónde estaba. Es preciso mantener la bandera a salvo. ¡Ahora sácala!

Alex la levantó y la sostuvo delante de los ojos. Lo que la había llevado a Dunvegan estaba a menos de diez pies, delante de ella.

De alguna manera, había creído que un talismán mágico tendría un aspecto más impresionante. La famosa bandera del Hada, de los MacLeod, era un trozo de tela de seda, fino y gastado, de color rojo y amarillo. Arrugó la nariz. Tenía un aspecto extrañamente familiar. Habría jurado que lo había visto antes.

Observó cómo Alex, reverente, colocaba de nuevo la bandera en la caja y la devolvía a su escondrijo. Isabel se dijo que Rory la guardaba muy cerca, como ella sospechaba. No comprendía que, literalmente, hubiera estado durmiendo encima durante los últimos meses.

Se apartó de la puerta, perturbada por lo que acababa de ver. Pero sabía que se llevaría el secreto de la bandera del Hada con ella, a la tumba. Su tío nunca sabría dónde estaba por ella.

Unos momentos después, Alex abrió la puerta.

—Rory quiere hablar contigo, Isabel.

Sus miradas se encontraron, con miedo y dolor. Sabía que Alex estaba pensando lo mismo que ella. Por favor, no dejéis que muera.

Rory tenía los ojos cerrados cuando ella se acercó a la cama. La piel tenía un brillo pálido con un tinte grisáceo a la luz de las velas, muy diferente de su tono normal de oro bruñido. Al notar su presencia, parpadeó y luego abrió los ojos. Era asombroso, pero tenía una mirada lúcida.

Debió de percibir su miedo, porque se las arregló para sonreír, tranquilizándola.

—Lo siento —dijo.

—¿Qué es lo que puedes sentir? —Se apresuró a acudir junto a él y, cogiéndole la mano, se arrodilló a su lado—. No tienes que pedir disculpas por nada. —La confusión se convirtió en enfado cuando se dio cuenta de lo que él decía—. No te atrevas a disculparte por morir. No vas a librarte de mí tan fácilmente.

—Mi pequeña y terca Isabel —dijo tratando de sonreír, pero ella vio que su conversación con Alex lo había debilitado.

—Rory, no tienes que explicarme nada.

—Sí que tengo que hacerlo. No es buena —dijo, refiriéndose a su herida. Respiró hondo—. Siento que no pudiera ser de otra manera. Enviarte de vuelta me habría roto el corazón. —Se encogió de dolor—. Pero necesito que sepas...

Las palabras se le ahogaron en la garganta cuando un dolor atroz le recorrió el cuerpo.

Isabel sintió que se le helaba la sangre.

—Calla. No digas nada más. Necesitas toda tu fuerza.

—No —dijo con voz áspera, entre los dientes apretados; cada sonido era un esfuerzo imposible—. Es importante. Es preciso que sepas que no estabas sola en lo que sentías. Necesito que sepas que te amo.

Aquello le hizo levantar la cabeza bruscamente. Todo su cuerpo fue presa de la incredulidad cuando lo miró a los ojos.

—¿Me a-amas? —tartamudeó.

—Más de lo que nunca imaginé que fuera posible amar a alguien.

Una oleada de felicidad la inundó. Por un momento, olvidó todos sus temores y permitió que la balsámica calidez de sus palabras la envolviera. Unas palabras que ansiaba oír. Pero no entonces; no en un momento como aquel. Las lágrimas empañaban su visión.

—¿Por qué no me lo habías dicho antes?

—Pensaba que haría más difícil nuestra separación. Pero no quiero que nada nos separe.

La culpa corría como ácido por sus venas. Era el momento de decir algo. Si iba a confesarle por qué la habían enviado a Dunvegan, ese era el momento.

—Rory, yo...

Las palabras se le ahogaron en la garganta. El miedo le envolvió el pecho. ¿Lo comprendería? Una pesada pausa cayó sobre ellos, mientras su conciencia luchaba contra la utilidad. Rory se moría. La cólera solo lo debilitaría. ¿De qué serviría decírselo entonces, cuando acababa de declararle su amor? No se atrevía a arriesgarse a que su último recuerdo de ella fuera de traición, en lugar de amor.

Él le acarició la mejilla, secando las lágrimas que la bañaban.

—Yo también te amo —dijo Isabel—. Siempre te amaré. —Apoyó la cara en su mano y rezó en silencio pidiendo perdón.

Fue el momento más feliz y más terrible de toda su vida. Él la amaba, pero se estaba muriendo. Era tan ilógico como una flor que se abre en medio de las cenizas del infierno.

Oyó que su respiración dolorosa y superficial se hacía más estable. Hasta que, por fin, se quedó dormido.

21

Los perturbadores sonidos de los gaiteros lanzando al aire su estremecedor lamento por su jefe moribundo resonaban por los oscuros pasillos. Las palabras de Patrick MacGrimmon expresaban la angustia de todo un clan.

Mi gaita dame y a casa me iré,
este triste suceso de pesar me llena
mi gaita dame, mi corazón llora,
mi Rory Mor, mi Rory Mor.

Parecía que todo el castillo viviera a la espera durante meses, aunque en realidad solo pasaron unos días.

Unos días interminables a la espera de que la fiebre y la infección siguieran su terrible curso.

Unos días interminables rogando a Dios que se lo llevara, para poner fin a su insoportable dolor.

Unos días interminables rogando a Dios que se la llevara, para no verlo sufrir.

Al final, no se llevó a ninguno de los dos.

Por algún milagro, Rory sobrevivió al encontrar la fuerza necesaria para derrotar a la fiebre.

Isabel no olvidaría nunca aquellos angustiosos días cuando pensaba que quizá lo perdería. Tampoco olvidaría la infinita alegría que sintió cuando, por fin, él abrió los ojos y su lúcida mirada azul, fuerte y firme, se encontró con la de ella.

Él la miró largamente y le ordenó con una voz asombrosamente fuerte y resonante:

—Vete a descansar. Ahora.

Isabel nunca pensó que se alegraría tanto de oír aquella voz inflexible dándole órdenes. Sin hacer caso de sus instrucciones, apoyó la cabeza en la cama y lloró de alivio. Cediendo por un momento, Rory le acarició suavemente el enmarañado cabello. Pero cuando sus lágrimas se secaron, Isabel se vio obligada a abandonar su cabecera, con la prohibición de volver antes de haber comido y dormido.

En las largas semanas que siguieron, Isabel cuidó a Rory durante su recuperación, y su felicidad solo fue atemperada por el hecho de saber que todavía podía perderlo. Él la quería, pero aún no le había prometido que se casaría con ella. Cada día que pasaba era como el tañir de una campana que le recordaba que se acercaba el momento de rendir cuentas. ¿Seguiría adelante Rory con el repudio? Su silencio sobre el asunto de su futuro juntos solo confirmaba sus temores.

Sentía en su mente el tremendo peso de la amenaza de su tío de contarle a Rory su traición. Sleat actuaba con el único propósito de destruir a los MacLeod, sin que le importara su felicidad ni su seguridad. No tenía ninguna duda de que mantendría su promesa si no le llevaba la bandera antes de que acabara el período de prueba de su matrimonio. Si es que esperaba tanto. Isabel sabía que tenía que hacer algo respecto a su tío lo antes posible. Haría lo que fuera necesario para proteger su secreto hasta que estuviera segura de que Rory no la enviaba de vuelta a su clan; solo entonces se atrevería a enfrentarse a su enfado.

Rory le había dado su amor y su confianza, y ella no había sido completamente sincera con él. Debería habérselo dicho aquella noche, cuando estaba a punto de morir, pero estaba demasiado asustada. Su amor era demasiado frágil. Eran demasiadas las fuerzas que trataban de mantenerlos separados. Isabel no tenía mucha experiencia en el amor ni tampoco tenía la seguridad de poder conservar el amor de un hombre como Rory. Las heridas de su pasado eran demasiado profundas para borrarlas con palabras pronunciadas ante la muerte... y no repetidas. ¿Cómo podía confiar en la fuerza de su amor cuando la amenaza del repudio colgaba como una guadaña encima de su cabeza?

Necesitaba conseguir tiempo. Tiempo para pedir a la reina que la ayudara en la disposición de Trotternish y tiempo para disuadir a su tío de romper el delicado vínculo de su amor. Pero ¿cómo podía satisfacer a Sleat sin traicionar a Rory?

La respuesta se le ocurrió de repente, mientras rezaba por la recuperación de Rory. Bessie entró en la habitación con un viejo chal de seda alrededor de los hombros, e Isabel tuvo la respuesta divina.

Ahí es donde lo había visto. La bandera que había vislumbrado a través de la puerta era idéntica al chal de Bessie. Un plan se formó rápidamente en su cabeza. Escribiría a su tío y le diría que había encontrado la bandera. Pero, en lugar de la bandera, le daría el chal de Bessie o, si su tío insistía en que su espía recuperara la bandera él mismo, las cambiaría temporalmente. Una vez que el espía de su tío se llevara la «bandera del Hada», Isabel devolvería la auténtica a su sitio y le diría la verdad a Rory en cuanto fuera posible.

Había muchos riesgos, pero no se le ocurría otro medio de satisfacer a su tío que le permitiera quedarse en Dunvegan. Sin duda, la treta se acabaría descubriendo, pero para entonces habría ganado un tiempo precioso. Y esperaba que también para entonces el asunto del repudio estuviera resuelto con los votos matrimoniales. Unos votos que, a diferencia del compromiso a prueba, no se podían dejar de lado fácilmente. Ahogó el sentimiento de culpa por su engaño, diciéndose que, al final, todo se solucionaría.

Así que, casi un mes después del ataque, cuando Rory se había recuperado lo suficiente para asistir a las reuniones con sus hombres, Isabel se sentó al escritorio para componer una carta cuidadosamente redactada a su tío y otra a la reina. Al apartar unos papeles a un lado, vio una carta que Rory había dejado sin terminar aquella misma mañana. El nombre saltó de la hoja: conde de Argyll. Leyó las palabras que confirmaban sus peores temores: «Estoy recuperado... debo veros para hablar de la alianza».

Todavía tenía la intención de seguir adelante y casarse con Elizabeth Campbell. La información la hirió profundamente. Pero también hizo que estuviera segura de que hacía lo acertado. Reprimiendo el impulso de estrujar la ofensiva misiva y hacer una bola con ella, Isabel la puso cuidadosamente a un lado y empezó las cartas que le proporcionarían un tiempo precioso.

Aunque se sentía irritantemente débil después de semanas confinado en la cama, Rory estaba ansioso por volver a asumir por lo menos algunos de sus deberes. No era solo los continuos mimos de las mujeres lo que le ponía nervioso, aunque también contaba, pero es que, además, mientras se curaba su herida, Rory había empezado a poner en práctica su plan. Podría ser una solución a todos sus problemas, una solución que le permitiría casarse con Isabel y cumplir con su deber para con el clan. Pero incluso si fracasaba, Rory sabía que nunca podría dejar que se marchara. Era hora de informar a sus hombres de su decisión.

Con cuidado de que su herida no se abriera de nuevo, Rory bajó lentamente a la biblioteca, porque Isabel lo había amenazado con hacerle daño de verdad si trataba de dar un paso fuera de la torre del Hada. Sin embargo, se negaba a celebrar un consejo con sus hombres en su habitación. Alex, Douglas y Colin ya lo estaban esperando. Rory se alegró al ver que Colin se había recuperado de las heridas sufridas a manos de los Mackenzie. Otros dos de sus hombres no habían tenido tanta suerte, aunque sabía que podía haber sido peor. Fue Colin quien se había dado cuenta de que un grupo de los Mackenzie seguía a Rory a través del bosque. Los había perseguido, frenando a los atacantes y permitiéndole escapar. Una vez que Rory, Alex e Isabel habían desaparecido dentro de las rocas, los Mackenzie habían huido, evitando más heridos.

Pero no eran los Mackenzie los que preocupaban a Rory en esos momentos. Era la reacción de sus hombres justo cuando acababa de hablarles de su plan.

—Es un buen plan —dijo Alex—. Pero ¿crees que el rey lo aceptará?

—Jacobo se ha mostrado reacio a intervenir en las disputas de tierras entre los clanes —dijo Rory—. Pero mi propuesta de ceder Trotternish a los MacLeod como parte de la dote de Isabel le da a Jacobo la oportunidad de solucionar el asunto sin tener que decidir, realmente, sobre los méritos de la disputa.

Alex asintió.

—Algo que el rey preferiría no hacer, ya que se resiste a elegir entre Sleat y tú. Jacobo se lanzará sobre el camino fácil. Una dote es perfecta.

—Pero Sleat nunca lo aceptará —señaló Colin.

Rory se encogió de hombros.

—No importa. Para entonces la idea ya estará en la cabeza de Jacobo. Además, para empezar, fue Sleat quien propuso que Isabel fuera mi esposa. No se habló de su dote cuando acordamos un compromiso a prueba, pero en el caso de matrimonio la dote se da por sentado.

—Argyll se pondrá furioso si rompes la alianza. ¿Te puedes permitir que se enfade? Quizá no se muestre tan dispuesto a interceder por ti en nuestro beneficio en el futuro —dijo Colin.

—Encontraré la manera de aplacarlo. Y cualquier pérdida de apoyo por parte de Argyll en la corte se verá compensada con el apoyo que ganaremos —respondió Rory—. Sin duda, la amistad de Isabel con el rey y la reina es tan beneficiosa como la influencia de Argyll. —Verla actuar como anfitriona en la asamblea de las Highlands le había hecho comprender que tener a Isabel como esposa sería un activo en la corte. Rory solo lamentaba no haberse dado cuenta antes.

Douglas asintió, mostrándose de acuerdo.

—Olvidas, Colin, que la he visto en la corte. Te puedo asegurar que Isabel está muy bien relacionada con la casa real.

Era la favorita de la reina entre las damas y también una de las favoritas del rey.

—Está hecho —dijo Rory—. Ya he escrito al rey. —Hizo una pausa—. Y a Argyll.

Alex se limitó a hacer un movimiento negativo con la cabeza, pero Rory sabía lo que pensaba. Una alianza con Argyll les habría garantizado, prácticamente, la devolución de sus tierras. Si el plan de Rory no daba resultado, los MacLeod perderían Trotternish. Al decidirse a romper al acuerdo con Argyll, antes de estar seguro de qué decidiría el rey, Rory había puesto su amor por Isabel por encima del bien del clan.

Tendría que asegurarse de que su plan no fracasara. Pero justo en aquel momento, si no quería desplomarse delante de sus hombres, tenía que volver a la cama. Su corta salida había minado sus fuerzas. Isabel tenía razón, aunque él nunca lo reconocería. Ella no dejaba de dar vueltas a su alrededor, como si fuera a desaparecer en cualquier momento. Pero Rory comprendía sus temores. Y eso era lo que lo había llevado a celebrar el consejo.

Sabía que Isabel estaba profundamente preocupada porque no le había dado seguridades sobre el futuro de los dos, pero en cuanto resolviera la situación con Argyll y recibiera noticias del rey, podría eliminar las arrugas de preocupación que estropeaban la lisa piel de su frente. Pronto.

Era una hermosa mañana de junio, uno de esos días claros y sin nubes con el que se sueña durante los oscuros y deprimentes días del invierno. Rory estaba de pie junto a la ventana de su habitación, acabando los preparativos de la mañana. Aunque ya hacía semanas que había abandonado la cama, aquel día volvía a la práctica con la espada por primera vez desde su herida, e Isabel estaba nerviosa. Un rugido procedente del patio atrajo su atención. Sonrió, dando la bienvenida a los clamorosos ruidos de vida que habían estado notoriamente ausentes mientras Rory se recuperaba.

—¿Estás seguro de que ya puedes reanudar tu entrenamiento, Rory? No han pasado ni dos meses desde que te hirieron —dijo Isabel, incapaz de ocultar la preocupación que sentía.

Rory se echó a reír y respondió burlón:

—¿Sabes?, ahora tengo un sano respeto por Alex, por soportar como lo hizo las atenciones constantes de tres de vosotras. Me considero extremadamente afortunado de que Bessie haya estado muy ocupada con los hijos de Robert, de lo contrario estoy seguro de que se habría unido a Margaret y a ti en vuestros incesantes mimos. Si sigo encadenado a esta torre mucho más, quizá acabe siendo incapaz de sujetar mi propio *plaid* con el cinturón.

—¡Desgraciado y desagradecido! —Las manos de Isabel habían ido a apoyarse en su cintura—. Margaret y yo te hemos permitido muchas más cosas de las que pensábamos que te convenían porque sabíamos que, a cada paso, te resistirías a todo lo que era bueno para ti. Decididamente, eres un paciente horrible, Rory MacLeod. ¿Es necesario que te recuerde las segundas fiebres que padeciste por levantarte de la cama demasiado pronto el mes pasado? Somos Margaret y yo las que tendríamos que quejarnos por tener que ver esa cara de mal humor todo el día.

Rory sonrió ampliamente ante la fingida actitud ofendida de su postura.

A Isabel, el corazón le dejó de latir por un momento, como siempre le sucedía al ver aquellos hoyuelos que ahora aparecían tan fácilmente. Era difícil creer que no hacía tanto era tan hosco como el vikingo de Margaret. Isabel frunció el ceño. Había algo que preocupaba a Margaret desde hacía un tiempo. Había supuesto que era lo cerca de la muerte que estaba su hermano, pero ya no estaba tan segura.

Rory casi había recuperado su aspecto de siempre, pero ¿estaba realmente preparado para hacerse cargo de sus deberes de nuevo? Reconocía que parecía estar mejor que en muchas semanas, pero las señales de su larga enfermedad seguían siendo visibles. Había perdido mucho peso. Solo su estatura haría que siempre fuera un hombre imponente, pero la pérdida de peso le daba una delgadez hambrienta y salvaje que no podía decir que fuera desagradable ni poco impresionante. Sus músculos, todavía poderosos, parecían más tirantes y tensos que antes. Había dejado que le cortaran el pelo y lo afeitaran, y aunque había perdido buena parte de su anterior y perpetuo bronceado, lo recuperaría en cuanto reanudara sus actividades normales.

La herida de su vientre había cicatrizado bien gracias a los bálsamos aplicados por Deidre, pero conservaría una gran cicatriz en el lugar donde la flecha había abierto aquella enorme brecha en su piel. Lo que preocupaba a Isabel era que la herida pudiera abrirse de nuevo cuando volviera a pelear.

Sabedor de su preocupación, Rory se puso serio.

—Estaré bien. No te preocupes; sé lo cerca que he estado de la muerte. No me arriesgaré a otras fiebres. Pero por si no te acuerdas, anoche no pusiste en duda que me había recuperado por completo.

Ella se sonrojó al recordar lo apasionadamente que habían hecho el amor la noche anterior; la primera vez que compartían cama desde la noche antes del accidente.

—Desvergonzado. Qué típico de un hombre medir el estado de su salud por sus proezas entre las sábanas. Muy bien, pues, vuelve a tus prácticas con la espada, pero si no regresas dentro de unas horas, enviaré a Bessie a buscarte.

—Con una amenaza así, ¿cómo podría negarme? —Todavía sonriendo, la abrazó y la besó con exigencia. Embriagada al instante al notar su sabor, Isabel notó que el deseo le inundaba todo el cuerpo. Cómo le gustaba sentir sus labios sobre los de ella. Una única noche haciendo el amor no podía sofocar el poderoso fuego que ardía entre los dos, alimentado por semanas de abstinencia. Notó que la sangre se le subía a la cabeza; el calor se le extendió por todo el cuerpo mientras su lengua le recorría la boca.

No había nada seductor en su beso, nada juguetón. Los labios de Rory se movían, apremiantes, sobre los suyos, abrasándola con su ardor. Él sabía lo que quería y ella también. Su propósito común era evidente mientras sus cuerpos se movían con una maravillosa familiaridad. El cuerpo de Isabel se apretaba tenso contra su dureza, y sus suaves curvas se amoldaban a él de forma instantánea. Notó la presión de su cadera sobre la suya. La lengua se introdujo más profundamente y su mano se movió decidida hacia su corpiño.

—Rory, ¿te vienes o no? —gritó Alex desde abajo.

La boca de Rory se apartó de la suya y la cordura volvió lentamente, desde el interior de la niebla de la pasión. La respiración de los dos recuperó su ritmo. Al cabo de un momento, cuando pudieron considerar las palabras elegidas por Alex, estallaron en carcajadas al mismo tiempo. Rory enarcó una ceja, planteando la posibilidad.

Isabel dijo que no con la cabeza.

Tenía algo muy importante que hacer, y cuanto antes lo hiciera, mejor.

—Luego. Esta noche acabaremos lo que hemos empezado, Rory. Ahí abajo, los leones están hambrientos. Vete antes de que vengan a cazarte —dijo burlona.

A regañadientes, la soltó.

—Me parece que voy a decirle un par de cosas a Alex sobre las interrupciones. —Le dio un suave beso de despedida en la frente, ansioso ahora por reunirse con los demás guerreros.

Isabel miró cómo se marchaba, admirando la fuerza y el orgullo de su porte. Era un guerrero de las Highlands en cada pulgada de su cuerpo, algo asombroso para un hombre que había estado tan cerca de la muerte hacía menos de dos meses. Una sensación de gozo inexplicable la inundó. Tener el amor de un hombre como Rory era sobrecogedor. Debía hacer todo lo necesario para conservarlo.

Se sentó al borde de la cama y se puso la mano en el estómago, luchando contra una súbita sensación de náusea. Desde hacía dos semanas experimentaba extrañas rachas de mareo, provocadas sin duda por la tensión.

Aquella era la oportunidad que había estado esperando para echar una mirada de cerca a la bandera. Sleat le había advertido que no tratara de engañarlo, y ella sabía que pronto le enviaría instrucciones. Tenía que estar preparada. Tenía que estar segura de que el chal de Bessie podía superar la inspección de alguien que conociera la bandera.

Un rugido de entusiasmo resonó desde el patio, al unirse Rory a sus hombres. Respiró hondo. Era el momento. Isabel temblaba de nerviosismo. Acaba de una vez. Con cautela, fue hasta la puerta, se detuvo a escuchar para asegurarse de que no venía nadie. Al no oír ningún ruido, abrió la puerta y miró por el pasillo. Todo despejado.

Lentamente fue hasta la cama, metió la mano por detrás hasta encontrar el pomo de madera de la talla que Rory le había descrito a Alex. Lo encontró fácilmente, lo hizo girar y metió la mano debajo de la cama para buscar el cajón abierto. La caja de metal grabado era más pesada de lo que había pensado. Utilizando las dos manos, la puso encima de la cama y apretó la insignia de los MacLeod. La cerradura cedió con un pequeño chasquido y pudo levantar la tapa.

El polvo y el olor a humedad le cosquillearon en la nariz. Se la frotó, para no estornudar. La famosa bandera del Hada estaba dentro de la caja, cuidadosamente doblada. Con reverencia, la sacó, dejando que los suaves pliegues se desplegaran encima de la cama. Bueno, por lo menos no la había alcanzado un rayo. Ya era algo. Había tocado la bandera y seguía viva.

Ahora el chal. Por suerte, Bessie le había regalado el viejo chal sin apenas enarcar las cejas. Lo sacó de su cofre y lo sostuvo delante de la ventana, cerca de la bandera, para compararlo. Una súbita brisa que entró por la ventana alcanzó la delgada tela de seda y la hinchó como si fuera una vela. Asombroso. Era tal como recordaba. Podrían haber cortado el chal de Bessie de la misma pieza de tela que la bandera, excepto que parecía un poco menos gastado. Con un tono ligeramente más oscuro, el dibujo carmesí y amarillo del chal era, en todo lo demás, idéntico al de la bandera. Podría engañar incluso a alguien que hubiera visto la bandera de cerca. Solo si estaban el uno junto a la otra sería posible diferenciarlos.

¡Podría dar resultado!

Con cuidado, restituyó la bandera a la caja y la devolvió a su escondrijo. Levantó el chal de Bessie, dio media vuelta y lo guardó en el cofre. Acababa de cerrar la tapa cuando oyó una voz detrás de ella.

—¿Qué estás haciendo?

El corazón se le encogió al oír aquella voz dolorosamente conocida. ¿Cuánto tiempo llevaba allí? Se volvió para mirarlo.

El suficiente.

[illegible] bandera [illegible] y la devolvía [illegible]

[illegible] el cofre. [illegible] y yo una voz detrás de mí.

—¿Qué estás haciendo?

[illegible]

Es suficiente.

22

Rory estaba quieto como una estatua, en el umbral, viendo cómo Isabel colocaba el precioso talismán de los MacLeod en su cofre. Por un momento se sintió extrañamente fuera de su cuerpo, mientras trataba de encontrar sentido a lo que veía.

—R-Rory —tartamudeó ella—. Has vuelto muy pronto. Pensaba que estabas con tus hombres, practicando. —Corrió hasta él, apretándose contra su pecho y echándole los brazos al cuello. Pero él apenas le hizo caso—. ¿Ha pasado algo? ¿Estás bien? —preguntó, y la preocupación de su voz fue una amarga burla.

La conmoción impulsó su tonta respuesta.

—Me pareció ver algo en la ventana —habló con voz átona. No quería creerlo.

La bandera. Isabel tenía la bandera del Hada. Pero ¿cómo...?

De repente comprendió la dura verdad y se quedó helado. La miró, sin querer creérselo. Con los ojos muy abiertos, aquella cara de óvalo perfecto se levantaba hacia él con una súplica muda. Aquella suave boca que había besado tan tiernamente solo unos momentos antes, ahora temblaba. El deseo era casi insoportable. Odió su debilidad. ¿Cómo podía algo tan inocente y hermoso enmascarar una traición como aquella?

Traición.

Rory se obligó a no apartarse, aunque le hacía daño solo mirarla. El dolor de su pecho no era nada que hubiera sentido antes. Lo desgarraba por dentro, dejando un abrasador rastro a su paso. Preferiría que lo alcanzaran mil flechas en el vientre antes que enfrentrarse a la agonía cruda y dolorosísima que era la traición de Isabel.

—¡Arpía! —rugió, empujándola a un lado con fuerza—. ¿Cómo has podido.

Ella se tambaleó, pero no cayó.

—Rory, no lo entiendes. Puedo explicarlo. No es lo que parece.

—Estoy seguro de que es exactamente lo que parece —le espetó. Solo había una explicación—. Me espiaste cuando le dije a Alex dónde estaba oculta la bandera. —Su penetrante mirada se posó en su cara llena de culpa, desafiándola a negarlo. Pero no podía.

Sus anteriores sospechas ocuparon el primer lugar en su conciencia, libre de la ceguera de la emoción. Todas las piezas encajaron en su sitio, y todo tenía sentido, un sentido horrible. El rápido acuerdo de Sleat respecto a un matrimonio a prueba, Isabel buscando en las cocinas, la ropa tentadora, a veces indecente, que vestía, y sus ardientes deseos de compartir su cama cuando sabía que no había futuro. Todo llevaba a una conclusión inequívoca. Isabel estaba compinchada con su tío. Había venido a Dunvegan con falsos pretextos.

Una nueva punzada de dolor le atravesó el pecho.

Nunca lo había amado.

Lo había seducido hasta volverlo loco por ella, embrujándolo con su belleza, y lo había conducido por un camino traicionero que había jurado no recorrer. Se había enamorado de su enemiga y había permitido que la belleza, el deseo y el amor empañaran su buen juicio. Lo peor de todo era que, debido a ella, había roto su alianza con Argyll. Había elegido a una mujer en contra de su deber con el clan. Y por ese fallo, no la perdonaría jamás. Lo había convertido en un idiota.

Le hervía la sangre. El tumulto inicial de emociones dio paso a una cólera absoluta. Sus puños se cerraron al sentir la presión acumulada en su interior, amenazando con estallar en una violenta vorágine. La intensidad lo estremeció hasta la médula. Se mantuvo rígido; no confiaba en poder contenerse si se movía. Durante un momento pudo haberla matado por hacerle aquello a él. A ellos.

—Que Dios te maldiga; yo confiaba en ti. —La agarró con fuerza por los brazos, con toda la fuerza de su ira desatada como un látigo.

Isabel abrió más los ojos.

—Rory, por favor...

La vena de su cuello palpitaba mientras cada músculo de su cuerpo se esforzaba por conservar el control.

—Estás compinchada con tu tío. Viniste a Dunvegan con un falso pretexto y pensabas robar la bandera. El matrimonio a prueba te facilitaría la salida.

—Sí, pero...

La confirmación lo estrujó como si fuera una prensa. Dentro de él, algo murió. Era igual que si ella le hubiera clavado un puñal en la espalda mientras dormía; el efecto era el mismo. Se sentía como si alguien le hubiera desgarrado el pecho, le hubiera arrancado el corazón y se lo hubiera retorcido hasta que no quedara nada. Nada más que un vacío frío y doloroso donde antes había algo hermoso.

No la dejó terminar.

—Me has espiado, a mí y a mi familia, con la intención de traicionarnos. Te has prostituido y me has manipulado hasta entrar en mi vida. Te aseguro que no necesito más explicaciones.

Isabel retrocedió ante aquellas crudas palabras. Pero a él no le importaba.

—No, Rory, te equivocas. Quizá viniera con falsos pretextos, pero cuando empecé a quererte, a ti y a tu familia, supe que no podría seguir adelante con lo que mi tío planeaba.

—¡Ya basta! —rugió. La mención de Sleat había roto cualquier tenue control que tuviera sobre su ira. Pensó en lo completamente que se había creído sus mentiras. Pero se había acabado el engaño—. Me niego a escuchar más mentiras tuyas. Considérate afortunada de que no te vista como una puta y te envíe de vuelta como lo que eres. Es posible que tu tío aprecie la ironía. —La miró con todo el desprecio que llenaba su ennegrecido corazón—. Recoge tus cosas y márchate antes de que decida encerrarte donde te mereces. ¿Sabes qué hacemos en Dunvegan con los espías, Isabel?

Esto no puede estar sucediendo. Dios santo, ¿qué había hecho?

El pánico que le atenazaba la garganta era tan palpable que casi notaba su sabor. Le paralizaba la lengua y le impedía respirar. Pero no era la amenaza de prisión en aquella sombría mazmorra la causa de su miedo. Era Rory quien la aterrorizaba. La idea de que no quisiera escucharla la asustaba más de lo que ni en sus sueños hubiera creído posible.

No podía enviarla a casa. Tenía que hacer que comprendiera.

Con las lágrimas bañándole las mejillas, lo aferró por la manga, tratando de obligarlo a escucharla.

—Rory, por favor, nunca le daría a mi tío los medios para destruirte a ti y a tu familia. Mi intención era engañarlo. Mira. —Dio media vuelta, corrió al cofre y sacó el chal de Bessie—. Mira, no es la bandera. Esto era lo que tenía intención de enviarle.

Rory estudió el chal y pareció reconocer que no era la bandera.

—No importa. Me has espiado. ¿Cómo sé que no piensas cambiar esto por la auténtica bandera?

—Fue una causalidad. No tenía intención de espiarte. Oí ruidos. —Levantó la barbilla y lo miró a los ojos, lista para enfrentarse a su desprecio—. En cuanto a lo demás, tendrás que confiar en mí. Te quiero y nunca te traicionaría.

—Confiar —escupió—. Nunca. Te marcharás de aquí de inmediato. No quiero volver a verte nunca más.

Su voz era como un carámbano de hielo que le atravesaba el corazón. Ese era el hombre al que temía si llegaba a descubrir la verdad, un extraño sin emociones que la miraba con ojos gélidos. Estaba tan cerca que podía ver las puntas doradas de sus pestañas, la oscura sombra del principio de barba que asomaba en su mentón y el sutil y furioso aleteo de su nariz cuando hablaba. Una hora atrás, tenía el derecho de tocarlo; de ponerle la mano en la cara y levantar sus labios hacia los de él. Pero ya no. Estaba muy cerca, pero era inalcanzable para siempre.

Levantó la mirada hasta su cara fría e implacable. En sus ojos había un brillo acerado y su boca era una apretada línea por encima de la mandíbula cuadrada, dura y determinada.

—Debes creerme; pensaba decírtelo en cuanto estuviera segura de que no disolverías el matrimonio a prueba. Quería decírtelo la noche en que te hirieron, pero estaba muy asustada. Tenía miedo de que no me perdonaras.

—Acertabas —dijo impávido. No parpadeó ni un momento.

—Dices que me amas, Rory, ¿es que ni siquiera quieres escuchar mi explicación?

Él soltó una cruel risotada.

—Seguramente te das cuenta de que te mentí cuando te dije que te quería, Isabel. Me dabas lástima. Lástima porque era muy evidente que tu familia te había abandonado. Estaba agradecido por todo lo que habías hecho por Margaret y parecías tan patéticamente necesitada... Recuerda, cuando pronuncié esas palabras, pensaba que estaba a punto de morir.

Isabel apartó la cara como si él la hubiera abofeteado. No podía ser verdad. Tenía que amarla. No podía ser solo piedad. ¿O sí? Sintió la puñalada de la verdad. Blandía bien sus armas; sabía exactamente cómo herirla. Sin embargo, sabía que habían compartido algo.

—Niega que me amas, si quieres, pero después de la felicidad que hemos compartido todos estos meses, sé que debo importarte algo.

—Lo que compartimos era deseo, Isabel. No lo confundas con el cariño ni con unos sentimientos profundos. —La miró con descaro, como si estuviera valorando un caballo en el mercado—. Eres una mujer extraordinariamente hermosa, con un cuerpo innegablemente seductor. Supongo que no es una coincidencia que Sleat te eligiera para ser mi esposa. —Se le encendió la mirada al verla ruborizarse, confirmando su suposición—. Eligió bien. Desde el primer momento he querido acostarme contigo, como lo hubiera deseado con cualquier mujer hermosa. Pero la belleza se gasta pronto. Incluso antes de hoy estaba empezando a cansarme de nuestro acuerdo temporal. Tu traición solo ha precipitado lo inevitable.

Un caparazón hermoso. Aquello era lo que él pensaba de ella. Eso era lo único que veía.

Tal vez era lo único que había.

Aturdida por la vehemencia de su rechazo, sentía que sus palabras convertían en humo su felicidad irreal, estrujándole el corazón hasta que no sintió más que un profundo vacío. Pero algo en ella se negaba a morir... se negaba a rendirse.

—Por favor, ¿no me concedes la posibilidad de explicarme? Acepté ayudar a mi tío porque, de no hacerlo, él no prestaría su ayuda a mi padre en su lucha contra los Mackenzie. —Su voz se hizo apremiante y desesperada como reacción ante lo irrevocable de su voz. Lo cogió por el brazo, implorante.

Él se libró de su mano.

—Había un momento para las explicaciones. Ese momento ya ha pasado. Te advertí que nunca me traicionaras. No hay nada más de que hablar. Me has espiado. Me has engañado y has engañado a mi familia. —Se detuvo para mirarla a los ojos, para que no fuera posible malinterpretar sus palabras—. Estás muerta para mí.

Y en lo más profundo de su destrozado corazón, por fin, lo creyó. La mirada de sus ojos no dejaba lugar a dudas. Era un escocés de las Highlands. Los hombres de las Highlands no olvidan ni perdonan.

Ya nada le importaba; con su orgullo casi olvidado, quería ponerse de rodillas y suplicarle que la escuchara, que comprendiera. Paralizada, vio cómo su futuro juntos se le escapaba de entre los dedos. Sus ruegos eran tan efectivos como si tratara de fundir una roca. Nunca había querido nada con tanta fuerza como en aquel momento. Por favor, no me pidas que me vaya; por favor, di algo, aunque solo sea una palabra, gritaba su corazón.

—El matrimonio a prueba se ha terminado.

No, ¡eso no! Y así de sencillo, había desaparecido. Tan completamente como si nunca hubiera existido. Lo único que quedaba era una dolorosa quemazón en el pecho, allí donde su corazón cantaba de felicidad solo unas horas atrás.

Paralizada por el horror, miró cómo él daba media vuelta y salía de la habitación. La puerta se cerró con fuerza tras él, como un signo de exclamación apagando sus palabras. Isabel se desplomó en el suelo, junto al chal de Bessie, aplastada por la fuerza del odio que parecía irradiar de él.

Hundió la cabeza entre las manos, sujetándosela y mesándose los cabellos, sin creerse lo que acababa de pasar. ¿Cómo podía haber sucedido? Isabel sintió que le arrancaban el alma del cuerpo, tan definitiva y completamente como él la había arrancado a ella de su vida. Con sus esperanzas y sueños de futuro extinguidos, se sumió en la oscuridad.

—Mi pobre princesa —murmuró Bessie tristemente, cuando Isabel consiguió contarle, con voz entrecortada y ahogada en llanto, lo que había sucedido.

Pero no había palabras llenas de sabiduría mágica que Bessie pudiera pronunciar para reparar el horrible desastre que Isabel había causado.

Bessie la cogió por la barbilla, le hizo levantar la cara y le secó las lágrimas que le rodaban por las mejillas.

—Sé que es difícil oír esto, Isabel, pero creo que lo mejor es que te marches ahora, tal como Rory te ha ordenado. Está furioso contigo y podría hacer cualquier cosa. El orgullo de un hombre de las Highlands es muy poderoso y, al traicionar su confianza, has herido no solo su corazón, sino también su honor ante sus hombres. El tiempo será tu mayor aliado. Necesitas tiempo para idear una manera de hacer que comprenda, y él necesita tiempo para olvidar una parte del daño que le has hecho.

Isabel sabía que tenía razón, pero ¿cómo podía soportar marcharse? Todo lo que amaba estaba allí. Incluso Bessie.

Como si supiera lo que Isabel pensaba, Bessie ofreció:

—Podría venir contigo. Robert lo entendería.

Isabel le cogió las manos y la besó en las mejillas, conmovida por la generosidad de su querida compañera.

—Queridísima Bessie. Tu vida ahora está en Dunvegan; nunca te pediría que te marcharas. La decisión fue mía; sabía a lo que me arriesgaba cuando acepté el plan de mi tío. Solo que nunca pensé que tendría tanto que perder.

Rodeada por los tiernos y cariñosos brazos de su niñera, Isabel dejó que su dolor se desbordara. Lloró con la intensidad que solo conocen los que han amado mucho... y perdido. Lloró hasta que las lágrimas se negaron a seguir brotando de sus ojos. Incapaz de controlar las náuseas por más tiempo, Isabel vomitó bajo la mirada preocupada de Bessie.

El tiempo pasó demasiado rápidamente. Se quedó junto a la ventana, viendo cómo se acumulaban negras nubes en el cielo. Vio cómo el sol anaranjado empezaba su lento descenso al final del horizonte occidental. Era casi de noche. Sabía que tenía que preparar sus cosas, pero permaneció inmóvil, al lado de la ventana. Esperando.

Fue vagamente consciente de que Bessie empezaba a recoger sus pertenencias, a buscar la ropa desperdigada, separando lo que se llevaría con ella y colocando lo que enviaría a buscar más tarde en el cofre, junto a la cama. Pero Isabel siguió mirando por la ventana, esperando mientras el lento movimiento del sol apagaba sus últimos momentos de felicidad.

Hundida en el oscuro abismo de su corazón roto, no comprendió, al principio, el significado de la llamada a la puerta. No, todavía no. Los sollozos incontrolables que le sacudían el cuerpo no hacían nada por disipar la desesperación y la angustia que la acongojaron al ver que Bessie se levantaba para abrir.

No se trataba de una atroz pesadilla de la que se hubiera despertado. Un Colin silencioso, con cara adusta, estaba ante ella, esperando para escoltarla desde sus dependencias —ahora solo de Rory—. Miró una vez más la habitación y luego se dirigió a la puerta. Pasó junto a la cama, todavía desordenada por su noche llena de pasión. Sintió un dolor agudo en las entrañas. Dondequiera que mirara había recuerdos dolorosos; cerró los ojos, para cerrar el paso a su memoria. En silencio, recogió las escasas pertenencias que Bessie había conseguido reunir para su apresurada marcha, y salió de la estancia sin atreverse a mirar atrás.

El vikingo se negó a mirarla a la cara mientras la conducía escalera abajo, a través del *barmkin* y por la resbaladiza escalera de la puerta del mar hasta el bote que la esperaba. Isabel miró alrededor, ansiosamente, rezando por un indulto. Rezando por una última oportunidad de despedirse. Pero Rory no estaba allí. Y bien porque no se lo había dicho o porque habían decidido no acudir, ni Alex ni Margaret estaban allí para decirle adiós. Inclinó la cabeza e hizo acopio de toda su voluntad para no llorar.

Notó la cariñosa mano de Bessie en el brazo.

—Estoy segura de que estarían aquí si supieran que te marchas.

Era extraño cómo Bessie siempre parecía adivinar lo que estaba pensando. Isabel esbozó una temblorosa sonrisa.

—Yo no estoy tan segura. Por favor, diles...

—Se lo dirás tú, cuando vuelvas —dijo Bessie con voz firme.

Isabel sabía que Bessie trataba de aliviar su sufrimiento, fingiendo que volvería alguna vez. Pero las dos sabían que no era probable que llegara ese día. Después de lo que había hecho, estaba segura de que Rory no la perdonaría nunca. Le había dado algo sagrado para él —su confianza— y ella lo había engañado.

Luchó por controlar las lágrimas que amenazaban con desbordarse de nuevo al sentir los fuertes brazos de Bessie estrechándola en un cariñoso abrazo. Demasiado cariñoso, lo cual indicaba que a Bessie, pese a sus palabras en sentido contrario, también le preocupaba que quizá no volvieran a verse en mucho tiempo, si es que volvían a verse.

Colin carraspeó, señalando que el momento de los adioses se había terminado.

—Querídisima Bessie, sé feliz. Robert y sus hijas te necesitan. No te preocupes por mí, soy fuerte. —Con un último beso en la suave mejilla de su infancia, se volvió y subió al *birlinn* que la esperaba.

Unos oscuros dedos de niebla trenzaban el círculo perfecto de la luna iridiscente por encima de ella, mientras el *birlinn* se alejaba del castillo. Levantó la mano, despidiéndose en silencio de la figura, cada vez más pequeña, de Bessie, que con aire triste y desamparado permanecía al pie de la escalera de la puerta del mar.

El sordo sonido de los remos entrando y saliendo del agua llenaba el silencioso bote. Nadie dijo ni una palabra. Los hombres que habían reído fácilmente con ella el día anterior, ahora actuaban como si tuviera la lepra. En un *birlinn* lleno de hombres del clan MacLeod, se sentía absolutamente sola. Isabel permaneció sentada, acurrucada en el bote, ocultando a las miradas curiosas la cara hinchada y manchada de lágrimas bajo la gran capucha de su capa.

Había recorrido un círculo completo. El destino había ganado. Habían empezado como enemigos, separados por su mala estrella, y como enemigos vencidos por su mala estrella acabarían.

Por última vez, levantó los ojos enrojecidos hacia los grises muros que iban desapareciendo entre la niebla, memorizando, desesperanzada, con una visión empañada por el llanto, el sombrío castillo que había llegado a amar. Un nuevo espasmo de desesperación le retorció el corazón cuando su mirada fue atraída hasta el piso superior de la torre del Hada, hasta aquella ventana desde donde el día anterior miraba hacia fuera, llena de felicidad.

Como si percibiera su mirada, una sombra se apartó de la ventana. Se quedó sin aliento por un instante. El corazón empezó a latirle locamente, lleno de esperanza. Por favor, hazme una señal, por pequeña que sea. Se negó a parpadear para no perdérsela. Mantuvo los ojos pegados en la ventana de la torre del Hada, esperando y rezando con cada fibra de su ser por una señal de perdón. No apartó la mirada hasta que la torre desapareció en medio de una grisura fantasmal, tragada por la efímera niebla.

El sueño se había terminado.

Le habían partido en dos el corazón; una parte de ella había desaparecido para siempre, había quedado atrás, para pudrirse en un viejo castillo muy amado.

23

El ruido de una puerta al abrirse rompió la paz de una soledad mortal. Rory sabía que había tenido suerte por poder evitarlos tanto tiempo. Había pasado casi un día desde que Isabel se marchara. Margaret y Alex habían mostrado una tolerancia extraordinaria dadas las circunstancias, pero su paciencia se había agotado finalmente y habían ido a buscarlo a la biblioteca. No quería hablar de lo sucedido, pero comprendía que ellos quisieran saberlo. Ojalá tuviera respuestas que darles.

Dirigió de nuevo la mirada a la chimenea, junto a la cual había pasado las últimas horas, contemplando fijamente, sin hacer nada, el vacío. El dolor de la traición se había amortiguado. Desplomado en el asiento, tomó un largo trago de *cuirm*, dejando que la bebida avivara de forma efímera el vacío que ardía en su interior.

Ellos permanecían junto al sillón, esperando.

Finalmente, Margaret se arrodilló junto a él y le cogió la mano.

—¿Qué ha pasado, Rory? ¿No quieres decirnos por qué has devuelto a Isabel a su casa? —Cogió la jarra vacía que había a su lado—. Nunca te había visto así, y me asusta. Nunca habías tratado de embotar tus sentidos con la bebida.

Como si fuera tan fácil, pensó Rory. Miró la confusa y acongojada cara de su hermana y maldijo una vez más a Isabel MacDonald. Esta vez por traicionar a su familia; no era el único que quedaría deshecho de dolor por su traición.

Rory respiró hondo y narró, desapasionadamente, lo sucedido el día anterior hasta llegar al momento en que descubrió a Isabel con la bandera del Hada... o lo que él tomó por la bandera.

Sus expresiones de desconcierto eran un reflejo de lo que había sido el suyo; tan profundamente los había embrujado Isabel.

—No puedo creerlo —dijo Alex estupefacto.

—Oh, Rory —dijo Margaret al mismo tiempo—. ¿No te ofreció ninguna explicación?

Rory no pudo controlar el estallido de sarcasmo.

—¿De qué? ¿De por qué vino a Dunvegan con falsos pretextos, como un peón de su abominable tío, de por qué nos espió o hizo...? —Se detuvo. Hizo que la amara. Miró furioso el fuego para que no vieran el dolor que le retorcía las entrañas. Todavía no podía creer que se hubiera equivocado tanto.

Margaret bajó la cabeza, la apoyó en su mano y los hombros le empezaron a temblar.

—Ay, Rory, todo ha sido culpa mía.

Rory le acarició la pálida mejilla.

—No seas ridícula. ¿Qué parte has podido tener tú en esta traición?

Margaret alzó la cara, manchada de lágrimas.

—Sin querer, oí a Isabel hablando con Sleat en la reunión, oí cómo él la amenazaba y le decía algo de la bandera. Tendría que habértelo dicho. —Se retorció las manos—. Nunca pensé... Sabía que ella ocultaba algo, pero supuse que, al final, confiaría en ti.

Rory se quedó mirando fijamente a su hermana, incapaz de impedir el rayo de cólera que lo recorrió ante otra traición, esta vez de alguien inesperado. Tomó otro trago y dejó pasar el momento. No serviría de nada arremeter contra Margaret por hacer lo que él mismo había hecho: confiar en Isabel.

—Tendrías que haber venido a decírmelo —dijo—. Pero no te culpes, Margaret. Solo demostrabas tu lealtad hacia tu amiga, que era una mentirosa consumada. No has sido la única a la que engañó. —No consiguió ocultar la amargura de su voz.

Alex cabeceó, todavía estupefacto.

—¿Ella admitió haber venido a Dunvegan para coger la bandera?

Rory asintió tenso.

Las cejas de Margaret se fruncieron hasta unirse.

—Pero no era realmente la bandera lo que había guardado en su cofre, ¿verdad?

—No, era un viejo chal de Bessie. Aunque el parecido era asombroso. Por un momento, me engañó hasta a mí.

—Pero si tenía intención de robar la bandera, ¿por qué no lo hizo cuando tuvo la ocasión? —preguntó Alex.

—Dijo que había decidido que no podía traicionarnos y que planeaba utilizar el chal para engañar a su tío.

Margaret se mordió el labio pensativa.

—¿La crees?

Aquella era la pregunta que él había pasado el día entero tratando de contestar.

—No lo sé. ¿Importa?

—Creo que sí —dijo Margaret en voz baja—. Ella te amaba, hermano. De eso estoy segura. Sé que reconoció haber venido a Dunvegan con falsos pretextos, pero por lo que has dicho, solo aceptó ayudar a Sleat para que él ayudara a su clan contra los Mackenzie. Parece que no tenía alternativa; su clan la necesitaba. Sé lo importante que era para ella ganarse el respeto de su familia. Se pasó toda la infancia tratando constantemente, de que le prestaran atención. Sospecho que, para ella, venir aquí era la ocasión de demostrar por fin su valía. —La cara de Margaret estaba llena de compasión—. Debió de ponerla en una situación horrible; verse obligada a elegir entre su familia y nosotros. Pero si lo que dijo era verdad, nos eligió a nosotros.

—¿Cómo puedes perdonarla tan fácilmente, Margaret, cuando decidió aliarse con Sleat? ¿Has olvidado lo que te hizo? —preguntó Rory.

—Por supuesto que no he olvidado lo que Sleat me hizo.

Sleat se merece tu ira. También yo ardo en deseos de vengarme. Pero esperaré a que se presente el momento oportuno. No excuso lo que Isabel ha hecho, pero comprendo sus circunstancias. Por propia experiencia, sé lo cruel e implacable que puede ser Sleat. Empleará cualquier cosa para alcanzar sus propósitos. Si quería algo de ella, sería imposible negárselo. —Margaret se detuvo—. ¿Has olvidado lo que Isabel hizo por mí?

—No lo he olvidado —respondió Rory fríamente.

—No tiene sentido. Estoy de acuerdo con Margaret, Isabel te quiere. ¿Por qué no te confió lo que pasaba? —preguntó Alex.

—Al parecer, empezó a hacerlo después de que yo resultara herido, pero tuvo miedo de que no la perdonara. Afirmó que pensaba decírmelo cuando estuviera segura de que no disolvería nuestro matrimonio a prueba.

Alex enarcó las cejas sorprendido.

—¿No se lo habías dicho?

Rory negó con la cabeza.

—No, esperaba hasta tener noticias del rey.

—Entonces parece que tenía razón al no confiarse a ti —dijo Margaret con voz queda.

Rory tensó la mandíbula.

—Me mintió.

—Sí, pero también te ama —dijo Margaret. Respiró hondo y añadió—: Y creo que tú la amas a ella.

Rory se puso rígido, negándose a mirar a su hermana, sin querer dar crédito a su afirmación. El amor no importaba, no si no había confianza.

—Se ha acabado.

Se volvió hacia su hermano, que permanecía inusualmente callado.

—¿Y tú qué opinas, Alex? ¿Estás de acuerdo con tu hermana? ¿Debería perdonar la traición de mi esposa?

Alex negó con la cabeza, y sus ojos brillaron de ira.

—Isabel nos traicionó a todos. En tu lugar, yo quizá habría hecho algo peor.

Rory asintió.

Alex dio media vuelta para salir de la estancia, pero antes miró a su hermana.

—Déjalo en paz, Margaret. Tiene derecho a su soledad.

Margaret sonrió con tristeza, se inclinó y besó a Rory en la mejilla.

—Lo siento, Rory. Sé lo mucho que esto te ha dolido. También a mí me ha dolido lo que ha hecho. Debes hacer lo que creas que es mejor. Pero ¿estás seguro de que no hay otro medio?

Rory permaneció sentado, mudo, haciendo acopio de fuerzas para no pensar en lo que su hermana le había preguntado.

—Pero recuerda esto —dijo ella en tono de advertencia—. Si tú no la quieres, alguien más lo hará.

Los dedos de Rory se tensaron alrededor del pie de su copa hasta que la plata empezó a doblarse. Fue una reacción instantánea. Violentamente, lanzó la copa ahora destrozada al suelo, donde resonó con fuerza en la sala antes mortalmente silenciosa.

Margaret dio media vuelta para seguir a Alex afuera de la habitación.

—Creo que ya sabes la respuesta, Rory. Si lo que dijo sobre que su clan necesitaba a Sleat es cierto, quizá no tengas mucho tiempo para decidir qué quieres. Su familia puede verse obligada a buscar otra alianza rápidamente. Una alianza que te la quitaría para siempre.

Rory no dio pruebas de haberla oído. Una vez más, permaneció inmóvil delante de las oscilantes llamas de un fuego que limpiaba el alma.

Pero la había oído.

Tres días después, el MacDonald de Sleat observaba desde las almenas del castillo de Dunscaith cómo se acercaba el grupo de hombres del clan MacLeod, a través de los herbosos y enmarañados brezales. Reconoció de inmediato a la mujer encapuchada sentada a horcajadas en el palafrén; después de todo, la capa que llevaba se la había proporcionado él.

Sleat soltó un juramento y se pasó el dorso de la mano por la boca para limpiar los restos de vino. Así que su desleal sobrina volvía custodiada, bajo guardia; debían de haberla descubierto. Es decir, había sucedido lo que esperaba. La mocosa había fracasado. Era una estúpida por haber sucumbido tan fácilmente ante una cara atractiva. Se encogió de hombros, asqueado. Bueno, ¿qué se podía esperar de una mujer? Las mujeres solo eran buenas para dos cosas: aportar una dote importante y proporcionar un heredero. Era buena cosa que él fuera lo bastante inteligente para no jugarse sus derechos al señorío, confiando solamente en la habilidad de una muchacha. Ya tenía en marcha un plan alternativo.

Se pasó los dedos por la barbilla, considerando el regreso de su sobrina. Conocía la entrada secreta a Dunvegan, de eso no le cabía ninguna duda. Los Mackenzie habían seguido a los tres MacLeod que huían después del último ataque hasta que, sencillamente, desaparecieron en el interior de la pared del acantilado rocoso, por debajo de Dunvegan. El jefe Mackenzie había registrado la zona a fondo en busca de la entrada, aunque sin resultado. Pero Isabel podría encontrarla. Vigilaría a su sobrina de cerca. Y esperaría. Todavía podía serle de alguna utilidad.

Pensó irritado que había sido otro intento frustrado de acabar con MacLeod. Aquel hombre estaba demostrando ser muy difícil de matar. Había acariciado muchas esperanzas de que su último intento tuviera éxito, hasta que su informador le advirtió de la milagrosa recuperación del jefe MacLeod. Sleat no creía que fuera realmente magia lo que había permitido que MacLeod escapara a la muerte tantas veces, pero no correría riesgos. Aquella maldita bandera había derrotado antes a los MacDonald, y no lo haría otra vez. Magia o suerte, no importaba, no tardaría en acabárseles. Todo estaba dispuesto; pronto reclamaría el señorío de las Islas y dominaría las Islas Occidentales. No pasaría mucho tiempo antes de que su sueño se hiciera realidad.

El gran Rory MacLeod no sería un obstáculo en su camino.

24

Isabel esperaba un indulto que nunca llegó. Aunque su cabeza le decía lo contrario, su corazón se negaba a aceptar que quizá él no la perdonara. Bessie la había instado a darle tiempo, tiempo para que su ira se disipara y para que comprendiera. Pero Isabel había esperado lo suficiente. Si esperaba más, podía encontrarse a Rory casado con otra.

Un agudo dolor le atravesó el pecho, como siempre que pensaba en él, lo cual hacía constantemente. Anhelaba conseguir perspectiva, el embotamiento agridulce del tiempo, pero solo hacía poco más de una semana que él la había enviado de vuelta.

Esto significaba que había soportado cinco días sola con su tío, obligada a esperar a que llegara su familia a Dunscaith y la escoltara de vuelta al castillo de Strome. No es que tuviera ganas del inevitable enfrentamiento con su padre. No, había fracasado por partida doble, defraudando a su familia y perdiendo a Rory. Pero, por lo menos, la llegada de los suyos pondría fin a los interrogatorios de Sleat. Percibía que su tío estaba simplemente tomándose su tiempo, esperando que ella cometiera un error. Estaba claro que no había creído su historia cuando le dijo que estaba tan profundamente conmocionada después del ataque de los Mackenzie que no recordaba cómo habían llegado a la entrada secreta a Dunvegan. Sleat planeaba algo. Si pudiera averiguar qué era.

Permanecía, como había hecho días y días, junto a la ventana de su tocador, que daba al hermoso *loch*, mirando hacia el norte, más allá del gran Cuillin, hacia donde estaba su desconsolado corazón. Escudriñaba el paisaje en busca de un jinete, alguien que le trajera las noticias que anhelaba oír.

En cambio, un ruido sordo la hizo despertar de su ensoñación. Instintivamente, se llevó las manos al estómago que le pedía ruidosamente alimento. Lo reconocía; no había comido apenas en la última semana. Los penetrantes olores a comida le revolvían el estómago, pero sabía, por lo floja que le quedaba la ropa, que había perdido demasiado peso. Necesitaba estar fuerte si quería luchar por Rory.

¿Iba a luchar por Rory? Sus pupilas se dilataron. Sintió un principio de despertar en medio del helado sopor de su congoja... y un indicio de algo que solo se podía llamar entusiasmo.

Tenía que hacer algo; no podía seguir de aquel modo. Necesitaba que él supiera cuánto lamentaba lo que había hecho y conseguir que él la comprendiera. Ojalá pudiera compensarlo y demostrarle que era digna de su confianza... y de su amor. Se dirigió abajo, a las cocinas. Primero, tenía que comer. Luego podría pensar. Y elaborar un plan.

—Buenos días, Willie. ¿Vas a algún sitio?

Un Willie muy agitado acababa de salir de la biblioteca de su tío cuando Isabel lo saludó al volver de las cocinas. Se sentía mucho mejor después de la ligera comida que se había obligado a tragar, y estaba dispuesta para empezar a elaborar sus planes.

Sobresaltado por el sonido de su voz, Willie tropezó y el montón de misivas que llevaba en las manos salió volando, como si fuera una tormenta de pergaminos, por encima de su cabeza, esparciéndose a su alrededor, de cualquier manera, por todo el suelo. Después de un momento de estupefacción, consiguió controlarse lo suficiente como para hablar.

—Buenos días, milady.

Isabel no tuvo el valor de corregir su errónea manera de dirigirse a ella. Ya estaba lo bastante nervioso.

—Parece que tienes que entregar algunos mensajes.

—Sí, milady. —Consiguió enderezarse, sin dejar de mirarla fijamente. Al reconocer aquella mirada, Isabel abandonó con desgana la conversación. Se inclinó para ayudarlo a recoger las desordenadas cartas esparcidas por la estera. De repente, su mirada se posó en el conocido lema y el sello distintivo: PER MARE PER TERRAS.

¿Los caprichosos hados le sonreían por fin?

El corazón le latía furiosamente esperanzado y sus ojos se abrieron sorprendidos al ver a quién iba dirigida la misiva. ¡Por favor, que aquello fuera lo que estaba esperando! Con cuidado, estiró el cuello para mirar a Willie y asegurarse de que no podía ver lo que estaba haciendo, y deslizó la carta entre los pliegues del vestido. Le entregó las demás que había recogido y le sonrió sinceramente complacida, por vez primera desde hacía una semana. Distraídamente, le deseó buen viaje y se esforzó por no lanzarse a la carrera escalera arriba.

Solo hacía poco más de una semana que Isabel se había ido, y Rory no había hecho otra cosa que permanecer sentado delante del fuego, bebiendo enormes cantidades de *cuirm*. Se pasó los dedos por el pelo sin peinar, enganchándose en unos cuantos enredos al hacerlo, y se lo apartó de la cara.

Una chiquilla de nada había derribado al poderoso Rory Mor. Se reiría si la ironía no resultara tan dolorosa. Para un hombre que se enorgullecía de su control y firmeza, descubrir que no era inmune a las emociones era un duro golpe. Cada hombre tenía una debilidad. Al parecer, Isabel MacDonald era la suya.

La cuestión era: ¿qué iba a hacer al respecto?

Lo que tenía que hacer era enfrascarse en sus deberes, encontrar un medio de restablecer la alianza con Argyll y hacer planes para reanudar la lucha contra Sleat. En cambio, allí estaba, diseccionando cada momento de los últimos meses y analizando cada palabra de sus conversaciones con Isabel, incapaz de concentrarse en nada más.

Al disolver el compromiso y enviarla de vuelta con los suyos, Rory había actuado como siempre hacía: con frialdad, sin pasión y con firmeza. Su juicio era sólido. Nunca había puesto en duda una decisión. Pero comprendía que en aquello, en decidir el destino de alguien a quien amaba, no tenía experiencia. No podía arrancar a Isabel de su corazón solo porque quisiera hacerlo.

Lo había agraviado, sí. Pero cuando su ira se enfrió, Rory empezó a darse cuenta de que la traición de Isabel no estaba tan clara como había pensado al principio. Había aceptado el compromiso con él con falsos propósitos, pero no podía culparla por ser leal a su clan. Debería haber acudido a él, pero podía comprender sus vacilaciones. Lo había espiado, pero no había cogido la bandera.

Sin embargo, había una cosa por encima de todas que le impedía dejar atrás para siempre a Isabel. ¿De verdad lo había elegido a él antes que a su tío y a su familia?

Alguien llamó a la puerta y lo despertó de sus ensueños.

Levantó la vista y vio a Douglas.

—Una carta, jefe. Del rey.

Rory se quedó mirándolo sin comprender, con los ojos enrojecidos por la falta de sueño. Tardó unos momentos en darse cuenta de qué tenía en la mano.

Douglas también se dio cuenta, porque permaneció rígido, esperando instrucciones, sin querer mirar a su jefe a los ojos. Lentamente, Rory rompió el sello, desdobló el pergamino y empezó a leer. Cuando acabó, soltó una carcajada dolorosa.

—Bueno, parece que tengo una respuesta a mi propuesta.

—Sí —dijo Douglas sin alterarse, sin dar pruebas de la curiosidad que Rory estaba seguro de que sentía.

—El rey ha aceptado ceder Trotternish a los MacLeod como parte de la dote de Isabel, cuando nos casemos.

—¿Qué vas a hacer?

Rory se encogió de hombros.

—No lo sé. —Era la respuesta a sus plegarias, y había llegado demasiado tarde.

—¿Le digo al emisario real que espere tu respuesta?

—No. Necesito tiempo para pensar.

Rory despidió a Douglas y volvió a leer el párrafo que lo había dejado paralizado de asombro.

> Dado que, en su reciente misiva a la reina, nuestra queridísima Isabel nos ha dado garantías de su felicidad y también nos ha rogado que dispongamos de Trotternish en beneficio de los MacLeod, nos complace hacerlo así, en las condiciones que exponías en tu carta.

¿Isabel le había escrito a la reina en su favor? La pequeña grieta que había en su resolución se abrió de arriba abajo. Era verdad, lo había elegido a él y en aquel momento, en parte gracias a Isabel, disponía de los medios para reclamar Trotternish para los MacLeod y, por lo menos parcialmente, vengar el deshonor que Sleat había infligido al clan. Si se casaba con ella.

Pero ¿podría encontrar las fuerzas para perdonarla?

Rory sintió el destello de algo en su interior. Reconoció de inmediato lo que era: una posibilidad.

25

El jefe MacDonald de Sleat se enfureció al descubrir que Isabel había desaparecido. No le gustaba que lo engañaran, especialmente si era una muchacha quien lo hacía. Había esperado algo parecido, pero ella se le había adelantado. Aunque, curiosamente, tenía que reconocer que su sobrinita lo había impresionado. La hija de Janet era más fuerte de lo que parecía. Sleat no estaba totalmente desprovisto de sentimientos familiares. Casi lamentaba que su sobrina tuviera que ser sacrificada. Casi.

Pero era necesario. Dirigió su mirada, calculadoramente, hacia su invitado, que acababa de llegar. El jefe Mackenzie no se daría por satisfecho con nada que no fuera la muerte de Isabel. La casi violación de la joven a manos de su hijo, aquel muchacho estúpido, había sido otro desdichado precio de la guerra. Sleat se acarició la barbilla, pensativo y filosófico. No, no había manera de evitar la muerte de Isabel. Si ella hubiera cumplido con su parte, quizá se habría decidido a ayudarla. Pero, igual que la mayoría de las mujeres, lo había decepcionado.

Que el jefe Mackenzie hubiera llegado a Dunscaith solo unas horas después de haber detectado la desaparición de Isabel era un golpe de pura suerte. Unas horas más y no habría ninguna posibilidad de adelantarse a ella. Por fortuna, Sleat había descubierto la ausencia de Isabel casi de inmediato. Otro golpe de suerte. Una sirvienta de corazón bondadoso había pensado en animar a la joven a comer llevándole unas galletas de avena especiales, endulzadas con miel, y se había encontrado con que la chiquilla había desaparecido. Sleat había comprendido de inmediato adónde se dirigía.

—Ve tras ella —le dijo al otro jefe—. Pero tendrás que viajar rápido para adelantarla. Y no debe verte. Solo un puñado de hombres. Si tienes paciencia, ella te conducirá a la entrada.

Los ojos del Mackenzie se entrecerraron.

—¿Cómo puedes estar tan seguro de que vuelve a Dunvegan?

Sleat se encogió de hombros.

—Instinto. Se imagina que está enamorada de él. Además, ¿a qué otro sitio iba a ir? —dijo desdeñoso—. Tendrá mucho cuidado de asegurarse de que nadie la sigue, pero por supuesto, tú no la seguirás.

—Iré directamente al lugar donde los perdimos después del ataque. Sé justo dónde esperar. La seguiré dentro y mis hombres te esperarán —dijo el Mackenzie.

Sleat asintió.

—No hagas nada precipitado. No estaremos muy lejos.

Con el MacLeod muerto y un ataque sorpresa contra el castillo, por fin la victoria sería suya.

Puede que su sobrinita le hubiera sido útil, después de todo.

Casi había llegado. De vuelta en Dunvegan, a Rory y a lo que esperaba fuera su perdón. Porque Isabel tenía en su poder el medio de demostrarle su lealtad.

La excitación y la esperanza la espoleaban a seguir adelante, porque hacía rato que su cuerpo había dejado de cooperar. Tenía los hombros hundidos, le pesaban con una fatiga profunda y un dolor de huesos que nunca antes había experimentado. Aunque por lo general era una amazona excelente, ahora tenía que esforzarse por mantenerse erguida, montada a horcajadas en el palafrén. ¿Cuándo fue la última vez que notó alguna sensación en el trasero? Debió de ser muchas millas atrás, muchas horas atrás. El interior de sus muslos estaría irritado durante muchas semanas. Pero tenía que mantener un ritmo constante que la llevara a su destino lo más rápidamente posible.

La suciedad y el polvo le dibujaban surcos en la cara. Con el dorso de la mano se secó la humedad que le empañaba la frente. No era mucho lo que podía hacer respecto a las gotas de sudor que se acumulaban bajo la gran cantidad de pelo, que llevaba sujeto en la nuca. Hacía demasiado calor. Llevaba un sombrero de ala ancha, pero después de los largos y soleados días en la silla, ni siquiera eso había logrado impedir las quemaduras enrojecidas que le cubrían la nariz y las mejillas.

Por lo menos, las manos enrampadas estaban protegidas del sol por los finos guantes que solía llevar con el vestido. Por desgracia, aquellos finos y elegantes guantes de piel quizá la protegieran del sol y los mosquitos, pero después de tantas horas de un uso intenso y constante, no la protegían de mucho más. La voluminosa falda de su traje estaba dividida por la mitad para poder montar a horcajadas, pero era, por lo demás, demasiado engorrosa para un viaje tan largo y difícil. Deseaba con toda su alma haber podido hacerse con un par de pantalones de montar y unos guantes de piel resistente, pero no había habido tiempo.

Llevaba dos días y dos noches viajando hacia el norte, más de cincuenta millas por carretera —a veces camino— desde Dunscaith en la península occidental de Sleat. Dos días cabalgando para un viaje que, normalmente, llevaba tres días enteros o más. Recordaba con qué excitación nerviosa se había escapado, con mucha cautela, de un Dunscaith dormido, armada con la prueba de la traición de su tío. La carta que le había robado a Willie era más de lo que habría podido soñar. Dudaba que su padre estuviera al tanto de los planes de Sleat. Con aquella carta en sus manos, Rory tendría los medios para destruir a su tío. Sería el arma que necesitaba para que Sleat perdiera el favor del rey. Y al dársela, Isabel le entregaría lo que deseaba por encima de todo: un medio para vengar el deshonor sufrido por su clan a manos de Sleat.

Isabel esperaba que aquello demostrara de forma irrefutable su lealtad hacia él.

Ansiosa por partir, sin embargo, se había visto obligada a esperar antes de ponerse en marcha, hasta asegurarse de que Willie se había marchado para entregar el resto de mensajes; quería estar segura de que nadie se daba cuenta de que faltaba una carta. Pero Willie se había ido directamente después de su colisión en el pasillo, lo cual le permitió emprender el viaje aquella misma noche.

Era bien entrada la mañana del tercer día del viaje y solo le quedaban unos cuantos estadios hasta su destino.

Palmeó cariñosamente a su montura en el caliente cuello. Los establos de su tío se contaban entre los mejores de las Highlands y las Islas. El palafrén que había tomado prestado era, sin ninguna duda, un magnífico animal. Sabía que le había exigido mucho, pero no había más remedio. Tenía que seguir adelante para mantener la ventaja sobre cualquiera que la persiguiera. Se había permitido, a ella y al caballo, algunas horas de sueño cada noche, pero aparte de eso había hecho el mínimo de paradas. No podía darles ventaja a los hombres de su tío para que la alcanzaran, si es que la seguían. Durante el día, no se atrevió a detenerse más que el tiempo necesario para que el agotado animal bebiera y comiera.

Los escasos alimentos que había conseguido guardar de su última cena en Dunscaith se habían acabado el día anterior. El persistente dolor de cabeza que sentía desde entonces debido a la falta de comida se había calmado un poco, pero sabía que en cuanto desmontara tendría que luchar contra el mareo.

Por lo menos, esa parte del trayecto la conocía. A veces le preocupaba que su escasa habilidad para orientarse la llevara por el camino equivocado. En su primer día de viaje, había estado a punto de tomar la bifurcación equivocada —la que llevaba a Port Righ en lugar de a Dunvegan— en la base de las grandes montañas Cuillin. Después de aquello, tuvo mucho más cuidado. Durante el día utilizaba el recorrido del sol para seguir en dirección norte, pero orientarse por la noche era más difícil. No se atrevía a detenerse y pedir indicaciones por miedo a que los hombres de su tío lo utilizaran para seguirle la pista.

Era sorprendente que no la hubieran alcanzado. Durante las primeras horas después de la salida del sol, el día en que se había marchado, sabiendo que debían de haber descubierto que no estaba, se sobresaltaba con cada ruido, miraba desconfiada cada pueblo y echaba ojeadas hacia atrás con tanta frecuencia que el cuello empezó a dolerle. Había cogido su arco como protección, pero hasta el momento no lo había necesitado. O su tío no sabía hacia dónde se dirigía o, lo más probable, había decicido esperar a que llegara su padre antes de ir tras ella.

Un absoluto cansancio le impedía observar la fastuosa magnificencia del campo, que se extendía ante ella como si fuera un banquete. Las colinas estaban llenas de un calidoscopio de flores silvestres estivales. Matorrales de brezo de color lavanda formaban un margen natural para el camino. El mar centelleaba a su izquierda y, a su derecha, los brezales verdes y herbosos ondulaban con la suave brisa. Más adelante, la exuberante densidad de los bosques la llamaba.

Un súbito e inexplicable escalofrío, quizá el gélido viento del recuerdo, le recorrió la espalda. Estaba casi en el mismo sitio donde los Mackenzie habían atacado a Rory.

Dunvegan estaba justo delante.

Sacó al palafrén del camino y lo dirigió hacia el bosquecillo.

No correría ningún riesgo. Tendría que usar la entrada secreta. No se atrevía a arriesgarse a que Rory le negara la entrada. Esta vez no le dejaría alternativa: Rory la escucharía tanto si quería como si no.

Isabel se concentró en su tarea, esforzándose en recordar el camino hasta la entrada. Cuanto más se acercaba a la entrada oculta, más cuidadosamente comprobaba lo que la rodeaba. Nada. No la seguía nadie, de eso estaba segura. Tomó la ruta que habían recorrido a lo largo del brazo del *loch* y se detuvo ante la impresionante cara del acantilado.

Dunvegan, con todo su imponente esplendor, estaba en lo alto de la roca que había por encima de ella. Los muros estaban situados tan cerca del borde del acantilado que parecía que fueran a deslizarse al abismo solo con que los empujaran ligeramente. El propio edificio, de gruesa piedra gris, no ofrecía una cálida bienvenida. Pero en lugar de disuadir a Isabel de sus propósitos, la vista de aquel montón de rocas, sombríamente bellas, le llenó el corazón de una alegría desbordante e hizo aparecer una amplia sonrisa de satisfacción en su cansado rostro. Enderezó la espalda y echó hacia atrás los hombros.

Dunvegan. Rory. Lo había conseguido.

Casi.

Isabel mantuvo la cabeza totalmente inmóvil, con la barbilla levantada, los oídos alerta y los ojos escudriñando todo lo que la rodeaba, atenta al más ligero ruido o leve movimiento. Al no oír nada más que el constante movimiento del *loch* a su izquierda y el rumor de la brisa entre los árboles y la maleza del bosque a su derecha, observó atentamente, una vez más, todo lo que había a sus espaldas y luego se dirigió hacia la entrada recortada y rocosa que quedaba oculta delante de ella.

Instó al asustado caballo a avanzar, derecho a la cara del acantilado donde se unía al borde del bosque. Respiró hondo, rezando por que le dieran fuerzas, tiró de las riendas para girar bruscamente a la izquierda y se encontró en la húmeda y fría oscuridad del túnel.

26

Quedaos con lo bueno.

Primera carta a los Tesalonicenses 5, 21

Isabel tenía frío y estaba agotada y hambrienta. Había esperado en los túneles hasta que se apagó el ruido de las cocinas antes de subir con cuidado a través de la puerta secreta, recorrer los oscuros corredores y dirigirse sigilosamente a la torre del Hada.

Sin saber cómo la recibirían, Isabel se acercó a la torre con una inquietud cada vez mayor. ¿Qué haría Rory cuando la encontrara en su habitación? ¿La echaría sin querer escucharla? ¿O algo peor? Deseaba poder estar segura de que lo que hacía estaba bien. Pero pensaba en su enorme infelicidad de los diez días anteriores y sabía que no le quedaba otra alternativa. Tenía que intentar arreglar las cosas.

Se detuvo en el umbral de la torre del Hada y echó una rápida mirada alrededor, antes de entrar a toda prisa. Estaba empezando a subir la escalera cuando alguien la cogió por detrás, tirando de ella y haciéndola chocar contra un pecho duro como la piedra. Soltó un grito ahogado.

Su captor le hizo dar media vuelta para verle la cara, e Isabel respiró de nuevo. Era Rory. Se sentía tan aliviada de haberlo encontrado después de todo lo que había pasado para llegar allí, después de los días de agonía que habían señalado su separación, después de pensar que quizá no volvería a verlo nunca más, que podría haberse desmayado, y estalló en llanto. Se le doblaron las rodillas y, de no ser porque él la sostenía, se habría caído al suelo desmadejada.

Entonces él habló, y su alivio desapareció.

—Por todo lo sagrado, Isabel —juró—, ¿qué estás haciendo aquí?

Ella se encogió ante la furia de su voz. Cautelosa, lo miró. Había pensado mucho en ese momento; la oleada de emoción que sentía solo con volver a verlo era mucho más poderosa de lo que había imaginado. Absorbió cada detalle de su cara. Las líneas fuertes y tensas de sus facciones duras y atractivas, los brillantes ojos azules, la mandíbula cuadrada, los espesos mechones de su... Se detuvo y frunció el ceño. En realidad, Rory tenía un aspecto horrible. Parecía no haber dormido desde hacía días. La verdad era que tenía un aspecto tan horroroso como, probablemente, el que ofrecía ella. Algo se animó en su interior. ¿Era posible? ¿La había echado de menos? No se atrevía a alimentar aquella esperanza.

Deseaba tan desesperadamente tocarlo que le apoyó la mano en el pecho, sintiendo el fuerte palpitar de su corazón bajo la mano. Más que ninguna otra cosa, deseaba lanzarse entre sus brazos y suplicarle que la perdonara, pero sabía que no podría soportar el dolor de su rechazo. No otra vez. No hasta que él oyera lo que tenía que decirle, si es que la escuchaba.

Los ojos de Rory eran como ascuas mientras la miraba, casi con hambre. Por un momento, pensó que la deseaba y su cuerpo respondió, ablandándose, consciente. Él la cogió con más fuerza por los brazos, acercándosela imperceptiblemente, y ella notó el calor que irradiaba de su cuerpo, olió el amado perfume a sándalo y especias. Estaba tan dolorosamente cerca que le hacía daño no apretarse contra él.

Él parecía tenso por el esfuerzo de controlarse. Tenía los dientes apretados y el delator tic en la mandíbula.

—¿Y bien? Explica por qué te encuentras aquí y no en Dunscaith o de camino a casa de tu padre.

—Necesitaba verte. Sé que dijiste que no querías volver a verme nunca más, pero tengo que explicarme. —Antes de que pudiera oponerse, siguió hablando rápidamente—. Cuando acepté ayudar a mi tío, no os conocía ni a ti ni a tu familia. Solo trataba de ayudar a mi clan. Tendría que haberte dicho la verdad en cuanto comprendí lo que sentía por ti, pero no pude. No mientras no estuviera segura de tus intenciones. Espiarte cuando le dijiste a Alex donde estaba guardada la bandera estuvo mal, aunque lo hice sin intención. Lo siento, pero incluso entonces sabía que nunca te traicionaría ni traicionaría a tu familia. —Observó atentamente su cara, buscando cualquier señal de que sus palabras hubieran penetrado en su acerada barrera, pero lo único que vio fue a un hombre que apenas podía contener su ira—. Sé que no tienes razones para creerme, así que te he traído una prueba de mi lealtad.

—¿Y esta prueba de tu lealtad es la razón de que te vea así? ¿Tan cansada que apenas te tienes en pie? —Sus ojos se oscurecieron—. ¿Dónde está tu escolta?

Ella bajó la vista cohibida, rebullendo incómoda bajo su penetrante mirada.

—¿Has recorrido toda la distancia desde Sleat tú sola? —Incrédulo, la voz le temblaba de cólera—. Pero ¿es que no te das cuenta de lo que podía haberte pasado? Santo Dios, Isabel, ¿cómo has podido ser tan imprudente?

Estaba lívido, pero Isabel detectó también un hilo de alarma en su voz. Todavía la tenía cogida con fuerza por los hombros y no sabía si quería zarandearla o estrecharla contra su pecho. Deseaba tanto creer que se sentía feliz de verla, que se preguntaba si estaba imaginando su preocupación. Unas lágrimas no vertidas le quemaban los ojos.

—Estaba desesperada. Tenía que verte. Esperaba que tú... —... quisieras verme. No consiguió pronunciar las palabras.

Algo cambió en la cara de Rory. Por un momento, Isabel pensó que iba a abrazarla y besarla, pero lo que hizo fue dejar caer los brazos y apartarse, pasándose los dedos por el pelo. Al cabo de unos minutos, su mirada volvió a buscar la de ella.

—Has utilizado la entrada secreta.

Isabel se mordió el labio. Sabía que él se enfadaría.

—Tuve mucho cuidado. Tenía miedo de que me negaras la entrada, si llegaba por la puerta del mar. —Lo miró—. No podía arriesgarme.

—Había olvidado cuántos de nuestros secretos compartes. —Alargó la mano y le acarició la mejilla, limpiando el polvo y la suciedad de su cara. La dulzura del gesto la dejó estupefacta. Se le hizo un nudo en la garganta, ardiente y en carne viva, a causa de la emoción. El anhelo por recuperar la intimidad que habían compartido, las veces que no había tenido que contenerse para no tocarlo, era casi insoportable—. ¿Qué voy a hacer contigo, Isabel? —Dio un paso hacia ella—. Primero me explicarás qué te ha traído hasta aquí, despreciando tanto tu propia seguridad.

Isabel se sintió aturdida y aliviada. Tenía una posibilidad.

Pero un súbito temor la asaltó; había tanto en juego... Respiró hondo y empezó:

—Cuando estaba en Dunscaith, hace unos días, y mientras ayudaba a Willie a recoger unas misivas que se le habían caído al suelo, vi la insignia de Sleat en una carta dirigida a Robert Cecil, el conde de Salisbury. —Hizo una pausa, esperando a que Rory captara la trascendencia de sus palabras.

Vio la chispa que apareció en sus ojos y continuó, esta vez excitada.

—De inmediato me pregunté por qué Sleat escribía al secretario de Estado de la reina de Inglaterra. Sospeché que mi tío estaba tratando de encontrar otro medio de obtener el señorío para él. Prácticamente me lo había insinuado en una conversación que tuvimos en la reunión de los clanes. Cuando encontré la carta, comprendí que Sleat y probablemente Mackenzie estaban confabulados, con fines de traición, con la reina Elizabeth.

—¿Todo esto lo dedujiste del nombre a quien iba dirigida una misiva? —preguntó Rory, claramente impresionado.

—Estaba desesperada por encontrar cualquier cosa que te hiciera comprender que nunca te traicionaría. Y la carta, bueno, parecía extraña. Por supuesto, cuando la leí no podía creerme lo que había caído en mis manos. Sleat proponía una nueva rebelión en las Islas. Ofrecía sus servicios a Elizabeth; en realidad se refería a sí mismo, precipitadamente, como «señor de las Islas». Proponía que los jefes de las Highlands se unieran a la reina y conservar el señorío para él mismo. Y destruir a los MacLeod de paso. Con los MacLeod aniquilados, no habría nadie lo bastante fuerte en las Islas como para impugnar su reclamación.

Rory hizo un gesto con la cabeza.

—Es todavía peor de lo que pensaba. Sabía que Sleat quería restablecer el señorío, pero no pensaba que cometiera traición para asegurárselo. Puede que yo me encuentre entre la espada y la pared y no esté de acuerdo con los planes de Jacobo para los «bárbaros» de las Islas, pero invitar a los malditos ingleses a Escocia es una propuesta extremadamente peligrosa... y estúpida. —Volvió a mirarla, con una expresión inescrutable—. ¿Sabes a qué te has arriesgado al venir aquí? Si tu tío se entera de lo que sabes, tu vida correrá peligro.

—No lo sabe.

—¿Estás segura?

Isabel asintió, y la cabeza empezó a darle vueltas. Algo iba mal; no se encontraba bien.

—¿Sabes lo que significa esto, Isabel? Si el rey descubre lo que ha hecho Sleat, lo destruirá.

—Lo sé.

—¿Y has cabalgado durante días para decírmelo?

Isabel asintió de nuevo, demasiado llena de esperanza para hablar. ¿Sería suficiente para demostrar su devoción? ¿Podría perdonarla algún día? Se obligó a mirarlo a la cara. Lo que vio hizo que las lágrimas que había estado conteniendo se desbordaran. La miraba con tanta emoción, tanto anhelo, que sus miedos se calmaron y la esperanza que había mantenido encerrada en su interior se liberó, inundándola con la pura intensidad de la emoción.

—No sé qué decir —dijo él bruscamente.

—Di que me crees.

Le secó las lágrimas de las mejillas y le acarició los temblorosos labios con el pulgar.

—Sí, muchacha, te creo. Pero, por desgracia, sin la carta no tenemos ninguna prueba.

Isabel metió la mano en la cintura y sacó el pergamino doblado.

—¿Te refieres a esta carta? —preguntó sonriendo entre lágrimas de felicidad.

Y a continuación se desmayó.

Al ver que Isabel se desplomaba, Rory pensó que el corazón se le paraba. Se lanzó hacia delante, cogiéndola justo antes de que llegara al suelo. Lo invadía el mismo miedo que aquel día en el bosque. Solo cuando se hubo asegurado de que simplemente se había desmayado, se disiparon sus temores... un poco. Pero ¿qué diablos se había hecho aquella mujer?

Con cuidado, la cogió en brazos y la llevó escalera arriba hasta sus habitaciones. Al mirar la mejilla pálida, sucia de polvo, que descansaba apaciblemente contra su pecho, sintió que el corazón dejaba de latirle. La idea de lo que había estado a punto de perder lo golpeó con toda su fuerza.

Al principio, cuando la vio, se había quedado estupefacto, no solo porque pareciera materializarse de la nada, saliendo de sus sueños, sino por lo agotada que estaba. Sus maravillosos cabellos volaban en tremendo desorden alrededor de su cara, transida de cansancio, y oscuras sombras rodeaban sus luminosos ojos violeta. No debía de haber comido desde hacía días, y el arrugado traje le colgaba, flojo, del delgado cuerpo. Su primer impulso había sido cogerla entre sus brazos y comprobar de la forma más básica posible que ella era real, pero la ira que sintió al verla se lo había impedido.

Cuando pensaba por lo que debía de haber pasado para llegar hasta él y el riesgo que había corrido al llevarle la carta, prueba de la traición de Sleat... Se estremeció al pensar en las posibilidades. Si le hubiera pasado algo, nunca se lo habría perdonado.

El momento de su llegada no podía ser más irónico. Después de recibir la misiva del rey, Rory había tomado la decisión de recuperar a su esposa. Aunque tuviera que llevar un ejército al castillo de Strome, la recuperaría. Pero tenía otro plan y confiaba en que sitiar el castillo no fuera necesario. Poner sus planes en marcha había hecho que ir tras Isabel se retrasara.

Seguía teniendo muchas preguntas, pero la carta de Isabel a la reina en su beneficio era una prueba de su lealtad. Pero después de lo que ella acababa de traerle, no podía haber más dudas. Gracias a Isabel, ahora contaba con los medios para destruir a Sleat y vengar el deshonor que aquel hombre había causado a su clan.

La dejó en la cama. Casi de inmediato, ella abrió los ojos y Rory sintió un alivio desbordante.

—¿Qué ha pasado? —preguntó ella desorientada.

—Te has desmayado.

—Yo no me desmayo. —Intentó incorporarse, pero volvió a dejarse caer hacia atrás de inmediato.

Rory frunció el ceño.

—¿Cuánto hace que no has comido?

Un delicado rubor le inundó las mejillas.

—No lo sé.

—Pediré que traigan algo. —Empezó a levantarse, pero ella lo cogió por el brazo.

—No, por favor —rogó—. No quiero nada, todavía no. No hasta que puedas perdonarme. Lo siento tanto, Rory... —Se le entrecortó la voz—. Hice muchas cosas mal y sé que no tengo derecho a pedirte que me perdones, pero necesito que sepas que nunca te traicionaría.

Rory la atrajo hacia él, con la húmeda mejilla contra su pecho, y saboreó la sensación de tenerla de nuevo entre sus brazos.

—Lo sé.

Ella lo miró, con unos ojos llenos de lágrimas.

—¿De verdad?

—Sí —susurró en un tono ronco y acariciador que ahondaba su voz.

Podía perdonarla. En lo más profundo de su ser sabía que Isabel no había estado actuando en los últimos meses. Lo amaba y sabía que no lo traicionaría. Probablemente ya lo había aceptado cuando la envió de vuelta con los suyos, porque ella sabía demasiados secretos. Si hubiera creído realmente que era una traidora, no le habría permitido marcharse. ¿Acaso el lema de los MacLeod no era «Quedaos con lo bueno»? Por la sangre de Cristo, se quedaría con Isabel. Le pertenecía y la tendría. Podía cumplir con su deber y quedarse a la mujer que amaba.

Rory se inclinó hacia ella y, cogiéndole la barbilla, la obligó a mirarlo.

—Te perdonaré por no hablarme del plan de tu tío, pero tú me prometerás que no escucharás más conversaciones privadas... queriendo o sin querer.

Isabel se sonrojó hasta las raíces.

—Lo prometo. Nunca más miraré por las grietas de las puertas.

—Bien. —Le apartó un mechón de pelo de la cara, mirándola tiernamente—. Y lo más importante, también me jurarás que nunca volverás a ponerte en peligro de esta manera.

Ella asintió, y las lágrimas empezaron a rodarle de nuevo por las mejillas.

—No sabía qué otra cosa podía...

—Chis.

La hizo callar poniéndole los dedos encima de sus labios ligeramente entreabiertos. Ya había esperado bastante; tenía que degustar su sabor. Sin poder contenerse, bajó la cabeza y le cubrió la boca con la suya, en un beso suave y seductor. El corazón le dio un vuelco al notar aquel sabor, dolorosamente familiar. Era pura ambrosía; la miel de su boca mezclada con la sal agridulce de sus lágrimas.

Pero Isabel no quería un cortejo amable. Al primer contacto con su boca, gimió y le echó los brazos al cuello, atrayéndolo con fuerza encima de ella. Se tensó y se apretó contra él, besándolo con más fuerza, con una súplica casi desesperada.

Rory sintió cómo su propio control desaparecía, respondiendo a la salvaje llamada del deseo de Isabel. La seducción delicada de unos momentos antes fue sustituida por una violenta marea de pasión exigente. Su boca se movía sobre la de ella con hambre, posesivamente, marcándola con sus labios y su lengua. Le pertenecía; no dejaría que lo dudara. Los labios de Isabel se abrieron y él deslizó la lengua dentro de su boca, uniéndola a la de ella en un íntimo duelo de esgrima. Penetró más y más, saboreando, explorando y devorando hasta los más íntimos recodos de su alma.

No era suficiente. No lo sería hasta que él penetrara profundamente en su interior y ella se agitara a su alrededor con los espasmos de su orgasmo. No hasta que hubieran quemado los recuerdos de su separación con el fuego de su pasión.

Rory sabía que, incluso así, nunca sería bastante.

Al primer contacto con su boca, todo el cuerpo de Isabel se estremeció de alivio y deseo. Casi se deshizo con el familiar sabor y el distintivo olor masculino de Rory. La maravillosa mezcla de sal y sándalo. Gimió, apretándose más contra él. Sus suaves curvas contra unos músculos duros y cálidos.

Recorrió con la manos su espalda y sus hombros, explorando los conocidos relieves de acero. Se dio cuenta de que había recuperado algo del peso perdido con la fiebre. Pero seguía habiendo una delgadez hambrienta en él que no estaba allí antes del ataque. Sus músculos se tensaban bajo sus dedos y una chispa de conocimiento la inundó. El ardor entre ellos se inflamó al instante, como si nunca se hubiera extinguido. Como si hubiera estado solo dormido, ardiendo oculto, aquellas dos últimas semanas. Había un apremio en sus movimientos que evidenciaba la larga separación.

Isabel sintió el conocido hormigueo de deseo en el vientre; instintivamente alzó las caderas hacia él. Rory la cogió por las doloridas nalgas, sujetándola con firmeza contra la sólida prueba de su derecho. El dolor causado por la silla de montar quedó olvidado en el confuso calor que inundaba sus sentidos.

De repente, las manos de Rory estaban en todas partes, cogiéndole los pechos, moldeándole las caderas, deslizándose por los muslos. Su boca le acariciaba el cuello y los hombros, rozando la sensible piel con la áspera barba. Tenía la carne de gallina, de tanto como lo deseaba.

Notó que sus dedos le desataban, expertos, los lazos del vestido. Le bajó el sucio traje de los hombros y lo empujó por las caderas hasta que cayó al suelo. El mismo camino siguieron el corsé y el verdugado. Sus dedos se deslizaron por debajo del fino lino de su camisa, resiguiendo provocadores la curva de su pecho. Isabel se sentía arder allí donde él la tocaba. Cuando su boca siguio deliciosamente el camino de sus manos, se retorció sin control. Sintió que las calzas resbalaban hacia abajo y la camisa desaparecía por encima de su cabeza, hasta que quedó completamente desnuda. La consciencia de su desnudez la cubrió de rubor.

Pero estaba más allá de toda vergüenza.

Y Rory había agotado completamente sus reservas. Isabel estaba hipnotizada por la fuerza del deseo que inundaba sus ojos mientras recorrían su cuerpo desnudo.

Su voz estaba ronca de emoción.

—Eres tan bella, amor mío.

Soltó el broche que sujetaba su *plaid* y se quitó el *leine croich* por la cabeza.

Ahora le tocaba a ella admirarlo. Atrevida, recorrió con los ojos el estómago liso, flanqueado de músculos, el amplio pecho, los musculosos brazos y piernas. El mero tamaño de su rígida erección. Era espectacular.

—Tú también —dijo ella con voz ronca.

—Ha pasado demasiado tiempo.

Tenía la boca excesivamente seca para hablar, así que asintió con la cabeza.

Él se puso encima de ella. Al contacto de su piel sobre la

suya, Isabel se deshizo. Se notaba dulcemente húmeda y caliente donde sus cuerpos se unían. Cuando su miembro le presionó el vientre, se frotó contra él, animándolo, acercándole su húmeda abertura.

—Isabel, si vuelves a hacerlo, no podré controlarme. —Su voz sonaba ronca de deseo.

Isabel no le hizo caso, lo buscó con la mano y cogió firmemente la piel aterciopelada. Movió la mano con el ritmo que él le había enseñado. Vio cómo la cara se le ponía rígida y la mandíbula se le tensaba como si sintiera dolor. Sin ninguna piedad, aumentó el ritmo. Fascinada por la sensación de control que tenía sobre aquel hombre poderoso, sintió cómo los músculos de su vientre se tensaban. Notaba la presión que se acumulaba debajo de su mano y acarició con el pulgar la gota caliente que se escapó de su control.

—Maldita seas, amor mío. Vamos a ver cuánto disfrutas tú de esta tortura.

Rory le apartó la mano y, sin miramientos, le sujetó las suyas por encima de la cabeza con una mano. Ella conocía su fuerza; sabía que nunca podría liberarse. Ni aun en el caso de querer hacerlo. El pelo dorado de Rory le caía hacia delante, por encima de los ojos, pero ella vio la sonrisa traviesa que le dedicó y sintió que otro escalofrío le recorría la columna.

Su lengua dibujó un camino por su pecho, aleteando para hacer que sus pezones se irguieran. Ella se retorcía de placer debajo de él, y sus caderas se levantaban buscándolo. Él se retiraba, negándole su petición. Su boca rodeó la punta del pecho y empezó a chupar lentamente. Isabel sintió la aguda sensación de placer ante la presión de su boca, pero quería más. Mucho más.

Rory incrementó su agonía cuando su boca fue bajando lentamente, exquisitamente, hasta su vientre. Lamiendo y azuzando su piel sensible y ardiente con la lengua.

Su mano llegó a la unión de las piernas. La expectación le hizo retener la respiración. No podía pensar en nada más que en su mano y su boca. En nada más que en lo mucho que deseaba que la tocara.

Él la excitaba y la burlaba. Rozaba, pero no acariciaba el punto que estaba tenso de deseo. Sus labios dejaban ligerísimos besos a lo largo del provocador camino de sus dedos. Ella levantó las caderas hacia su boca, con callada súplica.

—¿Qué te parece esto, cariño?

—Por favor, Rory.

Él se rió.

—Dime cuánto me deseas.

—Por favor, quiero sentir cómo me tocas. Te quiero dentro de mí.

Él gimió.

—Me parece que has aprendido tu lección sobre tortura, amor mío.

Deslizó el dedo dentro de ella y empezó a llevarla al cielo. Ella apretó los muslos sobre su mano, aumentando la presión, la dulce fricción que haría que se deshiciera en mil pedazos. Sabía que estaba muy cerca y su mente se quedó a oscuras cuando la oleada de calor y los agudos espasmos señalaron su orgasmo. Rápidamente, él se puso encima de ella, soltándole las manos y penetrándola con un empuje devorador. Isabel jadeó al notar su fuerza dentro de ella. El medio, pesado y grueso, con que la llenaba. La sensación intensificó la fuerza de su clímax y los espasmos llegaron más fuertes y más rápidos.

Él le cogió las caderas, levantándola para que recibiera sus largos empujones. Isabel arqueó la espalda, apremiándolo para que la tomara con más fuerza, más adentro. Necesitaba sentir la potencia de su pasión, sentir lo mucho que la necesitaba.

Rory percibió su apremio y sus caderas golpearon con fuerza contra ella, salvajes, con un deseo desenfrenado. Nunca antes la había tratado con tanta rudeza. Ella volvió a tensarse contra él, mientras una oleada tras otra de sensaciones estallaba en su interior.

Rory echó hacia atrás la cabeza y se hundió profundamente en ella, palpitando mientras la fuerza de su orgasmo se apoderaba de él, estremeciéndolo. Se mantuvo en lo más profundo de ella, dejando que las ondas de la pasión de Isabel se deshicieran lentamente a su alrededor hasta que, con las fuerzas agotadas, se dejó caer encima de ella.

Carne desnuda contra carne desnuda. Pecho contra pecho, dos corazones latiendo desbocados, al unísono. Se dejó caer a un lado y le apartó, suavemente, un mechón de pelo húmedo de los ojos.

La ternura de su mirada la dejó sin respiración. Al pensar en lo que había estado a punto de perder, Isabel no pudo evitar que las lágrimas le cayeran por las mejillas. Quizá no supiera qué guardaba el futuro para ellos, pero él la había perdonado. Era suficiente.

Rory parecía confuso.

—¿Qué te pasa? ¿He sido demasiado rudo?

Ella negó con la cabeza y sonrió.

—Es solo que soy muy feliz.

Le cogió la barbilla y le depositó un ligero beso en la nariz.

—Estás agotada. —La rodeó con el brazo y empezó a dar instrucciones—. Primero la comida y un baño, luego dormiremos.

Por una vez, Isabel se sintió muy feliz de acatar sus órdenes.

27

Una sensación de frío en la nuca arracó a Rory de los inmovilizadores brazos del sueño, pero la advertencia llegaba demasiado tarde. Quedarse dormido con Isabel, después de casi dos semanas de noches en blanco, había embotado sus sentidos, limitando gravemente sus instintos. Se despertó con la presión fría del acero contra el cuello y el malévolo jefe Mackenzie, con sus ojos vidriosos, inmóvil junto a ellos.

Rory se quedó quieto. El vigorizante torrente de sangre que le aprestaba a la batalla barrió todo vestigio de sueño de su cuerpo. Todas sus terminaciones nerviosas se tensaron, listas para atacar.

Al ver que Rory estaba despierto, el jefe de los Mackenzie sacudió a Isabel.

—Levántate, puta.

Rory quería protegerla, pero no se atrevía a moverse. Todavía no. No con la hoja de la espada tan cerca. Isabel tardó unos momentos en despejarse lo suficiente como para comprender lo que estaba sucediendo. Rory vio cómo sus pupilas se dilataban de miedo.

—Muévete lentamente, amor —dijo para calmarla—. Conserva la calma.

Mackenzie se rió despreciativo, con una expresión que rebosaba de promesas de venganza.

—He dicho que te levantes, puta.

Rory soltó un juramento.

—Haz lo que te dice, amor.

Isabel se aferró a la sábana para cubrir su desnudez y se levantó de la cama. La luna iluminaba a la perfección las sensuales curvas de su cuerpo.

Mackenzie no movió la espada del cuello de Rory, pero sus ojos devoraban la casi desnudez de Isabel. La grisácea lengua salió disparada como la de una serpiente para humedecerse los labios. Un deseo obsceno transformó sus rasgos, convirtiéndolos en una máscara de depravada crueldad. Rory notó cómo se tensaban todos los músculos de su cuerpo. La ira le recorrió el cuerpo. Sería un placer matar al hombre que se atrevía a amenazar a su mujer. Pero primero necesitaba crear una distracción.

Por desgracia, al parecer a Isabel se le había ocurrido lo mismo. Era evidente que estaba aterrorizada pero, sin importarle el riesgo, atrajo la mirada de Mackenzie hacia ella, dejando que la sábana se deslizara, inocentemente, hacia abajo, dejando casi al descubierto sus pechos. Maldición. Un súbito estallido de ira rompió en su interior. Le había jurado que no volvería a ponerse en peligro. Cuando todo aquello acabara, la estrangularía. Lo único que le impedía hacerlo en ese momento era saber que estaba tratando de sacrificarse por él y que su treta estaba teniendo éxito. Demasiado éxito.

—¿Cómo has llegado hasta aquí? —preguntó Rory, aunque ya se lo había figurado.

Los ojos de Mackenzie seguían devorando la casi desnudez de la joven, pero por lo menos no se movió para tocarla.

—¿No lo sabes? La he seguido a ella.

—¡Es imposible! —exclamó Isabel—. Me aseguré de que nadie me siguiera.

—Tuviste cuidado de que no hubiera nadie detrás de ti. Pero yo tenía una ventaja. Sabía adónde te dirigías... dónde desaparecisteis la última vez. Así que esperé que tú vinieras a mí.

Isabel maldijo en voz baja y se volvió hacia Rory.

—Lo siento, todo ha sido culpa mía.

Instintivamente, Rory se movió para calmarla, pero tuvo

que detenerse ante la presión de la espada en su cuello. Se echó hacia atrás de nuevo.

—No podías saberlo, amor. —Se volvió hacia el jefe Mackenzie—. ¿Dónde están los otros? ¿Has venido solo?

Mackenzie se encogió de hombros.

—Paciencia, MacLeod. Cada cosa a su tiempo. —Echó una mirada lasciva a Isabel—. Hay cosas que no pueden esperar.

Aquel hombre estaba demasiado ansioso por matarlos. La cabeza de Rory trabajó rápidamente. Quizá fuera una ventaja para ellos que Mackenzie hubiera seguido a Isabel hasta allí él solo o con un puñado de hombres. Pero Rory sabía que tenían que actuar rápido. Sleat no estaría muy lejos. Atrajo la atención de Mackenzie una vez más.

—¿Qué quieres?

—La bandera del Hada, claro. Para empezar. —Mackenzie miró lascivo a Isabel. Rory contuvo el impulso de arrancarle aquella sonrisa libidinosa de la cara.

—Nunca —afirmó Rory. Una serena autoridad vibraba claramente en su voz, pese a la presencia de la pesada espada contra su cuerpo.

—Ya lo veremos. —Mackenzie se volvió hacia Isabel—. Tú, puta, tráeme la bandera. Sin trucos; sé el aspecto que tiene.

—Nunca —dijo Isabel, cruzando la mirada con Rory, imitando la calmada autoridad que había oído en su voz.

—¿Te atreves a desafiarme? ¿Tú, la ramera que atrajo con engaños a mi hijo a la muerte? Disfrutaré viendo cómo suplicas. ¿Cuánto te importa tu esposo a prueba?

Mackenzie movió rápidamente la espada y la hoja, afilada como una navaja, abrió un profundo tajo en el hombro desnudo de Rory. Rory aguantó sin decir nada, pero Isabel gritó horrorizada cuando la sangre brotó a borbotones de la herida.

—Ya veremos lo decidida que estás a desafiarme cuando lo vaya cortando pedazo a pedazo. ¿Cuánto crees que podrás aguantar su dolor? Cuando acabe, me suplicarás que le rebane el cuello.

El placer transformaba la cara de Mackenzie mientras hablaba. La búsqueda de venganza había insensibilizado a aquel hombre; no quedaba nada más que maldad en su alma. Rory sabía que Mackenzie los mataría, con o sin la bandera. No dudaba de su capacidad de vencerlo de hombre a hombre, pero si se volvía contra Isabel... Necesitaba una distracción —que no fuera la que proponía Isabel— para poder alcanzar un arma.

Recorrió la estancia con la mirada, desde la chimenea hasta la silla, pasando por el cofre que Isabel nunca había enviado a recoger...

Apartó los ojos. La chimenea, los baúles de Isabel. Una lenta sonrisa se extendió por su cara. Le daría al jefe Mackenzie lo que quería.

Rory se volvió hacia Isabel.

—Isabel, cariño, no tenemos elección. Dale la bandera. —Señaló hacia el cofre—. Está en mi cofre, allí.

Rory vio alivio y comprensión en sus ojos. Fue hacia el cofre, arrastrando la sábana con ella para cubrir su desnudez. Lentamente, levantó la tapa y cogió el chal de Bessie de entre el montón de ropa. Lo sostuvo en alto, con aire reverente, para que el jefe Mackenzie lo viera. Cuando desvió la mirada hasta Rory, él le señaló el fuego con los ojos.

Ella asintió y él supo que lo había entendido.

Isabel dio un paso, en apariencia inocente, hacia la chimenea.

—Aquí está. —Sostuvo la tela en alto para que el jefe Mackenzie la viera y luego la arrugó rápidamente, formando una bola.

—Dame la bandera, chica, o le separaré la cabeza del cuerpo. ¡Ya!

Rory esperó para asegurarse de que los ojos del hombre seguían fijos en la «bandera». Lo único que necesitaba eran unos segundos.

—Aquí está, si la queréis... cogedla. —Y antes de que el jefe Mackenzie se diera cuenta de lo que iba a hacer, lanzó el chal a las crepitantes llamas.

—¡No! —aulló Mackenzie.

Se lanzó a coger el trozo de tela, utilizando la espada para sacarlo del fuego, y Rory saltó desnudo de la cama y cogió una daga de entre el montón de ropa que se había quitado.

—Apártate, Isabel —ordenó quedamente.

Ella corrió hasta el rincón más alejado de la habitación, tan lejos como era posible del alcance del jefe Mackenzie.

Pero no era necesario; la distracción había funcionado.

Con la mirada de Mackenzie fija en la «bandera», Rory contó con los preciosos segundos que necesitaba para atacar. Sintió el conocido y ardiente flujo de la sangre y la claridad mental que siempre tenía en la lucha. Con la daga levantada, Rory se lanzó contra Mackenzie. Se movió con una precisión letal, con sus ojos fijos en la pieza que iba a cobrar.

El jefe Mackenzie comprendió demasiado tarde su error. Se volvió en el último momento para desviar el golpe, pero su esfuerzo fue inútil. No era posible parar a Rory; bloqueó fácilmente el golpe de la espada de Mackenzie. Con la acerada determinación de un hombre decidido a proteger a la mujer que amaba, Rory hundió la daga profundamente en el corazón de su presa.

Los ojos de Mackenzie se abrieron como platos y la boca hizo una mueca de sorpresa. Los atroces gorgoteos de la muerte resonaron por toda la habitación mientras él permanecía atravesado por la daga contra la chimenea. Rory soltó el arma y el jefe Mackenzie se deslizó al suelo, con la cara convertida en una máscara mortal de asombro, y sus ojos fríos e inexpresivos fijos en un vacío eterno. Igual que los de su hijo unos meses antes.

Se había acabado.

Isabel corrió a sus brazos.

—Creía que iba a matarnos.

Rory le alisó el pelo.

—Nunca dejaría que alguien te hiciera daño. —Pero el desbocado palpitar de su corazón le decía que el peligro estaba mucho más cerca de lo que le habría gustado. Todavía no había ruido de ataque, pero tenía que prepararse. El jefe Mackenzie no había acudido solo.

Isabel lo miró con lágrimas en los ojos.

—Oh, Rory, lo siento mucho. Te juro que no sabía que me estuviera vigilando.

Él le puso los dedos sobre los labios.

—Calla, amor. Confío en ti. —La apartó un poco para mirarla y una expresión sombría apareció en su atractiva cara—. Pero pensaba que estábamos de acuerdo en que no volverías a hacer nada imprudente. Que te resbalara la sábana no fue ninguna casualidad.

Vio que el color le inundaba las mejillas y que sabía muy bien a qué se refería. Ella intentó adoptar un aire contrito.

—Tenía que conseguir que apartara aquella espada de tu cuello. No se me ocurrió ninguna otra manera de distraerlo.

—Ya sé qué estabas tratando de hacer, pero la próxima vez guarda tu seducción para mí. Y solo para mí.

Isabel frunció el ceño.

—Por si no te acuerdas, lo intenté, pero te mostraste inmune. Era muy frustrante.

Rory negó con la cabeza.

—No, niña, inmune nunca. —La atrajo de nuevo hacia él y la besó, diciéndole con su boca y la dureza de su cuerpo lo mucho que ella lo afectaba. A regañadientes, interrumpió el beso—. Luego. Tengo que despertar a los hombres y ocuparme de la seguridad del castillo. —Las ideas se agolpaban en su cabeza. Comprendía que el jefe Mackenzie debía de haber viajado muy rápido para adelantarse a Isabel, pero no podía estar seguro de la distancia a que se encontraban entonces los demás.

—¿La entrada?

Rory asintió.

—Sí, por ahí es por donde intentarán entrar. —Se dio media vuelta, e iba a coger su ropa cuando oyó la exclamación de Isabel.

La sábana con que se cubría estaba empapada en sangre.

—Tu hombro; está sangrando.

—No es nada, solo un arañazo. —Un arañazo que le dolía como todos los demonios.

Sus miradas se encontraron. Rory sabía que ella quería protestar, pero no había tiempo.

—Ten cuidado de que no vuelvan a herirte.

Él depositó un beso rápido en sus labios.

—Haré todo lo que pueda.

Fue más fácil de lo que Rory esperaba. La sed de venganza había empujado al jefe Mackenzie a actuar precipitadamente, sin esperar la llegada de Sleat. Los hombres que lo habían acompañado y que había dejado de guardia estaban esperando junto a la entrada secreta a que su jefe volviera, y allí los sorprendieron Rory y sus hombres. Cuando Sleat llegó, no había nadie para recibirlo. Nadie para informarle de dónde estaba la entrada. En unas pocas horas, Rory había convertido de nuevo el castillo en un lugar seguro y había vuelto a su habitación. Isabel lo esperaba con una aguja para coserle la herida.

Más tarde, se sentaron a una pequeña mesa que habían dispuesto para que Isabel comiera. Rory estiró las largas y musculosas piernas, se recostó en la silla con una copa de *cuirm* y se quedó mirándola, reacio a apartar los ojos de ella, por si desaparecía. Todavía no podía creerse que ella estuviera allí.

—No creo haberte visto disfrutar tanto de una comida —dijo divertido.

Isabel parecía un poco avergonzada, consciente de haber atacado la fuente con un placer impropio de una dama.

—Lo siento, pero es que estoy muerta de hambre. Llevo un par de semanas luchando contra ataques de náusea. —Arrugó la nariz—. No puedo soportar el olor de ciertos alimentos, en especial del arenque —dijo estremeciéndose.

Igual que mi madre cuando estaba...

Rory se quedó paralizado, obligándose a conservar la calma, pero el pulso se le aceleró al pensar en lo que podía ser.

No podía estarlo. Pero él, más que nadie, sabía que sí que podía. Recordó su noche de celebración, casi dos meses atrás, cuando perdió el control y vertió su semilla dentro de ella. El corazón le dio un vuelco. Su hijo. ¿Podía Isabel estar encinta de su hijo? La emoción hizo presa en su pecho con una intensidad que lo dejó aturdido. Quería ese hijo con cada fibra de su ser.

Bebió un largo sorbo de *cuirm*, apretando la copa con tanta fuerza que se le pusieron los nudillos blancos. Con tanta naturalidad como consiguió reunir, preguntó:

—Isabel, ¿te acuerdas de la noche después de la reunión de los clanes?

Ella lo miró interrogadora, con las cejas formando una V perfecta por encima de su naricilla.

—Claro.

Él le sostuvo la mirada fijamente.

—¿Has tenido tu flujo desde entonces?

Ella ladeó la cabeza, pensándolo.

—No, creo que no. ¿Por qué...? —Se interrumpió con una inhalación brusca, llevándose la mano a la boca cuando cayó en la cuenta de lo que él pensaba. Lo miró con los ojos muy abiertos, sin acabar de creérselo—. ¿Un hijo?

—Es posible —dijo él, con voz turbia de emoción.

Isabel apoyó la mano en su vientre.

—Dios santo, ¿cómo he podido no darme cuenta? He estado tan preocupada por todo lo demás que nunca pensé siquiera...

Rory tenía ganas de esconder la cara entre las manos y echarse a llorar. De alegría porque su amor hubiera creado algo tan hermoso. Y de pesar. La devolví a su clan. Podía haberlos perdido a los dos. Nunca más. Se levantó y la abrazó, acunándola dulcemente contra él, abrumado por lo que podía haber perdido, pero ahora había vuelto a él.

—Oh, Rory, lo siento —dijo ella sollozando.

Le cogió la barbilla y la levantó hacia él, mirándola a lo más profundo de aquellos tumultuosos mares de color violeta.

—¿Qué tonterías dices? ¿Por qué tendrías que sentirlo?

—Sé que no querías que un hijo lo complicara todo.

Rory sonrió.

—Un niño no complicará nada. —La verdad era que no se le ocurría nada más perfecto.

—Pero ¿y la alianza?

—Ya no hay ninguna alianza con Argyll. Hace ya tiempo que decidí que no podía permitir que te marcharas.

Por la cara de Isabel, parecía que él acabara de regalarle la luna. Comprendía lo que podría haberle costado.

—Pero ¿y Trotternish?

Rory se apresuró a explicarle lo de la carta que había recibido del rey Jacobo. Sabía que se enfadaría por la muerte del jefe Mackenzie, pero no podía culparlo por matar a un hombre que lo había atacado en su propia habitación.

Una enorme sonrisa se extendió por la cara de Isabel.

—¿Así que mi carta a la reina Ana sirvió de algo?

—Le llegó justo después de la mía al rey; estoy seguro de que no hizo ningún daño. Pero con lo que me has traído de tu tío, creo que, de todos modos, habríamos podido convencer a Jacobo de nuestra manera de ver las cosas. —La miró intensamente a los ojos—. Así que, ya ves, antes de que llegaras, sabía que no me traicionarías. —Sonrió—. No es que no me alegre de lo que has traído. Pero ya había hecho planes para ir a buscarte.

—¿De verdad?

—He escrito a tu padre. De hecho, creo que podemos esperar su llegada dentro de poco.

—¿Mi padre, aquí?

—Esperaba convencerlo de que un matrimonio, esta vez un matrimonio de verdad, lo beneficiaría. Creo que le hecho una oferta que no puede rechazar.

Las cejas de Isabel se unieron en un ceño.

—¿Qué clase de oferta?

—Le he ofrecido mi apoyo en contra de los Mackenzie, para defender el castillo de Strome.

Isabel le echó los brazos al cuello.

—¿Acordaste hacer eso por mí?

Rory sonrió.

—La verdad es que no fue una decisión muy difícil. Los Mackenzie no son amigos nuestros, especialmente hoy. Y con tu carta, quizá no tarde en tener influencia con el rey.

—Así que, casándote conmigo, podrás reclamar las tierras que querías.

Se dio cuenta de lo que ella estaba pensando.

—Sí, pero no es por eso por lo que quiero casarme contigo. —Tenía que decirle lo importante que era para él—. Eres una MacLeod; eres parte de mi familia. —Sin ti, estoy perdido.

Isabel frunció el ceño con fuerza.

—No lo entiendo. Disolviste nuestro compromiso.

—Sí, amor, y me arrepiento. —Más de lo que ella nunca sabría. Los días anteriores habían sido sombríos de verdad. La besó suavemente en los labios—. Pero ¿es que no recuerdas la historia del bardo? Solo un MacLeod puede tocar la bandera del Hada.

Isabel echó la cabeza hacia atrás y se rió.

—Ojalá lo hubieras pensado antes de devolverme a mi tío. Me habrías ahorrado un gran dolor —dijo severa, pero el chispear divertido de sus ojos estropeó el efecto.

—Tengo que reconocer que no lo pensé hasta después. Pero me parece que siempre he sabido que me pertenecías. Desde el primer momento en que te vi. —Sonrió al ver su cara de incredulidad—. Quiza no siempre era evidente, Isabel, pero estaba ahí.

Gracias a Dios que lo había reconocido antes de que fuera demasiado tarde. Isabel había puesto al descubierto una parte de él que no sabía que existiera. La vida de un líder era muy solitaria. Consumido por el deber y la responsabilidad, Rory había perdido de vista lo que era realmente importante. La felicidad de su hermana, de su hermano y la suya propia. Se había equivocado. Isabel no era su debilidad, era su mayor fuerza.

La intensidad de la emoción que sentía por aquella muchachita le había enseñado humildad.

Rory la estrechó con fuerza entre sus brazos y la miró a los ojos para que no hubiera ningún error en lo que iba a decir, unas palabras que los unirían para siempre.

—Te amo, Isabel, con todo mi corazón.

Mucho más tarde, después de unas reuniones llenas de lágrimas con Bessie, Margaret y Alex, Isabel suspiró profundamente y se acurrucó de nuevo contra la cálida y firme fuerza que había detrás de ella, sumergida en una felicidad tan completa que la dejaba sin respiración. Sintió que los brazos de Rory se tensaban en respuesta, estrechándola con más fuerza todavía. Sus nalgas se deslizaron hasta encajar perfectamente en la curva natural de las caderas y las piernas de él. Uno de los brazos de Rory descansaba cómodamente por debajo de sus pechos y el otro rodeaba, casi protector, su vientre todavía plano.

Un hijo. Isabel seguía sin poder creérselo. Descubrir aquella diminuta vida en su interior la había conmovido más de lo que podía decir con palabras. Nunca habría imaginado la intensidad de la emoción que sentía al saber que llevaba en su seno un hijo de Rory. Estaba unida a aquel hombre de una manera que no habría podido comprender un año atrás. Que una bendición así hubiera nacido de tantas dificultades era un testimonio de la fuerza de su amor y del poder del perdón.

Todavía le daba vueltas la cabeza por todo lo sucedido. Él la había perdonado, la había salvado de la muerte a manos de un demente, le había declarado su amor y le había hecho el regalo de un hijo. Todo en el espacio de un solo día. Una hazaña impresionante, hasta para un hombre como Rory MacLeod. Pero era aquello a lo que él había estado a punto de renunciar lo que le llegaba al corazón. Se había quedado estupefacta cuando él le dijo que tenía intención de casarse con ella, incluso si el rey rechazaba su petición de incluir Trotternish en su dote. Por ella, se había arriesgado a no cumplir con su deber. Saber lo que aquella elección podría haberle costado era una lección de humildad.

Rory le había dado tanto... más de lo que nunca soñó que fuera posible. Un lugar en su familia, una nueva comprensión de sí misma y, sobre todo, su amor. Sin él, estaría incompleta; sería la niña impresionable y vulnerable que era antes de llegar a Dunvegan.

Notaba su respiración acompasada en la nuca. Como suponía que estaba dormido, se sobresaltó al oír su voz.

—¿En qué estás pensando, amor mío?

Isabel sonrió.

—En que nunca había sido tan gloriosamente feliz. Creo que podría quedarme en esta posición el resto de mi vida.

Rory se colocó encima de ella, haciendo que se pusiera boca arriba para poder mirarla a los ojos. Suavemente, le besó la punta de la nariz.

—Hummm —murmuró, dibujando una línea de besos por su mejilla—. Eso quiere decir que, quizá, he descuidado mis deberes. —Su lengua se introdujo entre sus labios entreabiertos para acariciarle el interior de la boca.

Al instante, Isabel sintió cómo la sensación, en cosquilleantes ondas, se extendía por su cuerpo como una cálida caricia. Solo el excitante sabor de su boca bastaba para dejarla suplicando más.

—¿A qué te refieres? —consiguió preguntar a través de la niebla de deseo que ya recorría en espirales todo su cuerpo.

La boca de Rory se hizo más exigente cuando se puso encima de ella y empezó a seducirla vigorosamente con sus labios y su lengua, dejándola sin aliento. Al cabo de unos momentos, él levantó la cabeza y sonrió.

—Todavía no estamos casados y ya te conformas con una única posición.

—Bribón. Ya sabes que no me refería a eso. Y sin ninguna duda, no has descuidado tus deberes. —Lo apartó riendo—. En cuanto a lo otro, ahora que lo pienso, no recuerdo que me hayas pedido que me casara contigo. —Enarcó una ceja—. ¿Tan seguro estás de mi respuesta?

Una expresión de confusión muy atractiva apareció en su cara, antes de verse sustituida por una sonrisa arrogante. Se sentó apoyándose en el cabezal y cruzó los brazos sobre el pecho. Isabel tragó saliva. Era hermoso. Con toda aquella fuerza. La lisa y bronceada piel tensa sobre los músculos de brazos y piernas, duros como una roca. Nunca se cansaría de mirarlo, de deleitarse en el hecho de que era suyo.

—Tienes que casarte conmigo —señaló él—, por el niño. —Recorrió su desnudez con la mirada, deteniéndose en la redondeada curva de sus nalgas. Frunció el ceño—. Tus caderas son demasiado estrechas. Me preocupa que nuestro espléndido muchachote sea demasiado grande para ti.

Ella saboreó la idea de su hijo por un momento, antes de asimilar lo que él acababa de decir. Enarcó las cejas de golpe.

—¿Y cómo puedes estar seguro de que será un chico?

Rory se rió.

—Pues claro que será un chico —dijo, como si cualquier otra alternativa fuera imposible. Se irguió más orgullosamente todavía—. Podemos llamarlo John.

Isabel hizo un gesto con la cabeza. Un día, Rory tendría que aprender que había algunas cosas en las que ni él podía mandar.

—¿Hay alguna otra razón para que me case contigo? —Casi temía preguntarlo.

Él había dejado de bromear. La juguetona arrogancia había desaparecido, sustituida por una expresión tierna que la llenó de calidez. Le levantó la barbilla para mirarla a los ojos.

—Me he guardado mi mejor argumento para el final.

Ella esperó, sin atreverse a respirar.

—La razón es que mi vida no tendría sentido sin ti. Eres mi luz. Cometí el mayor error de mi vida cuando te envié de vuelta, y un manto de oscuridad descendió sobre mi alma. Te quiero más de lo que nunca creí que fuera posible. —Le acarició el vientre con aire protector—. Te prometo devoción eterna, a ti y a nuestro hijo.

Isabel estaba cautivada por el profundo y sincero amor que veía en su tierna mirada. Las estrellas se habían alineado por fin y lucían luminosas en el brillo de sus ojos.

La besó en los labios, suavemente.

—Isabel, me has enseñado lo que es amar. ¿Me concederás el gran honor de ser mi esposa?

Una alegría desbordante la inundó. Sus ojos se empañaron con lágrimas de felicidad. En la mirada chispeante de

Rory, desvelada y llena de emoción, vio la maravillosa promesa de un nuevo principio. Una promesa de eternidad.

Su amor no era frágil, como ella había pensado; era lo bastante fuerte para capear las adversidades de la vida que les lanzaran los caprichosos hados que los habían reunido. Nunca volvería a dudarlo.

Asintió, y dijo simplemente:

—Pensaba que no me lo pedirías nunca.

Epílogo

Habéis oído que se dijo: *Ojo por ojo y diente por diente.*

Mateo, 5, 38

Palacio de Holyrood, verano de 1603

Rory cambió de posición, impaciente, en la sala de audiencias del palacio de Holyrood, esperando que empezaran las presentaciones. Al notar su inquietud, Isabel levantó la mirada del bebé dormido en sus brazos y le sonrió alentadora.

—Rory, Margaret estará bien. No te preocupes. Está en buenas manos. —Isabel señaló al adusto vikingo, situado con aire protector junto a la hermana de Rory.

—Lo sé —dijo Rory, devolviéndole la sonrisa. Con el corazón henchido de orgullo, contempló los amados rostros de su esposa e hija. No podía imaginarse una imagen más perfecta. Si era posible, la maternidad había embellecido todavía más a Isabel, aportando una serenidad a su cara y una madurez a su porte que no tenía antes. Resplandecía con la seguridad de amar y ser amada. Y el diminuto querubín que llevaba en sus brazos... Sintió que le costaba respirar por la emoción. Cariñosamente, con el dorso del dedo, acarició la suave mejilla aterciopelada.

El amor de Rory por su esposa y su devoción por su hija se hacían más poderosos cada día que pasaba. Había alcanzado una paz y un contento que no sabía que existieran. Daba gracias a Dios por su buena suerte y por el extraño giro del destino que había llevado a Isabel a Dunvegan.

Su mirada volvió a su hermana, resplandeciente con sus mejores galas, esperando a un extremo de sala a que le llegara el turno de recorrer el pasillo. Los bucles de un rubio claro, recogidos en lo alto de la cabeza, le caían por la espalda, balanceándose favorecedores, brillando como la plata a la luz parpadeante de la lámpara del techo. Recordó otro día, no tan lejano, en que había presenciado un desfile muy diferente.

—Margaret ha pasado por cosas mucho peores —dijo Rory, casi para sí mismo—. Ahora es más fuerte.

Tal vez siempre había sido fuerte y solo era necesario que llegara Isabel para recordárselo a todos. Isabel, que con su fe inquebrantable había hecho que ese día fuera posible. Holyrood era la etapa final del largo viaje de bodas de Margaret y Colin por las Highlands. Como les habían prometido, Isabel y Rory se habían reunido allí con ellos, para darles su respaldo. Rory sabía que tener a su lado a los nuevos favoritos reales no podía dañar las posibilidades de que Margaret fuera aceptada en la corte... advertir al rey de un complot para traicionarlo solía tener ese efecto. Sin embargo, aunque sabía lo importante que era ese día para Margaret, se había mostrado contrario, incapaz de dejar de lado la sombra de la incertidumbre.

—Rory, si no dejas de fruncir el ceño, vas a aterrorizar a todas las damas —dijo Isabel bromeando.

Él cruzó los brazos sobre el pecho y tensó la mandíbula, convirtiéndola en una línea recta.

—Bien. Puede que así se acuerden de poner freno a sus lenguas viperinas.

Isabel entrecerró los ojos.

—Me prometiste...

—Sí, lo hice —respondió enfurruñado. ¿Había algo que no hiciera por su esposa? El hecho de que en aquel preciso momento estuviera en la corte contestaba a la pregunta—. Aunque no fue una lucha limpia.

Isabel sofocó una exclamación de fingida ofensa.

—¿Estáis poniendo en duda mi honor, señor caballero? —preguntó, refiriéndose burlona a los rumores de que el rey tenía intención de concederle el título de caballero.

—No, solo tus métodos de persuasión.

Isabel se encogió de hombros, y un centelleo apareció en sus ojos.

—Dio resultado, ¿no?

—Eres una desvergonzada, Isabel MacLeod.

—Tendrás que recordármelo más tarde. —Soltó una risita y volvió a prestar atención a lo que sucedía.

Rory contuvo el aliento cuando anunciaron a Margaret, haciendo acopio de fuerzas para enfrentarse a las burlas. Isabel deslizó la mano en la suya y se la apretó en una comunicación silenciosa. Observó cómo su hermana se erguía, poniéndose muy derecha, y permitía que Colin la condujera por el pasillo hacia el rey Jacobo y la reina Ana, recién coronados rey y reina de Inglaterra.

—¿Es esa la mujer tuerta? —oyó decir a alguien, y se tensó. La misma voz continuó—: Pero si es una criatura preciosa, es como un ser feérico.

—Pensaba que tenía una tara física.

Una voz masculina entró en la refriega.

—¿Por qué la repudiaría Sleat para casarse con esa Mackenzie? Quizá era a él a quien le faltaba un ojo. —Las risas respondieron a las palabras del desconocido.

Rory respiró de nuevo. Mientras su hermana avanzaba, ligera y majestuosa, Isabel se volvió hacia él con una expresión de «Ya te lo dije yo» brillando en sus maravillosos ojos violeta.

Se le estremeció el corazón, lleno a rebosar de amor por la mujer que ya le había dado tanto.

Habían recorrido un largo camino juntos. Irónicamente reunidos por lo sucedido aquel horrible verano, hacía cuatro años, cuando Sleat había repudiado a Margaret y la había sometido a aquel cruel espectáculo. Sleat ya no era una espina clavada en su costado; en esos momentos estaba disfrutando de la «hospitalidad» de la guardia del rey. Aunque Rory sabía que Sleat no permanecería encarcelado por el rey de forma permanente, el jefe de los MacDonald ya no le preocupaba.

Rory tenía todo lo que deseaba.

Miró el orgulloso rostro de su hermana, la radiante cara de su esposa y la angelical carita de su preciosa hija, Mairi —a la que Isabel insistía en llamar John—, y sintió que los últimos rescoldos de venganza morían en su corazón.

Había ganado. La felicidad era, sin duda, la mejor venganza de todas.

Nota de la autora

«La guerra de la mujer tuerta» se produjo de forma muy parecida a como la he descrito. La cruel disolución hecha por el jefe MacDonald de Sleat de su matrimonio a prueba con Margaret MacLeod desató una sangrienta disputa que duró dos años. La historia no habla de la causa ni el alcance de la herida del ojo de Margaret MacLeod, así que he optado por darle un final feliz. Creo que después de la horrible manera en que la trató Sleat, se lo merecía.

Rory MacLeod se casó con Isabel de Glengarry probablemente antes de 1602. En este caso, no tenemos pruebas de que hubiera una convivencia a prueba, anterior al matrimonio oficial. Y aunque no existe mención alguna del amor entre Rory y su esposa, los once hijos que tuvieron juntos indican que, como mínimo, existía una unidad de propósito.

Últimamente ha habido cierta polémica sobre la manera en que los novelistas retratan los matrimonios a prueba (que se celebraban uniendo las manos y acordando vivir juntos). Hay quien afirma que nunca ha existido tal cosa y que la idea de «un año y un día» recogida en los romances populares es pura ficción. Dicen que, básicamente, se trataba de unos esponsales que, una vez consumados, se convertían en un matrimonio. Tal vez esta sea la definición «legal», pero yo creo que este tipo de matrimonio por unión de las manos era probablemente una especie de matrimonio «a prueba». Sin duda, «La guerra de la mujer tuerta» así lo indica. En casi todos los libros que he consultado para escribir esta historia me he tropezado con referencias a estas uniones, y siempre se daba por sentado que eran una especie de matrimonio a prueba (con privilegios maritales).

La bandera del Hada de los MacLeod es, ahora, solo un frágil trozo de tela, pero sigue mereciendo la pena verla. Está colgada, enmarcada, en la gran sala de entrada del castillo de Dunvegan, que sigue siendo la sede del actual jefe MacLeod de MacLeod.

Hasta mediados del siglo XVIII, solo se podía acceder a Dunvegan por mar. Ahora hay una bella entrada en el lado del castillo que da a tierra firme. Aunque parece que debería haberla, no hay pruebas de la existencia de una entrada secreta. Dunvegan es un lugar maravilloso para visitar y el calabozo es, tal como he escrito, absolutamente horrible. También es cierto que un jefe MacLeod muy cruel hizo que los respiraderos de las cocinas dieran al calabozo.

Aunque no hay informes de que el rey Jacobo VI patrocinara la boda de Isabel, sí que hay pruebas de que ella formaba parte del séquito de la reina Ana. Y como en aquella época Rory estaba entre la espada y la pared, pensé que su matrimonio pudo ser una solución diplomática del rey Jacobo para unir a los enemistados MacDonald y MacLeod.

El señorío de las Islas representó la cumbre de la cultura y el poder político gaélico en Escocia. Durante casi ciento cincuenta años, bajo el liderazgo del clan MacDonald, los señores gobernaban realmente una gran parte del oeste de Escocia y las Islas, de forma independiente del resto del país. El señorío pasó a la Corona en 1493. Hubo un par de intentos por resucitarlo, entre ellos el que he descrito, recogido en una carta de Donald Gorm Mor a la reina Elizabeth. La caída del señorío señaló el comienzo del período de la historia de las Highlands conocido como «Era de las luchas y los saqueos» y el cambio de poder desde el clan Donald hasta el clan Gordon y el clan Campbell.

Finalmente, el rey Jacobo ya estaba en Inglaterra cuando Margaret hizo su presentación en la corte en el verano de 1603. El rey Jacobo abandonó Edimburgo para ir a Inglaterra el 5 de abril de 1603. Solo volvió una vez a Escocia, en 1617.